Gunnar Krupp

ABSACKER

W0418075

MIX
Papier aus verantwortungsvollen Quellen
FSC® C106632
FSC
www.fsc.org

2. Auflage
© 2018 Community Editions GmbH
Zülpicher Platz 9
50674 Köln

Alle Rechte der Verbreitung, auch durch Film, Funk, Fernsehen, fotomechanische Wiedergabe, Tonträger aller Art, auszugsweisen Nachdruck oder Einspeicherung und Rückgewinnung in Datenverarbeitungsanlagen aller Art, sind vorbehalten. Die Inhalte dieses Buches sind von Autor und Verlag sorgfältig erwogen und geprüft, dennoch kann eine Garantie nicht übernommen werden. Eine Haftung von Autor und Verlag für Personen-, Sach- und Vermögensschäden ist ausgeschlossen.

Umschlaggestaltung: Benjamin Koch
Abbildung Autorenfoto: © niklasheinecke.com
Logo mit freundlicher Genehmigung der Rocket Beans Entertainment GmbH
Redaktion: Mirka Uhrmacher
Satz: Achim Münster, Overath
Gesetzt aus der Quadraat und der Avenir Next Condensed

Gesamtherstellung: Community Editions GmbH
ISBN 978-3-96096-052-2
Printed in Germany

www.community-editions.de

Gunnar Krupp

ABSACKER

Roman

Community EDITIONS

Gunnar Krupp wurde am Valentinstag 1986 in Oldenburg/Niedersachsen geboren. Seine Kindheit überlebte er im wunderschönen Kurort Bad Zwischenahn (bekannt für Aal, Schinken und alte Menschen). Nach dem Abi (eher schlecht) flüchtete er nach San Diego, wo er eine Zeit lang mit Mexikanern auf dem Bau gearbeitet hat. Schließlich konnte er sich erfolgreich vor dem Wehrdienst drücken und landete irgendwie in Hamburg, wo er ein Praktikum bei »MTV Game One« (einer Fernsehsendung über Videospiele) machte, obwohl er weder Ahnung von Games noch von Fernsehen hatte. Aber er konnte gut lügen und es waren wohl einfach andere Zeiten.

Mit Unterbrechungen für ein Studium der »Medien und Information« an der HAW Hamburg, blieb er bis Ende 2017 bei dem von seinen alten Kollegen neu gegründeten Internetfernsehsender »Rocket Beans TV« (sehr gut). Hier hat er eigentlich alles mal gemacht. Aufnahmeleiter, Redakteur, Kameramann und Late-Night-Talker.

Seinen Spitznamen 64K-Gunnar bekam er, weil er bei »Wer wird Millionär?« – trotz bedenklichem Halbwissen über hohe Gebäude – 64.000 Euro mit nach Hause nehmen konnte.

Des Weiteren hielt er den Guinness-Weltrekord für den lautesten Biss in einen Apfel (84,3 Dezibel), bevor er ihm von dreisten YouTubern wieder abgenommen wurde.

Seit Ende 2017 arbeitet er für den NDR und funk, das junge Angebot der Öffentlich-Rechtlichen, am investigativen Reportage-Format STRG_F auf YouTube. (Lasst ein Abo da, es ist ebenfalls sehr gut.)

Bei den Bohnen ist er trotzdem noch ab und an zu sehen. Wann immer sich ihm die Gelegenheit bietet, schaut er vorbei.

Natürlich hat der Gute auch schon einige sehr hochwertige, schwer zu gewinnende Preise bekommen. Aber damit will er hier nicht angeben. Denn bescheiden ist er auch.

Rocket Beans TV ist der weltweit erste unabhängige 24-Stunden-Internetsender für Nerds.

Rocket Beans TV läuft auf www.rocketbeans.tv, auf YouTube und twitch. Die Zuschauer sind immer mittendrin, nehmen interaktiv an den zahlreichen Live-Shows teil und gestalten diese mit. Authentisch und mit Leidenschaft ist Rocket Beans TV so zum Vorreiter in Sachen digitaler Unterhaltung geworden.

Die fünf Gründer der Rocket B.E.A.N.S., Budi, Etienne, Arno, Nils und Simon, arbeiten bereits seit über zehn Jahren zusammen an der ultimativen Medienplattform.

Begonnen hat ihre Allianz noch früher, nämlich 2001 beim Jugendsender GIGA. Ab 2006 konzipierten und produzierten Budi, Simon und Arno die innovative Gaming-Show »Game One«, die bis 2014 äußerst erfolgreich auf MTV, VIVA, Comedy Central und online auf gameone.de lief. Nachdem 2009 Nils und Etienne zum Team hinzustießen, gründeten sie 2011 die »Rocket Beans Entertainment GmbH« und eröffneten 2012 ihren YouTube-Kanal »Rocket Beans TV«.

Zwar bilden Games den Themenschwerpunkt des Senders – in vielen Sendungen werden Videospiele besprochen und gespielt, und das Königsformat »Game Two« ist ein direkter Nachfolger von »Game One« –, doch längst dreht sich bei den Rocket Beans nicht mehr alles nur um Gaming. Die »Neue Deutsche Abendunterhaltung« ist eine unkonventionelle Late-Night-Show, »Bohndesliga« bespricht die Fußball-Bundesliga, »Kino+« aktuelle Filme, und »MoinMoin« ist eine knallbunte Morningshow. Rocket Beans sitzt in Hamburg und beschäftigt inzwischen neunzig Mitarbeiter. In den Jahren seit der Gründung haben die Bohnen zahlreiche Nominierungen und Preise für ihr innovatives Programm erhalten, unter anderem mehrere Webvideopreise, mehrere Grimme-Preis-Nominierungen sowie den Deutschen Fernsehpreis 2017.

Die Handlung und handelnden Personen sind frei erfunden. Etwaige Ähnlichkeiten mit tatsächlichen Begebenheiten oder lebenden oder verstorbenen Personen wären rein zufällig.

NACH 333 TAGEN

»Uiek-uiek«

Der weiße Audi fährt um die zweihundertzehn Kilometer pro Stunde. So schnell bin ich noch nie mit einem Auto gefahren. Der letzte Rekord lag bei hundertfünfundachtzig. Und damals saß ich nicht mal selbst am Steuer.

Die Gegend ist trostlos, leer, Brandenburg. Vor allem ist da Wald, der das Auto als dunkelgrüner Schweif verfolgt wie ein stiller Begleiter.

Einen kurzen Moment überlege ich, das Lenkrad mit einem schnellen Ruck rumzureißen und einfach durch die Leitplanke in den Gegenverkehr zu brettern. Ein lauter Knall, die beiden Pkw überschlagen sich und die Dahinterfahrenden können gar nicht anders, als in den Unfall reinzuschlittern und ihre teuren Karren und Leben ebenfalls unreparierbar zu zerstören. Bei »Burnout« auf der Playstation 2 wäre das vermutlich ein neuer Highscore in der Crash-Challenge.

Überall liegen Blech, zersprungenes Glas und ein paar blutige Leichenteile. In den Gesichtern der Opfer könnte der Polizeipsychologe später eine Mischung aus Angst und Erschrockenheit feststellen. Wenn er neu im Job ist, wird er sich vermutlich zwei- bis sechsmal übergeben müssen. Der Arme. Vollsperrung mindestens bis 14:00 Uhr. Termine werden verpasst, Leute richtig sauer. Von der Trauer ganz zu schweigen. Um die fünfzig Personen, deren Leben mein Akt der Verzweiflung für immer verändert.

Würde man rekonstruieren können, dass ich bei vollem Verstand absichtlich eine solche Katastrophe herbeiführen wollte? Und wer würde dann noch zu meiner Beerdigung kommen? Und gibt es einen Sarg, wenn man nicht genau feststellen kann, welche Organe und Fetzen nun zu meinem und welche Überreste zu den Körpern der anderen Toten passen?

»Diese Lunge gehört eindeutig einem Raucher in den Vierzigern.«

Wahrscheinlich wäre es am Ende ein riesiger Container, in den alle Teile achtlos reingeworfen und später nur grob nach Alter und Geschlecht sortiert und ohne großes Tamtam auf die Särge verteilt werden. Ist dann ja auch egal.

Ich muss lachen. Ob überhaupt jemand eine Grabrede halten würde? Vor knapp einem Jahr – da bin ich mir sicher – hätte ich eine herzzerreißende bekommen. Tränen inklusive. Aber jetzt? Der Inhalt wäre interessant.

»Vielversprechend angefangen und innerhalb kürzester Zeit radikal abgebaut.«

Irgendwie so.

Von Weitem sehe ich ein rotes Auto. Wahrscheinlich ein Corsa oder Golf, der oder die Fahrer auf dem Weg zu einer größeren Familienfeier in einem Hamburger Vorort. Der linke Scheinwerfer ist dunkler als der rechte.

Wie unglücklich, wenn alle mit dem Buffet auf das Ehepaar warten und am Ende rauskäme, dass der Bekloppte aus den Nachrichten ohne Skrupel in sie reingerast ist. Das miese Schwein.

Es ist ein Corsa. Älteres Baujahr. Zieht an mir vorbei. Hätte sich auch nicht gelohnt.

Durch das offene Beifahrerfenster dröhnt die Luft in meinen Ohren. Es fühlt sich ein bisschen so an, als würde ich in dem maroden Hallenbad neben unserer Schule mit einem Köpper viel zu schnell bis runter auf die drei Meter tauchen. Habe ich nie geschafft, aber so stelle ich mir das Gefühl vor.

Der Kotzfleck im rechten Fußraum beinhaltet kleine, rosige Stückchen Frikadelle. Noch aus Eindhoven.

Am nächsten Rasthof muss ich raus. Tanken. Den Wagen und mich. Mein Mundraum hat diesen pelzigen, säuerlichen Geschmack, der bei mir immer dann entsteht, wenn ich längere Zeit nichts getrunken habe. Mit mir rumzuknutschen würde ich gerade niemandem empfehlen.

Ich führe den rechten Zeigefinger die Zunge entlang bis tief in den Rachen. Leichter Würgereiz, das Auto macht einen Linksschlenker. Um ein Haar hätte ich die Grasnarbe berührt. Mein Herz klopft. Der Fingernagel zieht wie ein Schneepflug eine fette Bahn Belag vor sich her, an den Lippen vorbei nach draußen. Ich drehe den beigen Talg zu einem kleinen Ball, schnippe ihn in das Erbrochene und wiederhole das Ganze noch dreimal. Ganz schön eklig.

Auf einem Holzschild steht: »Gasthof Reuters – Fünf Kilometer bis zu den leckersten Schnitzeln Brandenburgs.« Klingt verlockend.

Ich schaue auf die digitale Uhr. Eigentlich zu früh für so eine richtige Mahlzeit. Aber bis zu meinem Ziel ist es noch weit. Mindestens eineinviertel Stunden.

Eine Reisetasche vom FC Barcelona liegt auf der Rückbank, zwei Trolleys im Kofferraum. Die Gänsehaut ist seit der Grenze mein ständiger Begleiter, zieht sich nur durch bekannte Lieder aus dem Radio wieder zurück. Gerade ist es »Hey Jude« von den Beatles. Ich tippe auf dem Lenkrad den Takt und der Moderator von Antenne Brandenburg unterbricht den Song mit der gleichen Stimme wie mein ehemaliger Mathelehrer. Der hieß aber im Gegensatz zum Moderator nicht Matthias, sondern Herr Töws und war ein gescheiterter Idiot. Wie eigentlich die meisten Lehrer, die man in seiner Schulzeit respektiert hat. Man wusste es nicht besser, und dann trifft man sie Jahre später auf irgendeinem Schützenfest wieder und sieht, welchen lächerlichen Persönlichkeiten man damals so viel Respekt und Ehrfurcht entgegenbrachte. Hätte man das nur früher gewusst.

Während das Benzin aus der Zapfsäule in den Tank spritzt, grüßt mich ein südländischer Typ in Trainingsanzug und Adiletten. Wie der deutsche Basketballer Dennis Schröder hat er einen goldenen Streifen zwischen seinen schwarzen Kräuselhaaren. Ich erwidere nichts, werde stattdessen an die letzten Tage erinnert und wie vorsichtig ich noch vor vier Stunden jede Geste mit einer paranoiden Penetranz zu interpretieren versucht habe.

Vielleicht sollte ich mich einfach stellen. Was kann denn schon passieren? Maximal fünf Jahre, glaube ich. Und dann bin ich immer noch jung genug, um ein ordentliches Leben anzufangen. Um *sie* zu finden. Und eine coole Story wäre es obendrein. Buch- und Filmrechte verkaufen und die Kasse klingelt. Außer man macht mich für wirklich alles verantwortlich. Dann sitze ich länger. Viel länger. Schwierig.

In großer, ausgeblichener blau-gelber Schrift klebt ein FC-Barcelona-Sticker auf der Rückscheibe des grünen Fiat Punto, in den der Südländer steigt. Zum gleichen Team gehört das Trikot mit der Nummer zehn, das ich über meinem Kapuzenpulli trage. Als ich es mit den Fingerspitzen langziehe und es zurück an die Brust schnippt, tritt eine kleine Wolke heraus, verschwindet im Wind der für die Zeit recht wenig befahrenen A24. Der letzte Staub aus den Niederlanden.

Es blubbert, klackt, der Tank ist voll. Auf der Säule lese ich sechsundachtzig Euro und ein paar Zerquetschte. Im Handschuhfach liegt, neben der silbernen Pistole, Deltas Geldbeutel. Ich schaue mich um, beuge mich in den Wagen und nehme einen der Hunderter. Bin mir dabei nicht sicher, ob der vielleicht gefälscht ist. Blödsinn. Dann verriegle ich den Audi und stelle mir dieses Uiek-uiek-Geräusch aus den US-Filmen vor, während ich den Knopf der Fernbedienung betätige. Hätte gepasst.

Ein verpickelter Typ in meinem Alter hält den Schein in die Sonne. Du kommst hier auch nicht mehr raus, denke ich, lebenslänglich Tankstelle, und vergleiche seinen Alltag mit den Geschehnissen meiner letzten vierundzwanzig Stunden.

Seine Highlights: dass ihn das viertschönste Mädchen der Schule vor vier Jahren nach den Hausaufgaben gefragt hat. Er hatte sich vorgestellt, wie sie seinen schrumpeligen Pimmel danach aus Dankbarkeit auf der Toilette in den Mund nimmt. Irgendwie so was.

Bevor ich aus meinen Erlebnissen einzelne Höhepunkte herauspicken kann, verschwindet das Geld in der Kasse und aus einem dieser neuartigen Rückgeldautomaten kullern 3,74 Euro. Mit einem Auge lese ich die Überschriften der großen Tageszeitungen: Mats Hummels, Donald Trump, Pietro Lombardi. Keine Spur von mir oder unserer Misere in Holland. Wahrscheinlich sitzen in diesem Moment die Redakteure vor ihren Tastaturen. Der Redaktionsleiter dahinter. Immer auf die Uhr schauend, Druck machend, dass sie die Schlagzeile ja als Erste veröffentlichen können.

Ich nehme den Zehner von der Theke und das Kleingeld aus der Schale, ignoriere die Frage nach einem Kassenbeleg, drehe mich um und – »Uiek-uiek« – öffne die Fahrertür. Mein Magen knurrt. Doch statt an der Tankstelle eines der vergammelten Würstchen oder Sandwiches zu kaufen, die wahrscheinlich seit Monaten in der Auslage vor sich hin vegetieren, entscheide ich mich natürlich für »die besten Schnitzel Brandenburgs«.

Auf dem Kiesparkplatz steht kein Auto. Trotz der frühen Stunde macht ein Schild auf die »immer frischen Wiener Schnitzel« aufmerksam. Vielleicht wird es doch noch ein guter Tag. Ich überlege, die Waffe mitzunehmen. Man stelle sich vor, ich würde auf jemanden zielen oder gar schießen. Die Kugel trifft auf den Kopf, schnellt durch das Gehirn und im Bruchteil einer Sekunde platzt sie neben Blut, Stücken von Hirnmasse und Knochensplittern, die ein hübsches Bild an der Wand oder den Fliesen hinter dem Opfer ergäben, aus der Wunde, bevor der Getroffene zu Boden sacken und für immer zu atmen aufhören würde.

Ich nehme die Pistole in die Hand. Silberglänzend. Erstaunlich leicht. Noch nie mit so was geschossen. Ich drehe sie herum, bis sie mir entgleitet und mit einem Platschen in der grünen Suppe landet. Ach Mann. Mit den Fingerspitzen ziehe ich sie heraus. Kotzbröckchen fallen herunter und verschmelzen mit dem Sud. Ich muss würgen, öffne die Beifahrertür und versuche, die Reste, die vom Lauf tropfen, an der unteren Gummierung des Autos abzustreifen. Klappt mittelmäßig. Den Rest wische ich ganz unten ans Hosenbein, werfe die Waffe zurück ins Handschuhfach, schlage die Klappe zu. Dann fische ich das kleine Alukügelchen aus dem Getränkehalter der Mittelkonsole. Nicht viel da. War mal mehr. Ich klettere komplett auf den Beifahrersitz, die Füße auf der Fahrerseite, um eine Berührung mit der Kotze zu vermeiden. Schütte einige Reste des Pulvers auf die Ablage und bilde ein weißes Häufchen über dem Handschuhfach. Der rechte Zeigefinger hält das Nasenloch zu. Die Linke umschließt den Gurt, um nicht abzurutschen und im Erbrochenen zu landen. Ich fühle mich wie Tarzan, dessen Arm um eine Liane geschlungen ist, ziehe hoch und das Puder verschwindet mit einem Zug in meiner Nase. Muss kurz husten, wobei ein kleiner Brocken Schleim im Rachen landet. Ich spucke ihn ebenfalls in die grüne Suppe, sehe ihn langsam verschwinden und kauere mich in den Sitz, um auf die Wirkung zu warten.

Dann denke ich darüber nach, was passiert ist – es ist so verdammt scheiße viel passiert –, wie es zu alldem kommen konnte und wie ich all das hätte verhindern können. Ich denke an Kristin, Frida, Ella, spüre die ersten kleinen Glücksgefühle durch mein Nervensystem bis ins Gehirn ziehen. Es dreht sich kurz und dann ist alles schlagartig nicht mehr so scheiße schlimm.

NOCH 5 TAGE

»Das hat doch alles keine Zukunft«

»Melden wir uns werden.«

Delta streift die grüne Plastik-Yoda-Maske, die er die ganze letzte Stunde über getragen hat, von seinem Gesicht. Die Luft ist stickig-pumakäfigig, er verschwitzt. Dicke Tropfen laufen an seiner Wange herunter und fallen von seinem Kinn auf einen Stapel chaotisch herumliegender Zettel mit Kritzeleien auf dem Schreibtisch. Daneben stehen ein Laptop und ein Bilderrahmen mit dem Foto eines finster dreinblickenden Typen mit eingefallenem Gesicht. Gefährlich sieht er aus.

Delta wischt sich durch die ölig angeklatschten dunkelbraunen Haare, wodurch er mich an eine junge Version von Joachim Löw beim Unentschieden der WM 2014 gegen die USA erinnert. Das Regenspiel, in dem der als schwul geltende Trainer über Nacht zum Sexsymbol wurde.

Wir sitzen in einem Raum, der dringend mal wieder geputzt werden müsste. Für die drei zu einem T aufgestellten Schreibtische und die überall herumstehenden, aufgetürmten Kartons ist er viel zu klein. Ich hätte nie gedacht, dass die beiden Erfolgsmoderatoren tatsächlich selbst beim Bewerbungsgespräch dabei sein würden und es tatsächlich sogar in ihrem eigenen Büro stattfindet. Delta links, Matte rechts und vor mir der glatzköpfige Produktionsleiter Flo. Ich am Kopfende, die Tür im Rücken. Auf einer Seite des mit merkwürdig wirren Filmpostern tapezierten Zimmers ist eine große Fensterfront, deren letzte Reinigung wahrscheinlich noch vor der Wende stattgefunden hat. Auf der einzigen Glühbirne, die an einem dilettantisch mit Tesafilm zusammengehaltenen Kabel von der Decke hängt, liegt eine enorme Staubschicht.

Delta hält die Maske hoch. »Mach mal eben ein Foto für Instagram«, bittet er Matte. »Aber eins mit nem geilen Filter.«

Er greift nach der Packung Zigarettenfilter neben seiner Tastatur und ich verstehe, dass ich soeben Zeuge eines seiner typischen Wortwitze wurde, die Delta bei jeder Gelegenheit raushaut. Anscheinend muss dafür nicht mal eine Kamera laufen. Aber für diesen hätte es sich auch nicht gelohnt.

Sein langjähriger Freund Matte holt ein iPhone aus der Hosentasche. Er trägt ein neues Truckercap. Habe es zumindest noch nie bei ihm gesehen. Hundert verschiedenfarbige muss er im Schrank haben, wenn nicht sogar mehr. Er gähnt so stark, dass ich drei Amalgamfüllungen erkennen kann. Er kratzt sich am Dreitagebart, hält das Handy gelangweilt in Richtung seines Kollegen. Der Auslöser klickt und Matte nickt.

Delta lässt die Filter fallen. »Ist gut geworden? Zeig mal!«

Während er das von sich geschossene Foto begutachtet, öffnet er mit der rechten Hand die oberste Schublade des grauen Metallrollcontainers, der unter dem Tisch zerbeult auf den Ruhestand wartet. Er holt ein cremefarbenes Handtuch hervor, wischt sich über die Haare, dann durchs Gesicht. Anschließend greift er nach einer kleinen Flasche Desinfektionsmittel, drückt sie über der Handfläche aus und stellt sicher, dass alles zu hundert Prozent keimfrei ist. Anscheinend ist es nicht gespielt. Er hat tatsächlich einen Hygienefimmel, wie man in so vielen Videos schon gesehen hat. Bleibt für mich nur die Frage, wie er es damit in diesem Chaos aus Kartons, Krempel und Müll aushält, ohne völlig auszurasten.

»Können wir vielleicht erst das Gespräch beenden, bevor wir hier dumme Postings machen?« Flo reibt sich über die Glatze und rückt seine Brille zurecht, wird aber von Delta ignoriert.

»Okay, das ist richtig, richtig geil. Schick mir mal, ich hab heute noch kaum was gepostet. Das gibt mindestens elftausend Likes.«

Matte nickt wieder, wirkt abwesend. Sie sind das perfekte Duo: Delta, der exzentrische Social-Media-Experte, und Matte dagegen als Ruhepol, dem der ganze Ruhm und die Fans unwichtig zu sein scheinen. Aber was weiß ich schon? Da trügt manchmal der Schein. Bis vor Kurzem dachte ich auch, dass mein liebster Talkshowhost unglaublich nett sein muss. Als ich ihn aber vor zwei Monaten am Bahnhof Schmalstedt traf, ein Selfie mit ihm wollte und er mich selbst dann noch ignorierte, als ich vorsichtig an seiner braunen Lederjacke zupfte, wusste ich es besser. Er hat gesagt, ich solle mich verpissen, und ich bin gegangen.

Das hier ist das verwirrendste Vorstellungsgespräch meines Lebens. Das erste zwar, aber ich glaube, dass es in anderen Unternehmen weitaus weniger skurril abläuft. Keine der Fragen, die in dem YouTube-Video »So bereitest du dich auf ein Bewerbungsgespräch vor! Die Top 10 der besten Tipps« vorkamen, haben sie mir gestellt. Gar keine. Vielmehr war es eine Unterhaltung zwischen Flo und Delta in seiner Yoda-Maske, bei der sie ihre Stimmen und Launen im Minutentakt änderten. Ich kam mir währenddessen vor wie in einem Loriot-Sketch, nur schlecht geschrieben, habe gelächelt und abwechselnd in verschiedene Richtungen genickt. Ob das reicht? Keine Ahnung.

Matte, der die ganze Zeit über still auf seinem Stuhl gesessen und auf seinem Laptop gefühlte hundert E-Mails getippt hat, schaut mich jetzt mit großen Augen an. Das macht mich scheiße nervös. »Ja. Das war's. Du kannst eigentlich gehen. Rechts den Gang runter. Erste Tür links ist die Toilette. Da kannst du sonst noch die Farbe abwaschen.«

Ach ja, die Farbe. Die hatte ich beinahe vergessen. Frage mich nun wieder, warum ich vor dem Gespräch von Flo darum gebeten worden war, sie im Flur auf mein Gesicht zu schmieren. Vielleicht wollten sie damit testen, ob ich für diese Stelle wirklich bereit bin, alles zu geben?

Ich stehe auf und drücke die Türklinke nach unten. Durchatmen.

»Aber nimm das rechte Waschbecken. Das linke ist noch von der letzten Folge präpariert.«

Matte grinst und Delta wirft einen kleinen roten Ball an die gegenüberliegende Wand, die zwischen den Postern so mit Abdrücken übersät ist, dass man kaum eine Stelle findet, die er noch nicht getroffen hat. Er fängt den Ball auf und schmeißt erneut.

»Okay«, sage ich nickend und spüre bereits die frische Luft des Flurs durch meinen Pullover.

Dann ertönt hinter mir ein lautes Klatschen. »Hast du gerade ›Heil Hitler‹ gesagt?«

Ich reiße die Augen auf, drehe mich erschrocken um. »Was? Nein!« Schlucke. »Ich hab ›okay‹ gesagt.«

Delta fängt sein Spielgerät und grinst. Auch Matte sieht so aus, als müsser er sich ein Lachen verkneifen.

Flo schaut grimmig. Das steht ihm. »Gut«, knurrt er. »Alles klar. So was wollen wir hier nämlich nicht hören.«

Ich nicke, trete zurück auf den Gang und drücke die Tür vorsichtig lautlos ins Schloss.

»Ich weiß nicht, ob wir das mit ihm machen sollten.«

Obwohl Matte den Satz nur raunt, höre ich ihn durch die Wand. Ein Schlag in die Magengrube. Ich habe einfach zu wenig gesagt, zu wenig überzeugen können und wahrscheinlich auch zu wenige Qualifikationen. Gar keine nämlich.

Mit hängendem Kopf schlurfe ich den Gang hinunter. Die Toilette liegt direkt neben der kleinen Küchennische. Ich weiß das, da ich beides aus zahlreichen Videos im Internet kenne. Ich bin Fan, was den gesamten Tag nicht minder aufregend gemacht hat. Es ist immer noch aufregend. Sehr sogar. Am liebsten würde ich den kompletten Handyspeicher mit Fotos der unzähligen Sehenswürdigkeiten füllen, die allein auf dem Weg zum WC zu bewundern sind. Es ist ja auch so, dass mein erster womöglich auch mein letzter Besuch sein wird.

Ich trete versehentlich gegen einen metallenen Hundenapf. Scheppernd verteilt sich das Wasser auf dem gefliesten Boden. Wer stellt denn so was auch in die Toilette? Im Spiegel stelle ich fest, dass die blaue Farbe ihren Weg vom Hals hinunter auf meinen Lieblingspullover gefunden hat. Der Kragen erinnert an die hässlichen indonesischen Batiktücher, von denen im Kleiderschrank meiner Mutter Hunderte verstauben und nur zur jährlichen Waschung im Mai das Tageslicht erblicken. Jetzt denke ich wieder an sie und wie sie mir das alles hat ausreden wollen, wobei sie folgende Worte benutzte: »Blödsinn«, »Unfug«, »Mach lieber was Vernünftiges«, »Das hat doch keine Zukunft« und »Oh nein. Oh nein. Oh nein.« In dieser Reihenfolge. Das dritte »Oh nein« zog sie derart in die Länge, dass ich währenddessen locker dreißig Liegestütze geschafft hätte. Und die schaffe ich schon lange nicht mehr an einem Stück. Sagt auch der Blick in den Spiegel über dem rechten Waschbecken. Dazu ein blaues, emotionsloses Gesicht, das – wenn ich ehrlich bin – außer blau zu sein nicht wirklich viel zu bieten hat. Der Lebenslauf: lückenhaft. Vorkenntnisse: keine. Und wahrscheinlich haben sie auch gemerkt, wie sehr ich ihre Arbeit und ihre Charaktere bewundere.

Durch Drehen an beiden Wasserhähnen versuche ich, eine der Situation entsprechende, angenehme Temperatur zu finden. Nicht zu kalt, aber kalt genug, um wieder einen klaren Kopf zu bekommen. Unterhalb des linken Beckens führt ein Gartenschlauch an meinen Füßen vorbei hoch zu einem kleinen Lukenfenster nach draußen. Präpariert also. Video noch nicht online. Wahrscheinlich hat das Loch in der Tür der linken Toilettenkabine, das wie eingetreten aussieht, ebenfalls damit zu tun. Wird sicher witzig. Wie immer.

Ich schaffe die perfekte Temperatur. Laukaltes Wasser läuft mein Gesicht und den Hals herunter. Unter meinen Schuhen quietscht das Trinkwasser des Hundes. Meine Fingernägel kratzen tiefe, hautfarbene Furchen bis runter zum Kinn. Das Waschbecken erblaut und ich sehe aus wie ein mexikanischer Wrestler ohne Muskeln. Langsam kommt die Mimik zum Vorschein. Die Maske verschwimmt und die Haut darunter fühlt sich an wie ein glibberiger, frisch gefangener Aal. Ich nehme eines der cremefarbenen kleinen Frottee-Handtücher vom Stapel, fahre mir damit übers Gesicht, lasse es auf den Boden fallen und entferne mit Hilfe der Schuhsohle das Hundewasser und die blauen Tropfen, die den weißen Fliesen einen eigentlich ganz schönen Look verpassen. Aber ich habe null Sinn für Design.

Um auf keinen Fall noch negativer aufzufallen, wringe ich das nasse, von Farbflecken besudelte Handtuch über dem Waschbecken aus und stopfe es in die linke Hosentasche. Besser es ist nicht mehr vorhanden als völlig versaut. Passt gerade so. Der feuchte Lappen reibt durch den Stoff am Oberschenkel. Gänsehaut.

Ich schaue aufs Handy und sehe, dass Kristin dreimal angerufen und zweimal per WhatsApp gefragt hat, wann ich denn wieder nach Hause komme. Ich lächle, und mein Magen hat dabei Mühe, sich für eine Gefühlslage zu entscheiden. Ich öffne die App der Bahn und ärgere mich über die chaotische Anordnung der Funktionen und darüber, wie ewig es dauert, bis ich den richtigen Zug gefunden habe.

»Melden wir uns werden.«

Und wann? Ich habe große Mühe, nicht in eine der riesigen Pfützen zu treten, die sich nach dem stundenlangen Regen über die Gehwege ziehen. Der matschige Park färbt meine Schuhe dreckig braun. Die Menschen hier sehen gehetzt und gestresst aus. Großstadt eben. Mein Shirt klebt durchnässt an der Brust. Egal. Dann erst bemerke ich den Grund: Meine Regenjacke hängt noch über dem Stuhl im Büro.

Umdrehen? Puh. Wie klänge das denn? »Ich hab's erst eine halbe Stunde später gemerkt, obwohl es gießt. War so aufgeregt. Sorry. Ich komm sonst gleich noch mal rum, wenn das – ich mein, wenn das okay ist.« Ich stammle sogar in Gedanken. Das geht doch nicht. Bevor ich die Vorstellung des zu führenden Telefonats einem genauen Wert auf der Peinlichkeitsskala zuordnen kann, klingelt das Handy. Unbekannte Nummer. Eieieiei.

NOCH 1 TAG

»Das ist ja gar nicht gemütlich hier«

»Schön, dass du mitkommst. Wirklich.« Ich halte Kristins Hand, während sie auf die Straße achtet. Zwischen unseren Fingern bildet sich Schweiß, die salzige Flüssigkeit unserer Drüsen vermischt sich. Wie wohl unser Verhältnis ist? Sie wirkt verkrampfter als sonst. Irgendwie härter, rauer. Ich drücke ihre Hand fester.

»Bedeutet mir viel«, ergänze ich.

Sie nickt. Der Verkehr auf der A1 bei Osnabrück ist mit späterer Uhrzeit fließender geworden. Der Tacho zeigt hundertdreißig Kilometer pro Stunde. Rapsfelder ziehen vorbei. »Ich will zumindest sehen, wo du unterkommst.«

Ich schaue zu ihr rüber und erinnere mich daran, wie wir im Statistik-Seminar nebeneinandersaßen, uns verliebt haben und seitdem kaum einen Abend getrennt gewesen sind.

»Ja.« Ich schlucke und mache dabei ein quiekendes Donald-Duck-Geräusch.

Ihre braunen Haare liegen eng am Kopf, führen hinten zu einem festen Dutt. Ich habe ihr noch nie dabei zugesehen und frage mich in diesem Moment, wie man so eine Frisur hinbekommt. Sie sieht streng aus, passt heute aber zum Rest der Erscheinung. Ihre Brillengläser reflektieren die letzten Sonnenstrahlen und werfen eine farbenfrohe Spiegelung auf die Armaturen.

Wir halten an einem schäbigen Autohof in Bockel für einen McFlurry und ignorieren den Sexshop, dessen riesige Werbung in grellen Neonfarben schon von der Autobahn aus zu sehen war. »www.folgedeinerlust.de«.

Wie viele Fahrer der unzähligen parkenden Lkw ihre Route wohl absichtlich so planen, dass sie genau diesen Platz ansteuern, um in einer der Kabinen noch eine digitale Begleitung für den Abend zu finden?

Kristins roter Opel Kadett ist bis unters Dach mit meinem Krempel beladen. Playstation, Spiele, Blu-Rays und vor allem natürlich Klamotten.

»Und du musst morgen wirklich wieder zurück?« Ich stelle das Eis auf die Motorhaube und schaue in den abendlichen Himmel. Die Wolken beeilen sich heute besonders, ziehen gehetzt am blassen Vollmond vorbei.

»Ich muss. Weißt du aber ja.« Kristin nimmt meinen McFlurry und drückt ihn mir gegen die Brust. »Wenn du unbedingt so spontan irgendwas in einer fremden Stadt annehmen musst.«

Ich spüre die Kälte ihrer Hand durch mein Shirt.

»Ja.« Ich schlurfe zur Beifahrertür. Scheiße.

Wir hören die Musik des Sommers, in dem wir uns kennenlernten. Die alte Mix-CD, die ich ihr vor drei Jahren zusammengestellt habe, obwohl CDs schon damals ein Medium der Vergangenheit und längst von MP3-Playern oder Handys abgelöst worden waren. Furchtbar schnulziger Poprock. Keane, Beck, Oasis. Das darf niemals jemand erfahren. Und dann singt Robbie Williams den Song unseres ersten Kusses, ich drehe mich zum Fenster und eine einzelne Träne schafft es aus dem linken Auge. Ich reibe sie mit der rechten Hand in den Pullover, auf dessen Schulter der weiße Rand eines Möwenschisses den Waschgang überlebt hat. Froh, dass Kristin davon nichts mitbekommt. Oder es überspielt, keine Ahnung. Sie pfeift passend zur Melodie, als der Part von Kylie Minogue einsetzt und die ersten Hafenkräne zu sehen sind, die sich blau beleuchtet im Wasser der Elbe spiegeln. Es ist wunderschön und traurig zugleich.

Wir sitzen mit eingezogenen Köpfen auf dem unteren der neunzig Zentimeter breiten Etagenbetten. Das Generator Hostel liegt am Steindamm direkt am Hauptbahnhof in einem zwielichtigen Viertel. Vor der Tür standen drei leicht bekleidete Frauen mit Gürteltaschen, die trotz meiner Begleitung an meinem Arm zerrten und mir ein besonders kostengünstiges, noch nie da gewesenes Abenteuer anboten. Dann noch eher die Kabine vom Rastplatz. Wahrscheinlich die ersten Prostituierten, die ich je gesehen habe. Nach Julia Roberts in »Pretty Woman«. Aber die zählt wohl nicht.

Die vier Kartons und zwei Reisetaschen füllen das Zimmer komplett aus. Neunundvierzig Euro pro Nacht. Der Produktionsleiter Flo empfahl das Hostel am Telefon, rief extra noch einmal an, um mir ein Codewort für zusätzlichen Discount zu diktieren, das nach kurzer Diskussion zu einem Preisnachlass von fünf Euro führte. Lange kann ich mir das trotzdem kaum leisten.

Das Orange der mit Wischtechnik beschmierten Wände erinnert mich an das griechische Restaurant in meinem Heimatort. Ich bekomme Hunger. Jetzt Gyros mit Pommes. Platte Mykonos, ohne Oliven. Das wär's.

»Was ist denn das da oben überhaupt für eine Kamera?« Kristin deutet in eine der Zimmerecken, aus der eine alte Überwachungskamera aus den Sechzigern den Raum im Visier hat.

»Die ist nicht an«, antworte ich. »Wäre gar nicht erlaubt so was.«

Dass sie aufgrund der Neufassung des Persönlichkeitsrechtes in den Neunzigern abgeschaltet wurde, steht an der Eingangstür auf einem mit kleinen Schimmelpunkten übersäten Schmierzettel.

»Und selbst wenn, das Bild wäre so pixelig und schwarz-weiß, dass man bei dem Licht hier eh nichts erkennen würde.«

Kristin scheint mit der Antwort zufrieden, wendet sich ab. »Wollen wir noch was von deinen Sachen auspacken? Das ist ja gar nicht gemütlich hier.«

Ich frage mich, wie man durch Auspacken meines Krams das Zimmer gemütlich machen soll.

Sie fummelt am grünen Paketband eines der Kartons, die mindestens schon vier Umzüge von Verwandten hinter sich haben. Sowohl »Küche«, »Schlafzimmer« als auch »Keller« wurde vor Jahren mit Edding erst draufgeschrieben und dann wieder durchgestrichen. Ich habe kein weiteres Wort hinzugefügt. Hätte ich gemusst, wäre es wohl »Raum« gewesen.

»Nee. Ich will ja eh nicht lang hierbleiben. Und außerdem lieber noch vernünftig Zeit mit dir verbringen. Vielleicht dann eher noch mal raus. Oder so.«

Ich nehme ihre Hand und Kristins Blick wandert über meinen Oberkörper bis hoch zu den Augen.

»Du haust mir ein bisschen schnell ab. Ich hoffe, du hast dir das wirklich gut überlegt. So plötzlich und alles.«

Ich nicke und rechne im Kopf nach. Es ist Ende Juli, bis Februar sind das ungefähr sechs Monate. Sechs Monate. Nicht nur ungefähr. Dann könnte Kristin nachkommen, falls alle ihre Scheine von der Hamburger Uni angenommen werden und sie dorthin wechseln kann. Und falls ich dann überhaupt noch hier bin. Das ist ja alles gar nicht so klar.

»Na ja.« Sie schaut sich um. »Hamburg ist ja nicht die Welt. Sobald du eine Wohnung gefunden hast, komm ich dich bestimmt mal besuchen. Oder du mich.«

Bestimmt mal. Hm. Wieder nicke ich und versuche, möglichst cool und abgeklärt zu schauen.

Misslingt anscheinend, denn Kristins Augenbrauen ziehen sich zu einem Hundeblick zusammen. »Jetzt guck doch nicht so! Ich hab leider auch mein Leben und die Strecke ist schon weit. Wenn dich das

Praktikum aber nicht weiterbringt oder die doof zu dir sind, kommst du einfach sofort zurück und alles ist wieder normal.«

Ich lächle gequält und muss daran denken, wie sie mich mit einem Mitstudenten betrogen hat, als ich meinem Onkel in Karlsruhe zwei Wochen beim Renovieren half. Erst hatte sie die Gerüchte abgetan, bis sie mir unter Tränen den Ausrutscher beichtete und der Typ mir im Anschluss die Nase brach. Hart. Aber das ist lange her, die Beziehung gefestigter.

»Willst du noch was essen?« Sie kratzt mit dem Fingernagel einen angetrockneten Krümel vom Laken.

»Keinen Hunger.«

Das ist gelogen, Gyros immer noch im Kopf. »Keinen Bock« wäre treffender. Ich schaue aufs Handy, das neben drei Nachrichten von meiner Mutter mit zu vielen und falsch benutzten Emojis auch die Uhrzeit anzeigt. 23:55 Uhr.

Kristin nickt. »Putz schon mal die Zähne, ich bereite alles vor.«

Ich weiß nicht, was vorzubereiten wäre, aber sie schlägt mir mit der flachen Hand auf den Rücken, um mich zum Aufstehen zu animieren. Klappt immer. Ich nehme die Zahnbürste aus einer der Reisetaschen und gehe ins ungefähr ein Quadratmeter große Bad.

Im Spiegel sehe ich, wie fertig ich bin. Die Augen sind verquollen und ich habe das Gefühl, einen abartig riesigen Pickel auf der Stirn zu bekommen. Gerade so weit unten, dass der Scheitel ihn nicht wird verstecken können. Ich seufze und drücke einen letzten Rest Paste aus der Tube auf die Bürste, die ich schon längst hätte austauschen müssen, die farbigen Borsten sind ergraut. Ich höre, wie Kristin Fotos schießt und trete mit dem linken Fuß die Tür zu. In dem Moment kommen noch zwei Tränen. Dieses Mal gleichmäßig auf beide Augen verteilt. Ich hole das Handy aus der Hosentasche und versuche, mich mit 9Gag-Memes abzulenken. Der typische Kram. Hundertmal gesehen. Ich schließe die App und spucke den weißen Schaum ins Waschbecken, drehe mit der Hand, die auch das Smartphone hält, am Wasserhahn, spüle den Mund aus und trinke einen Schluck. Es schmeckt nach Chlor.

Als ich wieder hochkomme, stoße ich mir den Kopf am Spiegelschrank. Und zwar so heftig, dass mir das Telefon entgleitet, vom Seifenspender abprallt und unter den eiskalten Wasserstrahl ins Becken fällt. Blitzartig greife ich zu, reibe es an meinem Hosenbein ab. Es muss dämlich aussehen, wie ich im Wechsel den Kopf nach einer Beule abtaste und dem Handy, nun mit einem der grauen Handtücher, zu Trockenheit verhelfen will.

»Alles okay da drin?«, ruft Kristin.

Ich beiße die Zähne zusammen. »Hm. Jaja. Komme gleich.«

Ein Tastendruck, kurz leuchtet das Display auf. Mit einem leisen »Brzzz« wird es schwarz und reagiert nicht mehr. Nicenstein.

Fünf Minuten später sitze ich auf der Bettkante, kühle mir den Kopf mit Eiswürfeln, die Kristin von der Rezeption geholt und in ein Handtuch gewickelt hat, und beobachte, wie sie mir Kleidung für den ersten Arbeitstag zurechtlegt. Mir ist es egal, was ich trage. Ihr nicht.

»Dass du dir darüber keine Gedanken machst.«

Sie hält einen grau-grünen Fleece-Pullover hoch, den ich von ihr zum Jahrestag bekommen habe. Ich mochte ihn noch nie so wirklich, sehe darin aus wie eine uncoole Version von Kurt Cobain. Trug ihn stets zu Anlässen, die ihr wichtig waren. Geburtstage ihrer Freundinnen, Besuche bei ihren Eltern.

»Den fänd ich schön. Darin siehst du immer so niedlich aus.«

Niedlich. Kein Typ der Welt möchte niedlich aussehen. Erst recht nicht auf der Arbeit.

Ich nicke. »Okay.«

Sie strahlt. »Und dazu die schwarze Chino.«

Ich weiß nicht genau, was eine Chino ist, tippe aber auf die Hose.

Kristin schaut mir in die Augen, und würde sie mit ihren Wimpern klimpern, sie würde mich an Daisy Duck erinnern, wie sie von Donald ins Theater eingeladen werden will. Mein Ohr juckt.

»Mhm.« Ich stehe auf, werfe den Eisbeutel auf den Boden und küsse meine Freundin in diesem Moment nur, um die zu erwartende Schuhdiskussion hinauszuzögern. Unsere Lippen berühren sich und ich versuche die Zunge nachzuschieben. Der alte Krieg. Verloren.

Ich sitze wieder auf dem Bett und Kristin kritisiert die mitgebrachte Schuhkollektion aus zwei Paaren. Sie hebt die ausgelatschten Vans hoch und hält mir einen Vortrag über Vergänglichkeit und die Schönheit italienischer Fußbekleidungskunst. »Sergio Rossis Schuhe sind echt nicht so teuer.«

Ich schaue auf die Uhr. »Ich muss gleich schlafen.«

Kristin grinst, versteht und lässt die Vans fallen. »Ja. Ist nicht dein Ding. Wär nur schön, wenn du ein bisschen mehr Wert auf dein Äußeres legen würdest.«

Ich stehe auf. »Ich weiß, dass dir das wichtig ist. Ich kann's ja mal versuchen.«

Das ist natürlich gelogen.

Kristins Augen funkeln im Licht der Ikea-Lampe, die von dieser Position wie ein bedrohlicher Todesstern aussieht.

Als sie aus dem Bad kommt, gehe ich noch mal rein und setze mich auf die Toilettenbrille. Nur zwei, drei Tropfen, Spülung. Ich ziehe mein Shirt aus und betrachte meinen Körper im Spiegel. Hatte schon bessere Tage. Der Bauch bekommt langsam einen Ansatz und Muskeln sind so gut wie keine vorhanden. Ich muss echt aufpassen, dass das nicht irgendwann kippt und ich mich wie mein Vater unkontrolliert in alle Himmelsrichtungen ausdehne.

Wasser läuft mir über die Hände. Auf Zehenspitzen lasse ich meinen Penis ins Waschbecken fallen, ziehe die Vorhaut zurück und wasche ihn einschließlich der Hoden, die ich heute Morgen unter der Dusche mit einem Nassrasierer von Haaren befreit habe. Und mich dabei zweimal geschnitten. Ich drücke den Spender und verteile Seife auf meiner rechten Hand. Führe sie zum Po und einmal am Loch vorbei. Ich rieche an den Fingern. Ein leichter Kotgeruch ist noch da. Ich wiederhole den Schritt, greife zum Handtuch, trockne meinen Penis und wische hinten alles sauber. Ob das andere Leute auch machen? Ich hoffe nicht, halte das Tuch unter die Nase und hänge es zurück an den Haken.

Dunkelheit. Kristin liegt im Bett auf der Seite, zum Raum hingedreht. Das Handydisplay färbt ihr Gesicht unnatürlich blau. Ich stehe eine Weile im Türrahmen und schaue zu, wie sie unbewusst Grimassen schneidet, während Promiflash die letzten unwichtigen News des Tages in ihr Gehirn brennt.

Als mir der PVC-Boden zu kalt wird, gehe ich zum Fußende, hebe die Decke und krabble, an ihren Füßen vorbei, auf die viel zu kleine Matratze. Kristins Blick verweilt auf dem Telefon, während ich – hervorgerufen vom Doppelstock-Bett – an Klassenfahrten von früher denke. Ich habe Klassenfahrten gehasst. Ich habe meine Klasse gehasst. Die Schule. Danach die Uni. Die langen Flure. Die dummen Professoren. Das Gebäude. Den Geruch. Bis zu diesem Seminar, als sie mich zum ersten Mal wahrnahm. Ich kannte sie seit dem ersten Semester, himmelte sie aus der Ferne an, verabscheute ihren Freund, späteren Ex-Freund.

Ich lege den Arm um Kristin. Sie hebt ihren Kopf und platziert das Handy vor dem Bett auf dem Boden.

»Ich kann sonst auch nach oben«, murmelt sie.

Ich beuge mich zu ihr und küsse ihren Nacken. »Spinnst wohl.«

Ich spüre ihre kalten Füße, denen ich normalerweise aus dem Weg zu gehen versuche. Gerade liebe ich sie. Es knarrt. Kristins Kopf liegt auf meinem rechten Arm. Irgendwann wird er sich taub anfühlen. Heute wäre das okay. Ich drehe mich komplett zu ihr und ihr Hintern passt perfekt in meinen Schoß. Warm und schön. Das Blut strömt in andere Bereiche, es regt sich. Ein gutes Zeichen. Unsere letzte Nacht, untenrum rasiert und alles klinisch rein. Das krieg ich hin! Mit der linken Hand fange ich an, ihren Rücken zu streicheln.

Erst überm Shirt. Dann fasse ich darunter. Kein BH. Ich arbeite mich langsam über die Hüfte nach vorn. Der Bauch. Die Brüste. Ich küsse seitlich ihren Hals und Kristin zuckt. Ich nehme ihre Nippel zwischen Zeige- und Mittelfinger. Wieder geht ein Ruck durch ihren Körper. Und noch einmal. Eingeschlafen. Meine Hand sinkt wie ein sterbendes Reh nach unten, bleibt unmotiviert vor ihrer Hüfte hängen. Dann kribbelt es und der rechte Arm ist ebenfalls im Land der Träume. Ach Mann.

TAG 1

»Beeindruckend«

»So. Und das hier ist das Zimmer, wo wir abhängen oder Besprechungen im kleineren Kreis führen. Hier kannst du pennen oder auch kurz chillen, wenn dir alles zu viel wird. Aber das kann ich mir bei deinen Aufgaben eigentlich nicht vorstellen.«

Der Pickel auf meiner Stirn ist über Nacht gewachsen. Ich habe heute Morgen vor dem Spiegel versucht, ihn verschwinden zu lassen. Der Druck und der kaum austreten wollende Eiter haben die Sache nur noch schlimmer gemacht. Er pulsiert groß und rot und widerlich knapp unter der Haargrenze. Und ich weiß genau, dass der Typ vor mir ihn sieht und verabscheut.

»Ah« und »okay« sage ich und kenne sowohl den gerade gezeigten wie auch alle vorherigen Räume. Erstens, weil es nur fünf weitere gibt und es mir keine großen innenarchitektonischen Fähigkeiten abverlangt, zu erkennen, welcher davon Redaktion, Toilette, Flur, Chefbüro und Küche ist. Und zweitens, weil ich jedes der Zimmer aus verschiedensten Videos der Jungs kenne. Ich bin eben scheiß Fan. Ich weiß, wo ein Schimpanse aus dem Zoo Matte die Haare geschnitten hat, nachdem er die Keks-Wette verlor. Die Stelle, an der Delta gekotzt hat, weil er den glibberigen Froschlaich essen musste, kann ich auf den Zentimeter genau bestimmen. Neu ist mir nur der magere rothaarige Cap-Träger, der gerade vor mir herschlurft und gelangweilt kurze, einstudiert klingende Monologe hält. Seinen Namen kenne ich: Mo. Das war's.

»Das war's.« Die ausgeblichene Ledercouch erinnert an Castingvideos aus frivolen Internetportalen.

Kristin hasst Pornos. Sie hat mich vor Jahren mal erwischt, als ich davon ausging, allein in der Wohnung zu sein, und brach in Tränen aus, noch bevor ich es schaffte, die Hose wieder über die Hüfte zu ziehen. Dabei ist das ja eigentlich keine große Sache mehr.

Links steht ein alter Röhrenfernseher auf dem Boden. Lautlos laufen hier die Videos der Medienproduktionsfirma. Neben denen, die für Mattes und Deltas eigenen Kanal gedreht wurden, gibt es noch einige Werbeclips zu sehen. Zum Beispiel einen, in dem Matte und Delta mit Bifis fechten und dumme Penis-Anspielungen machen. Überhaupt haben sie schon einige tolle Sachen abgeliefert. Immer großartiger Humor.

»Beeindruckend.« Ich versuche, ehrlich zu klingen, und muss mir dabei nicht wirklich Mühe geben. Es scheint ihm egal. Sein Gesicht ist mit Sommersprossen übersät. Es ist schwer auszumachen, welcher der verschiedenen Hauttöne überwiegt. Es sieht fast aus wie einer dieser Farbblindtests mit Kreisen in unterschiedlichen Farben, in denen Zahlen versteckt sind.

»Noch Fragen?«

Seine leicht quäkende Stimme klingt so, als hätte ich besser keine. Er geht zum TV-Gerät und drückt auf den Ausknopf, gerade als Delta im Begriff ist, seinen besten und einzigen Sprung zu zeigen. Ist nicht so schlimm. Fünfmal gesehen. Das Bild bleibt den Bruchteil einer Sekunde stehen, zieht dann alle Farben in die Bildmitte, implodiert genau wie damals bei meiner Oma in Karlsruhe, als ich zum ersten Mal eine komplette Folge »Wetten, dass ...?!« sehen durfte und zehn Minuten nach Mitternacht gebannt den Ausgang der Saalwette verfolgte, während Oma unbemerkt für immer einschlief. Mit dem Ende des Fernsehbildes ging auch sie.

Ich hebe die Hand, als wäre ich in der Schule. »Und was machst du hier?«

Er schaut durch die Tür den breiten Flur hinunter und lässt die Schultern vor Enttäuschung, dass ich doch eine Frage habe, sacken. Seine Wangen pusten sich auf. Er sieht aus wie ein junger Oliver Kahn kurz vor dem gegnerischen Freistoß. Die Lippen schwingen mit, als er die nach Rauch stinkende Luft in meine Richtung bläst.

»Ich bin Praktikant. Wie du.«

Als er mit einem Fingernagel zwischen einem Eck- und einem Schneidezahn entlangfährt, um ein kleines grünes Quadrat aus dem Zwischenraum zu entfernen, zucke ich zusammen. Die rechte Hand hat viel zu lange und vor allem viel zu knochige Finger. Sie erinnert an E.T., nur heller und mit mehr Fingern, von denen, bis jetzt zumindest, keine Kuppe leuchtet. Aber das tat sie bei E.T. ja auch nicht willkürlich. Ich komme nicht drum herum, sie anzustarren.

Er merkt es.

»Als Kind ist mir da mal ein Traktor drübergefahren.«

Ich stelle mir einen jüngeren Mo vor, schon damals mit ausgewaschener Cap und rotem Kapuzenpullover in Übergröße, wie er auf einem Bauernhof aufwächst und Blumen auf einer riesigen Wiese pflückt. Gerade will er aufstehen und den Strauß der Mutter zeigen, da kommt mit einer Wahnsinnsgeschwindigkeit der angetrunkene Vater mit dem Trecker. Er sieht ihn im hohen Gras nicht, fährt weiter und merkt erst am hellen Schrei, dass etwas faul ist. Vom Anblick der blutenden, platt gefahrenen und pulsierenden Hand seines Sohnes bekommt der Bauer so einen Schock, dass er von da an einen unangenehmen Sprachfehler hat. Im Krankenhaus pfuschen sie, setzen die Einzelteile falsch zusammen, auch weil der cracksüchtige Chefarzt beim Kneipenbesuch seine Notfallschicht vergessen hat. Für alle Zeit entstellt, von der Führungsetage der Notaufnahme für einen viel zu geringen Betrag ruhiggestellt. Vater und Sohn werden die nächsten Monate jede Nacht von Albträumen heimgesucht. Die Eltern streiten, trennen sich aufgrund des Vorfalls, der schlussendlich der ausschlaggebende Grund für die Scheidung wird. Darüber wird geschwiegen. In der Schule wird Mo zum Außenseiter, »der Freak« genannt. Eine todtraurige Kindheit voller Hänseleien. So ungefähr.

»Zufrieden?« Mo reißt die Hand aus meinem Blickfeld.

Ich bin wieder in der Realität, räuspere mich und nicke bedrückt, wie ich es aus Filmen kenne. »Entschuldigung.«

Möchte eigentlich noch mehr darüber wissen, doch die Finger wandern wie eine Spinne, die sich auf der Flucht in ihre Höhle verkriecht, in die känguruartige Beuteltasche des Pullovers.

»Und was hast du da auf der Stirn?«

Oh nein.

»Gehst du zu Karneval als Einhorn?«

Er starrt auf den Pickel. Ich versuche, so zu tun, als wäre es mir egal, grinse verschämt. »Karneval ist doch schon vorbei.«

Mo lacht hämisch und ich kann ihm die Retourkutsche nicht verdenken.

»Schön, dass ich nicht der einzige Praktikant bin«, sage ich, will ihn zumindest für den Moment auf meine Seite ziehen.

Seine Augen werden größer und blicken mich undefinierbar an. Irgendwas zwischen erstaunt und ernst. »Man hat's dir wohl nicht gesagt, was?«

Ich kratze mit meiner normal großen linken Hand meinen normal großen rechten Handrücken. »Was denn gesagt?«

Mo zieht die Cap am Schirm nach vorn, sodass ihm ein Schatten ins Gesicht fällt, es zur Hälfte bedeckt.

»Erst mal egal.« Er winkt ab. »Das kommt wohl später. Jedenfalls, da du der Neue bist, wirst du dich um den Müll, das Aquarium und den Kaffeebestand kümmern.«

Er zeigt bei jedem Wort in eine andere Himmelsrichtung. Ich versuche, mit meinem Blick zu folgen.

»Alles Weitere erfährst du in ...«

Da ist die Hand wieder. Er schaut auf seine Apple-Watch, die aufleuchtet, sobald er den Arm zum Gesicht neigt. Ich kenne sie aus der Werbung.

»... drei Minuten beim montäglichen Meeting.«

Ich stutze. »Okay. Und was passiert bei diesem Meeting?«

Die Scheiben des Aquariums, das vorm Fenster steht, sind grün. Das Wasser ist grün, die Algenschicht ist grün und sollten noch irgendwo lebendige Wesen darin existieren, sind die wahrscheinlich inzwischen auch grün.

»Wirst ja sehen. Ich geh eben eine rauchen. Time is cash.«

Mo trottet den Flur hinunter und zieht von der Garderobe, links neben dem Eingang, ein Kleidungsstück, das mir bekannt vorkommt.

»Ähem«, mache ich.

Er schaut auf und ich deute auf die dunkelblaue Regenjacke. »Sag mal, woher hast du diese Jacke?«

Er zuckt mit den Schultern. »In der Stadt gekauft. Irgendwann.« Die Zigarette wippt schon im Mundwinkel.

Ich beiße mir auf die Unterlippe. »Ich hatte mal genau die gleiche.«

Er nickt. »Cool.«

Seine Finger umschließen den Türgriff. »Fertig?«

Ich nicke und weiß genau, dass er meine Jacke trägt, die ich hier vor nicht mal einer Woche habe liegen lassen. In der hinteren Ecke des Raumes beobachte ich eine größere Staubfluse mit schwarzen Punkten, die, angetrieben vom Windstoß, den Mos Abgang erzeugt hat, einen kleinen Sprung nach vorne macht. Ich drücke auf meinem Handy alle Tasten, um zu gucken, ob es vielleicht doch wieder anspringt. Nichts. Kristin ist heute, noch vor dem Frühstück, um sechs Uhr in die Heimat gefahren. Letzter Kontakt: ungefähr vor fünf Stunden und dreiundzwanzig Minuten.

Ich setze mich auf das Sofa. Ein Geräusch wie ein sterbender Frosch. Auf dem Fensterbrett landet eine Amsel, schlägt den gelben

Schnabel gegen die Scheibe. Tock, tock, tock. Kaum hörbar. Dann dreht sie den Kopf und es ist fast so, als würden ihre leeren Augen in meine Richtung starren. Das ist superunheimlich. Ich stehe auf, gehe die drei Schritte und ziehe die Gardine zu. Der Stoff fühlt sich an, als würde er direkt aus der Fritteuse einer Großküche kommen. Ein dicker Fettfilm ummantelt meine Fingerkuppen und ich frage mich, ob dieses gräuliche Grün wohl auch die Farbe beim Kauf vor vielen Jahren war. Ich höre den Schnabel der Amsel noch viermal, bevor es endlich still wird.

Aus besagten drei Minuten sind inzwischen siebenunddreißig geworden. Ich schaue auf die »Adventure Time«-Uhr an der Wand. Von Mo und den anderen keine Spur. Ich warte noch sieben weitere Minuten und gehe dann nach und nach die Zimmer ab. Niemand.

Eine undefinierbare Mischung aus Rufen und Flüstern stößt aus mir heraus. »Hallo?«

Geradeaus über den Flur, ins Bad. »Hallo?«

Keine Antwort.

Direkt daneben, in die Küche. »Hallo?!«

Nix.

Weiter den Gang entlang und – Moment. Ich höre Stimmen aus dem Raum am Ende, klopfe an die Tür mit dem DIN-A4-Zettel »Redaktion – Niveau bitte draußen lassen«.

Mittelwitzig.

Drücke die Klinke nach unten und ziehe die Tür auf. Da sitzen sie alle. Zehn Augen blicken in meine Richtung. Unangenehm. Matte, Delta, Mo, Produktionsleiter Flo, den ich schon vom Vorstellungsgespräch kenne, und ein neues Gesicht: Stefan, der leitende Redakteur. Ein fast fünfzigjähriger, großer Fleischberg mit braunen, schulterlangen Metal-Haaren und Dreitagebart. Altpunker, wie er in mehreren Videos auf dem Kanal beiläufig erwähnt hat. Die Tattoos erzählen Geschichten aus einer längst vergessenen Zeit. Er sieht noch dicker aus als in den kurzen Ausschnitten, die ich von ihm kenne. Vielleicht haben sie ihm am Computer irgendwie digital ein paar Kilos entfernt, falls so was geht. Ein riesiges Stück Fell, höchstwahrscheinlich ein Hund, regt sich nicht, liegt unter dem Schreibtisch und schläft.

Der Raum erinnert mich an eine Miniaturversion unseres alten Klassenzimmers in der Grundschule. Vor jedem der Jungs steht ein Laptop. Statt an einem der Schreibtische Platz zu nehmen, steht Matte am Fenster. Vor ihm liegt ein Tabakbeutel. Ich wusste gar nicht, dass er raucht. Sein MacBook passt gerade so zwischen die zwei vertrockneten Geranien auf der Fensterbank. Er davor, lächelt mir zu. Auch dieser Raum ist mit Postern zugeklatscht. »Men in Black 2«, »Fluch der Karibik 2«, »Battlefield 2« und das Einzige, was sich nicht so recht einfügt: »Michel aus Lönneberga – jetzt auf DVD«, nicht Teil 2. Dazu wieder die obligatorischen Staubflusen zwischen aufgestapelten, leeren Paketen und einem Wäschekorb voller Fanpost mit einem karierten Schmierzettel: »Noch zu beantworten«.

Ich sehe alle heute zum ersten Mal seit dem Vorstellungsgespräch. Delta steht auf und mein Herz schlägt einen Tick schneller. Das darf auf keinen Fall jemand mitbekommen. Wüsste ich es nicht besser, ich würde selbst denken, ich bin verliebt.

»Ach stimmt.« Er reicht mir die Hand. Sie ist schwitzig, was mich sonst, bei anderen Personen, richtig stört. Gerade ist mir das egal. Ich ignoriere es, wische meine Hand unbemerkt an der Hose trocken.

»Schön, dass du da bist, Kevin. Cooler Pulli.« Er zeigt auf den schwarzen Hoodie mit dem Anthrax-Schriftzug, den ich vor Jahren bei einem Konzert gekauft habe, nur um cool zu sein. Die Musik mochte ich nicht. Ich lächle und fühle mich zurückversetzt an den Tag, als Kristin sich mir vorstellte. Reiß dich mal zusammen, ey!

»Danke. Ich heiß eigentlich nicht Kevin.« Meine Stimme klingt zittrig. Hat keiner bemerkt.

»Ach ja. Sorry. Bin schlecht mit Namen. Wir sind grade mit unserem Meeting fertig – coole neue Ideen –, wollten jetzt essen. Willst du mit? Chinesisch. Aber ich mach da auf jeden Fall ne Insta-Story. Wenn du da keinen Wok drauf hast, bleibst du besser hier.«

Mit den Fingern zieht er dabei die Augen zu Schlitzen und ich grinse, obwohl ich meine Mutter für den gleichen rassistischen Witz vor zwei Monaten angeblafft habe. Dann zuckt er zusammen, als fiele ihm plötzlich etwas ein. Er greift in die Tasche seines über dem Stuhl hängenden Kapuzenpullis, zieht eine Packung Desinfektionstücher heraus, wischt sich mit einem erst über die Augen und mit einem zweiten die Hände.

Fleischberg Stefan streckt mir den Daumen entgegen, als wollte er mich vom chinesischen Essen überzeugen. Die erste Geste, die ich von dem riesigen Typen mitbekomme. Er hat viel zu lange Fingernägel mit schwarzen Rändern, die man sonst nur bei Kindern sieht, die stundenlang mit Erde gespielt haben.

Ich krame mein Portemonnaie hervor und überlege, ob ich das wenige Geld darin lieber für das Hostel sparen sollte. Insgeheim hoffe ich auf ein »Wir laden dich ein, ist ja dein erster Tag«. Aber keiner sagt etwas.

»Also ich geh jetzt.« Produktionsleiter Flo fährt sich durch den Bart, steht auf und geht zur Tür. Er erinnert mich an eine schmächtige Version von Bill Goldberg, dem Wrestler, der die WCW in den späten Neunzigern mit einer unglaublichen Serie ohne Niederlage dominierte. Mit Brille allerdings. Eine schmächtige, uncoole Version von Goldberg mit Brille.

Vier Euro. Das muss eigentlich bis abends reichen.

»Geht nur. Ich hab keinen Hunger.« Mein Magen knurrt leise. Ich stecke die Geldbörse zurück, setze mich auf einen der Drehstühle und warte, bis alle das Büro verlassen. Dann schaue ich wieder aus dem Fenster und hoffe, dass die Amsel vielleicht auch vor diesen Fenstern noch mal auftaucht.

Flos Kopf lugt hinter der Tür hervor. »Da vorn liegt dein Vertrag. Den kannst du ... Ähem. Unterschreib den, dann bringe ich den auf dem Weg zum Essen noch zur Post und schicke ihn an unsere Buchhaltung.«

Er wirft mir einen Kugelschreiber zu, der mir aus den Händen gleitet und auf dem Schoß landet. Vor mir befindet sich ein zehnseitiges Dokument, das ich einmal überfliege.

Flo scharrt ungeduldig mit den Füßen. »Jetzt mach schon! Ich hab echt Hunger. Ich kopier dir das alles später.«

Ich setze meinen Namen auf die Linie. Dabei fällt mir auf, dass ich mich langsam mal um eine Erwachsenenunterschrift kümmern muss. Es sieht aus, als hätte ein dreizehnjähriger Analphabet es gerade so geschafft, die korrekten Buchstaben auf den Strich zu kritzeln.

»Geht doch.« Flo macht einen Schritt in den Raum hinein, zieht mir die Unterlagen aus der Hand, wirft sich eine Regenjacke über und wendet sich zur Tür. »Und wenn du eh hierbleibst«, er dreht sich noch mal um, »kannst du dich vielleicht schon um die Fanpost kümmern.« Grimmig deutet er auf einen Laptop. »Das ist mein Rechner. Da ist in Word eine Vorlage dafür.«

Sein Kopf verschwindet hinter dem Türrahmen, nur um einen Sekundenbruchteil danach wiederaufzutauchen und noch ein Stück wütender und bestimmter auszusehen. »Passwort ist: Hurensohn mit großem H. Aber keine Mails von mir lesen! Ach so. Und wir wissen, dass du eins unserer Handtücher geklaut hast.«

Ich schlucke, kann nichts sagen. Nicke, habe ein schlechtes Gewissen und fühle mich viel zu wenig informiert. Keine Mails lesen. Für wen hält er mich denn? Hilary Clinton?

Die Tür schließt sich. Draußen vorm Fenster fallen dicke Tropfen auf die trostlos wirkende Stadt und ihre Bewohner. Dieses Wetter hier, der ständige Regen, ich weiß nicht, ob ich mich damit wirklich anfreunden kann.

Die Höhenreglung des alten Bürostuhls ist kaputt, er ist viel zu niedrig für den Schreibtisch und knarrt unter meinem Gewicht. Ich könnte einen anderen nehmen, bleibe aber auf diesem sitzen, da ich so perfekt in den neben mir stehenden Wäschekorb greifen kann.

Ich habe selbst vor einigen Jahren einen Brief an Matte und Delta geschrieben und mich tierisch über die Antwort gefreut. Die Vorlage, die auf dem Bildschirm vor meinen Augen flackert, ist genau dieselbe Formulierung, die ich damals auch bekam. Irgendwie war ich davon ausgegangen, dass – wenn sie schon nicht alles persönlich beantworten können – sich wenigstens Mühe gegeben wird, statt einfach die Namen in der Vorlage auszutauschen. Ich sacke zusammen. Enttäuscht über die Naivität meines jüngeren Ichs.

Ich öffne einen Umschlag, der ganz prominent oben auf dem Berg liegt. Es ist ein Brief vom Finanzamt. Als ich die Überschrift »Dritte Mahnung« sehe, stopfe ich ihn so schnell es geht zurück und begrabe ihn tief unten im Wäschekorb.

Nächster Versuch. Ein krebskranker Junge berichtet vom neuen Lebensmut, den er durch die Videos von Delta und Matte bekam. In zwei Monaten gibt es eine wichtige Operation und dann Chemotherapie. Die Chancen stehen zwanzig zu achtzig. Oh Mann. Gleich der allererste Brief und dann so was. Ich möchte ihm viel Glück wünschen, alles Gute, ihm Mut machen, mich bedanken. Und ich möchte vor allem, dass Matte und Delta ihm schreiben und kein Praktikant an seinem scheiß ersten Tag. Dann schaue ich auf das Datum. Die Nachricht ist ein halbes Jahr alt. Ich stelle mir einen Jungen vor, der kurz vor der Operation die Mutter fragt, ob seine Idole schon geantwortet haben. Sie wird verneinen und er ohne Mut in den OP geschoben. Vermutlich sterben. Das ist scheiße traurig, ey. Was soll man da denn bitte antworten? »Ich hoffe, du hast es geschafft, Kumpel. Sorry, dass wir zu beschäftigt waren. Wir hatten so viel zu tun und …«

Alle meine Probleme werden in diesem Moment banal. Dann sehe ich Kristin halt nicht so oft, dann habe ich halt keine Wohnung, dann – mir fallen keine weiteren »großen« Schwierigkeiten ein und ich atme tief durch, lege den Brief für später zur Seite. Das kann echt nicht mein erster sein. Echt nicht.

Ich wühle mich durch die Umschläge. Die meisten sind voll des Lobes. Ich tippe die entsprechenden Namen in die Vorlage. Die Tastatur ist vergilbt, rau. Mit dem Fingernagel kratze ich eine dünne gelbliche Schicht ab, die als Pulver an der Fingerkuppe haften bleibt. Sofort fühle ich mich schmutzig, als wenn man von der Toilette käme und keine Möglichkeit hätte, sich die Hände zu waschen. Eigentlich ist es okay, aber das Gefühl ist doch falsch.

Ich streiche über meine Stirn, fahre mit dem Zeigefinger den Hügel des parasitischen Begleiters ab, versuche den Eiter herauszudrücken, lese dabei die Nachricht einer Schülerin, die möchte, dass Delta sie auf den Abiball begleitet. Da fällt mir erst auf, wie viel Verantwortung eigentlich in dieser Aufgabe schlummert. Ich kann hier echt was kaputt machen, indem ich Briefe im Namen der beiden verschicke. Ich könnte zum Beispiel zusagen und es wäre ein gefundenes Fressen für die Klatschpresse, wenn Svenja an ihrem großen Tag herausgeputzt und voller Freude auf ihren Star wartet und dann bitterlich enttäuscht nicht mehr zum Abiball fährt. Ein Trauma für die Ewigkeit.

»Was machst du da?« Flo steht plötzlich hinter mir. Das Deckenlicht spiegelt sich in seiner Glatze und sein Shirt strahlt Hitze ab. Hitze und Kantinengeruch.

»Ich beantworte die Post.« Ich deute auf den Wäschekorb. »Die – also die Fanbriefe.«

Flo greift mit der Hand nach dem Monitor, fängt an, ihn zu schütteln. Erst leicht, dann kräftiger. Ich weiche zurück, als der Becher mit Stiften umkippt, die sich über den Schreibtisch und bis zu meinen Füßen verteilen.

»Du sollst die Vorlage benutzen!« Seine Stimme klingt zornig. Er erinnert mich an Gargamel, der seinen Gehilfen Rotznase zurechtweisen will.

Ich rolle quietschend ein Stück nach hinten, lasse der Wut den Platz, den sie benötigt. »Mach ich doch.«

Wie die Schlange Kaa aus dem »Dschungelbuch« dreht Flo sich zu mir, starrt durch seine Brillengläser direkt in meine Augen. »Du sollst sie benutzen!«

Er tritt gegen eine freie Stelle der Sitzfläche vom Bürostuhl. Meine Füße schwingen nach oben, ich rolle zurück und treffe mit der Rücklehne unsanft auf die Wand. Es scheppert, mein Hinterkopf schlägt auf und ein Ruck geht durchs Gehirn, lässt es in seiner Schale wanken. Ich greife sofort an den Ort des Aufpralls, prüfe ihn auf Risse und Blut. Mein Schädel brummt.

Flo bemerkt seinen Fehler, sieht plötzlich besorgt aus, kommt auf mich zu. »Oh Mann. Entschuldigung.« Er haut mit den Fäusten längs gegen die eigenen Oberschenkel. »Tut mir echt leid.«

Ich kratze die Stelle und schaue abermals auf meine Hand, reibe die Finger gegeneinander. Kein Blut.

»Schon gut«, sage ich, verwirrt von dem plötzlichen Ausbruch.

Er schlägt mir freundschaftlich gegen den Oberarm. »Das passiert mir manchmal. Ich wollte nur, dass du die Sätze nicht veränderst. Also, in der Vorlage. Einfach nur die Namen eintragen. Wir haben uns da ja was bei gedacht, weißt du?«

Ich nicke. Die Situation überfordert mich. Mein Kopf dröhnt und vor mir steht ein Irrer. Ich verschweige den krebskranken Jungen und bewege den Stuhl ein Stück von der Wand. Das Poster von »The Game« mit Michael Douglas fällt hinter mir zu Boden.

Ich sitze auf der Toilette, die ich vorher mit Sagrotan und jeder Menge Papier gereinigt habe. Die weißen Fliesen sind gesprenkelt. Obwohl es auch Pissoirs gibt, scheint hier jemand im Stehen zu pinkeln. Ich kann nicht so gut auf öffentlichen Klos, bin auf ordentliche Hygiene angewiesen.

Dieses Mal ist es aber eh unabdingbar. Nummer zwei. Es drückt. Meine Hose hängt in den Kniekehlen, ich spüre den Windzug, den die verregnete Luft durch das Fenster bis hier hereintreibt.

»Was ist denn das für ein Zeug?«

Ich höre Matte, der zusammen mit dem Klang einer sich öffnenden Tür den Raum betritt. Delta ist ebenfalls dabei.

»Ist zu hart? Das hab ich von einem Typen an der Flora gekauft. Der sah aus wie Gerald Asamoah. Zieh noch mal!«

Zweimal das Ratschen von Reißverschlüssen, dann plätschert Flüssigkeit in beide Toiletten. Ich höre das leise Knistern von brennendem Tabak, an dem gezogen wird, tiefes Ausatmen und eine leicht näselnde Stimme.

»Das ist rassistisch.«

Ich halte meinen Strahl an, um Geräusche zu vermeiden, ziehe die Füße nach oben.

»Ist es nicht.«

Einer der zwei hustet. Es drückt im Unterbauch. Wieder höre ich eine volle Lunge, die sich entleert.

»Das ist total rassistisch. Das geht gar nicht.«

Das Plätschern wird schwächer, ich höre die letzten Tropfen, während ich es selbst kaum noch aushalte.

»Warum?«

Dann kommt eine Spülung und ich lasse mit dem Getöse des Wassers auch den Urin aus meinem Körper laufen.

»Weil nicht jeder Schwarze aussieht wie Gerald Asamoah.«

Es stoppt wieder, ich halte an.

»Nein. Das stimmt. Der war aber ja auch nicht nur schwarz. Er sah eben auch aus wie fucking Gerald Asamoah.«

Ich schwitze. Die zweite Spülung. Puh. Los, los!

»Glaub ich dir nicht.«

Ich muss erneut stoppen. Geht doch einfach raus! Was ist das denn für ein Gespräch? Meine Blase drückt wie nichts Gutes. Ich werde tagelang Muskelkater haben, falls das dort möglich ist.

»Dann geh doch mal in die Schanze und kauf Gras an der Flora. Ich schwör dir, da steht ein Typ, der genauso aussieht wie Gerald Asamoah.«

Es folgen die Wasserhähne und es krampft so sehr.

»Bullshit.«

In meiner Nase kitzelt der Geruch von süßlichem Rauch.

»Was hältst du eigentlich von dem Neuen?«

Ich überlege, ob ich das wirklich hören will oder mir nicht besser die Ohren zuhalten sollte. Zu spät.

»Kann ich schwer einschätzen. Hab mich noch nicht wirklich mit ihm beschäftigt. Man merkt nur, dass er bisher sein Leben verschwendet hat. Er passt auf jeden Fall ganz gut in die Rolle.«

Was soll das denn heißen? Verschwendet? Für einen Moment vergesse ich, dass ich gerade einhalten muss, überlege stattdessen, wo ich denn bitte Dinge anders hätte machen sollen. Klar, ich habe zwei Studiengänge abgebrochen, hätte vermutlich in BWL jetzt schon meinen Master. Aber wenn es einfach nicht das Passende ist? Jeder wird sich ja wohl noch eine Findungsphase erlauben dürfen. Und das Medienkommunikationsstudium, da muss man überhaupt erst mal zugelassen werden. Da ist die Note am Ende zweitrangig. Mit kurz vor dreißig ist das alles im Soll. Gut, Kristin ist gerade dabei, ihren Abschluss zu machen und hat das alles ein bisschen fixer hingekriegt, die musste aber auch keinen Zivi machen und ist überhaupt ein bisschen strenger bei der Lebensplanung. Deshalb passt das ja auch so gut mit uns.

Einer der zwei würgt Schleim aus der Tiefe seiner Lunge herauf und zeitgleich mit dem kratzigen Geräusch krampft es wieder in meiner Magengegend. Das kann doch auch nicht gut für die Nieren sein. Haut doch einfach ab!

Ich kann nicht mehr, kralle die Fingernägel ins Fleisch der viel zu dünnen Oberschenkel. Dann schließt sich endlich die Tür und ich bin erlöst.

TAG 2

»Du schläfst oben«

»Wer bist du denn?« Der indisch aussehende Junge in weißem Gewand steht barfuß zwischen meinen Umzugskartons. Ich bin unsicher, ob das wieder einer dieser sinnlosen, realistischen Träume ist, von denen ich dachte, sie mit der Pubertät vor Jahren verloren zu haben. Die Todesstern-Lampe leuchtet bedrohlich.

Auch der Junge scheint erschrocken. Sein Kleidersack fällt zu Boden und er hebt die Hände wie ein Bankangestellter, der gerade mit einer Waffe zur Geldübergabe gezwungen wird. Meine Pupillen versuchen, sich an das fahle Licht zu gewöhnen. Ich räuspere mich und zwinge damit den Frosch im Hals zu verschwinden.

»Was machst du hier?« Meine Stimme krächzt, als wäre ich im Stimmbruch. Lange kein Wort gesprochen.

Sein kompletter Körper zuckt. »Nicht.«

Ich schätze ihn auf zwischen sechzehn und zwanzig Jahre. Schwer zu sagen. Das Weiße der ansonsten pechschwarzen Augen ist so hell, wie ich es noch nie gesehen habe. Vielleicht gibt es da jetzt auch ein Bleaching für.

Ich schaue auf den Wecker. 3:43 Uhr.

»Ey, ich muss echt pennen.«

Sein linker Zeigefinger deutet am nach oben ausgestreckten Arm runter auf seinen Hinterkopf. »Sunil.«

Ich reibe mir durchs Gesicht, schlage die Bettdecke zur Seite und stelle einen Fuß nach dem anderen auf den kalten Boden, atme tief ein. Dann merke ich endlich, an wen er mich erinnert: den Jungen aus »Slumdog Millionaire«. Und ich frage mich, ob er wirklich so aussieht oder ob das nicht vielleicht auch rassistisch ist, wenn ich finde, dass er so aussieht. Aber er tut es nun mal.

»Dein Name ist Sunil? Wie das Waschmittel?«

Ich stehe auf, trage eine viel zu ausgeleierte Boxershorts, die vor Jahren mal eng anliegend war, fühle, wie mein Kreislauf den Körper wieder aufs Bett zwingen will. Ich mag das Gefühl, wenn das Gehirn nicht genau weiß, ob es ohnmächtig werden oder doch bei Sinnen bleiben soll. Kleine helle Punkte funkeln in meinem Sichtfeld.

»Sunil?« Ich zeige mit dem Finger auf ihn und betone die letzte Silbe übertrieben, hebe sie besonders an, obwohl ich keinen Schimmer habe, ob das in jeder Sprache eine Frage impliziert. Er nickt, und ich vermute, dass in seinem Herkunftsland das Waschmittel einen anderen Namen trägt. Stelle mir vor, wie es wäre, wenn ich Ata oder Pril heißen würde.

»Okay, Sunil, das ist mein Zimmer.« Ich forme mit beiden Händen einen großen Kreis und deute dann auf mich. »*Mein*. Zimmer. Und nimm mal die Arme runter.« Ich greife nach seinem Handgelenk, will es nach unten ziehen. Er weicht zurück.

»Nicht!«

Meine Atmung wird tiefer. »Okay.«

Vor seinen Füßen liegt ein Beleg des Hostels. Ich hebe ihn auf, spüre die Strapazen der Nacht auf der viel zu weichen Matratze, die sich durch Rückenschmerzen bemerkbar machen. Punkte surren um mein Gesicht wie Bienen um ihre Waben. Ich lese. Zimmer 304. Das stimmt. Da stehen wir drin.

»Ich ruf mal die Rezeption an.«

Meine Stimme ist laut, in der Annahme, dass er mich so besser versteht. Leere, ausdruckslose Augen. Auf dem Zimmertelefon wähle ich die Null. Es klingelt. Einmal. Dreimal. Achtmal. Dann springt der Anrufbeantworter an. Ich setze mich zurück aufs Bett, gehe die Möglichkeiten durch. Sehe es schon kommen: Ich gehe nach unten in die Lobby und finde dort die Rezeptionistin, die bewusstlos mit dem Gesicht die Tastatur vollblutet, und in der Zwischenzeit räumt er hier die Kartons in den Fahrstuhl.

Ich werfe einen zweiten Blick auf den ungebetenen Gast, schüttle den Kopf. Nee, so sieht er nicht aus, und außerdem ist das jetzt wirklich voll rassistisch.

Ich könnte ihn raus auf den Flur schicken und die Tür verriegeln. Das würde gehen, er hat bestimmt keinen Bodybuilder-Titel. Ich kremple die Ärmel des Shirts hoch und betrachte meine zu dünnen Arme. Auch nicht viel besser. Würde wohl doch ein knapper Kampf werden.

»Hm. Hm. Hm.« Ich streiche mir durchs Haar. Ein öliger Film legt sich auf die Fingerkuppen. »Okay. Du schläfst oben!«

Ich klopfe mit der flachen Hand auf die Matratze über mir. Das fühlt sich ein bisschen so an, als wollte ich ein verängstigtes Tier anlocken. Ich zeige auf Sunil und wiederhole das Schlagen des Lakens. Er versteht, lässt seine Arme sinken. 3:52 Uhr. Ich lasse mich zurückfallen und werfe die Decke bis über die Augen. Die Punkte verschwinden.

Barfuß klettert er, ohne die Leiter zu benutzen, das Bett hinauf und hinterlässt einen weißen Abdruck genau vor meinem Gesicht. Ob er wohl auch ohne Schuhe durch die Stadt läuft? Das geht doch nicht!

Ich drehe mich zur anderen Seite, spüre, wie die Wand meinen Atem zurück auf die Wangen wirft. Sunil beugt sich von oben über das Bettgestell bis runter zum Lichtschalter an der Tür. Der Todesstern erlischt.

»Shubh ratri.«

3:54 Uhr und ich bin hellwach. Mein billiges Netbook neben mir brummt. Ich klappe es auf und der helle Schein erzeugt einen Schatten meines Gesichts an der Wand. Ich wähle mich ins Hostelnetz und viel zu langsam öffnet sich GMX, die Website, bei der ich seit über fünfzehn Jahren meine E-Mails abrufe. Eine Mail meiner Mutter. Ich schlucke.

»Hallo. Wie ist es in Hamburg? Ich versteh das alles immer noch nicht so ganz. Vielleicht überlegst du dir das noch mal. Ich hab dir trotzdem das Geld überwiesen. Ich will bald nach Kreta und dann müsstest du mal gucken, wer Bernie in der Zeit übernehmen kann. Das ist nämlich ganz schön viel Arbeit. Ich hab mich heute übrigens mit deinem Vater getroffen. Es war tatsächlich sehr nett. Wir wiederholen das wohl bald noch mal. Er lässt dich grüßen ...«

Ich lese nicht weiter, klappe den Laptop zu und liege im Dunkeln. Mein Herz klopft und ich merke, wie meine Magensäure brodelt. Ich bin gleich über mehrere Punkte dieser paar Sätze sauer. Im Grunde weiß ich nicht, ob überhaupt ein Teil dabei ist, der mich nicht wütend macht. Geld, Hund, Vater. Ich kralle mich in die Matratze.

»So. Kommen wir mal zu neuen Videoideen. Hat jemand eine?«

Stefans Hand mit den langen, immer noch dreckigen Fingernägeln fährt über den Nacken von Obelix, dessen Name passender nicht sein könnte.

Der dicke Bernhardiner liegt regungslos und mit geschlossenen Augen auf dem Teppich, der dank der vielen verlorenen Haare seine grau braune Farbe angenommen hat. Ein dicker Speichelfaden läuft ihm vom Mundwinkel bis runter zur linken Vorderpfote. Ich sehe, wie Delta seinen Blick nicht von der schleimigen Flüssigkeit lösen kann, die seinen Hygieneanspruch weit überreizt. Seine Finger krallen sich in den Stoff seiner Jeans.

Alle bleiben still. Der Schirm von Mattes magentafarbener Cap sitzt so tief, dass sein Gesicht aufwärts der Oberlippe in einem dunklen Schatten verschwindet. Flo schaut auf den Boden. Delta hat es geschafft. Statt weiter den Hund zu beobachten, scrollt er jetzt durch das Fotoalbum seines iPhones. Ich will eigentlich nicht, sehe aber dennoch die Fotos der unterschiedlichen Frauen, die sich in aufreizenden Posen halb nackt räkeln. Mo blättert wie wild in einem roten »Iron Man«-Notizblock, meine Regenjacke über dem Stuhl.

»Man ...« Alle Augen richten sich auf den Praktikanten. »Man könnte Delta als Cro verkleiden und dann verschiedenen Journalisten ein gefaktes Interview zum neuen Album geben.«

Matte pult mit der linken Hand an der Haut neben seinem rechten Daumennagel, zieht ein kleines Stück davon ab und lässt es auf den Boden fallen. »Das hab ich erst letztens irgendwo im Internet gesehen. Und da war die Auflösung schon nicht so witzig.«

Der Praktikant blättert weiter. »Wie wär's denn, wenn wir aus unseren Büroräumen eine Geisterbahn machen und dann verschiedene befreundete YouTuber einladen, sich bei uns zu gruseln.«

Flo kratzt sich an der Glatze und wischt ein paar Schweißtropfen in sein weißes Shirt. »Das soll ich wahrscheinlich mit euch beiden organisieren und aufbauen?« Er zeigt mit dem Finger in Mos und meine Richtung, winkt dann ab. »Das wird doch nichts. Außerdem haben wir keine befreundeten YouTuber. Und Halloween ist auch noch lange nicht.«

Stefan nickt und Obelix schnurrt wie eine Katze, als sein Herrchen ihm mit der Hand über den runden Bauch streichelt. »Hast du sonst noch ne Idee, die der Flo leichter umsetzen kann?«

Ein Blitz fährt durch meinen Körper. Der Finger des Redaktionsleiters zeigt in meine Richtung. Ich hasse ihn jetzt schon für seine Sprache, dafür, dass er immer wieder Artikel vor die Namen stellt, die da auf gar keinen Fall hingehören. Aber das ist wohl gerade der falsche Zeitpunkt, sich darüber auszulassen. Es zittert überall, fühlt sich an, als stünde ich an der Tafel bei einer mündlichen Prüfung. Mathe. Stefans, Flos und Deltas Blicke durchbohren mich. Ich schlucke.

»Vielleicht ...« Ich räuspere mich, habe die letzten zwei Stunden bis auf den Satz »Ich brauch kein Wasser« nicht ein einziges Wort gesprochen. Mathe. Zögere. »Vielleicht könnten wir was in einer Schule machen?«

Ich schaue zu Mo, der in den leeren Seiten des Notizbuches Schutz sucht. Sein linker Fuß tippelt auf und ab.

»Wie meinst du das?« Delta sieht skeptisch zu mir rüber.

»Unterrichten vielleicht?« Ich betrachte seine Augen und blicke in eine Mischung aus Unverständnis und Verstimmung.

»Nicht immer nur ›vielleicht‹. Wir brauchen konkrete Ideen. Deine Wortfetzen bringen uns hier nicht weiter. Unterrichten? Super. Sollen wir uns da mit reinsetzen und uns vom Lehrer für dumm verkaufen lassen? Das hatte ich in der echten Schule schon genug.« Er tippt Mo an. »Hast du denn noch ne Idee, ähm?«

Es wird deutlich, dass er den Namen des ersten Praktikanten genauso wenig kennt wie meinen.

Mos Stimme überschlägt sich. »Ihr könntet vielleicht den Unterricht übernehmen.«

Delta wendet sich von Mo ab. »Lasst mal euer scheiß ›vielleicht‹! Was sollen wir unterrichten?«

Stefan drückt auf seinem Kugelschreiber herum. Anscheinend tut er das öfter. Man erkennt an der Färbung der Fingerkuppe eine deutliche Verhornung. »Das ist gar nicht so dumm. Wir fragen bei einer Schule an, ob wir für ein Projekt oder irgendein wissenschaftliches Experiment eine Vertretungsstunde übernehmen können.«

Mo streckt sich, als wäre er gerade dornröschenartig aus einem tiefen Schlaf erwacht. »Und dann bringt ihr ihnen irgendeinen Blödsinn bei!«

Stefan zeigt mit dem Finger auf Mo. Es kommt mir vor, als könnte ich sehen, wie der Fingernagel weiter aus dem Nagelbett herausfährt. »Ganz genau. Geil! Dabei können wir sicher noch irgendeinen Fan überraschen.«

Flos Hand klatscht auf seine Glatze. »Das ist gar keine dumme Idee. Und leicht umzusetzen. Sehr gut, Mo.«

Delta klopft dem Praktikanten auf die Schulter, Stefan tippt auf seiner Tastatur. Ich sehe nur noch die Hornhaut am Daumen, wie sie immer wieder auf die Leertaste donnert. Wie hält seine Frau nur diese Hände aus?

Ich beginne einen Satz mit: »Aber das ist doch ...«

Delta unterbricht mich mit einer Handbewegung. »Wart mal kurz.« Aus seiner Tasche zieht er Kopfhörer hervor und setzt sie auf, drückt auf seinem Handy herum. »Ich muss eben das Noise Cancelling anstellen.« Durch den Bass vibrieren seine Haare. »So, jetzt kannst du reden.«

Fast will ich wieder ansetzen, als alle zu lachen beginnen. Ich sitze da und frage mich, ob das gerade wirklich passiert oder irgendwo eine Kamera mitläuft und ich am Ende das Opfer eines perfiden Streichs werde. Nicht unwahrscheinlich.

Mo grinst und nickt, als stünde er in Hollywood auf der Bühne und bekäme von Gwyneth Paltrow einen Oscar für sein Lebenswerk überreicht. Den hätte er zwar verdient, wenn es die Kategorie »Dreistigkeit« gäbe, so aber besteht sein geistiges Werk letztendlich darin, die offensichtliche Weiterführung meiner Idee laut ausgesprochen zu haben.

Delta tippt auf dem Handy und meine Knie zittern. Mir wird schlecht. Flo googelt am Rechner nach Schulen in der Umgebung.

»Ich geh eben runter. Eine rauchen.« Mo hüpft von seinem Drehstuhl und grinst.

Die viel zu große Hand krallt sich in den Stoff meiner Regenjacke. Auf dem Weg zwinkert er mir zu und versetzt mir dadurch einen weiteren Psycho-Schlag in den Magen. Ich springe vom Hocker auf, hole aus und verpasse Mo einen schallenden linken Haken. Der Klebestreifen der Tabaktasche löst sich und in einem gigantischen Radius rieselt der Inhalt, gemischt mit Blut und Speichel, auf die Schreibtische. Er geht zu Boden und hält mit den knochigen Fingern seinen Kiefer. Zwei Backenzähne kullern aus der Mundhöhle auf den

PVC-Boden. Volltreffer! Flo, Delta und Stefan öffnen zeitgleich ihre Münder. Fassungslosigkeit.

Ich atme durch und versuche ruhig zu bleiben, diesen brutalen Gedanken nicht Realität werden zu lassen. Meine Beine sind schlaff, der Kopf brummt. Ich stehe auf, dränge an Mo vorbei, stoße ihn mit dem Ellbogen an, sodass er fast seinen Tabak fallen lässt. Durch den Flur erreiche ich das Bad, gehe in die Kabine hinten links. Meine neue Stammtoilette, in der ich gestern versehentlich das Gespräch belauscht hatte.

Dieses Mal hocke ich mit Schnappatmung auf dem Sitz, weiß auch nicht, wieso mich das alles so mitnimmt. Unter dem Shirt lege ich die Hand auf die Brust, die sich viel zu schnell hebt und senkt. Beruhig dich! Er ist einfach nur ein Vollidiot. Alles wird gut. Ruhig!

Ich beginne zu zittern und schaffe es nach längerer Zeit irgendwie, eines der Waschbecken zu erreichen, kaltes Wasser über die Handgelenke laufen zu lassen. Ich schließe die Augen, ein letztes Aufbäumen der Lunge, und das Zittern verschwindet.

»Wir fahren morgen auf einen Dreh. Ein Stück weg.«

Flo sitzt vor mir auf dem Stuhl und schaukelt vor und zurück. Ich zeige auf mich und er schüttelt den Kopf. »Nein. Du kommst nicht mit. Alle anderen bleiben da vermutlich zwei oder drei Tage.«

Ich muss irritiert aussehen. Bin ich auch, weil darüber vor einer Stunde im Meeting noch niemand ein Wort verloren hat.

»Haben einen Dreh reinbekommen. Gutes Angebot. Wir machen den Laden hier so lange dicht.«

Ich zucke mit den Schultern. »Und was mach ich in der Zeit?«

Flo schaut auf den Schlüsselbund, der neben seiner Tastatur und einigen Krümeln vom Frühstück auf dem Schreibtisch liegt. »Ja nee. Ich kann dich hier nicht allein reinlassen. Musst du verstehen. Wir kennen dich grade mal zwei Tage. Nachher räumst du uns hier die

Bude aus.« Er lehnt sich zurück und lacht hämisch über seinen eigenen Witz. »Wir sehen uns dann nächste Woche, okay?«

Ich nicke, greife nach meinem Kapuzenpullover. »Ach so.« Ich fühle mich wie Columbo, der doch noch eine Sache vom längst entlarvten Mörder wissen möchte. »Wegen meinem Vertrag.«

Wie eine Schildkröte zieht Flo den Kopf ein. »Wegen meines Vertrags.« Er hebt oberlehrermäßig den Zeigefinger.

Ich nicke. »Genau. Kann ich den vorher noch mal haben? Dann lese ich ihn in der Zeit durch.«

Flo grinst. »Ja, na klar. Jetzt sofort?«

Ich zucke mit den Schultern. »Wenn das geht, wäre das gut.«

Er rollt mit den Augen. »Na gut, dann druck ich den jetzt extra aus.« Er nimmt die Füße vom Schreibtisch. Kleine Bröckchen Erde fallen aus dem Profil seiner Springerstiefel. Hastig drückt er auf der Maus herum, schreit: »Das ist ja die größte Scheiße hier wieder!« Mit der Faust schlägt er auf sein Eingabegerät, das vom Tisch rutscht, mir gegen die Knie stößt und vor meinen Beinen baumelnd wie ein Bungeespringer hängen bleibt. Er hat offensichtlich Probleme mit der Bedienung. Schweißtropfen überziehen die Glatze. »Abgestürzte Fotzenscheiße.«

Ich bekomme große Augen. »Ja, dann geht das auch die nächsten Tage. Kein Problem.«

Ohne den Kopf zu neigen, schaut er über seine Brillengläser hinweg zu mir auf. »Okay. Zu Hause kann ich den ausdrucken. Bring ich dir dann mit. Alles klar?«

Ich nicke, verlasse das Büro. Es regnet, wie anscheinend ständig in dieser Stadt, und ich hätte gern meine Jacke zurück.

TAG 4

»Was willst du denn eigentlich von mir?«

Um 6:00 Uhr reißen mich orientalische Klänge aus dem traumlosen Schlaf. Es hört sich an, als stünde mein Bett während einer großen hinduistischen Zeremonie auf dem Marktplatz in Delhi. Mit einem Satz landet eine weiße Gestalt vor meinem Gesicht auf dem Boden und fängt an, in einem schwer auszumachenden Takt mit angestrengtem Blick Kniebeugen zu machen.

Das darf doch alles nicht wahr sein. Die dünnen Beine zittern und ich stelle mir vor, wie ich sie mit den Händen komplett umgreife und ohne Kraftaufwand Schien- und Wadenbein in der Mitte durchbreche.

Nach fünfzehn Minuten ist es vorbei. Die Musik endet und Sunil setzt sich erschöpft auf einen der Umzugskartons, der unter seinem Gewicht leicht einbeult. Wehe, da sind die Blu-Rays drin!

Ich will mich erst aufrichten und etwas sagen, bin dann aber doch zu faul und versuche, wieder einzuschlafen, während er dasitzt, sich mit wachen Inderaugen umschaut und irgendeine Art Waffel isst. Eher unangenehm.

Als ich erneut aufwache, ist er verschwunden. Nur Krümel auf dem Boden und der zusammengeknüllte Wäschesack erinnern mich noch an seine Existenz.

Er plant also, wiederzukommen. Schade.

An der Rezeption erklärt mir ein hippiemäßiger Mittvierziger in buntem Poncho, Herr Bornhoff, dass es sich um kein Missverständnis handelt und man immer davon ausgehen muss, dass die Zimmer bei großer Nachfrage doppelt belegt werden. Paragraph 35c der Hausordnung. Hätte ich lesen müssen. Sein Atem riecht nach Räucherstäbchen. Jedenfalls bilde ich mir das ein.

Im Foyer, obwohl die Bezeichnung in diesem Fall ein bisschen zu hochgestochen klingt, befindet sich nur eine weitere Person. Ein älterer Herr mit Schlapphut wirft Münzen in einen blinkenden Spielautomaten. Mein Eindruck: Hier gibt es nichts und am wenigsten eine große Nachfrage.

Herr Bornhoff beschuldigt mich, ein »elender Rassist« zu sein, und beendet das Gespräch, indem er ans klingelnde Telefon geht, das er eben – und ich bin mir sicher – unter dem Tisch selbst mit dem Handy angerufen hat.

Ich nehme die letzten drei Stufen gleichzeitig. Das sieht zwar total dämlich aus, ist aber um ein Vielfaches effizienter als der herkömmliche Einstufenschritt.

Die Tür ist offen, ich bin leicht verspätet. Das liegt vor allem an dem gerade erwähnten älteren Spielautomaten-Herren mit Schlapphut, der mich im Bus am Aussteigen hinderte, indem er den Busfahrer über den HSV vollsülzte und dabei den Ausgang blockierte.

Im Flur sehe und höre ich niemanden. Werden wohl schon wieder irgendwas drehen. Die Jungs sind früher aus Holland zurück, da die Dreharbeiten dort anscheinend besser gelaufen sind als gedacht. Ich habe die E-Mail zum Glück zufällig an einem der Laptops im Apple Store Jungfernstieg gelesen, während ich auf einen Termin für die Reparatur meines Handys wartete. Dass man sich in einem Geschäft anmelden muss, bevor man kommt, empfinde ich als äußerst befremdlich.

Ich öffne die Tür zur Redaktion. »'tschuldigu…«

Auf meinem Platz sitzt ein Schimpanse mit Perücke und dem gleichen Pullover, den Kristin mir zum Geburtstag geschenkt hat, und schlägt mit beiden Fäusten abwechselnd auf die Tastatur. Sonst ist keiner da. Ich behalte den Affen im Auge, während ich mich am Türrahmen festkralle und in den Flur rufe. »Hallo? Hier sitzt irgendein Tier auf meinem Platz!«

Es ist still, eine Antwort bleibt aus. Ich mache einen Schritt nach vorn, stelle den Rucksack auf einen freien Stuhl. Der Affe wirft die Arme über den Kopf und erinnert mich an den Star aus »Unser Charly«. Aber so sieht wohl jeder Schimpanse aus. Interessiert schaut er in meine Richtung, während er mit seinen behaarten Händen am leicht erigierten Geschlechtsteil fummelt. Männlich also. Ich habe so ein Tier noch nie aus nächster Nähe gesehen. Erst jetzt bemerke ich, dass ich den gleichen geringelten Pullover trage wie er. Unangenehm. Meine Freundin hat mir Affenmode geschenkt. Dann macht er einen Satz und springt vom Stuhl auf den Tisch, tritt dabei gegen den Monitor, der scheppernd aufs Parkett fällt. Ich zucke zusammen. Er greift nach der Tastatur und schlägt sie mehrmals an die Tischkante. Buchstaben fliegen in alle Richtungen. Ich versuche eine beruhigende Geste mit den Händen. Dann wird das Eingabegerät aus dem Computer gerissen, fliegt Zentimeter an meinem Kopf vorbei und knallt gegen die Wand hinter mir.

»Whoooo! Whooooo!«

Die Affenschreie klingen äußerst aggressiv. Er schaut mich direkt an und ich gehe langsam – Schritt für Schritt – rückwärts zur Tür. Mit jedem Schritt werden die Laute bedrohlicher.

»Ganz ruhig. Ganz ruhig.«

Dann drehe ich mich blitzartig um, springe fast durch den Rahmen und werfe die Tür ins Schloss. Ein dumpfer Ton, als etwas gegen das Holz donnert, ich spüre die Erschütterung auf den Handflächen. Der Affe muss aus vollem Lauf gegen die Rückseite der Tür geprallt sein. Puh.

Ich schaue in eine Handylinse.

»Und das ist der neue Praktifant. Er hat grade tierischen Spaß. Schickt mal Herzen!« Delta hält mir die Kamera eines brandneuen iPhones ins Gesicht.

»Was?« Ich zittere am ganzen Körper. Die Finger noch am Griff der Tür, sitze ich angelehnt ans helle Holz.

»Und warum er so fertig aussieht, das seht ihr morgen im neuen Video bei uns auf dem Kanal. Vielleicht gibt's später aber auch noch ein Video, wie er den Raum desinfiziert.«

Er sendet ein Livebild an seine Fans, die sich das in einer App anschauen und kommentieren können.

»Da kommen die ganzen Herzen, dabei hat er überhaupt nichts geleistet.«

Die User schicken per Tastendruck kleine Herzsymbole, die am rechten Bildschirmrand nach oben schweben. Ich versuche zu lächeln und kriege keinen Ton raus.

»Aber hier ist es jetzt auch langweilig. Wir gucken mal, was Matte macht.« Delta verschwindet im Flur und ich sacke in mich zusammen.

»Du hättest dein Gesicht sehen müssen, als Hasani ausgerastet ist.« Mit der normal großen Hand greift Mo in seine Tabaktüte.

Offensichtlich heißt der Schimpanse Hasani.

»Ach Moment. Hier ist es ja. Hahahaha! Alles von Hansani ist gut.« Er deutet mit seinen riesigen Pranken auf mein verängstigtes Gesicht, das er als Bildschirmhintergrund eingestellt hat.

Wir sitzen im Redaktionsbüro. Er kopiert das Material von heute Morgen und schneidet parallel das Video, das in den Niederlanden gedreht wurde, während ich in der Hostel-Lobby saß und unzählige Münzen in Telefonate mit Kristin investiert habe.

»Der Affe hat deine Arbeit aber auch besser gemacht als du. Hahaha!«

Ich schaue durch die geöffnete Tür und sehe beziehungsweise höre, wie Delta mit der viel jüngeren Tiertrainerin mit blondem Bibi-Blocksberg-Haarschnitt flirtet, die den Schimpansen gerade runter in ihr Auto gesetzt hat, und für den Abend ein eindeutiges Sex-Date ausmacht.

»Ich bin echt mal gespannt, wen sie übernehmen«, beginnt Mo unvermittelt. »Holland war so der Hammer. Wir hatten richtig viel Spaß und ich hab mich total super mit allen verstanden. Und länger bin ich ja auch hier.«

Ich versuche, ihn zu ignorieren, übertrage dabei eine handschriftliche Liste von Musikstücken in eine Excel-Tabelle.

»Länger bin ich ja auch hier.« Sein Stuhl quietscht, imitiert dabei haargenau das Geräusch eines jungen Schweins, während er den Satz wiederholt.

Ich tippe: »Forever Young« – Alphaville – 24 Sekunden – benutzt im Video »First Date«.

»Wieso bist du eigentlich so ruhig?« Mo beugt sich nach vorne und klopft mir mit der zu großen Hand auf den Unterarm. Es schüttelt mich innerlich.

»Was?« Ich ziehe den Arm zurück, versuche eine weitere Berührung zu vermeiden.

Sein Mund steht offen. »Was du in zwei Wochen machst?«

Ich nehme die Finger von der Tastatur. »Wie meinst du das?«

»Du weißt es nicht, oder?«

Ich atme tief ein, rühre mit dem Löffel in einem »Starship Troopers«-Becher mit Pfefferminztee. »Was denn? Ich hab hier zu tun.«

Sein Blick fällt auf den verschmierten Zettel vor mir. »Listen abtippen? Das ist dein Ding, oder?«

Er rollt das Kraut im Papier, ich bewusst offensichtlich mit den Augen. »Was willst du denn eigentlich von mir?«

Er pult einen weißen Filter aus dem kleinen Loch in der Mitte der Tüte. »Wir sind beide in der Probezeit. Einer von uns muss in spätestens zwei Wochen gehen. Und ich bin jetzt mal so objektiv, wie's geht: Ich schneide Videos und du schreibst Schmierzettel ab.«

Ich suche mir einen festen Stand und ziehe mit der rechten Hand den kleinen Hebel unterm Stuhl. Der Sitz schnellt zehn Zentimeter nach oben. Auf die gleiche Höhe wie sein Stuhl, setze mich wieder.

»Erstens«, beginne ich, »sind das wichtige Listen. Und zweitens: Das wusste ich nicht.«

Mo leckt einmal entlang der Klebefläche. »Ja. Das hab ich mir gedacht. Ich fand's nur fair, dir das mitzuteilen.«

Ich nicke. »Ja, äh. Danke.«

Er steht auf, greift in die linke Hosentasche und holt neben einigen Papierfetzen, die wie Samen von Ahornbäumen drehend nach unten schweben, ein Feuerzeug hervor. »Na klar.«

Ich schaue auf den Bildschirm von Mo und sehe eine Art Zeitlinie mit hunderten kleinen Kästchen und Symbolen. Auf meinem Zettel steht: »Far Away« von José Gonzalez – 23 Sekunden – Video weiß ich nicht mehr. Musst du mal gucken.

Mo lächelt, klopft mit der normal großen Hand zweimal auf meine Schulter, greift nach der Jacke, die mal meine war. Ich zucke zweimal zusammen und lege die Finger zurück auf die Tastatur.

TAG 5

»Ich habe Wohnung«

Vor mir schwebt eine riesige helle Hand im schwarzen Raum. Sie ist weit entfernt, ganz hinten. Kommt näher. Ich sehe die Linien und unendlich kleinen Risse mit hoher Geschwindigkeit auf mich zukommen. Die Hand umschließt meinen Mund, meine Nase und legt sich über meine Augen bis auf die Stirn. Ich versuche Luft zu schnappen, doch die knochigen Finger drücken gegen meine Lippen. Ich bin zu schwach, kann mich keinen Zentimeter bewegen, ächze vor Sauerstoffmangel, gerate in Panik, schrecke auf und stoße mir den Kopf am oberen Bettkasten.

Der von Stefan geliehene Funkwecker zeigt 5:58 Uhr. Das Kissen riecht nach Kristins Haarkur. Ich würde ihr gerne schreiben, klappe den Laptop auf und sehe nach wenigen Sekunden eine Mail meiner Mutter.

Mein Vater und sie waren in irgendeinem Landschaftspark. Ich überfliege den Part und spüre, wie es in mir brodelt. Dann der Part mit Bernie. Er kommt jetzt erst mal eine Zeit lang ins Tierheim. Er hat meinen Vater angebellt und ich soll mich doch endlich darum kümmern, dass er aus dem Haus verschwindet. Meinen Vater. Ich frage mich, ob ich vielleicht irgendeine Mail dazwischen nicht gelesen habe. Alles geht viel zu schnell. Sie schreibt, wie viel Geld unsere Nachbarin neben dem Studium bei 1&1 verdient, indem sie am Servicetelefon sitzt. Sie hat wohl auch schon Marcel Davis – den netten Mann aus der Werbung – getroffen und mit ihm einen Kaffee trinken dürfen. Ich bin fast beeindruckt. Vielleicht ist es gut, dass ich das Handy erst in ein paar Tagen aus dem Store holen und so die Mails immer erst zeitverzögert lesen kann. »Wasserschaden nicht in der Versicherung.« Dumme Penner!

Dann denke ich ans Tierheim und wie die anderen Tiere meinen Hund misshandeln. Fuck!

Es kommen morgenländische Klänge aus dem Bett über mir, und ich habe vergessen, was ich eigentlich am Computer wollte. Ich stehe auf und öffne das einzige Fenster sperrangelweit. Obwohl es in der Nacht immer auf Kipp steht, sammelt sich im Zimmer ein modriger Schimmelgeruch, der sich langsam auf meine Kleidung und die Kisten überträgt. Das Hostel ist nicht auf einen langen Aufenthalt ausgelegt. Widerlich.

Sunil springt aus dem oberen Bett, wir nicken uns zu und ich schlurfe mit Kulturbeutel und Handtuch auf den Flur, während er seine Leibesübungen beginnt.

In der kleinen Dusche kommt nach drei Minuten endlich warmes Wasser. Da gewöhnt man sich wahrscheinlich irgendwann dran. In meinem aktuellen Zustand ist es allerdings besser, den Hahn erst voll aufzudrehen, während ich am Waschbecken die Zähne putze. Das ist zwar Wasserverschwendung, aber heute ist eine angenehme Temperatur wichtiger. So wie immer.

Die schimmlige Tapete droht jeden Moment komplett abzublättern und auf meinen nackten Körper niederzuprasseln wie brennendes Napalm. Ich bin im Krieg, zähle die dunklen, pelzigen Punkte und komme auf vierundsechzig schimmlige Soldaten, bevor ich den Wasserstrahl stoppe und barfuß auf das schmutzige Handtuch trete, das seit vier Tagen wie eine einladende Petrischale mit Trägermasse die Bakterien aller Füße beherbergt. Ich muss dringend Badelatschen kaufen.

Im Spiegel sehe ich neben der blau schimmernden, murmelgroßen Beule den noch immer nicht abgeklungenen Pickel. Wenn das so weitergeht, ist bald mein komplettes Gesicht so vernarbt, als hätte ich jahrelang vergeblich gegen eine Superakne gekämpft. Wie beim Fußballer Aaron Hunt, auf dessen Kopf heute eine Kraterlandschaft an die pubertären Viren erinnert.

»Ich habe Wohnung.«

Sunil hat in drei Tagen besser Deutsch gelernt als mein ehemaliger Mitschüler Dejan während der gesamten Grundschulzeit. Die Kenntnisse brauchte er damals aber auch nicht, da ihm sein Jagdmesser seit der dritten Klasse als Sprachrohr diente.

Die Milch ist vergoren. Dicke Stücke landen im Ausguss. Würgereiz. Nun zermalme ich mit den Backenzähnen die trockene Aldi-Variante von Kellogg's Froot Loops. Dass es die noch gibt.

»Aha.« Ich muss überlegen, worüber er gerade sprechen wollte. Seine großen offenen Augen sind einfach zu wach für diese Uhrzeit.

»Wohnung für uns beide.«

Ich führe den Löffel an den Mund und lasse ihn auf halbem Weg in die Schüssel fallen. Normalerweise wäre jetzt alles mit Milch besudelt. Eine billige Lebensweise hat auch gute Seiten. »Wie?«

Er nickt. »Direkt neben Pokémon-Go-Arena. Ist perfekt.«

Ich bin mir sicher, ihm nicht gesagt zu haben, dass ich dringend eine Wohnung brauche. Ich bin mir sogar sicher, dass wir in den letzten Tagen überhaupt nur das Nötigste gesprochen haben.

»In der Nähe von deiner Arbeit.«

Woher er weiß, was ich tagsüber treibe, bin ich mir auch nicht sicher. Und wer spielt denn noch Pokémon Go? Ich setze die Schüssel an und schütte die Froot Loops, ohne zu kauen, in meinen Rachen. Es kratzt, und obwohl das nichts bringt, massiere ich mit der linken Hand meinen Adamsapfel. »Und ab wann?«, frage ich.

Sunil grinst. »Morgen.«

Mit der S-Bahn fahre ich bis Altona, laufe die Ottenser Hauptstraße entlang, rieche den malzigen Biergeruch der ansässigen Holstenbrauerei, der mich dank günstiger Windrichtung schon die letzten Tage bis zur Arbeit begleitet hat. Ich frage einen Obdachlosen, der gerade ohne Handschuhe aus einem der roten Mülleimer eine Colaflasche fischt, nach dem Weg. Obwohl ich den jetzt schon zum vierten Mal gehe, sieht alles fremd und neuartig aus. Macht man ja heutzutage nicht mehr, die Route nachzufragen. Seit es Smartphones mit Google Maps gibt, schauen die Leute erst mal verwirrt, wenn ein Typ in meinem Alter auf sie zukommt. Da sind sie vorsichtig geworden. Skeptisch, warum der Typ weder den Straßenverlauf selbst nachguckt, noch die Nachfrage auf Snapchat oder Instagram dokumentiert. Alles will heute festgehalten werden. Zum Angeben. Seit ich mit Kristin zusammen bin, ist das nebensächlich. Und das bin ich schon eine ganze Weile.

Auf dem Parkplatz steht ein älterer Herr mit Hafenarbeitermütze. Gekrümmt lehnt er an der Hausecke und raucht, blickt immer wieder zu mir rüber. Ich sitze auf den niedrigen Stufen und warte. Dann macht er einen Schritt.

»Entschuldigen Sie?« Seine modrig aussehende braune Lederjacke hat kleine Mottenlöcher am Saum.

Ich blicke auf. Sage kein Wort.

Er zögert. »Wissen Sie, wann Matthias heute kommt?« Seine grauen Bartstoppeln reflektieren das Sonnenlicht, glänzen fast.

»Wer ist denn Matthias?« Meine Schuhe bohren sich in die Kieselsteine der Auffahrt, versinken immer weiter darin.

Der Mann reibt sich unter kratzenden Geräuschen den Hals. »Matthias.«

Ich nicke auffordernd, um einen weiteren Satz zu erfahren.

»Na Matthias. Matte.«

Ich verstehe, öffne den Mund. »Ahhhh.« Mein Zeigefinger deutet wie von selbst schüttelnd in seine Richtung. Eine Geste, die ich nur von alten Menschen kenne. Sofort unterbreche ich sie. »Matte. Na der kommt meistens erst so gegen zwölf.«

Ich weiß nicht, ob er das meistens tut, kann es mir aber vorstellen. Der Mann scheint damit zufrieden, bedankt sich und dreht sich in Richtung der Straße.

Um 10:34 Uhr kommt Flo mit dem Firmenwagen auf den Hof gerollt. Ich habe selbst an meinem vierten Tag nicht kapiert, dass der Arbeitsbeginn von 10:00 Uhr mehr Auslegungssache als feste Regel ist.

»Moin«, sage ich, gewöhne mich langsam an die norddeutsche Begrüßung.

»Moin.«

Flo sieht gestresst aus. Er sieht aber immer gestresst aus. Das liegt an der Glatze, den viel zu tiefen, dunklen Augenringen und dem schon leicht ergrauten Vollbart. Das sind gute Voraussetzungen für ein gestresstes Äußeres.

»Ich hab deinen Vertrag dabei.«

Das hätte ich nicht erwartet.

Er trägt eine Umhängetasche aus blauer Lkw-Plane. Daraus zieht er seinen Schlüssel für die Glastür hervor, der wie bei einem Teenager an einer langen silbernen Kette hängt.

»Wir müssen heute übrigens viel machen.«

Er öffnet das Schloss und ein muffiger Geruch kommt uns entgegen. Es riecht wie im Keller meines Opas an dem Abend, als er dort nach einer Woche tot aufgefunden wurde.

»Ach. Okay.«

Ich ahne schon, dass er mit »wir« eigentlich nur mich meint. An den ersten Tagen durfte ich Flos Auto zur Waschanlage fahren (eine große Ehre), eine gestopfte Hose abholen (auch Ehre), die er sich vor Wut über die Telekom und deren Mobilfunkverträge beim Treten gegen das Sofa zerrissen hatte, und vierunddreißig Minuten mit der Warteschleife vom Bauhaus-Kundenservice telefonieren, weil Flo wissen wollte, ob es den Belag für seine Terrasse nicht vielleicht auch in anderen Farben als Terrakotta gibt (nein).

Wir betreten das Haus.

Ich knie auf dem Boden und wische mit einem feuchten Tuch Barthaare vom PVC-Parkett-Imitat. Der Barbier träufelt eine stinkende Flüssigkeit aus einer etikettenlosen Flasche auf Flos Gesichtshaar. Ob Mo das auch schon machen musste? Der sitzt am Computer und schneidet ein Video, in dem Matte und Delta versuchen, betrunken aus einer Karaokebar geworfen zu werden. Immer wieder stoppt er zwischendrin und lacht übertrieben laut. »Hahaha« oder »Das ist so witzig« oder »Unglaublich, pures Gold«. Dann nimmt er seine Kopfhörer ab, schaut mich grinsend an. »Das ist echt richtig gut.«

Flo sitzt mit geschlossenen Augen zurückgelehnt auf dem Bürostuhl, während der türkische Bartschneider mit den Fingerspitzen rhythmisch zu orientalischen Klängen, ähnlich denen morgens um sechs, seine Wangen massiert.

Ich rutsche auf den Knien drum herum. Wie kann man so viele Haare verlieren und dennoch einen so voluminösen Vollbart behalten? Kristin hasst Bärte, weshalb ich das Wachsenlassen aufgegeben habe und jeden zweiten Tag siebeneinhalb Minuten meines Lebens für eine gründliche Nassrasur verschwende. Ich habe das mal mit einer Stoppuhr überprüft.

»Rufst du eben bei den Schulen an?« Flo zeigt mit geschlossenen Augen in Richtung des schnurlosen Telefons, das unter den aufgestapelten Pizzakartons auf dem Tisch liegt, während der Barbier mit Feuer seine Nasenhaare vernichtet.

»Wir brauchen mindestens zwei Stunden für den Aufbau der versteckten Kameras und dann gern eine Doppelstunde im Unterricht. Aber nicht gleich morgens um acht. Ich hab an 12:00 Uhr gedacht. Spätestens in drei Wochen, gern so was um die achte, neunte Klasse. Gymnasium aber, keine Assis. Und nicht zu weit weg.«

Ich wiederhole die Kriterien im Kopf, setze mich an einen der Computer, google die Nummern von Schulen in der Umgebung und tippe die vom Gymnasium Altona. Während die letzten Ziffern auf dem Display aufleuchten, fängt mein Herz an, schneller zu pochen. Es rast, ich zittere. Die Zähne schlagen aufeinander. Ich gehe drei Schritte in Richtung Tür. Ich hasse es einfach, wenn mir Leute beim Telefonieren zuhören. Jetzt gerade besonders, weil es das erste Gespräch dieser Art ist. Wie früher, wenn man einen Freund sprechen wollte, der noch kein Handy besaß, und die Eltern an den Festnetzanschluss gingen. Meine Beine fühlen sich an, als hätte ich heute schon einen Iron Man hinter mir, suchen die Flucht auf den Flur. Flo streckt seinen Körper und kickt im letzten Moment die Tür mit der Fußspitze zu. Gefangen.

»Falls Fragen sind.« Er zwinkert und redet in einem Ton, den Christoph Waltz als SS-Offizier nicht besser hätte treffen können.

Etwas verdattert bleibe ich stehen und tue so, als würde ich den grünen Knopf zur Ausführung des Telefonats drücken. Dabei stelle ich mich ans Fenster und beobachte, wie die dicken Tropfen eines Sommergewitters zu Boden prasseln und sich auf dem Gehweg zu großen Pfützen zusammenschließen. In Gedanken bilde ich mir das Tuten ein. Warum nimmt keiner ab? Ich stehe da und warte und eigentlich warte ich auf nichts.

Dann klingelt es in meiner Hand. Die Spucke bleibt mir im Hals hängen und ich muss husten, drehe mich auf der Stelle und sehe Flo, wie er unter dem Tisch ein Handy hervorholt und es mir mit einem ernsten Blick entgegenstreckt. Ich lasse das Telefon fallen. Der Aufprall ist geräuschlos. Mo, der die Kopfhörer längst um seinen Hals auf den Schultern abgelegt hat, hält sich die Hand vor den Mund und versucht, das Lachen dahinter zu verbergen. Selbst der Barbier trägt ein leichtes Grinsen auf dem Gesicht. Die Einzigen, die das anscheinend kein Stück lustig finden, sind Flo und ich.

»Geht ihr zwei mal raus?«

Ich bin leider nicht unter den Glücklichen. Mo und dem Bartschneider ist das Lächeln vergangen, als sie die Tür hinter sich zudrücken. Das Geräusch, das Flo und mich im Raum isoliert, hallt in meinem Gehörgang nach.

Ich schlucke, stehe zwischen den Schreibtischen. Die Hände verschränkt hinterm Rücken. Schwitzig nass. Mein Herz rast noch immer. Scheiße! Ich weiß, was kommt. Und Flo weiß es ebenfalls. Ich fixiere den Blick auf einen Nagel an der Fußleiste unter dem Lichtschalter rechts neben der Tür, beiße auf die Zähne. Sie reiben übereinander, knirschen.

»Und?« Flo macht einen Schritt auf mich zu.

»Ich weiß nicht, warum es geklingelt hat.« Meine Stimme zittert leicht.

»Nein? Ich weiß es.«

Ich schlucke und merke, wie der Speichel Probleme hat, den richtigen Weg zur Speiseröhre zu finden.

»Und du weißt es auch.« Er tigert um mich herum wie Shir Khan um Mogli, läuft langsam rechts an mir vorbei. »Warum?«

Auf meinen Armen stellen sich die Haare auf. Nicht zu sehen. Unter dem Pullover. Ich spüre seinen Atem im Nacken, rieche den Duft von gegessenen Zwiebeln, kneife für einen Moment die Augen zusammen. »Weil ich nicht angerufen habe.«

Er steht hinter mir. »Warum du nicht angerufen hast.«

Mir ist der Nagel abhandengekommen. Eben war er noch direkt gerade runter vom Lichtschalter. Jetzt ist er weg. Einfach weg. Flo tritt mit dem Fuß gegen einen der Computer. Zumindest hört sich der blecherne Knall in meinem Rücken so an. Bam!

»Warum du nicht angerufen hast!« Sein Ton wird forscher.

»Ich – keine Ahnung – ich – ich mag es nicht, wenn mir andere beim Telefonieren zuhören.«

Flo lacht hämisch. Übertrieben. Laut. »Wir haben hier ein Produkt zu machen. Und da kannst du dir deine Eitelkeiten sparen.«

Ich räuspere mich. »Ja.«

Der Nagel ist wirklich verschwunden. Mein Blick fährt die Leiste entlang, sucht, aber indet keinen neuen Halt.

»Und wenn du keinen Bock hast, hier ordentlich mitzumachen, kannst du gehen. Ich war eh gegen dich. Das sag ich dir hiermit. Nur Matte fand dich wirklich gut.«

Meine Augen weiten sich. Regungslos stehe ich da, zittere und schweige.

»Kannst du da jetzt vielleicht noch was zu sagen? Vielleicht was, das mich überzeugt?«

Ich überlege. Die Gedanken rasen hin und her. Überschlagen sich mehrfach, suchen nach einem Satz, der sie aus der Situation befreit. Wieder höre ich einen Fußtritt. Diesmal hölzerner. Wahrscheinlich eins der Tischbeine. Was hat dieser Kerl eigentlich für ein verdammtes Aggressionsproblem?

Dann schnellt Flo vorwärts, greift in meine Haare, zerrt daran, versenkt die Finger in der Kopfhaut und zieht meinen Kopf mit einem Ruck nach hinten. Sein Gesicht ist jetzt direkt vor mir. Ich brauche eine Sekunde, bis ich verstehe, was hier vor sich geht, sehe die riesigen Augen hinter den Brillengläsern, die weiten Poren seiner Nase.

Ich möchte ihm ins Gesicht schlagen. Wie können sie diesen Wahnsinnigen nur auf die Praktikanten loslassen? Ich frage mich, was passieren würde, wenn meine Stirn jetzt vorschnellt und ihm die Nase zertrümmert. Ich möchte es so sehr, will aber weder rausfliegen noch angezeigt werden. Vielleicht sollte ich in einem ruhigen Moment mit einem der anderen sprechen ...

Bevor ich weiter darüber nachdenken kann, bin ich zurück im Jetzt, rieche die heißen Zwiebeln und modriges Holz mit aufkochender, brodelnder Gallenflüssigkeit. Ich hasse ihn, versuche ihn mit aller Kraft wegzustoßen. Er rührt sich kaum. Dennoch löst sich die Hand, nimmt den Druck von meiner Kopfhaut.

»Das mich verdammt noch mal überzeugt!«, wiederholt er zischend. Widerlich.

Dann öffnet sich die Tür einen Spalt und ein Lichtschein fällt über die Decke bis kurz vor meine Augen. Erst erscheint der grüne Schirm einer Schirmmütze, dann Mattes Kopf und mit ihm die Hoffnung auf eine befreiende Stimme.

»Hallo.« Weich und freundlich. Wie dieser Talkshowhost in einer Zeit, bevor ich ihn hasste.

Flos Gesicht zieht sich zurück und ich kann den Nacken in Normalposition bringen.

»Alles in Ordnung?« Matte sieht skeptisch aus. In seinem Mund steckt ein Lutscher. Vermutlich Chupa Chups Zungenfärber Apfel, der Bereich um die Zähne strahlt in einem giftigen Grün.

»Alles in Ordnung.« Wenn man genau hinhört, zittert Flos Stimme bei der Antwort.

Ich sage kein Wort, mache große Augen und versuche Matte nonverbal vom Bleiben zu überzeugen. Geh nicht! Oh Gott, bitte geh nicht! Ohne Erfolg.

Sein Antlitz verschwindet und mit ihm der Schein und die Hoffnung, aus dieser Situation irgendwie heil rauszukommen. Die Tür ist geschlossen. Scheiße, Scheiße, Scheiße. Stark bleiben, dem Idioten keinen Raum geben!

Flo baut sich vor mir auf. Obwohl er gut einen halben Kopf kleiner ist als ich, wirkt er in diesem Moment riesig.

»Hör mal zu. Du besorgst heute noch die verkackte Schule.« Sein Gesicht wird zu einer Karikatur seiner selbst. Er zieht Grimassen, immer wieder landen winzige Spucketropfen auf meiner Haut. Richtig widerlich. »Und wenn du das nicht schaffst, bist du draußen. Dann war's das. Für immer. Klar?«

Ich versuche, mich nicht zu rühren, keine Anzeichen von Schwäche zu zeigen. Als würde ich es nicht hinkriegen, eine Schule aufzutreiben!

»Du siehst aus, als würdest du gleich weinen. Wehe! Dann kannst du sofort gehen. Ich scheuer dir gleich eine. Das Mediengeschäft ist hart. Es ist gut, wenn du das von Leuten wie uns lernst. Und Rumgeflenne bringt niemanden weiter.«

Leuten wie uns. So ein Arschloch.

»Ich mach jetzt Mittag und in zwei Stunden will ich Ergebnisse oder dich nicht mehr sehen. Und da auf dem Schreibtisch liegt dein scheiß Vertrag. Und Stand jetzt ist, dass ich ihn heute Abend zerreiße.« Mit diesen Worten öffnet er endlich den Käfig und schreitet davon.

Ich fühle mich falsch in meinem Körper. Wie eine Qualle, die ohne eigenen Einfluss von hohen Wellen umhergetrieben wird. Mein Magen rumort, mein Kopf dröhnt. Dabei hatte ich eigentlich nicht vor, mich von dieser lächerlichen Ansprache berühren zu lassen.

Dann verschwindet die gesamte Anspannung mit einem Mal und verteilt sich gleichmäßig auf die verschiedenen Organe. Ich kann gar nicht anders, als wie ein nasser Sack auf einen der Stühle zu fallen. Vor mir sehe ich den kleinen Nagel an der Fußleiste. Da ist er wieder. Dieses miese, feige Schwein von Nagel.

Im Treppenhaus sehe ich, wie Matte mit dem alten Mann von heute Morgen spricht. Er sieht aus, als hätte er die Zeit bis jetzt in einer Kneipe verbracht. Ich muss vorbei, einen Anzug aus der Reinigung abholen. Flo ist am Wochenende auf einer Hochzeit und für Botengänge bin ich ihm gut genug. Ich werde ihn nicht einladen, sollte ich Kristin irgendwann mal heiraten.

»Matthias, du weißt ja, wie es gerade um uns steht. Wir müssen sonst das Haus verkaufen.«

Von hier oben sieht Matte wie der verstorbene »Fast and Furious«-Star Paul Walker aus. Vor dem Unfall. Er hält seine Mütze vor sich an die Brust, bewegt seinen Kopf, als haderte er mit sich selbst.

»Mann! Und dann kommst du doch nächsten Monat wieder!«

Der alte Mann schüttelt den Kopf. »Ganz bestimmt nicht. Ich brauch doch nur eine kleine Hilfe.«

Matte schüttelt ebenfalls den Kopf. »Du riechst doch jetzt schon wieder so, als hättest du die ganze Nacht durchgesoffen.«

Ich merke, dass ich noch keinen Schritt gemacht habe, gehe die ersten Stufen besonders laut stampfend hinunter.

»Hab ich nicht. Wirklich.«

Matte zieht einen zerknitterten Umschlag aus seiner Collegejacke. »Das ist mehr als nur eine kleine Hilfe.«

Er reicht ihn dem Mann, als beider Blicke auf mich treffen. Ich schaue auf die Stufen, gehe wortlos weiter.

»Danke, Matthias. Du hast ein gutes Herz. Deine Tante und die Kinder lassen dich grüßen. Sie gucken jedes Video.«

Ich drängle mich an den beiden vorbei und rieche den Whisky, den der Mann aus allen Poren schwitzt.

Matte legt die Hand auf seine Schulter. »Versprich mir, dass du nicht in zwei Wochen wieder hier im Flur stehst.«

Ich öffne die Tür, höre ein »Das verspreche ich« und stehe im Regen.

Eine riesige Hand zirkuliert vor meinem Gesicht. Erst unscharf, beim zweiten Mal völlig klar. Ich schrecke auf.

»Alles okay? Ich muss an den Rechner.« Mo steht mit müdem Blick vor mir. Am stoppeligen Bart klebt ein kleiner Rest Senf vom Mittag. »Ich muss das Video zu Ende schneiden. Hallo!«

Schweigend stehe ich auf und setze mich einen Platz weiter. Meine Füße jucken. Mit einem Klick öffnet er das Schnittprogramm und platziert die Kopfhörer auf seinen Ohren. Ich fühle Leere, blicke auf den Bildschirm. Er ist schwarz.

Mo lacht, während er mit seiner rechten Hand über die Stelle mit Senf fährt, sie anschaut und ableckt. Dann nimmt er die Kopfhörer runter und legt sie auf den Schreibtisch.

»Hör mal.« Er schaut zu mir rüber und ich beiße mir auf die Lippen. »War's hart?« Er gibt mir nicht die Zeit für eine Antwort. »Das ist halt Flo. Was tust du denn auch so, als würdest du da anrufen? Du musst dich da schon durchbeißen.«

Ich versteh nicht ganz, was er mir zu sagen versucht.

»Er will nur, dass der Laden läuft. Da kann er so was nicht brauchen. So ein schlechter Kerl ist er auch nicht, wenn du ihn näher kennenlernst. Muss man halt mit umgehen können.«

Ich suche nach einem passenden Gesichtsausdruck, wechsle zwischen Lächeln, gespitzten Lippen und wieder zurück.

»Ich kann ihn verstehen. Das war auch ne dumme Aktion von dir. Ich hätt dich gleich rausgeworfen.«

Vielen Dank, denke ich.

Mo setzt die Kopfhörer wieder auf, scrollt durch das Video und lacht über eine Szene, in der Delta betrunken mit dem Bein an einem Kabel hängen bleibt und auf den Hintern fällt. Ich bewege die Maus und beende damit den Schlaf des Computers. Windows 10. Passworteingabe. Ich drücke die Entertaste und lande ohne Umschweife auf dem Desktop.

Mit einem Doppelklick starte ich Google Chrome. Auf Facebook sehe ich, dass Kristin ihr Profilfoto vor vier Minuten geändert hat. Es ist ein Bild, das ich von ihr und einer ihrer Freundinnen vor ein paar Wochen auf einer langweiligen Hausparty gemacht habe. Eng umschlungen sitzen sie auf der Bank im Garten ihrer Eltern. Duckface. Vier Likes schon. Jede Minute einer. Ich drücke auf den blauen Daumen, obwohl ich das sonst nie mache.

In den Kommentaren lese ich von Kathi: »Ihr seid so hübsch.« Herzsmiley.

Julia: »Süße, wir müssen bald wieder im Garten sitzen und das Foto wiederholen.«

Kristins Antwort ist ein Kuss – gefolgt von einem Herz-Emoji mit einem durchstechenden Pfeil.

Ich merke, wie meine linke Hand verkrampft, und google nach Gymnasien in der Umgebung, atme tief durch, stehe auf, mache ein paar Schritte zum Fenster und hebe das Telefon vom Boden auf. Ein Riss durchzieht das Plastik an der rechten oberen Ecke.

TAG 6

»Was passiert denn hier?«

Sunil steht neben einem Mülleimer, dessen Unterboden vom Gewicht heruntergeklappt den verrotteten Inhalt auf dem Gehweg verteilt, und winkt mir zu. Er trägt das weiße Gewand, bei dem ich davon ausging, dass er damit nicht in die Öffentlichkeit geht, verschmilzt förmlich mit der Wand, vor der er steht. Wenn man nicht genau hinsieht, könnte man meinen, dort schwebt ein lachender Kopf. Obwohl es schon wieder regnet, ist er ohne Schuhe unterwegs. Die nackten Füße stehen bis zum Knöchel in einer matschigen Pfütze.

Auf sein Winken folgt ein Freudenschrei, schallt durch die Straße bis runter zum Edeka, wo eine leichtgläubige Frau dem bettelnden Typen, der so tut, als könnte er nicht richtig laufen, ein paar Euros in die Schirmmütze wirft.

Ich schäme mich für das Gebrüll, ignoriere es, als wäre es nicht für mich bestimmt, während ich weiter auf ihn zulaufe. Ich trete in eine Pfütze. Schön.

Erst kurz vor dem Haus bemerke ich neben Sunil den dunkelhaarigen Föhnwellenträger mit typischer Beamtenbrille im schwarzen Trenchcoat. Darunter sind die Ansätze eines Anzugs, des Hemds und der Krawatte zu erkennen. In seiner Hand hält er einen Aktenkoffer aus Aluminium. Kleider machen Leute.

»Da bist du ja!«, freut sich mein indischer Freund.

Ich falte den Praktikumsvertrag in der Mitte, stecke ihn in die Hintertasche der Jeans und reiche beiden meine verschwitzte Hand. Ich meide den Blickkontakt mit der Brille, während der feste Händedruck mich fast ein bisschen einschüchtert, schaue stattdessen auf die metallisch funkelnden Knöpfe des Mantels. »Dann wollen wir mal reingehen«, sagt Brille.

Die Wohnung liegt im vierten Stock eines Altbaukomplexes mit hohen Decken. Kein Fahrstuhl. Egal. Wir sind ja noch jung. Der Makler schnauft, braucht eine Pause im zweiten und eine weitere im dritten Geschoss. Sunil lacht und schlägt ihm aufmunternd auf den Rücken. »Du musst mehr Sport machen!«

Ich möchte mir an den Kopf fassen, vor Scham am liebsten auf der Stelle umkehren. Als wir endlich auf dem Flur im obersten Stockwerk stehen und die Brille, schwer atmend, in dem Umschlag den passenden Schlüssel sucht, versuche ich, Sunil mit Gesten klarzumachen, dass er besser mir das Reden überlassen soll. Er versteht es nicht.

»Was machst du denn für Gesichter?«

Okay, ich lasse es bleiben, streiche die Wohnung innerlich von der Liste der möglichen Unterkünfte. Brille dreht den Schlüssel und sofort dringt ein penetranter Esoterik-Geruch in meine Nase, kitzelt die Härchen. Ich muss niesen. In der Armbeuge landet ein murmelgroßer Schleimpfropf, den ich unbemerkt zurück im Mund verschwinden lasse, den salzigen Pfropfen herunterschlucke. Lecker.

»Was ist das denn hier?« Ich stehe in einem Flur, in dem die Decke mit bunt gemusterten Tüchern auf zwei Meter abgehängt ist. Dicker, flauschiger Teppich umschließt meine Schuhsohlen. Es sieht aus wie auf einem indischen Basar. Vor uns eine Truhe mit Kerzen und einem kleinen, lachenden Buddha. Links ein Türrahmen, an dessen Querbalken schwarze Wollfäden mit bunten Holzperlen bis zum Boden hängen. Die habe ich seit den Neunzigern nicht mehr gesehen. Rechts die offene Tür zum Badezimmer, eine kniehohe Tonvase, aus der eines dieser riesigen Blätter herausragt, mit denen früher nackte

Sklaven dem traubensüchtigen Herrscher stundenlang Luft zufächeln mussten. Das Bad sieht auf den ersten Blick relativ normal aus. Jedenfalls wenn »normal« bedeutet, dass alles sehr groß und jeder Baustein vergoldet ist.

Das Epizentrum des süßlichen Geruchs ist schnell ausgemacht. Schalen und Vasen mit verschiedenen Ölen tummeln sich auf einem Beistelltisch neben der frei stehenden Badewanne. Ich bin unsicher, ob das nicht vielleicht doch Verarsche ist und Flo oder Stefan oder Mo irgendwo Kameras versteckt haben, die bei Auflösung des Scherzes den Moment der Enttäuschung in Slow Motion aus fünf verschiedenen Perspektiven festhalten.

Sunil ist begeistert. Na klar. Er erfreut sich quiekend an jedem neu entdeckten Detail. Im Wohnzimmer das gleiche Spiel. Auf dem Teppich: riesige Kissen vor einem niedrigen, bunt verzierten Tisch mit einer geflochtenen Obstschale voll Trauben und Äpfel. Dahinter ein prunkvolles Gemälde irgendeines prunkvollen Tempels in prunkvollem Rahmen. Die Küche mit goldenen Armaturen ist zum Wohnraum hin offen und bietet das, was man braucht: Herd, Kühlschrank und Gewürze in allen Farben. Allerdings: Auch hier liegt ein breiter, verzierter Perserteppich. Ich schaue aus dem Fenster und blicke auf die Altonaer Altstadt. Wenn die wüssten, dass hier oben der Prinz aus Zamunda eine Wohnung eingerichtet hat.

Vom Wohnbereich gehen zwei weitere Zimmer ab. Jedes mit gleicher Einrichtung: riesiges Bett, Schrank, Fernseher. Bis auf die Elektronik ist alles bunt und fein gemustert. Mich würde nicht wundern, wenn selbst die Kleidung schon an Ort und Stelle an Bügeln hinge und ausschließlich aus Sunils typischen weißen Gespensterkostümen bestünde.

»Wir nehmen die Wohnung.«

Ich bin unsicher, ob ich lachen oder weinen soll. Offensichtlich hat Sunil keine Ahnung, wie das läuft. Die Wohnungsknappheit in der Stadt ist so groß, dass man nicht sofort die nötigen Papiere unter die Nase gehalten bekommt, sobald man eine Unterkunft favorisiert. Auch wenn diese wie die Faust aufs Auge zu dem Interessenten passt. Ich würde mich nicht wundern, wenn der Bürgermeister auf der nächsten Senatssitzung verkündet, man werde in alle Wohnungen auf Augenhöhe ein weiteres Stockwerk einziehen, sodass man zwar leicht gebückt durch die Räume gehen müsse, allerdings endlich genügend Platz geschaffen wäre.

»Alles klar. Dann sind hier Ihre Unterlagen. Der Vertrag ist in dreifacher Ausführung enthalten.« Brille überreicht Sunil einen Haufen Zettel. »Da Ihr Vater die Wohnung kaufen wird, reicht es, wenn Sie uns eine Version zuschicken.«

Dann greift er in seine Brusttasche, übergibt die Schlüssel und wiederholt die Worte »dreifache Ausführung«, als hätte er eine Zwangsneurose. Sie schütteln Hände und ich den Kopf.

»Sunil, warte mal eben.«

Mit den Handflächen noch ineinander, schauen die zwei zu mir rüber, als würde ich gerade die Hochzeit von William und Kate stoppen wollen. Ich winke ihn zu mir.

»Wir müssen das ganz kurz mal eben besprechen.«

Der Makler nickt. Wir gehen ins Bad und sperren die Brille aus.

»Was machst du denn?«, frage ich entgeistert. In seinen schwarzen Augen suche ich nach Anzeichen von Drogenkonsum.

»Was ist denn?« Er klingt gelassen.

»Was passiert denn hier? Ist das dein Ernst? Du kannst doch nicht einfach so innerhalb von zwei Minuten einen Vertrag abschließen.«

Die goldene Umrandung des Spiegels ist mit kleinen Brillanten verziert, funkelt.

»Da ist doch was faul. Und was ist das denn für eine Wohnung?«

Er legt seine Hand auf meinen Oberarm. »Was? Warum? Wir brauchen doch ein Heim.«

Was mich am meisten verwirrt ist die fast fehlerfreie Grammatik, die er an den Tag legt.

»Ich weiß doch nicht mal, ob ich in einer Woche noch einen Job habe oder Geld!« Ich ziehe die Schultern hoch.

Er lacht. »Mach dir da mal keine Sorgen. Mein Vater will doch eine Wohnung kaufen.«

Meine Wangen füllen sich mit Luft und ich raufe mir die Haare. Sunil nickt grinsend, klopft eine zu Berge stehende Locke auf meinem Kopf wieder in Position und ich hebe kapitulierend die Arme. »Ist dein Vater ein König oder so was?«

Er verneint, ich gehe zum Waschbecken und drehe den goldenen Hebel nach innen, sodass kaltes Wasser über meine Hände fließt.

»Na gut.« Ich gebe auf. »Du bist ein erwachsener Mann. Mach, was du willst.«

Ich nehme eines der roten Handtücher aus dem Regal und trockne mir die Hände ab. Dann öffnen wir gemeinsam die Tür. Brille tippt gerade auf seinem Handy, schaut über die Gläser hinweg in unsere Richtung. »Alles okay?«

Sunils Kopf wackelt hektisch, als wäre er einer dieser Bubbleheads, die in amerikanischen Serien auf den Schreibtischen von Großraumbüros stehen. »Wir nehmen die Wohnung. Sie ist perfekt.«

Meine Definition von »perfekt« ist eine andere. Meine Nase ist völlig zu und ich fühle mich wie Aladin, der gerade in den Palast einziehen soll. Unwirklich. Ich bedecke mit dem Handtuch achtlos den Buddha, Sunil greift zu und verschafft der Tonfigur wieder freie Sicht auf den Flur.

»Gut«, strahlt er. »Dann lassen wir jetzt deine Sachen aus dem Hostel holen und ich mach uns leckeres Gulab Jamun.«

Ich habe keine Ahnung, was das ist, würde in diesem Moment aber jedem Essen seiner Wahl zustimmen.

Laute Musik dröhnt durchs Treppenhaus. Irgendein Trance-Zeug. Ich liege in meinem neuen Bett und starre den Kronleuchter an, dessen unzählige Glasdiamanten trotz Dunkelheit immer wieder hell aufblitzen. Die Nachbarn über uns scheinen eine Technoparty zu schmeißen. Seit zwei Stunden lassen die viel zu schnellen Beats die frittierten Teigbällchen in meinem Magen vibrieren. Der Wecker zeigt 3:54. Ich habe morgen frei und das beruhigt mich. Statt die Polizei zu rufen, schalte ich daher das Licht an, gehe ans Fenster und schiebe die Gardinen zur Seite. Ich erschrecke. Eine rote Kinderpuppe mit lachendem Porzellangesicht grinst mich an. Ich hatte schon wieder ganz vergessen, dass sie dort sitzt. Sehr creepy, aber laut Sunil steht in jedem indischen Haushalt so eine und achtet auf das Schlafzimmer.

»Raw hat alles im Blick und schützt dich.«

Ich stelle sie beiseite und öffne das vom Stadtsmog angeruste Fenster. Die Musik beschallt den kompletten Innenhof. Scooter oder so. Ich beuge mich vor, ziehe aus der Hintertasche der zusammengeknüllt daliegenden Hose den Praktikumsvertrag und setze mich aufs Bett. Meine Füße blättern ab. Ich kratze mit den Fingernägeln, ziehe mehrere lange Hautfetzen ab und lege sie neben mich auf das Laken. Es juckt und ich fühle mich wie eine Schlange, die ihre alte Hülle abwirft. Der pfeifende Wind lässt den Kronleuchter im Takt tanzen.

Es sind fünf Seiten und ich frage mich, ob meine in Eile unterschriebene Version nicht länger war oder hier die Schrift einfach nur etwas kleiner ist. Beamtendeutsch. Ich verstehe wenig, sieht aber alles okay aus. Dann, ich bin gerade am Ende angekommen, verstummt die Musik so plötzlich, wie sie angefangen hat. Ich werfe die Haut nach draußen, schließe das Fenster und knipse das Licht aus.

Meine Hände wandern unter die Decke und ich denke an Kristin, klappe den Laptop auf und lese die obligatorische Mail vom Abend. Mein Vater kommt mit nach Kreta. Ich seufze und schreibe wenigstens ein paar Zeilen. Dass ich das mit dem Hund nicht in Ordnung finde, mit dem Vater ebenfalls nicht und sie noch mal überlegen soll, was er uns damals angetan hat. Dann schicke ich ihr noch meine neue Adresse und berichte wertfrei vom Umzug, bis mein Fuß zu jucken anfängt und ich beide Hände brauche, um ihn zu kratzen. Ich muss unbedingt zum Arzt.

TAG 10

»Sieht er für euch behindert aus?«

Fußpilz! Es ist Fußpilz. Ich hatte mir die Krankheit irgendwie anders vorgestellt und hielt die bereits ausgestorbenen Sprühanlagen in Schwimmbädern früher immer für nutzlose Geldmacherei. Weit gefehlt. Jeden Morgen massiere ich mir eine Heilsalbe, deren Geruch ich womöglich nie mehr vergessen werde, auf die rissige, juckende Haut.

Meine Socken kleben an den Zehen und Delta steht im braunen Leinenanzug mit Ellbogenpatches aus kariertem Filz vor Stefan und mir. Er trägt eine hellgraue Perücke sowie einen angeklebten Vollbart, und hätte er einen Fischerhut, er sähe haargenau aus wie Sean Connery in »Indiana Jones und der letzte Kreuzzug«. Nur mit einem stümperhaft und mit viel zu viel doppelseitigem Klebeband angeklebten Bart eben.

»Ich versteh immer noch nicht, warum ich mich verkleiden muss. Überhaupt ist das hier richtig bescheuert. Ich hab gar keine Lust irgendwen zu überraschen. Ich mag das nicht. Die stinken und waschen sich doch auch nicht richtig. Ich will eigentlich überhaupt nichts mit den Fans zu tun haben.«

Die Tür schlägt mit Schwung in Stefans massigen Rücken, der mit dem Camcorder in der Hand nur von dieser Position aus ein vernünftiges Bild hinkriegt. »Aua! Verdammt!«

Ein circa dreizehnjähriger Schüler mit den dicksten Brillengläsern der Welt und einem Bad&Mad-Pullover betritt die Toilettenräume, schaut uns verdutzt an. Die dümmlichen möchtegerncoolen Comicfiguren habe ich seit über zwanzig Jahren nicht mehr gesehen. Der Rucksack ist viel zu riesig für seinen schmächtigen Rücken, zieht ihn fast nach unten, während er an uns vorbei in eine Kabine schlurft.

Flo zupft an einzelnen Haaren von Deltas Perücke, auf deren zerknitterter Verpackung »verrückter Wissenschaftler« steht. Es riecht so, als hätte der Schüler Smacks zum Frühstück gehabt. Der süßliche Uringeruch ist unverkennbar.

»Das muss so. Sonst erkennen dich doch die Leute sofort. Außerdem gäbe es ohne Zuschauer auch keine Show.« Flo blättert in seinem Notizbuch. »Der andere Lehrer heißt Herr Petrescu. Wie gesagt, die Rektorin hat nur unter der Bedingung zugestimmt, dass ein richtiger Lehrer dabei ist. Der weiß aber nicht Bescheid, dass du kein echter Lehrkörper bist.«

Delta nickt und irgendwie frage ich mich in dem Moment, warum die Tochter von Boris Becker eigentlich Model ist.

»Weiß ich alles und ich find's trotzdem ne Scheißidee.«

Flo zuckt mit den Schultern. »Das Problem ist auch, dass wir die unterschriebenen Einverständniserklärungen erst am Ende der Stunde von der Direktorin bekommen, wenn sie mit dem ...« Er schaut noch mal in sein Buch. »... mit dem Herrn Petrescu gesprochen hat und der zustimmt.«

Ich zucke zusammen. Jetzt fängt Flo auch schon an, Artikel vor den Namen zu benutzen.

Stefan pustet Luft durch die Lippen, die dadurch wie ein alter Motor vibrieren. Der Bad&Mad-Schüler kommt mit hängendem Kopf zurück, läuft an uns vorbei und will nach der Türklinke greifen.

»Ey.« Delta tippt ihm gegen die Schulter. Der Bart wackelt und sieht aus, als würde er jede Sekunde abfallen. »Was ist denn mit Händewaschen, du Otto.«

Die dicken Brillengläser verwandeln seine Augen in riesige, glibberige Kaulquappen, die uns ungläubig anstarren. »Was?«

Delta baut sich drohend vor ihm auf. »Du sollst deine scheiß Hände waschen, wenn du vom Klo kommst. Sonst gibt's ne Sechs in Hygiene.«

Die Flaschenböden beschlagen, der Junge nickt und der Professor zieht ihn am übergroßen Rucksack zum Waschbecken. »Hände!«

Er krempelt den Pullover hoch und Delta dreht an den Armaturen. Das Wasser dampft. Es ist offensichtlich viel zu heiß. Kurz bevor der Junge seine Arme drunterhält, stellt Flo kälter. Die netteste Geste, die ich bisher von ihm gesehen habe.

»Der Schüler hält seine Hände darunter.« Delta deutet auf die Seife, nickt, als der Junge sie auf der Haut verteilt. »Gut so. Merk dir, wie das geht. Das ist wichtig. Gerade in der Schule. Da lauern die Keime überall.«

Der Schüler stolpert fast zu Boden, reißt die Tür auf und rennt in die Freiheit.

»Und kauf dir mal nen geileren Pulli!«, ruft Delta ihm hinterher. »Einen ohne so hässliche Figuren vielleicht!«

Er lacht und wendet sich wieder uns zu, als wäre nichts passiert. Ich schließe meinen Mund, von dem ich nicht mehr weiß, seit wann er offen steht. Der Trockenheit im Inneren nach zu urteilen, schon länger.

»Also.« Delta knöpft seinen Anzug zu. »Wenn die Rektorin das nicht unterschreibt, ist alles für die Katz, oder was?«

Flo kratzt sich die Glatze. »Was soll denn passieren? Die Kameras sind versteckt und zur Not zeigen wir nur deine Einstellung und die Schüler von hinten. Ging halt nicht anders.« Er schiebt noch ein »Sorry« nach.

Es läuft mir kalt den Rücken runter, als der Pausengong zum Stundenbeginn ertönt. Wie ich ihn damals hasste und zugleich liebte, wenn er zum Ende der letzten Stunde durch die Gänge läutete.

»Alles klar. Kennt jeder seine Aufgabe?« Stefan klatscht in die Hände. Wir stehen wie eine vierköpfige Footballmannschaft kurz vorm entscheidenden Spielzug in einem Kreis, trampeln mit den Füßen laut auf die von Dreck verschmierten Fliesen. Es ist das erste Mal, dass ich das Gefühl habe, wirklich Teil des Teams zu sein.

»Let's do this!«

Mit dem Schlachtruf treten wir aus der Toilette. Auf dem Flur strömen die Schülerinnen und Schüler in die verschiedenen Winkel der Pausenhalle. Wir schauen ihnen nach, wobei es auffällig ist, wie viele Rollstuhlfahrer sich ihren Weg durch die engen Flure bahnen.

»Die haben ja Downsyndrom!« Delta zeigt auf eine Gruppe mit lachenden Schülern, die wild schreiend scheinbar unkontrolliert herumrennen. Sofort vibriert eine Sagrotanflasche in seinen Fingern.

»Da wär ich mir nicht so sicher.« Stefan fasst sich ans Kinn, beäugt die Schüler. Seine verhornte Fingerkuppe fährt über die Wange. »Die sehen sehr fröhlich aus, aber gleich Downsyndrom? Ich weiß nicht.«

Das Wort »Downsyndrom« lässt mich jedes Mal wieder kurz zusammenzucken. »Trisomie 21«, murmle ich. »Man sagt jetzt Trisomie 21. Nicht mehr Downsyndrom.«

Stefan nickt. »Stimmt. Das hab ich auch mal gelesen. Darauf müssen wir achten, falls die in der Klasse sind, die Delta unterrichtet.«

Delta, der gerade seine Hände mit einem feuchten Tuch desinfiziert, schaut hektisch auf. »Was beachten?«

Stefan notiert etwas auf einem Zettel. »Ich schreib's dir auf. Dass du dann nicht Downsyndrom sagst, sondern Trisomie 23.«

Ich hebe den Finger. »21. Trisomie 21. 23 wäre zu viel.«

Stefan streicht die Zahl durch, korrigiert sie und drückt mit dem Daumen auf das Ende des Kugelschreibers, reicht Delta den Zettel, der ihn entgeistert anstarrt.

»Moment mal.« Flo tippt auf seinem Handy, während Stefan und Delta immer hitziger über den Grad der Behinderung der umherspringenden Schüler debattieren.

»Ich wusste es. Alle zurück ins Klo!« Mit ausgebreiteten Fangarmen zieht uns Flo zurück. Es riecht immer noch nach Smacksurin.

Sofort drängt er mich in eine Ecke. »Das ist ne Inklusionsschule, wusstest du das?«

Ich schüttle den Kopf. »Was?«

Seine Hand krallt sich in meine Schulter. »Na, eine Schule, wo Behinderte mit unterrichten.« Er korrigiert sich. »Also, nicht unterrichten, ich meine unterrichtet werden. Wie sollen wir denn hier arbeiten. Da kann ja alles passieren. Nachher dreht einer von denen durch und zieht ein Messer oder so was!«

»Ach so. Nee. Das wusste ich nicht. Aber die sind doch nur behindert, nicht gleich geistesgestört.«

Delta zieht Flo zur Seite. »Behinderte gehen nicht klar. Die sind ja noch unhygenischer als normale Kinder. Ich schwöre, die waschen sich gar nicht. Und den Eltern ist das dann irgendwann egal. Können ja nicht immer kontrollieren, ob sie sich waschen. Scheiße!« Seine Finger zittern. Noch einmal murmelt er: »Die waschen sich nie«, bevor er das Wasser anstellt und die Hände darunterhält.

»Doch, die waschen sich auch«, versuche ich ihn zu beruhigen. »Das sind doch ganz normale Leute. Die haben ja außerdem auch meistens normale Eltern, die auf die Hygiene achten, wenn sie es selbst nicht machen. Das ist ja bei denen noch wichtiger, weil sie ja sonst vielleicht noch kränker werden.«

Meine Worte werden von niemandem beachtet. Das erleichtert mich ein bisschen, weil man, glaube ich, nicht »bei denen« sagt. Das ist diskriminierend.

Flo schüttelt ungläubig den Kopf, geht in der Toilette auf und ab, achtet dabei nicht auf die Urinlachen. »Da gibt man ihm eine Aufgabe, und er verkackt es so. Aber warum wundert mich das überhaupt?«

Stefan hebt beschwichtigend die Hand. »Jetzt seid mal nicht so hart. Das kann ja auch eine Chance sein. Ich mein, wenn der Junge, den wir da überraschen, behindert ist, dann ist das doch noch besser. Das steht schneller in der BILD, als wir gucken können. Die suchen doch nach solchen Geschichten. Neben dem ganzen Terror und so.«

Delta bekommt Schnappatmung und verzichtet sogar komplett auf Wortwitze. »Ich will aber keinen anfassen! Am liebsten nicht mal den Türgriff. Das ist noch schlimmer als bei normalen Kindern. Wirklich. Alles ist voll mit deren Krankheiten. Nur weil er hier ...«, er zeigt auf mich, »... nur weil er hier keine richtige Schule besorgen kann, werden wir alle nächste Woche krank im Bett liegen. Ganz bestimmt!«

Er schüttelt sich, während Stefan auf ihn zugeht und seinen fleischigen Arm auf seine Schulter legt. In Deltas Blick spiegelt sich der Ekel, als die vollgeschwitzte Achsel das Gelenk umschließt. »Das wird alles nicht so schlimm.«

Deltas Zähne klappern aufeinander. »Ich weiß nicht, ob ich das kann.«

Stefan schüttelt den Kopf. »Du schaffst das. Du hast noch immer alles geschafft. Der Junge wird sich so freuen.«

Delta sieht gebrechlich aus, als wäre sein Körper in den letzten zwei Minuten um die Hälfte geschrumpft. Stefan streichelt mit seinen Pranken über den Arm des Moderators, nickt schließlich Flo zu. Der versteht, zieht das Walkie-Talkie von seiner Hose ab, hält es sich an den Mund.

»Mo, Matte? Seid ihr da? Over.«

Am anderen Ende der Leitung rauscht es. Dann meldet sich der Praktikant. »Ja. Wir sind fertig. Ihr könnt kommen. Over.«

Dass ich mich mal über die Stimme meines Praktikantenkollegen freue, hätte ich nie für möglich gehalten. Doch er lenkt das Gespräch in eine andere Richtung.

Stefan hält Delta im Arm. »Du schaffst es, oder?«

Man sieht, wie sich Deltas Brustkorb mit Luft füllt. »Ich versuch's.« Er windet sich.

Stefan lässt ihn los, und einen Moment lang sieht es so aus, als drohe Delta auseinanderzufallen. Dann sprüht er sich Desinfektionsmittel unter sein Shirt, reibt die Schulter und jeden unbedeckten Zentimeter seiner Haut ein, nickt und geht voran.

Unser Unterrichtsraum liegt im ersten Stock. Über Funk sind vier aufgebaute Kameras mit einer Regie verbunden, die wir im Nebenraum aufbauen durften. Obwohl »Regie« übertrieben ist. Es handelt sich um einen Laptop auf dem Lehrerpult im Nebenzimmer, der die Signale der GoPros empfängt, die wir in Kleinstarbeit, so gut es ging, im Raum versteckt haben. Delta trägt ebenfalls eine. Aus seinem Lederkoffer lugt die Linse einer Kamera, die im Inneren HD-Aufnahmen auf einer 32 Gigabyte Micro-SD-Karte speichert. Sie läuft bereits und filmt durch ein kleines, von mir mit einer Nagelschere gebohrtes Loch in der Seitenwand. Mit bloßem Auge kaum zu erkennen.

Wir sehen auf dem Monitor, wie sich der Klassenraum füllt und ein sehr junger Lehrer die Schüler der 8b begrüßt. Das muss also Herr Petrescu sein. Wären seine zotteligen Haare rot statt schwarz, sähe er mit den viel zu großen Schluffi-Klamotten aus wie eine menschliche Version von Herrn von Bödefeld aus der Sesamstraße.

Mo und Stefan sitzen mit Kopfhörern vor dem Bildschirm, während Matte, an die Fensterbank gelehnt, in den Innenhof schaut. Delta und Flo warten im Flur auf das Signal. Meine Hauptaufgabe besteht darin, rumzustehen und auszuhelfen, sobald es was zu tun gibt. Ich habe also eigentlich gar nichts zu tun.

Auf dem Monitor schreibt der Lehrer undefinierbare Formeln an die Tafel. Die Kamera, die ihn gerade zeigt, hängt in einer präparierten Aldi-Tüte an der Garderobe neben der Eingangstür.

Stefan holt ein Funkgerät aus dem bunt geknüpften Rucksack, der wahrscheinlich schon seit seiner Punkzeit in seinem Besitz ist. »Flo, kann losgehen«, spricht er in den Kasten. »Ist der Delta bereit?«

Es rauscht. Dann ertönt Flos Stimme. »Alles klar. Ich schick ihn rein. Over.«

In solchen Momenten hört man seine Bundeswehrzeit durchklingen. Ich stelle mir Flo vor, wie er im Atlantik, tief im Meer, in einem U-Boot Kommandos an die hungernde Mannschaft gibt. Großes Unwetter. Durch einen Riss im Bullauge fließt das Wasser und steht bereits mehrere Zentimeter hoch auf dem Boden. Flo erteilt wirre Befehle und Anweisungen, die seine Crew ohne Nachfragen ausführt. Er wird sie durch den Krieg führen. Allen Stürmen und Gefahren zum Trotz. Komme, was wolle! Nur durch harte Führung werden sie es schaffen können. Niemand würde es wagen, eine der Aussagen zu hinterfragen, geschweige denn ihm Paroli zu bieten. Dann müsste man mit dem Schlimmsten rechnen: niedere Aufgaben, Schellen, Folter, Verbannung. In keiner meiner Fiktionen hat er jemals Befehlen gehorcht. Er gibt sie.

Die Klassenzimmertür öffnet sich, wir halten den Atem an.

Es geht los und ich freue mich, dass die neue Situation den Marinegedanken aus meinem Kopf verschwinden lässt, bevor er die Chance bekommt auszuarten.

Delta tritt ein und reicht seinem »Kollegen« die Hand. Selbst auf den winzigen Bildschirmen kann ich genau erkennen, dass sein Bart nur angeklebt ist. Sofort nach dem Körperkontakt zieht er das Desinfektionsmittel aus der Innentasche seines Anzugs, schmiert sich etwas davon auf die Hände.

Ich bin aufgeregt. Sehr sogar. Es ist das erste Mal, dass ich sehe, wie sie eines ihrer Videos drehen. Und das macht mich stolz, obwohl ich überhaupt keine sinnvolle Aufgabe habe.

»Wenn du mich hören kannst, nick mal kurz.« Matte setzt sich rücklings auf einen Stuhl und schaut über Mos Schulter auf den Laptop. Er gibt Anweisungen per Funkgerät, dessen Empfänger unter den schneeweißen Haaren in Deltas Ohr steckt. Auch auf ihn ist eine Kamera gerichtet. Alles wird festgehalten. Jeder Moment.

Auf dem Bildschirm nickt Delta wie verlangt und schreibt anschließend Dinge von einem Merkblatt auf die Tafel ab. Es ist das Quiz, das Stefan sich ausgedacht hat. Die drei Fragen hätte er sich eigentlich auch merken können. Aber sicher ist sicher.

Der dicke Redakteur lehnt sich zufrieden zurück. »Wie viele sind denn jetzt – um mich mal politisch korrekt auszudrücken – lernbeeinträchtigt? Bei manchen sieht man das ja nicht sofort.«

Mo zuckt mit den Schultern, wippt dabei nervös mit dem Knie auf und ab, lässt es von unten gegen die Tischplatte tippen. Tock, tock, tock, tock, tock.

Matte holt Tabak und eine Klarsichtfolie mit grünen Blüten hervor. Auf seinem linken Bein liegt ein langes Blättchen.

»Willst du jetzt hier echt einen bauen, oder was?«

Stefan sieht wütend aus, während sich sein Kollege nicht beirren lässt. Er zuckt mit den Schultern und verteilt Gras mit den Fingerspitzen auf dem Paper. Im Mundwinkel hängt ein gerolltes Stück Pappe, das seine Aussprache behindert. »Ja. Warum denn nicht?«

Ich sitze auf der Fensterbank und schaue ins Nichts. Matte versucht, den Joint anzuzünden, doch sein Feuerzeug blockiert. Das Rädchen lässt sich nicht richtig drehen. Ich schrecke auf, als das Wippen von Mo stoppt. Auch Stefan rührt sich nicht, schaut auf den Bildschirm. Dann greift er, ohne hinzuschauen, zum Walkie-Talkie, das auf Mattes Schoß liegt.

»Alter«, beschwert der sich direkt. »Du hast meinen Schwanz berührt!«

Stefan schüttelt den Kopf. »Hab ich nicht.« Er drückt mit dem verhornten Finger auf den Knopf des Funkgeräts. »Delta. Da ist noch ein Schreibfehler. Das Wort ›Channel‹ hast du mit einem N geschrieben. Änder das mal. Das wird sonst unangenehm.« Er lässt den Knopf los und schüttelt den Kopf, wobei einer der Ohrhörer an seine Schläfe rutscht. »Kann der nicht schreiben, oder was? Das ist ja peinlich.« Er schiebt seinen Kopfhörer zurück in Position.

»Hast du mal Feuer, Mo?« Matte tippt dem Praktikanten auf die Schulter, der, ohne sich umzudrehen, mit seiner übergroßen Hand ein Feuerzeug aus der Hosentasche kramt und nach hinten reicht.

»Was sagt er? Was hat er gesagt?« Ich schaue gebannt auf den Monitor.

»Der Delta will, dass sie ihre Lük-Kästen herausholen. Seine Stimme klingt seltsam.« Stefan brummt.

Mo schaut zu ihm rüber. »Was sind denn Lük-Kästen?«

Er bekommt keine Antwort. Die Tür in unserem Rücken öffnet sich. Mit der Hüfte drückt Flo sie auf, die Arme voll mit mehreren kleinen Soundboxen, die runterzufallen drohen. Die Kabel enden in einem riesigen Ball, an dem eine Katze große Freude hätte.

»Wo warst du?« Er deutet mit dem Kinn in meine Richtung.

»Was?« Ich räuspere mich.

»Du solltest doch die scheiß Boxen aus dem Auto holen. Ich hab versucht, dich anzurufen.«

Ich stecke die Hände in die Taschen und erinnere mich wieder, dass ich mein iPhone schon längst aus der Reparatur hätte holen sollen. Die wollen allerdings Geld. Mehr als mein Konto in diesem Moment hergibt. »Ach so. Ja. ’tschuldigung. Ich hab doch gar kein Telefon. Warum funkst du das denn nicht?«

Unter großem Krach donnert er die Boxen auf einen der freien Tische. »Funken, funken«, wiederholt er. »Ja geil. Danke für nichts.«

Ich springe auf und will ihm bei den Kabeln zur Hand gehen, aber er zieht sie weg, bevor ich zugreifen kann.

»Ja, lass mal. Ich mach das lieber allein.« Seine Augenringe sind innerhalb der letzten Stunde noch dunkler geworden.

Ein süßlicher Marihuana-Geruch dringt in meine Nase. Matte sitzt auf dem Tisch und ascht in eine leere Colaflasche. Er hält mir den Joint hin. Ich lehne dankend ab. »Will sonst jemand?«

Stefan greift nach hinten, nimmt einen Zug. »Öffne mal eins …«, er atmet aus, bildet einen Ring aus Rauch, der gegen den Bildschirm trifft und daran zerplatzt, »... eins der Fenster. Das kann sonst ganz schön Ärger geben.«

Er gibt den Joint an Mo weiter, und weil sonst niemand Anstalten macht, sich auch nur einen Zentimeter zu bewegen, stehe ich auf und lasse frische Luft in den Raum. Flo nimmt den Wust an Kabeln und legt ihn hinter den Laptop, steckt den Stecker ein.

Es brummt wie an den dramatischen Stellen des Films »Inception« und der Sound von Deltas Stimme dröhnt durch den Klassenraum. Zu laut. Auf dem Bildschirm schauen die Schüler irritiert, wieso ihr neuer Lehrer einen leichten Hall hat. Sofort dreht Flo die Lautstärke runter. »Oh.«

Stefan nimmt noch einen Zug, pustet den Rauch ins Walkie-Talkie. »Dann stell mal die Fragen an die Klasse. Wir sind hier bereit.«

Aus dem Lautsprecher kommen heulende Geräusche.

»Was ist denn mit dem Sound?« Ich schaue auf das Bild der Klasse.

»Das ist die Schülerin da in der dritten Reihe.« Stefan rückt näher an den Bildschirm ran. »Die da.« Sein dicker Finger zeigt zeitgleich auf drei Personen.

Ich nicke und er scheint zufrieden.

»Eine mit Tourette, oder was?« Mos zu große Hand reibt über sein Knie. »Na toll. Ich hoffe, die sagt keine krassen Wörter, die wir auspiepen müssen. Ich hab das mal im Fernsehen gesehen. Da hat einer immer Hitlerfotze gesagt. Immer wieder. Ich hoffe, sie sagt nicht Hitlerfotze. Das wär schlecht.«

»Ja.« Stefan nickt. »Hitlerfotze wär schlecht.«

Ich kann mir nicht vorstellen, dass das Mädchen mit dem blonden Zopf tatsächlich Hitlerfotze sagen würde. Sie quiekt noch einmal laut, bevor Delta anfängt, die Klasse zu befragen.

»So. Hier stehen die drei Fragen, über die wir uns heute unterhalten. Nummer eins: Wer guckt denn gerne Sachen auf YouTube?« Seine Stimme ist etwas zu tief. Noch hat er keine zum Charakter passende gefunden. Jedenfalls ist das meine Meinung.

Bis auf einen meldet sich die ganze Klasse. Delta geht durch die Reihen. Man sieht förmlich, dass er versucht, möglichst wenig zu atmen, keine Keime aufzunehmen. Er bleibt vor dem einzigen Schüler stehen, der sich nicht gemeldet hat. »Und warum guckst du das nicht?«

Der Junge schaut auf seinen Tisch. Delta wiederholt seine Frage, doch der Junge antwortet noch immer nicht.

»Was ist denn mit dir verkehrt? Guckst du kein YouTube, oder warum hast du dich nicht gemeldet? Das gucken doch heutzutage alle.«

Von hinten zieht ihn eine Schülerin am Anzug. »Er kann sich nicht melden. Er hat gelähmte Arme.«

Delta schaut geradewegs in die Kamera, die versteckt an der Garderobe hängt. Selbst unter dem Bart kann ich sehen, wie alle Farbe aus seinem Gesicht weicht.

Er geht zurück zum Pult. »Ach so. Entschuldigung. Aber die anderen? Was guckt ihr so?«

Es meldet sich eine Schülerin, die auf den ersten Blick nicht beeinträchtigt aussieht. Aber das täuscht ja manchmal. »Ich schau Beautyvlogs, Hauls und ein paar Lifestyle-Sachen.«

Delta drückt seinen angeklebten Bart fester. »Ach so. Ja. Und gar keine Comedy?«

Sie überlegt. »Doch natürlich. Simon Desue und Freshtorge. Die find ich super.«

Der andere Lehrer schaut kurz von seinem Laptop auf, während Delta mit dem Finger in die Runde zeigt. »Und ihr anderen so? Vielleicht noch andere Kanäle, die ihr gut findet?«

Ein Junge mit wahrscheinlich noch vom Bett abstehenden Haaren hebt den Arm. »Fußballtricks guck ich noch. Freistoßtraining, dass ich mal so gut bin wie Cristiano Ronaldo.«

Delta macht einen Schritt nach vorn, schaut von oben auf ihn herab. »Moment mal. Du sitzt doch aber im Rollstuhl.«

Der Junge befeuchtet seine Lippen. »Ich hab eben Träume.«

Delta nickt. »Verstehe, verstehe.« Er blickt in die Runde. »Und keiner von euch guckt Matte und Delta? Die machen doch gute Videos.«

Die Mehrzahl schüttelt den Kopf. Ein Mädchen im Blumenkleid macht ein Pfff-Geräusch. »Die sind schon zu alt für uns.«

Delta runzelt die Stirn. »Wie alt seid ihr denn so?«

Das Blumenmädchen drückt den Zeigefinger auf ihre Brust. »Ich bin dreizehn. Da guckt man die nicht. Delta und Matte sind ja was für meinen Vater.«

Delta hebt die Augenbrauen, hat nun eine etwas höhere Stimme. »Ach, der guckt die?«

Sie schaut nachdenklich aus dem Fenster. »Nee, auch nicht. Der guckt nur Günter Jauch und Sportschau manchmal.«

Delta fasst sich an den Kopf, merkt kurz, dass er die Perücke verrutscht, schiebt sie zurück an ihre Position.

»Was läuft denn da bei euch falsch? Warum guckt ihr das denn nicht? Das ist doch immer richtig witzig.«

Vom Fenster wandern ihre Augen zurück in den Klassenraum. »Na ja. Die machen gar keine geilen Sachen. Vor fünf Jahren vielleicht. Da waren die cool.«

Matte hat inzwischen einen weiteren Joint fertig gedreht. »Will jemand?«

Ich schüttle den Kopf, schaue wieder auf den Bildschirm, wo Delta sich bemüht, nicht ausfällig zu werden.

»Wie? Die haben doch neulich zum Beispiel diesen Schlauch bei denen im Bad angebracht und alle Leute haben Wasser ins Gesicht bekommen. Das müsst ihr mal sehen! Das war der Shit. Da war zum Beispiel der Hausmeister, der danach völlig ausgerastet ist und ein Loch in die Toilettentür getreten hat.« Er versucht schon gar nicht mehr, seine Stimme zu verstellen, schlägt mit der flachen Hand auf die Oberseite des Laptops vom Lehrer. »Haben wir einen Fernseher da, wo wir das mal zeigen können?«

Herr Petrescu schaut auf. »Was zeigen?«

Delta rollt mit den Augen. »Na die YouTube-Videos. Ich wollte den Leuten was beibringen.«

Er nennt die Klasse »Leute«. Das finde ich etwas befremdlich.

Der Lehrer schüttelt den Kopf, senkt den Blick zurück auf seinen Bildschirm. »Nee. Müssen Sie ohne machen.«

Das Mädchen aus der dritten Reihe macht erneut quietschende Geräusche.

Stefan verdreht die Augen. »Diese Schreie machen mich fertig. Die klingt ja wie der Schimpanse von neulich. Wir hätten eigentlich auch den Affen wieder mitnehmen können. Das wäre ne ganz coole Idee gewesen.« Er leckt über seinen Zeigefinger und kratzt mit seinem langen Nagel eine kleine dreckige Stelle vom Bildschirm.

Matte grinst, zieht am Joint. »Das geht leider nicht mehr. Delta hat die Trainerin ja einmal durchgenudelt und sich dann nicht mehr bei der Ollen gemeldet.«

Stefan schaut auf den Bildschirm. »Irgendeiner von denen muss doch ein Fan sein. Das hat die Rektorin doch gesagt, oder nicht?« Er dreht sich zu mir um.

Ich nicke. »Jaja. Hat sie gesagt. Ein Junge, der …« Ich greife in die Hosentasche, hole einen zerknitterten Zettel hervor, in dem ich vor Stunden schon einen geschmacksarmen Kaugummi entsorgt habe. Ich falte ihn auseinander und ziehe an den Spearmintfäden. Darunter kommt ein Name zum Vorschein. »Ein Junge, der Aeneas heißt.« Obwohl es meine Schrift ist, kommt es mir so vor, als hätte ich diesen Namen noch nie gelesen.

Stefan stutzt und schaut zu mir hinüber. »Ananas?«

Ich schüttle den Kopf. »Aeneas. Das ist, glaub ich, griechisch.«

Stefan dreht sich wieder zum Bildschirm. »Ah. Na gut. Ich geb's mal durch.« Er drückt mit der Hornhaut auf den Sprechknopf. »Delta, frag mal, wer der Aeneas ist. Der Aeneas. Das ist der Junge, der Fan der Sendung ist.«

Delta wiederholt. »Wer von euch ist denn Aeneas?«

Ein dickerer Junge meldet sich. Entweder ist er einige Male sitzen geblieben oder hat für sein Alter einen enormen Bartwuchs.

Stefan ist erleichtert. »Sieht er für euch behindert aus?«

Mo schüttelt den Kopf. Der kann das bestimmt gut einschätzen.

Der runde Mund des Jungen öffnet sich. »Ich bin Aeneas.«

Delta macht nun ein viel freundlicheres Gesicht und auch seine Stimme wechselt zurück in die eines älteren Professors. »Und du guckst auch nicht die grandiosen Videos von Matte und Delta?«

Er zuckt mit den Schultern. »Na doch. Manchmal schon.« Im Hintergrund fangen ein paar Mädchen zu kichern an.

Delta wird lauter, schwingt drohend den Zeigefinger. »Was gibt's da zu lachen? Die machen guten Content.« Er wendet sich wieder dem Jungen zu. »Dann ist das jetzt hier dein Glückstag.«

Delta reißt sich mit einer dramatischen Geste die Perücke vom Kopf und den Bart aus dem Gesicht. »Ha!«

Es geht ein Raunen durch den Klassenraum. Der Junge guckt verwirrt. Ich habe nicht den Eindruck, als würde sich da jemand außerordentlich freuen.

Delta steht mit ausgebreiteten Armen vor ihm. »Ich bin's doch.« Er streicht sich die Haare glatt. »Delta. Du kennst mich doch!«

Man sieht förmlich, wie das Gehirn des Jungen die Informationen verarbeitet. Dann vergrößern sich die Augen und seine Mundwinkel gehen nach oben. Er hat verstanden, steht auf und poltert ungehalten die Stuhlreihen entlang nach vorn. In Deltas Gesicht macht sich Panik breit. Bevor er fliehen kann, hängt Aeneas an seiner Hüfte, bohrt sein Gesicht in die Brust des hilflosen Moderators. Seine Finger krallen sich in Deltas Hintern.

»Jaja. Schön, wie du dich freust. Aber du kannst mich jetzt loslassen.« Delta hat Mühe, den Jungen von sich zu drücken, schafft es schließlich, ihn an den langen Armen auf Distanz zu halten.

Mo tippt mit seiner übergroßen Hand auf den Bildschirm. »Sagt mal, sieht der Junge nicht irgendwie seltsam aus?«

Und tatsächlich macht er keinen wirklich gefestigten Eindruck. Sein Gesicht ist rot, er atmet viel zu schnell. Mit jedem Einatmen schwillt sein Hals weiter an. »Und dann kannst du in unser Restaurant kommen und mein Vater kocht und dann spielen wir Playstation und gehen abends ins Kino und meine Stiefmutter macht Essen und wir können im Garten übernachten und ...«

Herr Petrescu erhebt sich von seinem Stuhl. »Aeneas. Bitte beruhig dich! Du weißt doch, was passiert, wenn du so aufgeregt bist. Hast du dein Spray irgendwo?«

Delta schaut zum Lehrer und dann zurück auf den dicken Jungen, dessen viel zu schnell zuckende Hände versuchen, in beide Hosentaschen zu greifen.

»Ja, ja. Ich hab's. Ich hab das Spray hier. Moment, Moment, Moment!« Er hat es gerade geschafft, die Finger in die Tasche zu stecken, als sich seine Augen verdrehen und er ohne schützende Arme nach vorn auf den Boden schlägt. Zeitgleich schnellen unsere Köpfe vor dem Monitor zurück.

Matte fällt der Joint aus dem Mund. »Shit ey.«

Sofort stürmt er aus dem Raum, nur um Sekunden später im Kamerabild wieder aufzutauchen. Ich kann nicht genau sehen, was passiert. Sowohl der Lehrer als auch Delta knien vor dem Jungen, während eine Traube aus Schülern um sie herum versucht, Blicke auf ihren Mitschüler zu erhaschen.

»Ist er tot?« Das Mädchen aus Reihe drei schreit wieder, lauter als zuvor, während Matte die Jugendlichen abzulenken versucht.

»Kommt mal alle raus jetzt!« Vergeblich, niemand bewegt sich.

Der Junge im Rollstuhl, der gern Freistöße wie Cristiano Ronaldo schießen würde, brüllt: »Ich kann gar nichts sehen! Lasst mich auch mal die Leiche angucken!«

Ich kann ihn zwischen den umherirrenden Jugendlichen zwar kaum ausmachen, doch Deltas Stimme schallt übersteuert und laut durch die Boxen unseres Raumes. »Wir brauchen einen Arzt!«

Flo greift zu seinem Telefon. »Scheiße! Das kann doch alles nicht wahr sein.« Mit zitternden Fingern wählt er die 112.

»Hier riecht's doch verbrannt ...« Bevor ich weitersprechen kann, sehe ich, dass der Boden hinter uns Feuer gefangen hat. Der Joint hat den Teppich entzündet. Sofort springe ich auf, renne zur Tür und durchschlage mit der Faust die Scheibe des Feueralarms. Es klingelt tierisch laut. Dann zum Feuer! Meine Augen suchen nach einer Decke oder irgendwas, das die Flammen in den Griff kriegen könnte.

»Wo ist denn der Feuerlöscher? Ist das nicht Pflicht?!« Ich trample mit den Füßen gegen die bereits kniehohen Flammen, schaue dabei panisch zu meinen Kollegen.

Flo reißt an Mos Pullover, zieht ihn nach oben und wirft ihn mir zu, während er das Telefon zwischen Schulter und Ohr geklemmt hat. »Los, Mo, bau die Kameras ab! Damit wir dann sofort abhauen können, wenn der ganze Scheiß hier vorbei ist.«

Mo schlurft gemütlich aus dem Raum, als jemand am anderen Ende der Leitung abnimmt und Flo genervt die Gegebenheiten schildert. »Ja. Wir haben hier einen Schüler, der ist umgekippt.« Er gestikuliert wild mit den Armen.

Stefan sitzt da und starrt regungslos auf den Bildschirm, ich schlage mit Mos Pulli auf die Flammen ein. Langsam kriege ich das Feuer unter Kontrolle.

»Was ist denn hier los? Ist das Feuer?!« Die Rektorin steht im Türrahmen, die Augen weit aufgerissen. Ihre Stimme überschlägt sich fast.

Mit einem letzten Tritt erlöschen die Flammen. Die Sirene tut mir in den Ohren weh. »Der Junge stirbt!«, fahre ich sie an, noch ehe ich darüber nachdenken kann, was ich da soeben gesagt habe.

»Wie bitte?!« Ihre Augen werden sogar noch größer und ihre Stimme wetteifert schrill mit dem Feueralarm.

Ich deute mit dem Daumen über meine Schulter. »Nebenan! Ich glaub, der Junge stirbt!«

Flo spricht noch immer mit dem Notruf. »Keine Ahnung. Irgendeine Behindertenschule halt. Hier in Altona. Googeln Sie das doch. Mit so Spastis und so. Das müssen Sie doch kennen!«

Mit offenem Mund steht die Rektorin da. »Wie hat er die Schülerinnen und Schüler da gerade genannt?«

Ich schreie gegen den Feueralarm an: »Im Nebenraum! Der Junge! Der stirbt vielleicht! Gehen Sie mal lieber da gucken, das ist doch jetzt viel wichtiger!«

Ohne ein weiteres Wort macht sie auf dem Absatz kehrt und stürmt aus dem Raum. Ich trete noch ein paarmal auf den schwarz angekokelten Teppich, von dessen Fasern einige rauchend an meinem Schuh kleben bleiben. Auf dem Bildschirm sehe ich, wie Mo ohne besondere Eile die Kameras abbaut, während Matte es schafft, die Traube aus Schülern langsam aus dem Klassenzimmer zu entfernen, indem er einzelne herauszieht, zur Tür drängt und in den Flur bugsiert. Delta macht eine Herzmassage, sieht dabei aber sehr unbeholfen aus. Der Lehrer mit den zotteligen Haaren pustet Sauerstoff in die Nase des dicken Aeneas, berührt dabei mit den Lippen den Bart des Jungen.

»Der Krankenwagen ist gleich da. Glaub ich.« Ganz sicher ist sich Flo anscheinend nicht, ob er dem Notruf nun die richtige Adresse genannt hat.

Erst jetzt merke ich, dass meine Hand blutet, Scherben des Sicherheitsglases vom Feueralarm haben mir die Haut aufgerissen. Auf dem Monitor erhasche ich noch einen Blick auf die Rektorin, die aufgeregt die übrigen Schüler aus dem Raum leitet, bevor Mo die letzte Kamera abschaltet und der Bildschirm schwarz wird.

Fast zeitgleich treffen zwei Sanitäter und drei Feuerwehrleute ein. »Was ist denn mit Ihrer Hand? Die muss verbunden werden.«

Ich gehe nicht darauf ein, reibe das Blut von den Knöcheln in meinen Pullover. Ein Feuerwehrmann schaut auf den Brandfleck. Ich nicke stolz. »Das Feuer ist schon aus, aber der Junge, ich weiß nicht, ob der noch lebt.«

Der Sanitäter macht einen Schritt auf mich zu. »Wo ist der Junge?«

Ich mache die gleiche Daumenbewegung, die geholfen hat, die Rektorin in den Nebenraum zu bekommen. »Eine Tür weiter rechts.«

Die Feuerwehr bleibt zurück, starrt unschlüssig auf den Fleck. Einer der Männer tritt mit dem Stiefel auf die rußgeschwärzte Stelle im Teppich. »Na. Da können wir jetzt auch nicht mehr viel machen. Das Feuer ist ja schon aus.«

Ein anderer holt hinter seinem Rücken einen Feuerlöscher hervor, als wäre er ein Magier. »Soll ich da noch mal draufsprühen?«

Sein Kollege winkt ab. »Nee. Das ist ja schon aus.« Er zeigt auf mich, kommt näher. Sein riesiger Helm erinnert an Darth Vader. »Haben Sie gut gemacht. Das Löschen mein ich.« Der dicke feuerfeste Handschuh landet viel zu schwer auf meiner Schulter. Er lacht. »Wenn Sie mal einen Job brauchen, Sie wissen ja, wie man uns erreicht.«

Ich nicke. »Den Alarmknopf drücken.«

Er stützt seine Hände auf die Knie, als hätte ich einen großartigen Scherz gemacht. »Hörst du das, Kalle.« Er zieht einen der Handschuhe ab. »Schlagfertig ist er auch noch. Das wär doch ein richtig guter Typ für uns.«

Ich weiß nicht genau, wie ich gucken soll, versuche schließlich, freundlich dreinzuschauen. »Ja. Na ja. Ich überleg mir das mal. Vielleicht.«

Und dann geht endlich der Alarm aus.

Delta sitzt auf dem Bürgersteig neben dem Krankenwagen, den Blick starr auf den Boden gerichtet. Ich hätte nicht gedacht, dass ihn der Zusammenbruch des Jungen so mitnimmt. Vor ihm auf der Straße steht die leere Flasche Desinfektionsmittel, aus der er sich die letzten Reste vor wenigen Augenblicken auf den Hals geschmiert hat. Wir wurden alle rausgeschickt, sollten die Sanitäter nicht bei ihrer Arbeit stören.

Flo redet auf die aufgelöste Rektorin ein, deren dünne Haare zerzaust vom Kopf abstehen, als hätte sie die letzte halbe Stunde nichts anderes gemacht, als sich selbige zu raufen. Was auch in etwa hinkommt.

Gerade hält er ihr ein Klemmbrett unter die Nase. »Können Sie noch schnell die Einverständniserklärung unterschreiben, bevor wir wieder losfahren? Damit wir das dann ausstrahlen können?«

Sie schaut ihn nur aus leeren Augen an, nimmt dann zuckend den Stift zur Hand. »Ach so. Jaja. Na gut.«

Ihr Blick wankt verloren über die umherlaufenden Schüler, bleibt schließlich an der Trage hängen, auf der der kollabierte Junge gerade durch den Haupteingang aus dem Schulgebäude gebracht wird. Ein dritter Sanitäter ist hinzugekommen. Er ist deutlich jünger als seine Kollegen, läuft mit einem Tropf hinter ihnen her, dessen wild umherschlackernder Schlauch in Aeneas' Arm endet. »Nicht so schnell! Ich komm sonst nicht mit. Das läuft sonst alles nicht richtig durch!«

Der griechische Junge rührt sich nicht, scheint aber noch am Leben zu sein. Sonst wären die ganzen Bemühungen und das Gehetze der Sanitäter ja wahrscheinlich Quatsch. Das beruhigt mich.

Delta schaut auf, stützt sich ab und kommt schwankend zum Stehen. »Wird er wieder?«

Sie reißen die Hintertüren des Rettungswagens auf, ignorieren seine viel zu leise Frage. Er macht ein paar Schritte auf sie zu, tritt dabei das Desinfektionsmittel um, das auf die Straße kullert.

Dann fängt er an zu schreien: »Ob er wieder wird, hab ich gefragt!«

Mit Schwung schieben sie Aeneas in das Auto. Einer der Sanitäter nickt Delta kurz zu. »Wir tun unser Bestes. Danke für Ihre Hilfe.« Dann fahren sie ab.

Matte macht derweil ein Selfie mit einem der Feuerwehrleute, bis seine Kollegen die Hupe des riesigen Leiterwagens betätigen. »Komm schon, wir wollen ma Mittag machen! Buffet.«

Auf der Fahrerseite zeigt einer der Männer aus dem Fenster auf mich. »Und du, überleg dir das mal mit der Feuerwehr und so.« Dann stellen sie die Sirene an und brausen davon. Müssen sehr großen Hunger haben, wenn sie sogar das Martinshorn anmachen. Ich glaube, das dürfen sie eigentlich gar nicht.

Wir stehen stumm am Straßenrand und warten, bis Mo unser Auto vom Aldiparkplatz geholt hat. Flo wirft die Technikkiste in den Kofferraum.

»Wo ist denn das Kostüm?«, fragt er. »Das muss morgen zurück zum Verleih.«

Mit hängendem Kopf steigt Delta auf die Rückbank. »Halt die Schnauze, Flo.«

Stefan schaut noch einmal zur Schule, ehe auch er einsteigt. Die Rektorin steht verloren auf dem großen Platz, zündet sich mit zitternden Händen eine Zigarette an.

TAG 12

»Ich geb jetzt den Fotzen von ProSieben ein Interview«

Es ist Freitag. Mo hat das Video von Deltas Überraschungsbesuch mit anschließender Lebensrettung noch am Drehtag geschnitten, mit dramatischer Musik unterlegt und hochgeladen. Platz 1 der Trends. Jetzt stehen Kamerateams aller großen Fernsehsender vor dem Büro. Zig Fotografen schießen Bilder vom Gebäude. Sogar ein Übertragungswagen der Öffentlich-Rechtlichen, der live vom Parkplatz zu einer ihrer Stationen sendet, parkt mit offener Tür auf dem Bürgersteig und blockiert einer fluchenden Öko-Mutti mit Kinderwagen den Weg.

Ich schlurfe über den Parkplatz, werde nicht wirklich beachtet. Stefan steht hinter einer der Kameras und gibt einem überforderten Redakteur von RTL Tipps, wie das Fernsehbild von Delta noch viel besser rüberkommen könnte.

»Nee. So sieht das doch nicht aus.« Er zieht an der Jacke des Kameramanns. »Da sieht man ja nur den Parkplatz. Wollt ihr nicht lieber das Gebäude da als Hintergrund nehmen?«

Der RTL-Journalist winkt ab. »Ach. Macht doch, wie ihr das meint. Mir ist das egal. Hauptsache, wir fangen gleich an.«

Stefan freut sich wie ein kleines Kind, klatscht in die Hände und gibt genaue Anweisungen, wie er sich den Bildausschnitt vorstellt.

Ein Mann tippt mir auf die Schulter, hat ein kleines Notizbuch aufgeschlagen. »Hallo. Ich bin von der Morgenpost. Dürfte ich Sie was fragen?«

»Was?« Ich wische mir den Schlaf aus den Augen, mache einen Schritt zurück. Sein Atem riecht nach altem Kaffee.

»Von der Morgenpost. Arbeiten Sie auch hier?«

Ich stelle meinen Rucksack auf den Kiesboden. »Na ja. Ich bin Praktikant.«

Er schaut nachdenklich drein, hält kurz inne und steckt dann seinen Block zurück in die Jackentasche. »Ach so. Ja, nee. Dann hab ich gar keine Frage.«

Ich nicke, versuche mein Gesicht nicht zu verziehen, als der Kaffeegeruch meine Nase erreicht. »Na gut.« So ein Arschloch.

Ich greife nach meinem Rucksack, schleife ihn über den Boden und bleibe neben Stefan stehen. »Was ist denn hier los? Was wollen die alle hier?«

Doch der dicke Redaktionsleiter bemerkt mich gar nicht. Er ist viel zu beschäftigt mit dem Team von RTL. »Soll ich dem Delta die Fragen stellen, oder wollen Sie das machen?«

Der schmächtige Mann vom Privatfernsehen schaut auf seinen Zettel. »Ich hab mir eigentlich schon die Fragen hier notiert, die ich brauche.«

Stefan zieht ihm das Blatt aus der Hand. »Zeig mal her!« Er springt zwischen Duzen und Siezen hin und her, kann sich nicht ganz entscheiden. Dazu die Artikel vor den Namen.

Ich stoße Luft aus. Etwas zu laut. Endlich kriegt er mit, dass ich auch noch da bin.

»Ach, guck. Hier kannst du was lernen.« Er wendet sich seinem »Kollegen« zu. »Ich übernehm das, ja? Das stört Sie doch nicht, oder? Dann lernt unser Praktikant das besser.«

Der RTL-Mann zuckt mit den Schultern. »Wenn's unbedingt sein muss. Ist mir egal. Ich muss nur später was Brauchbares abgeben.«

Eine Einladung für Stefan, der kurz die Fragen überfliegt, bevor er den Zettel kopfschüttelnd dem Mann vor die Brust drückt. »Die brauch ich nicht.«

Der Kameramann rollt mit den Augen.

Stefan stellt sich breitbeinig neben ihn. »Bist du bereit, Delta?«

Unser Moderator steckt das Handy weg, streicht sich durchs Haar. »Jaja, mach an!«

Stefan legt eine Hand auf die Schulter des Kameramanns, schaut noch einmal auf den kleinen Bildschirm. »Genauso bleiben. Und Auslösen!« Er leckt sich über die Lippen. »Delta, erzähl doch mal, wie die Situation für dich war.«

Und Delta erzählt, was in der Schule mit dem Jungen passiert ist. Er klingt dabei äußerst bescheiden, was ziemlich ungewöhnlich für ihn ist. Kein einziges Wortspiel.

Stefan nickt zustimmend. »Siehst du dich jetzt auch als Helden?«

Ich stocke. Als Helden? Wie bitte?

Delta schüttelt den Kopf. »Ich glaub, dass jeder in meiner Situation so gehandelt hätte. Ich wollte unbedingt, dass der Junge überlebt. Aber ein Held bin ich ganz sicher nicht.«

Stefan zeigt ihm beide Daumen nach oben. »Würdest du sagen, der Junge hätte überlebt, wenn du nicht gewesen wärst?«

Delta zieht Luft durch die geschlossenen Zähne. »Wenn ich ehrlich bin, glaube ich, dass es der Junge ohne unser Handeln wahrscheinlich nicht geschafft hätte.«

Der RTL-Redakteur hört gar nicht genau hin, raucht an einen Baum gelehnt eine Zigarette.

Stefan reibt sich die Hände. »Hattest du schon Kontakt zur Familie? Wie geht's dem Jungen?«

Delta überlegt kurz. »Ja. Dem kleinen Ana...» Er stockt. »Wie heißt er noch mal?«

Auch Stefan überlegt, bis ich schließlich »Aeneas« sage und Delta fortfahren kann.

»Ich fang noch mal an. Ja, Aeneas geht's schon viel besser. Ich hab mit seinem Vater gesprochen. Er hat unser ganzes Team zum Dank in sein Restaurant eingeladen.«

Anscheinend wird Delta als Held gefeiert. Dass er in Wirklichkeit der Auslöser für das ganze Chaos war, das wir angerichtet haben, wird unter den Tisch gekehrt.

Ich habe genug gehört, drücke die Glastür zum Treppenhaus auf. Ich stelle mir auf dem Weg zu meinem Schreibtisch vor, wie ich die Fragen der Fernsehteams beantworte, dabei von meiner Idee mit der Schule erzähle und schildere, wie sich der tragische Unfall tatsächlich ereignet hat.

Bis mittags ist an Tagesgeschäft gar nicht zu denken. Das Telefon klingelt ununterbrochen und hält uns davon ab, vernünftig arbeiten zu können. Mittlerweile ist es kurz vor 14:00 Uhr.

Flos Hand liegt auf der Schulter des Praktikanten. »Mo, wie machen wir das nun eigentlich nächste Woche mit dem Streichelzoo?«

Ich sitze mit ausgestöpselten Kopfhörern auf den Ohren an meinem Platz und übertrage die Musikliste des Schul-Videos, das nach ersten Presseberichten über Deltas Heldentat noch einmal einen ordentlichen Schwung Klicks dazubekam, in eine Excel-Tabelle. Die Probezeit, über die niemand mit mir gesprochen hat und von der ich auch im Vertrag kein Wort gelesen habe, läuft Montag aus. Innerlich mache ich mich bereit, meine Koffer zu packen, die neue Wohnung, den Job und Hamburg für immer gescheitert zu verlassen.

»Ich hab schon mal die verschiedenen Wildparks angeschrieben und auch schon zwei Rückmeldungen.« Mo schaut dabei zu mir rüber und ich starre auf den Monitor, als würde ich ihn nicht hören.

»Oh, echt?« Flo klingt zufrieden. »Gute Arbeit. In der Schule übrigens auch. Hatte ich dir noch gar nicht gesagt.«

Ich rolle hinter dem Deckmantel der vorgehaltenen Hand mit den Augen.

»Wir sind alle begeistert. Aber das merkt man ja auch an den Reaktionen und dem Andrang.«

Wie aufs Stichwort klingelt irgendwo in einem der anderen Räume erneut das Telefon. Beide grinsen und ich wünsche mir laute Musik auf den Ohren. Meinetwegen sogar Nickelback.

Stefan betritt klatschend den Raum. Die Leine von Obelix baumelt locker über dem bunt tätowierten Unterarm. Ich lasse die Kopfhörer in den Nacken rutschen. »Richtig tolle Sache. Ehrlich.« Er hält ein Blatt Papier in der Hand. »Unser Kanal ist schon jetzt vorzeitig für irgend so einen Videopreis im Juni nächstes Jahr nominiert. Ehrenpreis, weil Delta den Jungen gerettet hat. Wir fahren alle nach Düsseldorf!« Es sieht so aus, als müsste er fast weinen. »Vielen Dank euch! Praktikanten machen heute früher frei, ja? Geht nach Hause! Macht euch ein frühes Wochenende. Habt ihr verdient. Ach, und der Vater vom Jungen lädt uns heute Abend alle in seine Pizzeria ein.«

Ich stutze. »Ich dachte, das wären Griechen.«

Stefan zuckt mit den Schultern. »Er sagte, dass er Pizza macht. Keine Ahnung. Wir gehen eh nicht hin. Das ist doch bestimmt so ein Billigrestaurant. Da hol ich mir lieber was von McDonald's.« Er deutet mit dem vor Hornhaut gelb leuchtenden Daumen den Flur runter. »Ich geb jetzt den Fotzen von ProSieben ein Interview.«

Ich frage mich, ob das alles richtig ist. Erfolg aus dem Leid der Familie zu ziehen und jetzt als große Helden gefeiert zu werden. Sieht aber ganz so aus, als würde niemand meine Bedenken teilen. Flo und Mo geben sich ein lautloses High five, während Stefan noch einmal zum Gruß gegen die Holztür klopft und mit seinem Bernhardiner im Flur verschwindet. Ab nächster Woche wird das alles eh nicht mehr mein Problem sein. Seufzend packe ich meinen Block und die Wasserflasche in den Rucksack.

»Wollen wir das mit dem Streichelzoo trotzdem kurz besprechen?« Mo schaut erst zu Flo, dann zu mir, wie ich auf dem Boden hockend einen der Kugelschreiber unter dem Schreibtisch hervorfische.

»Richtig gern.« Flo nickt. »Ich hab auch noch zwei Bier im Kühlschrank.«

Der Stift ist im Rucksack und ich bleibe auf dem Hintern sitzen, während die zwei, ohne mich zu beachten, an mir vorbei aus dem Raum gehen. Na toll.

Die Sonne erleuchtet den Plastikfußboden gerade bis kurz vor meinen Tisch. Fast schon symbolisch. Ich reibe mir einen Krümel aus dem Auge, während ich durchs Fenster sehe, wie im Hinterhof vier Kinder mit Stöcken hinter einem leicht übergewichtigen Jungen herlaufen. Trotz der Isolierung kann ich hören, wie sie ihm nachrufen wie tollwütige Orang-Utans: »Fettsack, Fettsack! Bleib stehen, Schwabbel!«

Ich schaue an mir herab und bemerke erst jetzt, wie aufgebracht ich eigentlich bin. So hart und manchmal undankbar die Arbeit hier auch war, ich werde sie vermissen. Matte, Delta und Stefan. Mein Traum, irgendwann fest mit ihnen zusammenzuarbeiten, wird in der Sekunde enden, in der ich das Büro verlasse.

Meine Hände sind zu Fäusten geballt, zittern. Hui. Ich wende mich ab, schnappe meine Tasche und gehe die paar Schritte zur Tür. Dann mache ich halt, atme durch. Im Augenwinkel sehe ich Mos offen daliegenden Rucksack.

An Gleis 14 steht eine dicke Frau. Ihre blonde Turmfrisur erinnert an Marge Simpson. Genüsslich beißt sie ein Stück Glasur von einem Nogger ab. Dabei fällt ein centstückgroßes Teil des Schokomantels auf den Steinboden. Ich möchte darauf wetten, dass es sich um ein Nogger der Sorte Choc handelt.

Mein Rucksack ist bis oben gefüllt, der Koffer schwer. Der Zug fährt um 20:46 Uhr. Die Hosentasche vibriert, die »Breaking Bad«-Melodie erklingt. Stefan versucht, mich auf dem Handy zu erreichen, das ich erst vor wenigen Minuten aus dem Apple-Store abgeholt habe. Ich drücke ihn weg. Keinen Bock. Was wird er auch sagen? »Du, wir haben uns für Mo entschieden. Alles Gute für die Zukunft.« Kann ich drauf verzichten.

Ich habe überhaupt nichts gesagt, werde verschwinden und in einem Monat kennt keiner mehr meinen Namen. Nächste Woche holt mein Vater die Kartons aus der Wohnung. Sie hatten mit allem recht. Das hier ist brotlose Kunst. Andere in meinem Alter haben eine Familie und bauen ein Haus. Das werde ich mir monatelang anhören müssen, wenn ich zurückgezogen bin. Und es stimmt. Es stimmte die ganze Zeit.

Die Frau ist beim Schokokern angekommen, das Nogger Choc überzieht ihre gelben Zähne mit Schlieren. Ein Mini-Lkw mit Besen an den Seiten fährt über den Bahnsteig. Sie muss ein paar Schritte ausweichen. Das Stück Schokolade mit Nusssplittern wird von den Bürsten erfasst und verschwindet im Inneren des Wagens. Der südländische Mann in Latzhose und Warnweste lacht. Die roten Ohrenschützer haben kleine schwarze Punkte. Es sieht aus, als schliefen zwei übergroße Marienkäfer auf seinem Kopf. Seine Augen strahlen und er winkt, als er in seinem Putzwagen an mir vorbeitost. Ich grüße zurück und fühle mich überwältigt in Anbetracht der Freude, die er zu haben scheint. Er ist wie Forrest Gump, der mit dem Aufsitzrasenmäher die Wiese vom College kürzt und dabei der glücklichste Mensch der Welt ist.

Vom Nogger ist nur noch der Holzstiel übrig, auf dem die Frau mit Energie herumkaut. Mein Telefon klingelt wieder und ich drücke Stefan weg.

»Achtung auf Gleis 14 fährt ein: Intercity nach Köln Hauptbahnhof. Über Bremen, Osnabrück, Münster, Dortmund und Essen. Vorsicht bei der Einfahrt.«

Viele Leute fahren um diese Uhrzeit nicht mehr in die Richtung. Warum auch? Jede einzelne Stadt auf der Route ist hässlicher als die, aus der wir kommen. Ich schiebe den Koffer in ein leeres Abteil und werfe den Rucksack auf einen der Sitze, der beim Aufprall eine kleine graue Wolke aus Staub ausstößt. Die Lehne kühlt meinen Rücken. Das wahrscheinlich seit Jahrzehnten genutzte, hässlich bunt gemusterte Polster hat die Bequemlichkeit einer mit Nägeln gespickten alten Buche. Ich schließe die Augen, bis ich mir sicher bin, die Vibration des Anrollens der Räder in den Füßen zu spüren. Wir fahren, und mit jedem Meter wird mein Atem tiefer, entspannter.

Ich schaue aufs Handydisplay und sehe eine SMS meiner Mutter. »Komm mal nach Hause. Wir kriegen das schon alles hin. Dein Vater sagt das auch. Kreta ist schön. Ich hab auch schon mit Jürgen gesprochen. Wenn du willst, kannst du in der Holzfabrik aushelf…«

Weiter komme ich nicht. Stefans Name leuchtet über einem grünen und einem roten Hörer auf. Ich starre die Buchstaben an. Fünf Sekunden, zehn Sekunden, dann drücke ich auf Grün. »Na.« Ich versuche mich kurzzufassen.

»Gut, dass ich dich noch erreiche. Ich muss dir jetzt was sagen, was dir nicht gefallen wird.«

Ach was. Er wird mich rauswerfen. Aber ich bin vorbereitet.

»Es geht um den Mo. Wir haben ihn beim Klauen erwischt.« Stefan wirkt aufgebracht.

»Was?« Ich habe nicht damit gerechnet, dass es so schnell auffallen würde.

»Ja. Nur, damit du Montag nicht erstaunt bist, dass er morgens seine letzten Sachen zusammenpackt. Wir mussten ihn heute rauswerfen.« Seine Stimme zittert.

»Was?« Meine nicht.

»Ja. Du bist jetzt erst mal der einzige Praktikant. Vielleicht holen wir in den nächsten Wochen noch jemanden dazu, der die Schnittarbeiten macht, aber im Moment krieg ich das mit dem Flo auch allein hin, bis du das gelernt hast.« Stefan wird ruhiger, kommt in seine alte, mir bekannte Stimmlage zurück. »Oder meine Schwester arbeitet wieder von zu Hause aus mit. Ist auch kein Hexenwerk. Bring ich dir ab nächster Woche mal bei.«

»Ach. Okay.«

Der Intercity rollt durch Hamburg Harburg. Und ich schaue auf meinen Koffer und den Rucksack.

»Ist das blöd für dich? Wir wollten euch ja eigentlich unterschiedlichen Bereichen zuordnen, aber vielleicht schaffst du ja auch beides. So viel Arbeit ist es auch nicht. Und wenn ich ehrlich bin, hat der Mo jetzt auch nicht die besten Videos abgeliefert und war mehr mit Rauchen als mit Arbeit zugange. Das Schulding hätte auch noch größer werden können.« Er hält inne. »Sag mal, bist du in der U-Bahn, oder was sind das für Geräusche?«

Ich fühle mich, als hätte mir Mike Tyson einen seiner berüchtigten Jabs verpasst. »Und was ist mit der Frist?«

Ich höre Rauschen. »Welche Fri…?« Dann wird es still. Stefan ist weg. Abgebrochen. Auf dem Display fehlen die Empfangsbalken.

Mit beiden Händen greife ich mir in die Haare, raufe sie nach hinten, laufe im Abteil vor und zurück, trete gegen die Polster, schaue in die Schwärze der Stadtausläufe, reibe die Augenlider und fülle meine Backen immer wieder mit Luft, lasse sie in kurzen Stößen heraus. Was mache ich denn jetzt? Ich lasse mich auf einen der Sitze fallen. Eine neue Staubwolke tritt heraus. Ich schließe die Augen und versuche, für einen Moment an nichts zu denken.

»Nächster Halt: Bremen Hauptbahnhof. Wir erreichen Bremen Hauptbahnhof. In Bremen haben Sie Anschluss an einen Metronom nach …«

Die Stimme des Ansagers wird dumpf, verschwimmt zu einem Fiepen, das alle Geräusche übertönt. Ich kenne den Ton aus »Call of Duty«, wenn eine Handgranate neben der Spielfigur explodiert. Nur ohne Knall. Bisher hielt ich es für eine von findigen Gamedesignern ausgedachte Erscheinung. Nun ist sie so real wie Stefans Anruf.

Die dicke Frau von vorhin läuft an meiner Abteilscheibe vorbei. Der Noggereisstiel hängt zerkaut in ihrem Mundwinkel.

»Okay.« Ich spreche laut zu mir selbst. Alles egal. Setze mich, stehe wieder auf und setze mich wieder. Der Zug hält. Ich schiebe die Abteiltür nach links. Kalte Luft zieht durch den Wagon, kitzelt meinen Hals. Ich rolle den Koffer durch den Gang. Der Rucksack ist kaum zu spüren, federleicht. Ich rieche den Schweißgeruch der Frau vor mir und blicke auf ihren dicken Hintern, der sich wackelnd nach vorne drängt, kaum noch Platz zu den Seiten lässt. Mein rechter Schuh steigt auf eine der Metallsprossen. Dann stehe ich auf grauen Steinfliesen. Und stehe. Wie Cristiano Ronaldo mit ausgebreiteten Armen vorm Freistoß. Mit einem lauten Pfiff verschwindet die Dumpfheit der Geräuschkulisse. Der Ball liegt vor mir. Die Türen schließen und ich merke den Fahrtwind, als der Zug ratternd Bremen verlässt. Ich schieße. Der Ball landet in einer bananigen Flugkurve unhaltbar im Tor. Das Stadion rastet aus und ich muss zurück.

TAG 15

»Was willst du von mir?«

Vor dem Büro kommt mir Stefan entgegen. »Wie siehst du denn aus?«, fragt er, während er die Tür zum Gebäude aufschließt.

»Warum?« Ich trotte hinter ihm her, schaue dabei an mir runter, kann aber nichts Ungewöhnliches feststellen. Nur möglich, dass ich etwas zerknittert aussehe. Die letzten beiden Nächte habe ich nicht besonders gut geschlafen. Das schlechte Gewissen nagt an mir. Die Augenringe ziehen das Gesicht tiefer und dunkler nach unten.

Stefan interpretiert meine Erscheinung jedoch gänzlich anders. Sein Gesicht verformt sich zu einem Grinsen. »Ah. Ich verstehe, wildes Wochenende, was? Hast bei einer Frau geschlafen.«

Ich überlege, wann ich das letzte Mal mit oder bei einer Frau geschlafen habe.

Dann wird er ernst. »Der Mo ist da drin.« Er deutet auf die Tür zum Büro, das auf der Stelle eine bedrohliche Ausstrahlung bekommt. »Sei nicht zu fröhlich heute Morgen, auch wenn du gerade Sex hattest, okay?«

Fünf Wochen. Es ist wohl so fünf Wochen her. Der Sex zumindest.

Ich nicke. Die Tür zur Redaktion ist angelehnt. Ich drücke gegen das kalte Holz und sehe Mo, wie er aus einem Ordner Zettel reißt und in einen Jutebeutel stopft. Lautlos gehe ich an ihm vorbei, lehne den Rucksack vorsichtig an den Schreibtisch. Mo schnauft. Dann stampft er zur Tür und dreht den Schlüssel um. Ich schaue auf. Mit einem Satz springt er auf mich zu. Ich weiche zurück bis zur Fensterfront. Er stößt einen Tisch zur Seite, der seinen Weg blockiert und krachend zu Boden fällt. Meine Finger krallen sich in die Fensterbank, mein Rücken drängt gegen den Blumentopf, die harten Stiele der vertrockneten Geranie bohren sich in den Stoff meiner dünnen Jacke, piken in die Haut. Er steht vor mir, packt mit beiden Händen den Kragen, drückt mich in die Pflanze und bis an die Scheibe. Seine viel zu langen Finger berühren mein Kinn. Ich spüre seinen Atem auf meinem Gesicht.

»Ich weiß, dass du das warst!«

Der Geruch von jahrelangem Zigarettenkonsum dringt durch meine Nase bis in die hintersten Windungen meines Gehirns. Ich hebe die Hände. »Was?«

Mo zieht mich zu sich, nur um mich noch einmal fester gegen das Fenster zu pressen. Die Scheibe vibriert und die Welle der Erschütterung fährt mir durch alle Organe, Adrenalin brodelt durch die Adern.

»Was willst du von mir?« Ich versuche ihn wegzudrücken.

»Du hast mir den Kram in den Rucksack gesteckt!« In seinen Augen spiegelt sich der pure Hass.

»Ich hab was?«

Die übergroße Hand drückt sich in meine Wange. »Du bist so ein scheiß Wichser, weißt du das? Kannst gar nichts und gibst nicht mal das jetzt zu.«

Ich schlucke, versuche, meinen Kopf von der kalten Scheibe zu lösen. »Mo! Mal ehrlich, komm mal runter!«

Er verzieht das Gesicht zu einem wütenden Grinsen. »Runter? Willst du mich verarschen? Du machst mir hier die Zukunft kaputt und ich soll runterkommen?«

Es klopft an der Tür.

»Ach guck. Da kommen sie, um dich zu retten.« Er schaut nach hinten. »Du bist das Allerletzte.«

Dann lässt er mich mit einem Ruck los, blickt, bei den Schuhen angefangen, einmal an mir herauf, angewidert in mein Gesicht. Es pocht noch einmal.

»JAAAAAAAAA!« Mo schreit in Richtung der Tür, dreht sich zu mir und an dem Ausdruck um seinen Mund erkenne ich zu spät, was gleich folgt. Es fliegt und mit einem flatschenden Geräusch landet dickflüssige Spucke in meinem Gesicht. Ich schließe Mund und Augen, höre, wie Mo sich entfernt, öffne den Reißverschluss meiner Jacke, lasse sie nach hinten auf die Fensterbank und auf die Blume gleiten. Warm läuft Speichel wie eine übergroße Nacktschneckenfamilie über meine Nase und beide Wangen. Es riecht wie ein alter Aschenbecher. Mir schnellt Kotze in den Mund. Ich schlucke sie runter, ziehe das Shirt am Saum nach oben, höre, wie ein Schlüssel sich im Schloss bewegt. Warme Baumwolle umschließt mein Gesicht, nimmt die Schnecken in sich auf. Ich lasse den Ärmel los, auf dem ein durchsichtiger Film aus Schleim klebt, sehe Mo, wie er sich den Jutebeutel und meine alte Jacke schnappt, Stefan und Flo anrempelnd das Büro verlässt. Ich atme tief ein und schlucke noch einmal aufkommende Magensäure runter.

TAG 40

»Perfekter Einstieg in eine bessere Welt«

Ich sitze auf der Bettkante. Auf dem Teppichboden verläuft ein seltsam gelblicher Fleck, der sich vom schmalen Fenster unter dem kleinen Beistelltisch bis zu meinen Füßen erstreckt. Die Vorhänge sind aus kariertem, terrakottafarbenem Stoff, der in den Sechzigerjahren wahrscheinlich der Kassenschlager unter modernen Frauen war. Den unteren Rand zieren tote Fliegen, und über Jahre zusammengefundene Staubflusen bilden eine Spur bis hoch zum oberen Ende des marode brummenden Heizlüfters. Als hätte man mit Absicht das schäbigste Hotel der Stadt gebucht. Wahrscheinlich werde ich schon morgen früh kurz vor der Detonation vom Sprengmeister geweckt, der es endlich erlösen wird.

Die letzten Tropfen der Dusche hängen in meinem inzwischen Fünftagebart. Ich spüre den Pilz zurück in die Füße wandern. Der letzte Knopf des Hemds macht Schwierigkeiten, während ich auf dem iPad eine Anleitung für einen doppelten Windsor anstarre, aber nicht verstehe. Hätte ich mal den einfachen gewählt.

Von Köln habe ich bisher nichts gesehen. Delta, Matte, Stefan und Flo sind in einem Hotel die Straße runter. Ich vermute stark, dass ihres nicht unbedingt nach altem Zigarettenrauch und monatelangem Sauerstoffmangel stinkt.

Aber immerhin darf ich mit.

Als das Telefon vibriert, werfe ich die Krawatte beiseite. Das wird ja eh nichts.

WhatsApp Nachricht von Flo: »Komm runter. Wir sind da.«

Ich antworte mit einem der Hautfarbe widersprechenden gelben Daumen-Emoji.

Im Flur werfe ich einen letzten Blick in den Spiegel. Ich sehe aus wie ein amerikanischer Highschool-Schüler, der von seinen Eltern angezogen und zur Prom gebracht wird. Einer der wenigen, die kein luxuriöses Hotelzimmer reservieren mussten. Denn mit Frauen wird dort eh nichts laufen. Jetzt nicht und auch fünf Jahre später nicht. Ich schlage mit der Faust gegen den Lichtschalter. Maggiduft steht im Flur.

Der Fahrer baut eine Art Kindersitz in den Kofferraum des schwarzen SUV und ich fühle mich overdressed, als Delta mir die Johnny-Walker-Flasche durchs offene Fenster reicht. Sie tragen dieselben Klamotten wie vor zwei Stunden. Kapuzenpullover. Bis auf Stefan, der ein zerknittertes dunkelblaues Hemd mit einem viel zu dicken Kugelschreiber in der Tasche trägt. Es spannt über seinem dicken Bauch.

Ich lehne den Schnaps ab, klettere in den Kofferraum und steige auf den Sitz, der als einziger nicht in Fahrtrichtung zeigt und bei einem Unfall nur durch einen zerfledderten Bauchgurt abgesichert wird. Ich ziehe daran und er reißt. Ich halte die Schnalle getrennt vom Gürtel in den Händen. Egal, wir fahren ab. Die erste Fernsehsendung meines Lebens. Wir wurden eingeladen, damit Delta und Matte erzählen können, wie heldenhaft sie den Jungen gerettet haben. Ich werde mit Flo und Stefan im Publikum sitzen und darf applaudieren, wenn es vom Vorklatscher verlangt wird. Die Talkshow dreht sich um Internet-Stars und deren plötzlichen Hype. Die alten Leute der Öffentlich-Rechtlichen haben keine Ahnung.

»Guckt mal, wie viele da stehen!« Stefans Stimme klingt höher als sonst.

Ich versuche mich umzudrehen, um einen Blick nach vorne zu erhaschen, schaue auf die Hinterköpfe der anderen, an ihnen vorbei, über die Armaturen in einen Spalt Sonnenlicht. Auf dem riesigen Platz beginnt eine Art roter Teppich. Ich erkenne Absperrbänder, Security und vor allem Teenager mit wedelnden Handys. Das Auto hält und unser Fahrer steigt aus, um die Seitentür zu öffnen. Delta drückt ihm die Whiskyflasche an den Mund und er nimmt einen Verlegenheitsnipper.

»Dann halt nicht.« Er entreißt ihm den Johnny Walker und lässt die Flasche offen in den Fußraum fallen, ohne auf seine Hintermänner zu achten.

Die Geräuschkulisse vervielfacht sich schlagartig, als Delta und Matte aus dem Auto steigen, den Fahrer wegstoßen und damit den Fans die Sicht in voller Gänze ermöglichen. Stefan und Flo öffnen ihre Türen selbst und ich versuche, am Kofferraum einen Griff zu finden, ziehe an einem Band und drücke einen schwarzen Knopf. Nichts.

»Hallo? Kann mal einer aufmachen?« Nichts.

Ich steige vom Sitz und hocke auf der Ladefläche. Delta und Matte geben einem Kamerateam von RTL ein Interview, während Stefan und Flo langsam den roten Teppich hinaufflanieren wie Mose durch das geteilte Wasser. Dass es überhaupt einen roten Teppich bei einer Talkshow gibt, ist für mich mehr als befremdlich. Aber was weiß ich schon.

Ich beuge mich nach vorn über den Rücksitz, klettere hinüber, rutsche ab und bleibe mit dem Schuh zwischen zwei der Kopfstützen hängen. Meine Stirn landet auf der fast leeren Whiskyflasche, ich mache eine Art Purzelbaum und dann bin ich draußen.

»Ich hätte dir schon noch aufgemacht.« Der Fahrer lächelt und ich klopfe meine Hose ab. Als ich aufblicke, fehlt von Matte, Delta, Stefan und Flo jede Spur.

Ich stehe am Anfang des roten Teppichs, will ihn gerade betreten, da hält mich eine gewaltige Pranke zurück.

»Ausweis.« Auf dem Namensschild lese ich Bill Kaulitz. Es ist aber offensichtlich nicht *der* Bill Kaulitz. Oder er hat sich in den letzten Jahren der Öffentlichkeitsabwesenheit stark verändert.

»Sie heißen ja wie der Sänger von To…« Ich halte inne, bemerke am Augenrollen, dass ihm die Aussage nicht gefallen wird. Er nimmt die Hand von meiner Schulter und ich fühle, dass ich tierisch verschwitzt bin.

»'tschuldigung. Ist heute sehr warm.« Ich blicke auf sein vernarbtes Kinn.

»Ausweis!«

Ich ziehe mein Portemonnaie aus der Hosentasche und reiche ihm meinen Personalausweis. Er schüttelt den Kopf, holt ein Stofftaschentuch hervor und reibt seine riesigen Finger damit ab. »Den für die Veranstaltung, du Pappnase.«

Wer sagt das Wort denn bitte heutzutage noch?

»Hab ich nicht. Ich bin mit Matte und Delta da.«

Er brummt, schaut auf eine mehrseitige Liste, die auf einem viel zu kleinen Podest neben ihm liegt. »Die sind schon drin. Ohne Ausweis kommst du nicht rein.«

In dem Moment schwebt irgendeine Yoga-YouTuberin über den Teppich, geht an uns vorüber, ohne ein Dokument vorzeigen zu müssen.

»Wieso darf sie einfach so rein? «

Bill Kaulitz steckt das Taschentuch in die Innenseite seines Anzugs. »Bist du dumm? Die kennt doch jeder.« Er zeigt mit einem Finger, der die doppelte Größe von meinem hat, auf mich. »Dich nicht.«

Ich nicke und wühle noch einmal in meinen Taschen. Kein Ausweis. Ich fahre mir mit den Händen durch die Haare. Klebrig.

»Und jetzt runter vom roten Teppich.«

Ich zögere, überlege noch, etwas Überredendes zu sagen, gehe schließlich genau den Weg zurück, den ich gekommen bin, an den Zuschauern vorbei, die langsam den Weg nach Hause antreten, den

Fotografen, die ihre Kameras einpacken, der Security, die die Umzäunung abbaut. Nacheinander rufe ich bei den Jungs an. Natürlich haben sie ihre Handys aus. Die Idioten, ey. Und als der Teppich von zwei Leuten vor mir aufgerollt wird und ich über die Rolle steigen muss, stehe ich auf einem normalen Parkplatz als normaler Mensch. Allein.

Die Straße ist leer. Ich sitze am Rand eines Beton-Blumenkübels auf dem gepflasterten Platz und beobachte die Autos. Herausstehende Kieselsteine drücken ins Fleisch meines Hinterns. Vor der Tür tippt Bill Kaulitz auf seinem Handy und sieht so grimmig aus, als würde er demnächst zu einem John-Wick-ähnlichen Rachefeldzug antreten. Immer mal wieder treten wichtig aussehende Businesstypen zum Rauchen oder Telefonieren durch die Türen in der Glasfassade an die frische Luft. Hätte ich eine Mütze vor mir auf dem Boden, ich würde mich nicht wundern, die eine oder andere Münze darin landen zu sehen. Vielleicht sollte ich einfach gehen, die Stadt erkunden oder so was. Stattdessen sitze ich da und zähle die Steine des Platzes, versuche immer wieder einen meiner Kollegen zu erreichen. Fehlanzeige. Auch meine Nachrichten werden nicht durchgestellt. Es bleibt bei einem einzelnen kläglichen Haken, zu dem sich kein zweiter gesellt.

Ich komme bis Stein vierhundertvierundsechzig, als zwei Obdachlose versuchen, mir Pfandflaschen zu verkaufen. Läuft das nicht eigentlich anders ab? Wir kommen ins Gespräch über Überlebensstrategien auf der Straße, als Leute aus der Arena strömen. Vereinzelt kreischen hartnäckige Teenager-Mädchen, die hier die Stellung gehalten haben, sobald sie einen ihrer Angebeteten in der Menge entdecken. In der Hoffnung, doch noch den ultimativen Groupie-Erfolg zu erlangen.

Ich stelle mich auf den Rand des Blumenkübels und sehe erst Stefan, dann Delta, Mattes unverkennbare neongelbe Cap und Flo, die in Richtung der Taxen gehen. Oder eher torkeln. Es gibt selbst aus fünfzig Metern Entfernung keinen Zweifel am übermäßigen Alkoholkonsum. Ich springe hinunter und berühre die Plastiktüte mit Pfandflaschen, auf die ich kurz achten sollte, während die beiden Obdachlosen in einen der anderen Pflanzenkübel urinieren. Sie fällt zu Boden und ihr Inhalt geht, dem Geräusch nach, zum Teil zu Bruch. Egal. Ich ignoriere die Beleidigungen und laufe los, dränge durch die angehäuften Groupies. Mit Ellenbogeneinsatz erreiche ich die Jungs, die mich betrunken begrüßen. Ein lautes, lang gezogenes »Eeeeyyy«.

Matte, der zusammen mit Stefan den nüchternsten Eindruck macht, schaut schielend an mir herunter. »Na, alte Zange, wo warst du denn?«

Ich winke ab, lächle. »Na. Ihr habt mich irgendwie vergessen, was?« Eigentlich rechne ich mit einer Art Entschuldigung. Als niemand etwas sagt, wird mir klar, dass ich bei ihrem alkoholverseuchten Zustand wohl gar nichts mehr erwarten kann. Ohne eine Antwort zu geben, schubst mich Delta zur Seite und stampft Richtung Taxi, in das gerade zwei junge Mädchen in kurzen Röcken steigen wollen.

Stefan hebt die Hände. »Hier ist noch so ne Party ums Eck, zu der wir eingeladen sind. Da können wir alle Sorgen vergessen. Schnaps. Schnaps. Schnaps. Schnaps. Schnaps.«

Ich habe eigentlich keine Lust, sitze aber natürlich trotzdem zwei Minuten später in einem nach Räucherstäbchen riechenden Auto, das zu irgendeinem Club fährt. Flo reicht mir ein buntes Bändchen, das ich um mein Handgelenk schnüre.

»Damit kommst du rein. Aber mach dein Sakko zu.« Er zeigt wedelnd-besoffen an mir herunter, rülpst und es riecht nach Zwiebeln und Bier. »Dein seltsames Hemd, mein ich.«

Ich nicke, schaue an mir hinunter und finde mein Outfit völlig normal.

An der Bar bestelle ich ein Wasser. Still. Ich beobachte die Tanzfläche. Es ist scheiße heiß. Ein zweitgeborener Prominentensohn tanzt oberkörperfrei eine rothaarige Schönheit an, die sich nach kurzem, gespieltem Ignorieren doch seinem Rhythmus hingibt und ihn antwerkt. Das ist alles ganz furchtbar. Ihr Po schlägt im Takt der Musik hart gegen seine Hüfte. Er hat beide Arme in die Luft gerissen und formt die Pommesgabel der Metal-Szene, während er vereinzelte undefinierbare Wörter in die Masse des Clubs brüllt. Lemmy würde sich im Grab umdrehen.

Links neben mir streitet sich ein blondes Mädchen mit einem jungen Typen über ihre Haarfarbe und ob ihr zwei Nuancen dunkler nicht besser stehen würde und ob sie überhaupt hübsch genug für diese Feier sei. Er weiß es nicht und das regt sie so sehr auf, dass er ihr nun schon den dritten Drink zur Wiedergutmachung spendieren muss.

Ich gehe auf die Toilette, obwohl ich überhaupt keinen Drang verspüre. Damit ich den Türgriff nicht berühren muss, drücke ich die Klinke mit dem Unterarm herunter. Es ist dunkel. Fast so sehr wie im Rest des Ladens. Im Spiegel erkenne ich kein Gesicht. Zu viele Aufkleber von Bands und seltsamen Vereinen. »Pink Floyd«, »Keep calm and don't kill animals« und »Stammdesch Kölsche Sonnekinder«. Der passt da irgendwie nicht rein.

Ich stehe am Pissoir und versuche, ein paar Tropfen loszuwerden. Es werden so vier bis fünf, als die Tür einer der Kabinen aufschnellt. Delta springt heraus und hebt die Hände. »Wohoooo!«

Als er mich sieht, umschlingen mich seine Arme von hinten und er schaut mir über die Schulter auf den Penis. »Was haben wir denn da für ein Würmchen? Haha!«

Ich zucke zusammen und verpacke alles in den Boxershorts, versuche mich aus seinem Griff zu lösen. Delta lacht. Dann sehe ich ein blondes Mädchen hinter ihm. Ihr Gesichtsausdruck ist eine Mischung aus Trunkenheit und Porno. Sie richtet ihren BH. Erst jetzt fällt mir auf, dass es die Beauty-YouTuberin vom roten Teppich ist. Deltas Hand wandert an ihre Brust und holt wie ein Zauberer ein kleines Tütchen hervor.

»Da kontrolliert keiner.« Er zwinkert mir zu. »Nur ich.« Dann grinst er und ich lächle verschämt mit. »Willst du auch was?«

Ich stehe da und weiß nicht so recht, was ich sagen will oder soll. Der Blick des Mädchens wandert durch den Raum, findet von der Decke über die surrende Lüftung zu meinem Gesicht. »Er ist doch noch ein Kind.«

Ich runzle die Stirn, immerhin bin ich gute fünf bis acht Jahre älter als sie. Schwer zu sagen bei dem Licht und dem ganzen Make-up. Delta wühlt in seiner Tasche. Dann zieht er einen Ball aus Alufolie hervor. »Das dann vielleicht? Ist nicht so hart. Perfekter Einstieg in eine bessere Welt.«

Ich hebe die Hände. »Ach so. Hm.« Stammle. »Ja. Nein. Danke.«

Das Mädchen grinst. »Siehst du, er ist noch ein Kind.«

Ich frage mich, wo ich die Alte schon mal gesehen habe. Sie wankt und wirbelt den Finger so nah vor meinem Gesicht hin und her, dass ich Angst habe, dass sie ihn in meinem Auge versenkt. »Hab ich doch gesagt.« Sie lallt wie damals Jenny Elvers auf dem roten Sofa.

Ich kratze mich am Kopf und suche nach einem passenden Konter. Ich finde ihn nicht und stehe stattdessen mit offenem Mund da, als die Blonde ihre Eroberung an der Hand packt und aus der Tür stöckelt. Delta selbst guckt noch einmal zu mir zurück und zuckt dabei mit den Schultern. »Wenn du doch Bock hast, sag Bescheid!«

Nett. Ich schaue noch eine Weile durch den Raum, klatsche mir einen Schwall Wasser ins Gesicht und wandere anschließend zurück zur Bar. Dieses Mal bestelle ich einen Kaffee, weil ich mal gehört habe, dass warme Getränke den Körper kühlen. Klingt eigentlich blödsinnig.

Der junge Hipsterstudent mit schwarzer Side-Cut-Frisur schüttelt den Kopf. Es gibt in solchen Clubs weder Kaffee noch Cappuccino oder Tee. Ich bleibe bei Wasser. Flo tanzt unterschiedliche Frauen mit verschiedenen Moves an. Gäbe es einen genauen GPS-Tracker seines Weges, er führte kreuz und quer über den gesamten Dancefloor. Mindestens acht Kilometer pro Stunde. An jedem Eckpunkt wartet eine angewiderte, für ihn viel zu junge und zu schöne Frau nur darauf, ihn abblitzen zu lassen.

»Ich will auch endlich mal wieder ficken.« Ich erkenne die dunkle, beruhigende Stimme unter Tausenden. Stefan klopft mir von der Seite auf die Schulter.

Ich ignoriere seine Aussage. »Hi, na.«

Ich ziehe am Strohhalm, der dieses Geräusch macht, wenn nur noch der Flaschenboden leicht bedeckt ist. Bestelle ein weiteres Wasser, diesmal im Glas mit Eis, damit ich vor niemandem meine Langweiligkeit rechtfertigen muss. Es könnte alles sein: Gin Tonic oder Wodka-Sprite, habe mich noch nicht entschieden.

»Ich will auch endlich mal wieder ficken.«

Er hat es wieder gesagt. Ich fühle, wie sich Schweißtropfen auf meiner Stirn bilden.

»Weißt du, meine Frau und ich haben schon ein halbes Jahr nicht mehr miteinander geschlafen.«

Ich nicke und versuche, bedrückt zu gucken, während ich in seinen Worten den passenden Absprung aus dem Gespräch suche. Irgendein Schlagwort, um das Thema zu wechseln. Ich wische mir mit dem Ärmel durchs Gesicht.

»Dabei kann ich das eigentlich ganz gut.«

Ich zucke mit den Schultern. »Das kann ich nicht beurteilen.«

Er hebt seine Bierflasche und wir stoßen an. »Ich weiß auch nicht, ob ich sie noch liebe.«

Ich nicke wieder.

»Aber die Kinder.« Stefan setzt die Flasche an und die Hälfte landet mit einem Schluck im Magen. Respekt zumindest dafür. »Und der Hund.«

Sein Brustkorb hebt und senkt sich in eine Höhe, wie es nur bei sehr frustrierten und zugleich beleibten Menschen möglich ist. »Die Kinder lieben Obelix. Und ich auch.«

Er schaut in meine Augen und ich auf sein Kinn, das zwischen den Sätzen wie ein alter, schrottreifer Generator vibriert. Scheiße.

»Hast du eigentlich eine Freundin? «

Auch das noch. Obwohl ich mich freuen sollte, dass sich nach über einem Monat zum ersten Mal jemand für mein Privatleben interessiert, ist das hier gerade der falscheste Zeitpunkt. Ich könnte ihm von Kristin erzählen, über all die Jahre. Aber es geht nicht. Ich schüttle den Kopf und schleudere einige Schweißtropfen zu Boden. Es ist das Beste und trotzdem fühle ich mich schlecht bei dieser Lüge.

»Ist besser so. Machen nur Ärger. Such dir lieber hier eine, die du mit auf dein Hotelzimmer nehmen kannst und die danach wieder verschwindet.«

Ich nicke wieder und finde diese Vorstellung zu gleichen Teilen absurd und abstoßend. Vielleicht einen Tick mehr absurd, da mein Hotelzimmer wohl kaum der geeignete Ort für ein romantisches Abenteuer ist.

Stefan keucht beim Schlucken des Speichels. Das mit Bartstoppeln übersäte, dicke Kinn zittert. »Ich glaub nicht, dass ich das hinkriegen würde.« Er atmet schwer.

Ich schaue von meinem Wasser hoch. »Was?«

Er fährt sich mit der Zunge über die Lippen und nimmt einen Schluck aus seinem Whiskyglas. Wann hat er das denn bestellt?

»Na hier mit einer Frau rummachen.« Man kann sehen, wie sein Gehirn arbeitet, die Synapsen im Sekundentakt die Gedanken umwerfen.

Ich tippe mit den Fingern auf dem Tresen vor uns. »Du meinst, deine Familie betrügen?!« Das Ende des Satzes klingt ungeplant, wie eine Mischung aus Frage und Aufforderung. Dabei lege ich eine Hand auf seinen Rücken. Feucht und warm, aber da muss ich jetzt durch.

Er rückt den Stift in der Hemdtasche gerade. »So kann man das ja auch nicht sagen.«

Ich zucke mit den Schultern und er startet einen viel zu offensichtlichen Hundeblickversuch. »Vielleicht zusammen? Also, dass wir zusammen mal gucken, was geht?«

Es fühlt sich an, als würden Kieselsteine meine Speiseröhre runter wollen. Jetzt habe ich den Salat. »Ich weiß ja nicht.«

Er hebt zum Ausdruck seines Unvermögens die Hände und meine eigene fällt von seinem klebrigen Rücken.

»Ich weiß nicht mehr, wie das geht.« Er seufzt. »Ich bin nicht so hübsch wie der Delta oder so schlau und bedacht wie der Matte. Ich bin alt. Ich hab gar nichts mehr.« Diese verdammten Artikel. »Weißt du, das ist Jahre her. Über fünfzehn, als ich das letzte Mal eine Frau angesprochen hab.« Er ballt die Hände zu Fäusten, schlägt sie auf den Tresen. »Was heirate ich auch die erste Alte in meinem Leben. Das macht doch keiner!«

Und dann sehe ich mich selbst in zwanzig Jahren. Und frage mich, ob ich dann auch einem viel jüngeren Typen von meinem verkorksten Liebesleben berichte und ob ich dann auch fremdgehen würde oder möchte und ob ich dann auch lieber länger im Büro sitze, als nach Hause zur Familie zu gehen, und ob ich mir dann auch wertlos vorkomme, bis ich mit Drogen und Alkohol alles für einen Moment erträglicher mache.

Meine Lunge füllt sich mit Luft, und obwohl ich mir nicht sicher bin, versuche ich, so selbstsicher wie möglich zu klingen. »Wir kriegen das schon hin.«

Ich nicke Stefan zu und er nickt zurück. Seine Augen füllen sich mit Glanz und wir stehen auf.

Am Rand der Tanzfläche beobachten wir das Geschehen und sehen unter anderem, dass es Flo hinten links geschafft hat, eine Asiatin, die aussieht wie vierzehn, davon zu überzeugen, ihn nicht wegzuschicken. Es läuft David Guetta. Jedenfalls glaube ich das, weil ich mir vorstelle, dass David Guetta so eine Art Musik macht. Ich schwitze und nicke mit dem Kopf im Takt und Stefan nicht. Der steht links von mir, einen Schritt weiter hinten, trinkt stattdessen ein frisches Bier in zwei Zügen und tippt mir auf die Schulter. »Ich hol mir eben noch eins.«

Eigentlich sollte ich froh darüber sein. Es würde das Unvermeidliche allerdings nur wenige Minuten hinauszögern und ich brauche schnell eine Lösung. Lange halte ich es bestimmt nicht mit ihm auf der Tanzfläche aus. Kopfschüttelnd ziehe ich ihn daher am Arm auf meine Höhe, deute auf eine Frau in einem engen Lackkleid. Ihre Tanzschritte sprechen eine deutliche Sprache, sagen: »Steig mit ein, tanz mit mir wilden Tango!« Sie verrenkt sich so gekonnt, als würde sie die Stellungen des Kamasutra im Schlaf beherrschen. Ich überlege kurz, wie viele ich davon kenne. Vielleicht drei.

Stefan will nicht. »Nein. Ich kann doch jetzt nicht willkürlich eine antanzen.«

Seine Blicke sagen was anderes. Ich kann sehen, wie die Schweißflecken unter seinen Armen langsam auf der Brust zusammenwachsen. Die Luft ist stickig und schwül. Ein Pinienaufguss, und ich fühle mich in den Schwedenurlaub mit meinen Eltern zurückversetzt.

Meine Mutter hat auch wieder geschrieben. Bernie ist krank und ob ich die Rechnung von über zweihundert Euro übernehmen könnte. Das Tierheim bezahlt die Kosten nicht und will ihn wohl zurückbringen. Ihre Kontonummer habe ich ja. Und überhaupt, ob ich ihn nicht bald zu mir nach Hamburg nehmen könnte. Er jault viel. Oder noch besser: Ich käme zurück in die Heimat. Ich würde ja auch kaum was verdienen und Jürgen hat schon gefragt, wann ich zum Helfen komme. Sie und mein Vater wollen bald schon wieder in den Urlaub.

Ich muss hier raus. Als die Lackfrau vor uns zu einem weiteren Song (wahrscheinlich auch David Guetta) mit ihrem Hintern wackelt, greife ich Stefans Arm. Mit einem Ruck ziehe ich ihn an den Po vor uns. Der Aufprall ist stärker als geplant. Ich bilde mir ein Klatschen ein. Absurd. Sofort dreht sie sich empört um und steht vor mir.

Ich schaue zu Stefan, dessen Gesichtsfarbe sich schlagartig verändert. Mit aufgerissenen Augen tapst er von einem Bein aufs andere. Vollgeschwitzt erinnert er mich an Tamme Hanken, den verstorbenen Pferdedoktor, vor einer neuen, unlösbar erscheinenden Herausforderung. Ein Pferd mit starker Arthrose oder so was. Er hebt unschuldig die Hände. Ich zeige auf meinen Kollegen und sie bewegt sich grazil auf ihn zu, sagt ihm irgendwas ins Ohr. An seinem Gesichtsausdruck erkenne ich gar nichts.

David Guetta spielt seine Beats und ich mache kleine Schritte zurück. Die Chance zur Flucht. Behalte sie im Auge. Sie scheint alles andere als sauer. Glaube ich jedenfalls. Ach, keine Ahnung. Noch ein paar Schritte. Und wie ein Vorhang schließt sich die Szenerie vor mir. Paare und einzelne Tanzbären auf der Pirsch versperren mir die Sicht. Gut. Ich gehe weiterhin rückwärts und stehe kurze Zeit später an meinem alten Platz am Tresen, bestelle ein Wasser.

Stefan sieht müde aus. Und er sieht mich. Blickkontakt. Scheiße. Er kommt an die Bar. Alter Platz, my ass. Dumme Idee, wenn man jemanden loswerden will, sich auf den letzten gemeinsamen Nenner zurückzuziehen. Ich mache mich bereit, von einem noch verbitterteren, enttäuschteren Trauerkloß über die Probleme des Lebens aufgeklärt zu werden. Dann steht er vor mir.

»Na.« Mit den Fingerkuppen auf dem Tresen, wie ein Erdmännchen, das neugierig aus dem Bau schaut, sucht er mit den Augen nach Nachschub für die Leber.

Ich tippe ihn an. »Alles klar?«

Er zuckt zusammen und wendet sich mir zu. »Ach, du. Hab dich gar nicht gesehen.«

Oh Mann. Ich Idiot. Er ist kellnerfixiert. Die beste Sorte Mensch. Geistig nicht anwesend. »Und? War's so scheiße? Sorry.«

Er sieht irritiert aus. Zieht die Lippe nach oben. »Nö. Alles gut. Läuft super.«

Ich spüre die Anspannung in meinem Körper schwinden. Dabei hatte ich sie vorher gar nicht bemerkt. Wie beim Zahnarztbesuch, wenn alles vorbei ist. Die Schultern sacken nach unten, alle Luft tritt aus mir heraus, bis ich nur noch ein Wort rausbekomme. »Gut.«

Er lächelt und bestellt zwei Whisky-Cola. Der Barmann gibt ihm zu verstehen, dass ich nichts trinke. Stefan nickt verständnisvoll und macht für jeden im Club deutlich, dass das zweite Getränk nicht für mich, sondern für eine Frau bestimmt ist. Dann schlägt er mit dem Barkeeper ein. Irgendwie peinlich und doch auf eine Art cool. Ich lächle und fühle mich zum ersten Mal an diesem Abend richtig gut. Als hätte ich einem Waisenhaus in zwei Tagen mit bloßen Händen ein neues Klettergerüst gebaut. Klapprig zwar, aber vielleicht hält es ein paar Tage. Dabei helfe ich einem Typen bei dem Versuch, seine Frau und die gesamte Familie zu betrügen. Einschließlich des Hundes.

Stefan geht mit zwei Gläsern an mir vorbei, stößt mir neckisch mit dem Ellbogen gegen die Schulter. Whisky-Cola, denke ich noch, was für eine dumme Idee.

Matte sitzt in einer Gruppe auf der Dachterrasse. Ein Joint macht die Runde, wandert von Person zu Person. Die frische Luft und der leichte Wind sind ein angenehmer Kontrast zur schwitzigen Tanzfläche. Ich kralle meine Hände in die Steinmauer und schaue über die glitzernden Lichter der Stadt. Ich habe Höhenangst, seit ich denken kann. Nachts allerdings nicht. Die Dunkelheit, der nicht wahrgenommene Boden und die bunten Schimmer der Häuser formen eine Szenerie, unwirklich gemalt und kaum fassbar.

Matte zieht an der Sportzigarette. Ein Mädchen mit Dreadlocks hat ihren Arm um seine Schulter gelegt, lacht. Eigentlich ist sie ganz hübsch. Hätte sie nur nicht diese Hippie-Frisur. Der einzige Haarschnitt, der eine Frau noch stärker verschandelt, sind Cornrows. Am liebsten würde ich auf der Stelle zu ihr und mit einer riesigen Schere und einem präzisen Schnitt wie beim Struwwelpeter alles abschneiden. Glatze. Ganz egal.

Matte winkt mich zu ihnen. Im Schneidersitz setze ich mich in die Runde. Es geht um Musik und mein Beitrag ist, dass ich so tue, als hätte ich einen Geschmack, der nicht seit zehn Jahren bei poppigem Collegepunk auf der Stelle tritt. Sechs Leute, die nicht einschätzen können, wie sie mit den gestammelten Aussagen zu Queen und den Ramones umgehen sollen. Matte nimmt noch einen Zug und kneift dabei die Augen zusammen. Das Hippie-Mädchen himmelt ihn an. Ihre mit abgeblättertem, dunklem Nagellack verzierten Finger umspielen eine ihrer Filzlocken. Ach, komm. Matte lächelt und ein Kerl – Stereotyp: cooler Surfer – greift zu einer Gitarre. Die ganze Szenerie ist so klischeeüberfrachtet, dass ich mir nicht sicher bin, ob das alles der Wirklichkeit entspricht oder ich jeden Moment im Bett neben Kristin aufwache. Er zupft an einigen Saiten und bekommt dadurch die geforderte Aufmerksamkeit. Dann stimmt er an: »Die Welt schaut rauf, zu meinem Fenster.«

Ich erkenne es sofort. Mit geschlossenen Augen zupfen die verhornten Finger die wunderschöne Melodie.

»Es ist vorbei – bye bye, Junimond. Es ist vorbei – bye bye.«

Ich hätte nichts dagegen, wenn dieser Abend jetzt vorbei wäre, Junimond. Seine Haare wehen im milden Wind, der hoch über die Dächer und durch die tiefen Häuserschluchten vor uns zieht. Der Sänger wird angehimmelt. Überhaupt werden hier alle angehimmelt. Nur ich nicht. Wir liegen uns in den Armen und ich würde mich nicht wundern, wenn sich noch vor Beginn des nächsten Liedes die Gruppe entblößt und hier ein sechsköpfiger Gangbang startet, bei dem ich, wie ein Fremdkörper, als Einziger keine Ahnung habe, wie man sich bei so einer Veranstaltung verhält.

»Ich bin Ella.« Ihre Sommersprossen funkeln in der Dunkelheit, während sie mir ihre Hand entgegenstreckt. Sie ist aus Köln, wohnt nur einen Katzensprung entfernt. Einundzwanzig und studiert Mediendesign an der Fachhochschule. Ich hänge an ihren vollen Lippen und habe noch nie in meinem Leben so dichte, lange, dunkelrote Haare gesehen. »Willst du mal anfassen?«

Ich will. Geschmeidig. Der Gitarrentyp heißt Marc. Er spielt irgendein Lied von den Beatles und bis auf Ella und mich scheint der Rest im Bann seines Geschrammels. Ella sitzt mit leicht geöffnetem Mund da und schaut mit den größten, wachsten Augen der Welt. Ich kann ihr nicht ausweichen. Ich will ihr nicht ausweichen. Matte streut Gras auf den Tabak, der vor ihm auf einem gefalteten Papier liegt. Ich bin kein guter Geschichtenerzähler und doch scheint sie begeistert von meinem langweiligen bisherigen Tag.

»Das kann doch nicht!« Ihre Hand berührt meine Schulter, als Marc das nächste Lied anstimmt.

»Ich sag's dir.«

Der Joint macht die Runde und einer nach dem anderen zieht an ihm. Die Stelle ihrer Berührung pulsiert. Ich spüre ihre zarten Finger, obwohl sie längst wieder in ihrem Schoß liegen. Matte krempelt seine luftige Hose hoch, zeigt sein grünes Bein, das er immer bekommt, wenn er zu viel Bier trinkt. Die Dreadlockfrau streicht mit den Fingern darüber. Dann werde ich von links angetippt. Ich nehme den Joint und halte ihn fragend in die Runde. Ella hebt die Schultern. Ich muss husten, als der Rauch in meine Lunge tritt, spüre das THC durch die Nervenbahnen sickern, die Erschütterung von Ellas sanftem Klopfen auf den Rücken. Die Runde lacht und ich reiche dem schönsten Mädchen der Welt den Joint.

Sie schüttelt den Kopf. »Ich nehm so was nicht.«

Sie bewegt sich, als wäre sie schlecht animiert. Wie Legolas, der auf seinem Schild die Orkhorde hinuntersurft. Ich fühle mich dumm, durch einen Zug Marihuana besonders cool wirken zu wollen. Doch das Gefühl verfliegt, wird von einer Leichtigkeit überstrahlt. Alles verschwimmt. Wir reden über Popkultur. Sie mag »Black Mirror«, »den glatzköpfigen Typen aus Breaking Bad« und das Gefühl von

Fremdscham während der neusten Staffel »Jerks«. Dann zeigt sie mir auf ihrem Handy, das in einer viel zu großen, bunten Hülle in Teddybärform steckt, ihr neustes Kunstprojekt: eine Guerilla-Aktion in der Kölner Innenstadt, bei der sie in einer Nacht überall kleine Holzfiguren verteilen möchte. Dreihundert hat sie schon fertig. Sie will bis nächstes Jahr die Tausend schaffen und dann die Mittsommernacht nutzen. 24. Juni.

»Und dann wachen die Leute auf und in der Stadt stehen unzählige Puppen und die Kinder freuen sich und nehmen sie mit nach Hause zum Spielen.«

Ihre Augen strahlen, als ich ihr meine Hilfe anbiete. Und ich weiß schon jetzt, dass es nie dazu kommen wird. Sie versucht, sich mit den Figuren zu beeilen, verspricht es bis zum nächsten Sommer zu schaffen. Wir verabreden uns für 20:00 Uhr am Bahnhof, auf dem Domplatz, den ich bisher nur aus den Nachrichten kenne.

»Da wo die Frauen angegrapscht oder die Afrikaner immer festgehalten werden.« Sie lacht und schlägt mir mit der Faust liebevoll auf die Schulter. »Wehe, du kommst nicht.«

Ich grinse verlegen und sage, dass Kristin in der besagten Silvesternacht auch in Köln war. »Meine Schwester«, sage ich, ohne dass sie nachgefragt hat, wer Kristin ist. Ich reibe mich am Ohr. »Sie ist manchmal etwas schwierig.« Und statt es einfach abzutun und das Thema zu wechseln, erzähle ich, dass wir kaum gemeinsame Interessen haben und sie mein Praktikum eigentlich total bescheuert findet.

»Na, zu schade, dass man sich Verwandte nicht aussuchen kann.« Ella lächelt.

»Ja.« Und ich schaue in den Himmel und schüttle den Kopf. Mein Mund ist trocken und Matte reicht Bier in die Runde. Sein grünes Bein reflektiert glänzend das Licht des Mondes in mein Gesicht. Vor mir steht ein Beck's Gold und ich umschließe es mit den Fingern, kratze am Etikett. Von links kommt ein Feuerzeug und ich habe zwar schon oft gesehen, wie es theoretisch geht, kriege es aber nicht hin, damit den Kronkorken vom Hals zu lösen. Ella lacht und nimmt mir beides aus der Hand.

»Ich mach das.« Sie nimmt die Flasche und ehe ich michs versehe, macht es »Plopp«. Wir stoßen in der Mitte des Kreises mit den Böden zusammen, ich nippe und sehe im Augenwinkel, wie mich Ella von der Seite beobachtet. Gänsehaut.

Sie riecht nach Vanille. Ihr Kopf auf meiner Schulter. Die dumpfe Musik des Clubs verstummt, und bis auf Matte und das Dreadlockmädchen sind alle verschwunden. Meine Hand liegt auf ihrem Rücken und Matte hebt seine Cap, um Luft an seine Haare zu lassen. Ich höre die ersten Vogelgesänge, die der Wind bis hoch aufs Dach trägt, und ich weiß, dass die Party langsam vorbei ist. Die übrig gebliebenen zwei aus dem Kreis stehen auf und am Horizont erhellen erste Sonnenstrahlen die glitzernden Wellen des Rheins, während von rechts eine Wolkenfront näher kommt.

»Es war schön«, sagt Ella, nimmt meine rechte Hand in ihre und strahlt mich an, während wir noch einmal an der Brüstung stehen.

Ich zittere, spüre ihre Körperwärme, rieche den Duft ihrer Haut. In kleinen Tippelschritten versuche ich, ihr noch näher zu sein. Ich habe bis auf den einen kurzen Moment nicht an Kristin denken müssen, und jetzt ist sie schlagartig in meinem Kopf. Dann berühren sich unsere Lippen und es ist weich und alles dreht sich und es ist warm und feucht und wunderschön. Das Hupen des Verkehrs und der Taxen vor dem Club klingt dumpf in meinen Ohren. Es ist egal. Sie ist faszinierend und toll und klug und interessiert sich für mich. Und sie ist nah.

Ich fahre mit dem Daumen über ihr Kinn, unsere Zungen berühren sich. Es ist wahnsinnig schön und ich möchte nicht, dass dieser Moment jemals endet. Aber er muss. In meiner Hose vibriert mein Telefon. Dann denke ich kurz an Kristin und überhaupt. Es fällt mir schwer, doch ich drücke Ella an ihrer Hüfte ein Stück von mir weg.

Nur so weit, dass ich etwas sagen kann. Puh. »Ich muss jetzt. Matte wartet.«

Sie nickt und ich sehe in ihren Augen, dass sie eigentlich den Kopf schütteln möchte. Sagen möchte: »Bleib bei mir, das ist kompletter Blödsinn. Du musst gar nichts.«

Und es stimmt. Dann drehe ich mich um, blicke nicht zurück und gehe die schmale Treppe nach unten, durch den Club, an der Bar vorbei, durch den langen Gang, durch den Ausgang und ohne anzuhalten ins Taxi. Es beginnt zu regnen und ich will kleine geschnitzte Holzfiguren in der ganzen Stadt verteilen. Für immer. Mit ihr.

»Da haste Glück gehabt, wir wollten grade los, aber wir können dich ja nicht schon wieder sitzen lassen.« Matte grinst vom Vordersitz und ich habe das Vergnügen, am Fenster neben der Blonden Platz zu nehmen, die mich als Kind bezeichnet und zusammen mit Delta irgendwelche Drogen auf der Toilette genommen hat. Ihr Make-up ist verschmiert und die Augen liegen tief in dunklen Höhlen. Sie hat sich auf jeden Fall noch mal eine ordentliche Ladung Parfum draufgeklatscht. Nach nur zwei Minuten Fahrt hat das Taxi den Geruch der Bar angenommen. Es riecht wie in einem Schnapsladen. Dazu kommen Rauch und ein Hauch ungewaschener Intimbereiche.

Delta sitzt auf der anderen Seite. Sein Arm fährt ihr Knie entlang bis in ihren Schritt. Die Finger bewegen sich langsam streichelnd im Takt der klassischen Musik, die dezent den Innenraum beschallt. Donald Trump wäre stolz. Ich schaue aus dem Fenster und versuche die leisen, quiekenden Geräusche aus den vollen Lippen zu ignorieren. Ich frage mich, wie Ella darüber denken, mit welchem Spruch sie mich zum Lachen bringen würde und dann, ob ich sie jemals wiedersehe. Wahrscheinlich nicht. Das klingt furchtbar, doch es gibt keinen anderen Weg.

Als die Blonde anfängt, Deltas Gürtel zu lösen, wird mir etwas schlecht, obwohl ich den ganzen Abend über nur ein halbes Bier getrunken habe. Es folgen schmatzende Knutschgeräusche und ich drücke meine Zeigefinger in die Ohren. Das muss doch alles echt nicht sein.

Das Rauschen in meinem zugedrückten Gehörgang erinnert an das Geräusch beim Fliegen. Ich war mal mit Kristin auf Mallorca. Im schönen Teil der Insel. Wir lagen rum, haben gegessen und fast jeden Abend gestritten. Sie hat gestritten. Ich saß da und habe zugehört.

Der Hintern der Blonden rutscht immer weiter in meine Richtung. Ich versuche, ihm auszuweichen, und presse die Beine, so stark es geht, gegen den Türgriff. Bunte Reflexionen auf den Pfützen. Irgendwo hier muss Ella wohnen. Ich atme durch den Mund und sehne mich nach frischer Luft. Dann sitzt sie auf mir. Ihr Rock hängt fast in den Kniekehlen. Sie rutscht auf meinem Schoß umher, als sie sich vorbeugt und Deltas Reißverschluss öffnet. Dann geht ein Ruck durch ihren Körper und sie dreht sich zu mir. Ich sehe in ein maskenhaftes Gesicht mit aufgerissenen Augen. »Spinnst du jetzt völlig?!«

Ich schaue zum Fenster, als säße da noch jemand und sie würde vielleicht nicht mich meinen. Dann zurück zu ihr. »Was?« Ich nehme die Zeigefinger aus den Ohren und merke erst jetzt, dass ich die Lautstärke meiner Stimme falsch eingeschätzt habe. Wir biegen nach links und ich erkenne das Hotel. Mein Hotel.

»Er hat mich angefasst!« Sie klopft Delta auf die Schulter. Der reagiert nicht.

»Hier ist mein Zimmer.« Endlich da. Egal.

»Er hat mir in den Hintern gekniffen!« Sie rüttelt an Delta. Nichts. Eingeschlafen.

Das Taxi hält, ich steige aus, ohne mich zu verabschieden oder einen Anteil zu bezahlen. Das hätte die Fahrt nicht verdient.

Das Zwei-Sterne-Hotel liegt an einer breiten sechsspurigen Straße. Ich freue mich unendlich auf das schäbige Bett, die Staubflusen und den Fleck auf dem Teppich. Sogar auf die vergilbten Vorhänge, die kurz vor dem Tod zuckenden Fliegen und den Lärm der Stadt. Alles. Einfach pennen.

Die Fenster sind mit gehäkelten Gardinen dekoriert, die mich an das Haus meiner Oma erinnern. Ich stehe vor der Tür, ziehe die Schlüsselkarte aus dem Portemonnaie und suche einen dafür passenden Schlitz. Durch die Scheibe erkenne ich den unbesetzten Tresen, dessen Umrisse sich schwach in der Dunkelheit abzeichnen, wie gemalt wirken. Niemand zu sehen. Ich winke in den Bewegungsmelder, dessen kleine Signallampe für den Bruchteil einer Sekunde grün aufleuchtet. Die verglaste, in eine rote Backsteinmauer eingelassene Schiebetür lässt sich nicht öffnen. Einzeln taste ich über die kalten Quader. Links an der Wand glänzt eine goldene Klingel. Ich drücke und höre einen kratzigen Pfeifton in der Ferne. Dann wird es still und ich warte, dass irgendwo ein Licht auftaucht. Nichts. Ich klingle noch einmal. Wieder ertönt das Läuten und wieder verstummt es danach. Ich klopfe, warte und setze mich schließlich auf den Bordstein, kratze mit dem Fingernagel kleine Moosreste aus einer der Fugen, stehe auf und laufe die Straße entlang. Vorbei an einer Boutique, einem Bäcker, einer Apotheke, einer Drogerie, dann wieder einer Boutique. So wiederholt es sich, bis ich den Hotelnamen der anderen lese. Vier Sterne. Gut poliert. Natürlich.

An der Rezeption frage ich nach dem Zimmer von Stefan, werde aufgrund meines wohl nicht ganz dem Klientel entsprechenden Äußeren mit Vorsicht behandelt. Der Obdachlose könnte ja jede Sekunde ein Messer ziehen. Ich versuche, im Gesicht der jungen Frau zu lesen, habe große Mühe, meine Augen offen zu halten. Es dauert einfach viel zu lang. Gegen Vorlage meines Ausweises, auf dem ich wie ein unschuldiger Fünfzehnjähriger aussehe, bekomme ich schließlich die erlösende Antwort.

»Aber nicht einfach hier schlafen! Das müssen Sie dann als Doppelzimmer bezahlen. Und vor allem vorher absprechen.«

Ich ignoriere sie, steige in den Fahrstuhl. Im Flur riecht es nach Urlaub. Nach Meer, Strand, frischen exotischen Blumen. Ich bleibe stehen, schließe die Augen und stelle mir vor, ich wäre in Spanien.

Würde auf der Liege neben Kristin eine kalte Cola schlürfen und bei aufkommender Langeweile das Animationsprogramm nutzen. 12:00 Uhr Wasserball, 14:00 Uhr Bogenschießen und um 16:00 Uhr Boccia, was eigentlich so dumm ist, dass man außerhalb des Urlaubs nie auch nur auf die Idee kommen würde, sich mit Fremden oder auch den eigenen Freunden im Park zu treffen, um den dämlichen »Sport« mit dem noch dämlicheren Namen zu betreiben. Und dann stelle ich mir vor, Kristin wäre Ella und in meinem Magen toben die gleichen Gefühle wie vor einer Stunde. Und das ist nicht cool. Riesige Scheiße ist das.

Ich klopfe. Warte. Klopfe wieder. Dann lege ich ein Ohr an die Tür. Sie ist kalt. Und irgendwas höre ich. Ich schlage stärker gegen das Holz und spüre die Schwingungen auf meiner Haut. Die Kälte verschwindet und Schnapsgeruch verdrängt die Seeluft. Die Tür ist offen. Delta steht oben ohne in blauen Boxershorts vor mir. Seine Augen klein und verquollen.

»Was willst du?« Er lallt mehr als zuvor. Für einen hartnäckigen Trinker, der nur Fast Food in sich reinschaufelt, hat er eine erstaunlich gute Figur. Ich erkenne den Ansatz eines Sixpacks.

»Ach so. Ich dachte, das wär Stefans Zimmer.« Ich mache einen Schritt zurück.

Delta wankt und fängt sich im Türrahmen. »Boar. Anscheinend nicht.« Seine Stimme ist dunkel und schwer. »Warum bist du nicht bei dir? Also in deinem Hotel?« Er stößt auf und pustet den Dunst in mein Gesicht.

»Die Rezeption hat geschlossen. Kann ich vielleicht hier pennen?« Ich kratze mir über den Handrücken und komme mir vor wie ein verlegenes Schulmädchen im Internat, das nach einem Albtraum bei ihrem Schwarm unterkommen möchte. »Oder du sagst mir, wo Stefans, Flos oder Mattes Zimmer ist?«

Er streicht sich über die Haare. Man sieht, wie das Gehirn versucht, die Informationen zu verarbeiten. Das dauert. Seine Zunge fährt heraus und schlägt langsam abwechselnd gegen die zwei Mundwinkel.

»Alter. Keine Ahnung. Was. Und wie. Mir so pissegal.«

Erst jetzt bemerke ich, dass sich sein Penis in der Unterhose abzeichnet. Ich ignoriere es.

»Kann ich also hier auf dem Sofa schlafen?«

Delta macht einen unbeholfenen Schritt zurück, findet Halt und kommt schräg zur Wand gerichtet zum Stehen. »Mir so pissegal.« Er redet tatsächlich mit der Tapete. Das Bein wackelt und dann verschwindet sein Gesicht in der Dunkelheit des Zimmers.

Ich schließe die Tür möglichst leise, ziehe die Schuhe aus. Ich erkenne geradeaus eine riesige Fensterfront, die vom hohen Stuck bis nach unten mit schlichten schwarzen Vorhängen verdeckt wird. Überall liegen Klamotten auf dem Teppichboden. Rechts befindet sich das große Boxspringbett. Eingemummelt in die weiße Decke: Delta. Gleich neben dem Eingang liegt seine Reisetasche auf einer braunen Kommode aus Massivholz. Links von mir ein Fernseher und ein dunkelgraues Ledersofa. Bingo! Dahinter steht die einzige Tür offen.

Auf Socken tapse ich durch sie hindurch ins Bad. Es ist ein typisches Hotel-Bad: große Dusche, WC, Waschbecken. Alles sieht unbenutzt aus. Ein riesiger Spiegel zeigt einen zerstörten Highschooler nach dem Abschlussball. Ich streife das Sakko ab, drehe an den Armaturen des Waschbeckens. Kaltes Wasser schießt mir auf die Hände und von da auf mein heißes Gesicht. Ich schließe die Tür und drücke Zahnpasta aus der Probetube auf meinen rechten Zeigefinger. Es quietscht, als die Kuppe über die Vorderzähne fährt. Das bringt doch alles nichts. Mit den Nägeln versuche ich, die Zwischenräume zu säubern. Eine Mischung aus Speichel, Schaum und unaufgelöster Paste landet im Waschbecken.

Ich sitze auf der Toilette und betrachte den Schleim auf dem Papier. Ich habe noch nie einen so großen Popelpfropfen aus der Nase gezogen. Ich schnaube ein weiteres Mal und auch das Ergebnis des rechten Lochs weiß zu beeindrucken. Ich werfe es an meinen nackten Beinen vorbei in die Schüssel, betätige die Spülung, ohne aufzustehen. Ich mag die kleinen Spritzer, die durch das Aufbäumen des Wassers, kurz bevor alles versinkt, auf dem Hintern landen. Als ich das Bad verlasse und blind über die Stelle an der Wand fahre, wo ich den Lichtschalter vermute, vernehme ich Geräusche. Es schmatzt. Ich halte das rechte Ohr in die Richtung des Betts. Neben dem knurrenden Ton meines Magens höre ich es deutlich: leises Gestöhne. Ich würde diese Stimme womöglich schon jetzt überall wiedererkennen können. Quietschig-penetrant. Auch während der Paarung.

Aus meiner Hose ziehe ich die letzten Reste eines Taschentuchs, zerreiße es in der Mitte und rolle beide Teile gleichmäßig zwischen Daumen und Zeigefinger. Die Fasern schmecken nach Rauch, als meine Backenzähne die Stücke noch kleiner pressen. Dann drücke ich sie mir in die Ohren und ignoriere während meines Gangs zum Sofa die Auf- und Abwärtsbewegungen der Bettdecke. Ich hätte mit Ella nach Hause gehen oder ewig auf diesem Dach die gemeinsame Zeit genießen sollen.

Vorsichtig mache ich einen Schritt nach dem anderen. Dann trete ich auf eine Nacktschnecke. Jedenfalls ist das Gefühl unter meinen Füßen matschig-warm. Ich bücke mich und versuche das Ergebnis auf dem Fußboden zu betrachten, erwarte einen braun-schwarzen Schneckenleichnam. Es riecht nach Latex. Ich springe einen Schritt zur Seite. Es ist keine Nacktschnecke. Sofort krampft es im Magen und ich möchte auf der Stelle kotzen, reibe meinen Fuß so stark und lang über den Teppich, dass die Ferse vor Hitze brennt. Hauptsache keine Spermareste am Fuß. Ich höre ihre flüsternde Stimme durch die Ohrstöpsel.

»Ja. Ja.« Sie fordert. »Etwas schneller!« Sie gibt Anweisungen.

So muss man sich im »Big Brother«-Haus fühlen, wenn zwei Notgeile nach den wenigen Tagen der Abstinenz übereinander herfallen, während der Rest angewidert ihre Lust ertragen muss.

Dann liege ich auf der Seite, winkle die Beine an und passe gerade so zwischen die Armlehnen. Es riecht wie das Sofa, das ich nach dem Tod der Oma in mein Zimmer bekam. Das zusammengeknüllte Jackett dient als Kopfkissen. Geht eigentlich. Die dumpf klingenden Stöhngeräusche nehme ich aus der Ferne wahr, stelle mir vor, es wären Möwen an einem weißen Strand, schließe die Augen und sehe schemenhaft die langen roten Haare und das wunderschöne Lächeln dieses Mädchens.

Lautes Würgen reißt mich aus meinem Traum. Meine Ohren fühlen sich verkrustet an. Die Ohrstöpsel müssen nachts rausgerutscht sein. Trotzdem habe ich ganz gut geschlafen. Ich blicke auf das Bett und erkenne die blonden Haare der nervigen Alten. Würgen. Flatschend fällt etwas in die Toilette. Direkt vor meinen Augen stelle ich die nach kleinen Gehirnen aussehenden Ohrstöpsel scharf. Dann bewegt sich der Hintergrund und die Schärfe verlagert sich auf einen knienden Delta, der sich keuchend die Seele aus dem Leib kotzt. Das Mädel dreht ihren Körper. Ich kann ihre kleinen, festen Brüste sehen. Nicht so schlecht. Sie schaut mich müde an, reißt ihre Lider auf, greift zur Decke, kreischt und zieht das Laken über ihre Nacktheit. Zu spät, denke ich.

»Was machst *du* denn hier?!« Ihre krächzende Stimme überschlägt sich bei diesem Fünfwortsatz circa dreimal.

Delta poltert aus dem Bad. Er ist nackt, sieht erst mich, dann die Blonde an. Sein Penis baumelt ihm halb steif zwischen den Beinen, während er seine Brust mit Sagrotan einreibt.

Ich reibe mir den Schlaf aus den Augen und weiß nicht so recht, wer zuerst sprechen sollte. Ich entscheide mich, nicht derjenige zu sein, richte mich stattdessen auf und stütze die Hände auf den Knien ab.

»Was machst *du* denn hier?«, wiederholt Delta den Satz des Mädchens. Bevor er selbst im Kopf ein Satzgefüge mit ähnlicher Aussagekraft formuliert kriegt, ist das vielleicht die einfachste Variante. Ein kleiner Spuckefaden hängt von seiner Lippe bis kurz über die Brustwarze. Dann löst er sich und fällt geräuschlos auf den Teppich.

Ich räuspere mich. »Hast mich doch reingelassen.«

Delta kratzt sich am Kopf und ich kann nicht anders, als den Blick immer wieder zwischen seine Beine wandern zu lassen.

»Und du?« Er nickt der Blonden zu und erinnert mich an einen pöbelnden Hooligan, der Stress sucht.

»Wie, und ich?« Sie fährt sich mit der Hand durchs Haar und zieht eine Strähne hinters Ohr.

»Was du hier noch machst?«

Ihre Miene verfinstert sich, bricht aber Sekunden später wieder in ein Lächeln auf. »Schmeiß ihn mal raus.« Sie zeigt auf mich und der dunkelrote Lack auf den viel zu langen Nägeln erinnert an eine billige Prostituierte. »Dann sag ich dir das privat.«

Delta weicht zurück, lässt das Desinfektionsmittel fallen. Den Moment, in dem sich seine Mundhöhle mit Galle füllt, erkenne ich an den blitzartig aufgerissenen Augen. Er hält die flache Hand vors Gesicht. Versucht, es aufzuhalten, dreht sich. Zwischen den Fingern quillt das grüne Wasser durch.

»Voll eklig.« Sie wühlt in den Laken nach ihrem Slip. Ich sitze auf dem Sofa und Delta leert die Reste seines Magens in die Toilette.

»Der liegt da auf dem Boden.« Ich deute auf einen schwarzen Tanga.

»Danke.«

Ich nicke ihr zu und sie versucht den Blick auf ihren Hintern zu schützen, während sie auf dem Bauch liegend nach der Unterhose fischt.

Was mache ich eigentlich hier? Warum bin ich nicht einfach sofort zu Matte oder Stefan weiter? Meinetwegen sogar zu Flo. Ich starre auf die grünen Flecken, die langsam von den Fasern des Teppichs aufgenommen werden.

»Ist die Nutte weg?« Delta steht im Türrahmen. Immer noch nackt. Sein Penis hat sich im Vergleich zu vorher weiter in den Bauch zurückgezogen. Er ist trotzdem größer als meiner.

»Was?!« Bevor ich antworten kann, meldet sich die Blonde, die gerade einen ihrer hochhackigen Designerschuhe anzieht.

»Oh.« Delta grinst mich an wie ein bei einem Streich erwischter Schuljunge.

»Du weißt schon, wer ich bin, oder?« Sie macht einen Schritt auf ihn zu und steht dafür, dass sie nur einen Schuh trägt und wahrscheinlich noch ordentlich zugedröhnt ist, erstaunlich stabil.

Deltas Brustkorb hebt sich zusammen mit seinen Augenbrauen. »Keine Nutte dann wohl?«

Sie macht ein »Pföh«-Geräusch, indem sie Luft zwischen ihren dem Anschein nach leicht aufgespritzten Lippen hindurchstößt, greift nach dem zweiten Schuh und poltert aus der Tür.

Delta lässt sich aufs Bett fallen, die Hände rechts und links neben sich aufgestützt.

Meine Nase ist verstopft, ich klinge ein wenig wie Jan Delay. »Entschuldigung.« Meine Stimme übertönt nur gerade so die brummende Minibar, aus der sich Delta ein stilles Wasser fischt.

»Wofür?« Sein Kopf dreht sich in meine Richtung.

Ich zucke kurz zusammen und merke, wie sich meine Fingerkuppen reflexartig in den grauen Bezug des Sofas bohren. »Na, ich hätte ja auch bei Matte oder Stefan oder Flo schlafen können.«

Er winkt ab, trinkt einen Schluck. »Pff. Die hatten doch auch alle Nutten bei sich.«

Blödsinn. Ich kann mir kaum vorstellen, dass Stefan und Matte sich mit Prostituierten einlassen würden. Flo vielleicht, aber die anderen? Niemals.

»War das wirklich eine ...« Ich kratze über die Oberfläche des Sofas, die vom Schweiß klebend die Haut anzieht. »... Hure?«

Er reißt die Arme nach oben. »Kennst du die nicht?«

Ich zucke mit den Schultern. »Ich dachte, die macht so Schmink-Videos?«

Er hustet und ich habe eine Sekunde Angst, dass ein weiterer Schwall vor meinen Füßen landet.

»Yoga. Die macht so Sport-Videos. Dafür sahen ihre Beine aber nicht so wirklich sportlich aus, oder? Wahrscheinlich benutzt die irgendein Körperdouble. Keine Ahnung.« Er überlegt kurz. »Vielleicht sollte sie im echten Leben nicht nur Ritter Sport machen.«

Ich lache über den schlechten Witz. Delta steht auf, bückt sich nach dem platt getretenen Kondom, hebt es auf, grinst und geht geradeaus ins Badezimmer. Sein Penis schwingt mit jedem Schritt. Mit der Hacke kickt er die Tür ins Schloss.

Ich weiß nicht, ob so ein Leben was für mich wäre. In einem, zugegebenermaßen recht schicken Hotel mit irgendwelchen fremden Mädchen zu schlafen, die man dann irgendwie morgens loswerden muss. Es schüttelt mich.

»Die kann mir dankbar sein. Wirklich.« Seine Stimme aus dem Nebenraum bekommt einen gequälten Unterton, klingt dumpf und dann flatscht wieder etwas in die Toilette. Zum Glück fahren wir bald nach Hause.

TAG 201

»Mach dir keine Sorgen«

»Das schafft ihr!« Kristin steht in einem schwarzen Rollkragenpullover an der Treppe und schaut zu uns runter.

Uns, das sind in dem Fall Sunil, eine zentnerschwere Kommode aus Massivholz und ich. Es ging ganz schnell: Nachdem mein Praktikum mehrfach um einen Monat verlängert und dann zu einer Stelle als Produktionsassistent wurde, war klar: Ich bleibe erst mal hier, Kristin folgt. Ein Anruf, jede Menge Bürokratie, Studienplatzwechsel, und zwei Tage später trugen wir die indischen Wohnzimmermöbel auf den Dachboden und heute Kristins Hab und Gut an die freien Stellen. Alles perfekt geplant.

Ihre Mutter Marion packt den Inhalt der ersten Kisten in die dafür vorgesehenen Regale, während Sunil und ich die letzten Möbel aus dem Sprinter die vier Stockwerke nach oben schleppen wie Sherpas für reiche Bergsteiger am Fuß des Mount Everest.

Kristin ist mit dem Abkleben der Fußleisten fertig. Die graue Farbe ist für zwei Wände bestimmt. Es ist nicht irgendein Grau, es ist Greige mit einem Stich Gelb in der Light-Version. Ich habe meinen Vormittag damit verbracht, in drei verschiedenen Baumarktketten den Farbton bis zur Perfektion anmischen zu lassen.

»Hm.« Kristin fährt mit der Rolle schräg über die Tapete. »Das hab ich mir irgendwie dunkler vorgestellt.«

Ich muss grinsen. Auf ihrem Gesicht und ihrem Pullover leuchten kleine graue Farbpunkte wie Sterne.

»Egal.« Sie setzt an einer völlig anderen Stelle der Wand an und trägt die greige Farbe diagonal auf.

Ich wische mir den Schweiß von der Stirn. »Du musst das schon gleichmäßig machen, sonst ist das nachher alles fleckig.«

Sie geht ein Stück zurück, dreht sich um und rollt einmal mit der Farbwalze über meinen Anthrax-Pullover. »Dein Pulli ist auch fleckig.«

Ich greife ihre Hände und drücke meinen Mund auf ihren. Sie tut so, als wollte sie sich wehren. Eine abgeschwächte Form des Italian Rape. Ich liebe es. Im Augenwinkel sehe ich Sunil, wie er beschämt auf den Boden schaut.

»Und wo ziehen Sie jetzt hin?«, fragt ihn Marion.

Ihr Gesicht ähnelt dem ihrer Tochter sehr. Älter natürlich, mehr Falten, breiter, größer. Ihre Haare hat sie auftoupiert. Sie sieht damit ein bisschen aus wie eine weibliche Version von Rod Steward, der ebenfalls krampfhaft versucht, an seiner Jugendlichkeit festzuhalten. Leider lächelt sie nie und singt auch keine Rocksongs. Seit ihr Mann vor zwei Jahren mit einer Serbin abgehauen ist, schieben sich ihre Mundwinkel jeden Tag ein Stück weiter nach unten. Sie sagt Sätze wie »Alice Schwarzer ist trotz der immensen Steuerhinterziehung eine Frau, zu der man aufschauen muss«.

Obwohl sie durch den Serben-Vorfall von einer engagierten SPDlerin zum Ortsvorstand der AfD wurde, behandelt sie Sunil mit dem höchsten Respekt, der ihr möglich ist. Sichtlich gequält, aber sie weiß wahrscheinlich von dem guten Deal, den wir mit der Wohnung machen, und hält sich deshalb mit zynischen Aussagen zurück. Ihr Glück. Mich interessieren ihre politischen Ansichten nicht. Sobald sie damit anfängt, stelle ich auf Durchzug. Einmal wollte sie Kristin und mich zu einem Konzert von Silbermond bringen, doch als wir bei ihrem Wagen ankamen, standen ihre Reifen aufgeschlitzt auf den

Felgen. Sie sah mein Grinsen, während wir fast eine Stunde auf den ADAC warteten, und verstand es als Provokation. Dabei freute ich mich bloß darüber, dass wir mindestens die Hälfte der für meinen Geschmack viel zu poppigen Songs verpassten.

»Findest du das etwa witzig, was die Linken mir antun?«

Ich schüttelte den Kopf. Umsonst. Es folgte eine einseitige Diskussion über die Rechte der Deutschen und wie der Flüchtlingsstrom gestoppt werden müsse, weil sonst das Wirtschaftssystem und überhaupt alles den Bach runtergeht. Garantiert. Seitdem ist die Stimmung angespannt. Wie Ellas Mutter wohl ist?

»Ich ziehe in eine neue Wohnung in der HafenCity.« Sunil verschränkt die Arme vor dem Bauch, verbeugt sich leicht bei jeder Silbe. »Mein Vater kauft dort ein Condo. Sehr schön.«

Marion verzieht keine Miene. Sie interessiert sich offensichtlich nicht für seine Antwort, sondern eher für die Kisten. »Und der ganze Kram hier? Dieses Perserzeug?« Sie macht eine abfällige Geste. »Wann holen Sie das ab, wenn ich mal fragen darf?«

Kristin rammt ihrer Mutter den Ellbogen in die Seite. »Mama!«

Der ist das egal. Ihre Fäuste liegen auf der Hüfte. Sie steht wie der Anti-Peter-Pan vor dem wehrlosen indischen Jungen. Bereit, ihn fertigzumachen. »Das werd ich ja wohl noch wissen dürfen.« Sie wirft ihrer Tochter einen kalten Blick zu.

Sunil lächelt und macht eine beschwichtigende Handbewegung. »Das ist schon in Ordnung. Ich habe mit den beiden besprochen, dass ich meine – wie sagt man – meine ...« Er sucht nach einem passenden deutschen Wort.

Marion wirkt ungeduldig. »Kram.«

In dem Moment erinnert sie mich an die Lehrerin aus dem Film »Matilda«, die ein unschuldiges Mädchen an den Zöpfen durch den Klassenraum schleudert.

Sunil nickt. Seine Haare sind viel zu kurz zum Schleudern. »Jedenfalls kann ich das erst einmal auf den großen Dachboden stellen.« Er lässt sich nicht aus dem Konzept bringen. »Neue Wohnung ist leider ebenfalls mit Möbeln.«

Marion findet die Aussage unbefriedigend. »Aha. Dann hoffe ich mal, dass das da nicht ewig bleibt. Wir brauchen nämlich eventuell auch noch ein bisschen Platz auf dem Speicher.«

Wir. Sie sagt »wir« und ich habe eine Sekunde Angst, dass sie vielleicht mit einziehen möchte.

Ohne eine Reaktion von Sunil abzuwarten, wendet sie sich Kristin und mir zu. »Ich hab mir überlegt, dass diese ganzen Filme und der Spielkram auf den Dachboden sollten. Ihr werdet jetzt ja auch langsam zu alt dafür. Das kann ja wieder runter, wenn Kinder da sind.«

Sie meint vor allem mich. Bevor ich etwas dagegenhalten kann, geht Kristin dazwischen und verhindert die aussichtslose Diskussion. »Wir richten das schon alles schön ein. Mach dir keine Sorgen.«

Es läuft mir kalt den Rücken runter. Kinder.

TAG 202

»Viel Spaß«

Laute Musik dröhnt durchs Treppenhaus. Irgendein Trance-Zeug. Ich liege im Bett und kann nicht schlafen, starre in die Schwärze. Der Kronleuchter ist verschwunden. Ich rieche meinen eigenen penetranten Schweißgeruch, hatte trotz der Anstrengungen überhaupt keine Lust auf Duschen. Kristin war nicht begeistert, mir in dem Moment aber wirklich egal. Sie rollt ebenfalls von einer Schlafposition in die nächste. Die erste Nacht in der gemeinsamen Wohnung habe ich mir anders vorgestellt. Doch dafür hätte ich mich wohl waschen müssen.

Ich wohne zwar schon eine Weile hier, aber irgendwie wirkt der Raum völlig verändert. Vom Gefühl her. Das »Lied« kenne ich: »Nessaja‹« von Scooter, HPs einziger Nummer-1-Charterfolg. Wieso kennt man eigentlich die Namen der zwei anderen Bandmitglieder nicht?

Kristin dreht sich in meine Richtung. Ich bin so still, wie es mir möglich ist, atme ins Kissen. Tue so, als würde ich schlafen.

»Mann!« Meine Freundin betätigt den Lichtschalter über dem Nachtschrank. »Was soll denn das?«

Auf dem Wecker leuchten die Zahlen 2:12.

»Alles okay?« Ich tue verschlafen, reibe mit den Zeigefingern gleichzeitig über beide Augenlider. Es macht ein quetschendes Geräusch. Als ob ich das Innere einer Muschel massieren würde.

»Was wohl? Der Vollidiot soll seine Assimusik ausmachen.«

Ich strecke meinen Arm nach ihr aus, lege ihn auf ihren Bauch. »Ist doch egal.«

Sie greift zu ihrer Brille im Nachtschrank. »Nee. Ist nicht egal. Du musst ja morgen auch nicht so früh raus.«

Marion liegt im Wohnzimmer auf der Couch. Zwischen den Übergängen der Tracks hört man ihr Schnarchen. Sie möchte am Morgen mit ihrer Tochter frühstücken. Ich bin fein raus, da ich die Arbeit als Ausrede vorgeschoben habe. Insgeheim freue ich mich darauf, den Wontorra-Talk auf YouTube nachzuholen. Die Spiele vom Wochenende sollen einigen Diskussionsstoff geboten haben und neben Armin Veh ist wohl auch Winnie Schäfer zu Gast. Die zwei hassen sich, das weiß jeder. Und es hätte ja auch keiner was davon, würde ich sie begleiten.

»Sollen wir die Polizei rufen?«

Ich bin irritiert, hebe den Arm von ihrem Bauch. »Warum?«

Sie nimmt mein Handgelenk und legt es neben sich auf den kalten Stoff. »Na, weil es total unverschämt ist, hier das ganze Haus zu beschallen.«

Die gepitchte Stimme singt ein letztes Mal: »I know that it's not too late. Never too late.« Dann hören wir lautes Schnarchen aus dem Wohnzimmer und das Intro eines neuen Songs beginnt. Ich kenne ihn nicht.

»Na, Polizei ist doch ein bisschen übertrieben.«

»Find ich nicht.« Kristin kaut auf dem Fingernagel ihres rechten Daumens. »Ich hatte echt einen harten Tag und irgendwann ist auch mal gut.« Sie klingt, als würde sie gleich anfangen zu weinen. »Das geht jetzt schon zwei Stunden. Ich hab mir das so schön vorgestellt mit der neuen Wohnung und jetzt fängt es so an.«

Die Musik läuft höchstens seit dreißig Minuten, ich stimme aber lieber zu.

»Fragst du sonst vielleicht mal, ob er leise sein kann?«

Statt mit den Augen rolle ich die Decke zur Seite und greife zur Hose, die zusammengeknüllt vor dem Bett auf dem Boden liegt. Sie fühlt sich steif und staubig an, als meine Beine in die Röhren rutschen.

»Danke.«

Im Wohnzimmer riecht es streng nach alten Leuten. Dabei wird Marion ja demnächst erst fünfundfünfzig. Eigentlich kein Alter für einen solchen Mief. Die Geräusche, die sie von sich gibt, sind laut. Wüsste ich es nicht besser, ich würde denken, Gollum schlummert in einer Orkhöhle und träumt von seinem Ring, dem er grummelnd im Schlaf nachweint.

Im fahlen Licht sehe ich eine Boxershorts und Marions linkes Bein wie einen Otter unter der Wolldecke hervorblitzen. Es wäre mir lieber, ich hätte es nicht gesehen. Ich schlüpfe halb in meine Sneaker, drücke dabei die Ferse platt, weil ich zu faul bin, die Doppelschleife zu lösen.

»Hallo?« Ich schlage mit der flachen Hand immer wieder gegen die Wohnungstür. Bam. Bam. Bam. Im Flur haben die Bässe einen noch stärkeren Klang. Ich spüre, wie meine Organe im Takt mitwippen. Ein Gefühl, das ich nicht ausstehen kann.

»Hallo!!!« Ich werde lauter. Warum stört das denn sonst keinen? Die Wohnung liegt direkt eine Etage über uns. Selbst durch die dicke Holztür klingt es wie auf der krassesten Druffiparty der Stadt. Ich balle die Faust, trommle mit der Kante, bis ich mir einbilde, dass sich auf dem kleinen Finger langsam blaue Punkte bilden. Es kribbelt. Ich kann ohne Erfolg auf keinen Fall wieder runter, benutze die Schuhe, trete, so fest es mir ohne Schmerzen möglich ist, mit der Spitze gegen die Holzlackierung. Beim Ausholen zum zweiten, noch stärker geplanten Tritt löst sich der rechte Sneaker, fliegt nach hinten auf den Flur und bleibt kurz vor den Stufen nach unten liegen. Ich gehe zurück, bücke mich. Dann höre ich ein Rascheln, einen Schlüssel im Schloss. Ich richte mich so schnell es geht auf, mache mich auf die Konfrontation mit einem pöbelnden Proll gefasst. Die Türklinke senkt sich und ich erhasche einen Blick in die Wohnung und auf *sie*.

»Hi. Alles okay?«

Ich muss mir Mühe geben, damit mein Kinn nicht ausrenkt und bis runter auf den marmorierten Steinboden schlägt. Statt eines haarigen Türstehers steht eine wunderschöne dunkelhaarige Frau Ende zwanzig im Eingang. Die Hände über dem Kopf, hält sie sich am Rahmen fest, lächelt mich an. Ich schweige. Der Bass drückt auf mein Herz. Sie trägt einen knielangen schwarzen Rock sowie ein von Löchern übersätes, eng anliegendes weißes Shirt. Ihre Brüste zeichnen sich ab. Schöne Brüste. Das ist zu viel für mich. Hätte sie nicht so kurze Haare, sie würde aussehen wie eine schwarzhaarige Version von Sophia Thomalla ohne Tattoos.

»Ob alles okay ist?«

Die schnellen Beats verstärken ihre tiefe Stimme, die von der Rauchigkeit her fast an Nina Hagen rankommt.

»Die Musik …« Ich fahre mir verlegen durch die zerzauste Frisur, rieche den scharfen Schweißgeruch, der aus der Achsel steigt, und senke den Arm. »Ich wollte fragen, ob …«

Mit der Innenseite ihrer dreckigen Vans-Schuhe kratzt sie über ihren linken Unterschenkel. »Was ist mit der Musik? Das ist Kosmo Weston. Gut, oder?«

Ich ziehe mein schlabbriges Shirt gerade. »Ja. Weiß nicht. Ich wollte nur fragen …«

Sie beißt sich auf die Unterlippe und ich versuche, meine wirren Gedanken einzufangen und zu ordnen. Das merkt sie doch, Mann!

»Willst du sonst kurz eben reinkommen, dann müssen wir das nicht hier besprechen.«

Ich zucke noch mit den Schultern, da hat sie bereits meinen Arm gepackt, haucht: »Nur kurz«, und zieht mich wie eine wunderschöne Spinne in ihre dunkle Höhle. Das automatische Licht im Flur erlischt, die Tür schließt sich hinter uns. Ich bin gefangen. Gefangen im Reich der Femme fatale.

Es riecht nach Raucherkneipe, überall verteilt liegen Klamotten. Ich sitze eingekesselt zwischen zwei Stringtangas auf dem Ledersofa. Allein. Hier gibt es keine Party, obwohl sich das von unten wie ein volles Haus angehört hatte. In der Ecke eine Stehlampe, die mich todtraurig anschaut.

»Ich nehm wirklich nur einen Tee, danke!«, schreie ich in Richtung der Tür, versuche, den Klang der Musik zu übertönen.

Die Nachbarin steht in der Küche vor der vollgestellten Arbeitsplatte, die man von meiner Position gerade so einsehen kann. Sie mixt einen Drink, schüttet verschiedene Flüssigkeiten in einen mit Eiswürfeln gefüllten Bierhumpen. Es quietscht, als ich mich zurücklehne, und ich sehe, dass über dem Sofa ein riesiger Spiegel unter der Decke hängt. Mein Blick ist verängstigt, die Haare stehen zu Berge. Nicht auf eine coole Art. Man sieht genau, dass ich noch vor wenigen Augenblicken im Bett lag. Falten vom Kissen zieren die Wangen. Ich drücke die Alfalfa-Locke zu den anderen. Das hat noch nie geklappt. Sofort springt sie in die alte Position. Ich lecke mir über die Handfläche und presse die Spucke fest auf den Kopf. Es scheint zu funktionieren, die Locke hebt sich nur noch leicht von den Haaren daneben ab.

Auf dem Couchtisch liegt, neben den Bierflaschen und einem völlig überfüllten Aschenbecher, ein blau-weißer Vibrator in Form eines Delfins. Ich ignoriere ihn, bewundere stattdessen den Kaktus auf der Fensterbank. Wohl die einzige Pflanze, die es hier schaffen würde. Der letzte Mohikaner zwischen mehreren Blumentöpfen mit trockener Erde und herausragenden braunen Stumpen. Womöglich auch nikotinabhängig. Ich stelle mir vor, wie der Kaktus mit Nikotinpflastern von der Apotheke nach Hause kommt und die Mitbewohnerin genervt Rauch in seine Richtung pustet. Nach dem Motto: Das hältst du eh nicht lange durch, du Loser.

»Mit Zucker?«

Ich verstehe sie kaum, erahne den Satz nur, antworte nicht. Die Boxen verteilen sich über die gesamte Wohnung, beschallen jeden Raum in gleichem Maße.

»Hier!« Sie hält mir einen dampfenden Becher mit »Sex and the City«-Aufdruck hin. Unsere Finger berühren sich kurz bei der Übergabe. Warm und weich. Sie selbst hat ein braunes Getränk. Wahrscheinlich Rum oder Whisky oder irgendein anderer Schnaps mit Cola. Eiswürfel klimpern.

»Du wohnst doch mit diesem Inder zusammen, oder?« Sie hält mir die Hand hin. »Ich bin übrigens Frida.« Im Schneidersitz sitzt sie auf dem Sessel gegenüber.

»Sunil. Ja. Der ist ausgezogen. Und ich bin …«

Sie hat die Augen geschlossen und bewegt den Kopf im Takt. Ihre kurzen Haare pulsieren mit dem Bass und ich rieche, wie der Duft ihres Parfums die Oberhand gegen den Rauch und meinen Schweiß gewinnt. Ich schiebe einige Bierflaschen zur Seite und stelle den Tee auf den Tisch. Es fühlt sich an, als würde der Becher sofort von einer klebrigen Schicht aufgenommen. Wie bei »Jurassic Park« lässt der Bass kleine Ringe auf der Oberfläche meines Getränks entstehen, Wellen ziehen von der Mitte bis hoch an den Rand. Ich schließe die Lider und versuche, die Musik ebenfalls wirken zu lassen. Wir sitzen in dem dunklen Raum und ich habe keine Ahnung, wie ich auf die Klänge reagieren soll, komme mir komisch vor. Seltsam. Dann reißt Frida plötzlich meine Hand nach oben, will ihre Schwingungen auf mich übertragen.

»Ist das nicht wunderbar?«

Ich nicke und weiß eigentlich nicht wieso.

»Fühlst du dich auch so frei?«

Ich lüge, indem ich behaupte, noch nie im Leben eine solche Energie gespürt zu haben. Dabei passiert nichts. Ich sitze da und warte auf das Ende des Liedes, dann öffne ich die Augen und gucke möglichst erleuchtet. Ich erinnere mich an eine Dokumentation über den Buddhismus und wie Leute geschaut haben, die gerade vom Dalai Lama eine Segnung erhalten haben. Eine Mischung aus Glückseligkeit und Ausgeglichenheit. Und allein der Versuch eines solchen Ausdrucks macht mich auf eine seltsame Art wirklich befreit.

Frida nimmt einen Schluck aus ihrem Glas, wobei einige Tropfen auf ihrem Shirt landen. »Was wolltest du denn eigentlich von mir?«

Meine Finger fühlen sich trocken an, kleine Risse führen wie dürre Flussläufe über die Gelenke, die die einzelnen Kuppen voneinander trennen.

»Ach so.« Ich kratze mit den etwas zu langen Fingernägeln die juckende Haut. Das wahrscheinlich dabei entstehende Geräusch geht im Klang meines Erscheinungsgrundes unter. »Die Musik. Ich konnte nicht schlafen.«

Sie springt auf und dreht den dicken Knopf, reduziert den Lärm auf eine angenehmere Lautstärke. »Oh! Sag doch was. War ich zu laut?« Ihre Zähne überstrahlen die flackernde Glühbirne der traurigen Stehlampe. Keine Energiesparlampe.

Ich winke ab. »Geht schon.« Umschließe den Tee mit beiden Händen, führe ihn zum Mund. »Buah!« Ich huste, als die Flüssigkeit meine Kehle hinunterläuft. Kleine Tropfen fliegen von meinen Lippen auf den Tisch. »Das ist doch kein Kräutertee!« Es riecht nach Schnaps.

Frida lacht und setzt sich neben mich. Mein Sofakissen neigt sich in ihre Richtung. »Ich hab Rum reingemacht. Ich dachte nicht, dass du wirklich einen normalen Tee möchtest.«

Ich spüre ihre Wärme auf mich abstrahlen und das fühlt sich gut an. »Ach so. Doch.« Ich nehme einen kleinen Schluck. »Eigentlich schon.« Obwohl es echt fürchterlich nach Aschenbecher schmeckt, würge ich das Gebräu die Speiseröhre runter.

Frida lacht und hält ihren Arm so wie Frauen in Parfumwerbungen, eingeknickt und verdeckend vor den Mund. Sie erinnert mich an das schöne Mädchen aus der Trivago-Werbung, das ich tagelang versucht habe zu googeln.

»Du musst ihn nicht trinken.« Ihre Finger berühren mich an der Schulter und ich bekomme eine leichte Gänsehaut.

»Doch, doch. Ist lecker.«

Sie fährt mit der Hand durch ihre Haare, stützt den Kopf auf der Sofalehne ab. »Willst du vielleicht Erdnüsse? Ich hab ne Allergie und sie seit Monaten im Schrank.«

Ich grinse. »Hab selbst ne Allergie.«

Frida schlägt mir mit der flachen Hand sanft gegen den Oberarm. »Nä! Echt?« Ihre Zunge lugt zwischen den schneeweißen Zähnen hervor. »Okay, ich zähl bis drei und dann sagt jeder, was passiert, wenn er die Nüsse isst.«

Ich bin mir unsicher, ob ich das sagen will. »Muss das sein?«

Aus ihrem Mund kommt ein Pfff-Geräusch. »Komm schon. Das ist doch witzig.«

Ich reibe mir über die Stelle, die sie mit der Hand berührt hat. »Hm. Na gut.«

Frida schließt die Augen. »Bereit?«

Ich zucke mit den Schultern, was sie nicht sieht.

»Eins.«

Meine Lider schließen sich ebenfalls.

»Zwei.«

Im Kopf gehe ich verschiedene Antworten durch, die ich statt der Wahrheit sagen könnte.

»Drei!«

Ich sage es, höre von Frida »Hautausschlag« und hoffe, dass ihre Antwort meine übertönt hat. Hat sie nicht. Es folgt großes Gelächter. Ich gucke beschämt zu Boden, bis Frida ihr Gegacker langsam unter Kontrolle bekommt.

»Was heißt denn …« Ihr Kopf nickt nach vorne, sie fängt den Lachanfall geschickt auf. »Was heißt denn ›starke Blähungen‹?«

Sie grinst und ich fühle mich in dieser Sekunde noch bescheuerter, möchte am liebsten aufstehen und gehen.

Sie hält mich am Handgelenk fest. »Hey. Das ist doch witzig!«

Ich hebe die Schultern. »Na ja.« Ich hätte alles sagen können: »Kratzen im Hals«, »Roter Kopf«, »Atemnot«, die Liste ist unendlich. Und ich entschließe mich für die Wahrheit und bin jetzt der Trottel.

»Sind es denn schlimm riechende Blähungen?«

Frida lacht und ich versuche ernst zu bleiben. Es ist allerdings so ansteckend, dass ich auch nicht anders kann, vor Ende des nächsten Satzes loslache. »Ja. Es ist wirklich furchtbar.«

Sie holt die Nusspackung und hält sie mir mit einer Verbeugung hin. Ich winke elegant ab, wähle eine förmliche Butlersprache. »Vielen Dank. Heute verzichte ich gern.«

Frida nickt übertrieben und unser alberner Scherz verhallt. Wir sind zurück im Hier und Jetzt. Auf dem Sofa.

»Entschuldigung wegen der Musik. Ich merk dann oft nicht, dass sie zu laut ist.« Sie lächelt und hat dabei so strahlende Augen, dass man ihr auf keinen Fall böse sein kann.

»Nee. Ist auch normalerweise nicht so schlimm.«

Sie hebt die Augenbrauen. »Und warum ist es dieses Mal schlimm?«

Ich führe meine Finger an den Mund, befeuchte die trockenen Knöchel beiläufig mit Speichel. »Ich hab – ich hab Besuch. Aber ist nicht die Welt.«

Sie steckt die Hand bis zum Gelenk in die Sofaritze, die unsere Sitzkissen voneinander trennt. »Wer is'n da?«

Ich merke, wie sich hartnäckiger Schleim im Hals festgesetzt hat, versuche, ihn mit kleinen Schlucken zu lösen. »Was?« Ich greife nach dem Becher und kippe ein Viertel herunter.

Frida schaut irritiert. »Dein Besuch. Oder ist der geheim?«

Ich lache etwas zu laut, während der Tee mit Rum durch das Kopfschütteln im Mundraum von einer Backenzahnreihe zur anderen schwappt, schlucke. »Kristin ist da.« Ich schlucke noch einmal.

»Meine Freundin.« Der letzte Satz ist so vernuschelt und leise, dass ich ihn selbst kaum hören kann.

»Ach, du hast ne Freundin?«

Ich nicke kurz und merke erst jetzt, wie lange ich ihr schon in die Augen sehe. »Ich muss auch gleich wieder runter.«

Frida legt sich den Arm, der eben noch ihren Kopf hielt, auf den Bauch. »Na klar.«

Ich stehe auf, strecke ihr die Hand entgegen. »War sehr nett. Danke für den Tee.«

Sie bleibt sitzen, blickt auf meinen Arm und dann in mein Gesicht, greift zu und schüttelt mit einem festen Druck die trockenen Finger. »Ich fand's auch nett.«

Ich stehe im Flur und es ist ruhig. Keine Musik. Nur das Summen einer Fliege, die beim Anschalten des Lichts aus ihrem Schlaf gerissen wurde und nun aufgeregt um die Lampe tanzt. Mehrere ihrer Artgenossen fanden irgendwie den Weg in die weiße Plastikumhüllung. Die Schatten von mindestens vier toten Insektenkörpern schimmern durch das Milchglas.

Ich schlüpfe aus den Sneakern und stelle sie auf ihren Platz neben der Fußmatte. Dann drehe ich den Schlüssel und drücke den Türknauf.

Der Geruch des Wohnzimmers ist bis in den Flur gezogen. Gollum liegt in seiner Höhle und macht seltsame Geräusche. Wie ein Hund, der gerade einen Berg Knochen vor sich liegen hat. Schmatzend-stöhnend. In meinem Mund taucht der Geschmack des Rum-Tees wieder auf, als hätte er sich in einer neutralen Ecke versteckt gehalten, ist schlagartig präsent. Ich muss grinsen, als ich die Tür zum Schlafzimmer aufdrücke.

Kristin und ihre Mutter unterhalten sich lautstark über die Schlafzimmergardinen und ob es nicht dringend nötig wäre, diese bald durch viel modernere, rot gemusterte auszutauschen. Die jetzigen passen kaum zum dunklen Holzfußboden. Ich bin todmüde, liege im Bett und wünsche mir, dass sie den Tisch in ihrem Frühstücks-Café eine Stunde früher reserviert hätten. Oder in einer anderen Stadt.

Vor den Gardinen, die ich eigentlich ganz okay finde, war es der Spiegel im Flur (zu klein) und davor die Lampe darüber (zu groß). Die Schlafzimmertür ist geschlossen und doch höre ich jedes Wort. Ich glaube, dass ich mich in diesem Fall nicht über die Lautstärke beschweren sollte. Stattdessen scrolle ich im Handy durch die neusten Facebookmitteilungen, auch wenn davon nur rund ein Zehntel im Ansatz interessant ist. Max hat geheiratet. Er war der Loser unseres Jahrgangs. Hat sich gemacht, sieht fast wie ein normaler Mensch aus. Die Frau auch.

Freundschaftsanfrage von »Fri ToTheA«. Mein Herz klopft und irgendwie hoffe ich immer noch, dass auch »Ell ToTheA« einmal unter den Benachrichtigungen auftaucht.

Dann öffnet sich die Tür endlich einen Spalt und Kristin steht mit einer Vase voll blauer Glasperlen vor dem Bett, geht zur Fensterbank und platziert sie an ihrem neuen Platz.

»Sieht schön aus, oder?«, fragt sie.

Ich nicke und sie stellt das Fenster auf Kipp.

»Geschenk von Mama.«

Sofort weht mir kalte Februarluft um die Nasenspitze.

»Wir gehen jetzt los.«

Ich ziehe die Decke ein Stück nach unten, strecke die Hand aus. Wie an einer Schnur schlängelt sich Kristin bis zum Bett und meine Finger berühren ihren Kopf, streicheln den eng anliegenden Zopf. Sie kommt näher und wir küssen uns. Ich halte mich zurück, kenne meinen schlechten morgendlichen Atem.

»Viel Spaß.« Ich atme beim Sprechen ein, klinge dadurch krächzender.

»Wäre schön, wenn du nachher noch den Spiegelschrank anschrauben und einräumen könntest.«

Ich nicke, obwohl ich weiß, dass der Akku der Bohrmaschine nicht aufgeladen und das Aufhängen aufgrund des Gewichts kaum allein zu schaffen ist. Aber das wird Kristin erst merken, wenn sie gegen Nachmittag ohne ihre Mutter zurück nach Hause kommt und ich noch auf der Arbeit bin. Das wird schön.

TAG 262

»Party«

»Seit wann trinkst du denn Bier?« Kristin schaut mich irritiert an, als ich im Supermarkt ein Sixpack Beck's Gold neben die Zucchini und die etwas zerknickte Packung Yogurette in den Einkaufswagen lege.

»Ach. Ab und an.«

Sie hebt die Augenbrauen. »Aha.«

Vorne rechts eiert das Rad und es macht tosenden Lärm, die Einkäufe durch die Gänge des fast leeren Edekas zu schieben. Es ist kurz vor Ladenschluss, weil ich noch länger an einem Video gebastelt habe und meine Freundin dabei auf immer später vertrösten musste. Nun müssen wir uns beeilen.

»Hol du mal schon die Milch. Ich besorg das Tiefkühlobst und Mehl.«

Ich bekomme strikte Anweisungen. Vor dem Regal mit den hundert verschiedenen Sorten greife ich zur billigsten Packung von TIP.

»Nee. Nimm mal die vom Bauernhof, die fettarme.«

Kristin schiebt den Wagen an mir vorbei und klopft mir sanft auf den Hintern. Bevor ich die richtige gefunden habe, vergehen einige Minuten. Ich streune durch den Laden, bis ich sie, vor einem Regal kniend, auf dem Boden wiederfinde. Sie hält eine Dose mit eingelegtem Obst in der Hand und kontrolliert die Inhaltsstoffe. »Wusstest du, dass da gar keine Pfirsiche drin sind?«

Ich schiebe den Wagen zur Seite, der in der Mitte des Gangs den Weg blockiert wie eine Polizeistaffel in »GTA 5«.

»Was denn sonst?« Ich bücke mich zu ihr runter.

»Also, schon. Aber nicht richtig.« Sie hält mir das Schild vor die Augen und ich versuche die Nährwerte zu entziffern. »Alles Zucker.«

Ich zucke mit den Schultern und ziehe Kristin unter den Achseln nach oben.

Vor dem Regal mit den Spirituosen sitzt eine Person im Schneidersitz und checkt den Flascheninhalt. Als sie aufblickt, um das unerträglich ratternde Geräusch unseres Einkaufswagens zu orten, formt ihr Mund ein freundliches Lächeln. »Ah! Die Nachbarn.«

Es ist Frida. In ihrem Korb befinden sich zwei Flaschen Cola, Eiswürfel und Havana Club.

»Wisst ihr, ob man diesen Whisky hier gut mit Sprite trinken kann?« Unter ihrem knielangen Rock trägt sie eine durchlöcherte Strumpfhose, hockt vorm Regal und deutet auf den billigsten Schnaps.

»Nein. Tut mir leid.« Kristin schiebt den Wagen weiter.

Ich bleibe vor Frida stehen. »Was planst du denn für eine Party?«

Ich deute auf ihren Korb und sie schaut absichtlich mit großen Augen wild umher, als würde sie sich ertappt fühlen.

»Ja, also ...« Sie hustet übertrieben. »Genau, eine Party. Die gibt es.« Sie lacht, richtet sich auf.

Ich frage mich, wie sie es schafft, trotz des vielen Alkohols eine so schlanke Figur zu behalten.

»Nee. Ich hatte nen harten Tag. Ich arbeite jetzt in so einem Hipster-Atelier. Muss erst mal runterkommen. Und dabei helfen mir meine Freunde.«

Sie zeigt mit dem Daumen hinter sich auf Kristin und formt, ohne zu sprechen, mit den Lippen die Worte »deine« und »Freundin«. Ihre hochgezogenen Augenbrauen implizieren eine Frage. Ich nicke.

»Kommt doch nachher mal hoch. Ich wollte ein paar neue Songs in meine Setlist integrieren.«

Vor der Kasse steht Kristin mit genervtem Gesichtsausdruck. Sie versucht mich herbeizuwinken.

»Ich weiß noch nicht. Wir haben auch noch was vor.« Ich verschweige, dass es sich dabei um das Geburtstagsgeschenk für Kristins Mutter handelt, einen Kuchen, den wir anscheinend unbedingt backen müssen.

»Ah.« Frida wirft den Whisky scheppernd in ihren Korb. »Ich sag euch dann Bescheid, ob der Schnaps besser mit Cola oder mit Sprite schmeckt.«

Ich muss darüber sehr lachen und sehe im Augenwinkel, dass Kristin demonstrativ auf ihre Casio-Armbanduhr schaut. »Ich muss dann wieder.«

Frida streckt die Hand aus, verbeugt sich. »Es war mir eine Ehre.«

»Sie hasst mich.« Kristin greift nach einem der Glücksklees, die an der Kasse spontanen Käufern auf den letzten Metern das Geld aus der Tasche ziehen sollen. Stünde diese kleine Pflanze ganz am Anfang des Geschäfts, hätte man viel zu viel Zeit, um sich doch noch gegen sie zu entscheiden und den Topf zwischen verschiedenen Müslipackungen zu entsorgen.

»Hä? Warum?« Ich fange an, die unzerbrechlichen Gegenstände aufs Band zu legen.

»Hast du nicht gemerkt, wie sie mich angesehen hat?«

Bier, tiefgekühlte Beeren, Mehl.

»Frida? Nee.«

Kristin rollt mit den Augen. »Ja. So was kriegst du auch nicht mit.«

Ich zücke mein Portemonnaie und stecke die Karte in den Kartenleser an der Kasse, gebe die PIN ein. Dann scheppert es hinter uns und wir sehen die Nachbarin, wie sie zwischen Scherben in einer dunklen Pfütze steht. Sie hebt unschuldig die Hände und grinst in unsere Richtung. Ich schüttle ungläubig den Kopf und Kristin stößt den Einkaufswagen gegen meine Hüfte. »Hopphopp.«

Kristin schreit, als sie oben angekommen ist. Ich bin dank der schweren Tüten noch zwei Stockwerke weiter unten.

»Alles in Ordnung?«, keuche ich.

Ich höre ein Bellen und erkenne es sofort, lasse die Tüten stehen und nehme drei Stufen gleichzeitig. Dann springt er mich an. Hager sieht er aus, als hätte er ewig nichts zu fressen bekommen. Ich streichle über seinen Rücken. Er wälzt sich auf dem Boden, wedelt mit dem Schwanz gegen einen Korb, in dem ein Blatt Papier liegt.

Du musst dich jetzt um ihn kümmern. Wir haben dazu keine Lust mehr.

Ich zerknülle den Zettel, hätte nie damit gerechnet, dass sie wirklich so weit gehen würden. Bisher hielt ich die Nachrichten für gehaltlose Drohungen. Jetzt ist es real: Ich muss mich um einen Hund kümmern. Um meinen Hund.

Ich schließe die Tür auf, bemerke Kristin erst wieder, als sie niest.

»Er bleibt jetzt hier?«, fragt sie mit belegter Stimme.

Ich grinse und lasse Bernie in die Wohnung. »Ist das nicht toll?« Ich streichle über das glatte Fell. »Kannst du die Einkäufe hochholen? Stehen zwei Stockwerke tiefer. Da bei dem Kinderwagen.«

TAG 298

»Ich fahre nicht ohne meinen Mann«

Ich sitze in einem rumpeligen Reisebus voller Rentner und wir passieren die holländische Grenze. Dieses Mal darf ich mit. In den letzten Monaten habe ich mich gut geschlagen, bei unzähligen Videodrehs geholfen, viel gelernt. Dennoch blieb der Dreh in der Schule das Highlight. Umso mehr freue ich mich auf die bevorstehende Tour.

Stefan sitzt am Steuer. Früher hat er wohl irgendwelche schon wieder in der Versenkung verschwundenen Heavy-Metal-Bands durchs Land gefahren. Vor Reiseantritt hatte er den großen Bus ein paarmal abgewürgt, seither fahren wir ohne Zwischenfälle.

Ich sitze auf dem Platz direkt neben der Tür, der bei Busreisen für den Reiseleiter reserviert ist – oder die nervende Klassenlehrerin, die das Mikrofon nutzt, um auf langen Fahrten ihre Sucht nach Aufmerksamkeit zu kompensieren. Obelix liegt auf meinen Füßen, schläft und ist die perfekte Heizung.

In der Reihe hinter dem Fahrersitz diskutieren Delta und Flo über die genauen Pläne in der Stadt, deuten dabei immer auf einen Schmierzettel. Es ist wichtig, dass keiner der Senioren etwas von den Machenschaften mitbekommt. Denn das ist der Plan: Über verteilte Flyer haben wir die Gruppe aus alten Leuten auf die Reise gelockt. In Holland sollen sie an einer völlig bescheuerten Stadtführung teilnehmen. Zur Krönung werden sie, statt in ein gemütliches Restaurant, in irgendeine Stripshow gelotst. Wer den ganzen Tag ohne Kommentar mitmacht, bekommt einen von zehn wertlosen Preisen. Ein Teeservice ist genauso dabei wie ein altes Golfset vom Flohmarkt, das ich kurz vor der Abfahrt in den Laderaum des Busses hieven musste. Die Teilnahmebedingungen für das Gewinnspiel werden eine Einverständniserklärung beinhalten, die natürlich niemand liest, um das gedrehte Videomaterial ausstrahlen zu dürfen. »Verstehen Sie Spaß?!« im 21. Jahrhundert.

Delta, der als Touristenführer fungiert, trägt einen etwas zu kurzen schwarz-weiß gestreiften Beetlejuice-Anzug, den ich gestern gerade noch rechtzeitig aus der Packstation geholt habe. Matte pennt, wie früher die coolen Schüler, mit der Mütze über den Augen auf der Rückbank. Er erinnert mich an den jungen Terence Hill. Dazwischen sitzen gleichmäßig verteilt die circa fünfzehn Senioren.

»Willst du auch ein Brot? Meine Frau hat welche geschmiert.« Stefan reicht mir ein in milchiges Papier eingewickeltes Schwarzbrot mit Käse.

»Danke.« Herzhaft beiße ich hinein, zerkaue den buttrigen Geschmack langer Schulausflüge.

Sofort hinter der Grenze zeigt Stefan mit dem Finger auf das Ortsschild von Nieuweschans. »Kreisverkehr. Da ist der erste. Kann man die Uhr nach stellen. Ich war hier mal mit meiner Frau zum Wellness. Richtig langweilig.«

Er lacht und ein Korn klemmt zwischen seinen gelblichen Schneidezähnen. Ich überlege, ob ich ihn auf den Schönheitsfleck hinweisen soll, nicke aber schließlich nur.

Eine pfundige Frau Mitte sechzig kommt zu uns nach vorne. »Wie lange ist es denn noch bis Groningen? Hier müssen einige der Herrschaften mal auf die Toilette.«

Seit Hamburg haben wir nicht gehalten. Und das liegt schon drei Stunden zurück.

Stefan lächelt übertrieben. Würde ich diesen Moment in einem Foto festhalten, er würde auf das Cover jeder Broschüre für Seniorenbusreisen passen. Das Korn zwischen den Zähnen müsste man aber eventuell mit Photoshop wegretuschieren. Ebenso die schmierige Metal-Matte. Ansonsten: perfekt.

»Fünfundvierzig Minuten. Geht das noch von der Blase her? Und jetzt sprechen wir mal lieber nicht mehr mit dem Fahrer.«

Die Frau dreht sich um, ohne ihm eine Antwort zu geben, passt mit ihrem großen, birnenförmigen Körper untenrum gerade so durch die Sitzreihen. Im oberen Bereich passt es gut.

Stefan verdreht die Augen. »Ich weiß nicht, wie man Frauen ab fünfzig noch attraktiv finden soll.«

Ich schaue zu ihm rüber.

»Meine Alte ist jetzt vierzig. Das kann ich mir noch merken. Letztes Jahr gab's ein Gartenfest. Und ich find sie leider schon nicht mehr so geil. Wir funktionieren miteinander. Allerdings hört es nie auf, dass du junge Mädels am schönsten findest. Der Geschmack altert nicht mit dir mit, verstehst du?«

Was soll ich dazu sagen? Ich bin wohl noch zu jung, um Kristin welk zu finden. Ob man wirklich »welk« als Adjektiv benutzen sollte, wenn man über seine Freundin nachdenkt? Wahrscheinlich besser nicht.

»Weißt du, wie man das perfekte Alter einer Frau ausrechnet?« Er schaut so lange zu mir rüber, dass ich mir Sorgen mache, er könnte den Bus in einem der Kreisverkehre geradeaus auf die Grasfläche lenken. Ich schüttle den Kopf.

»Ein und zwanzig.« Stefan lacht und schlägt mit den Handflächen aufs Lenkrad. Das Korn löst sich und bleibt auf dem Hupensymbol kleben. »Und Männer werden, wenn sie nicht alles falsch machen, immer attraktiver.«

Ich frage mich, ob er dabei auch über sich selbst in all seiner Leibesfülle spricht. Die Antwort gibt mir sein schweißiger Altherrengeruch, der durch sein Gestikulieren zu mir rüberzieht. Vielleicht weiß er das nicht.

»Das macht ja evolutionär auch Sinn. Man sucht nach gebärfreudigen Frauen. Und die sind jung. Warum soll ich denn später mit einer Fünfzigjährigen was haben, wenn überall auf der Welt die Fünfundzwanzigjährigen auf dich stehen. Oder sagen wir, dreißig.«

Ich überlege, wo in seiner Theorie überall die Haken sind.

Stefan nimmt einen letzten Bissen vom Käsebrot. »Irgendwann hört es auf.«

Er schmatzt und ich sehe, wie sich das Schwarzbrot mit jedem Wort zerkleinert, der Käse und die viel zu dick aufgetragene Butter sich mit den Körnern zu einer breiigen Masse verbinden.

»Am Anfang findest du Ältere schön, dann Gleichaltrige, dann nur noch Jüngere. Weißt du, meine Frau, die Katja, ist nicht mehr die Schönste für mich. Schon länger nicht mehr. Kann sie aber ja auch gar nicht.«

Der Brei verschwindet in seinem Rachen und ich habe das Bedürfnis, Kristin zu schreiben, dass wir jetzt in Holland sind.

»Ich hab mir heute schon zweimal einen gekeult.« Stefan schaut rüber zu Obelix, als ob er eine schockierte Reaktion erwarten würde. Der Hund schläft. Ich sitze regungslos da und möchte bloß die Kreisverkehre zählen und von alldem vor allem eins: nichts wissen.

»Erst kamen die Hannah und der Paul zur Welt und an Sex war nicht mehr zu denken und daraus wurde dann Routine.«

Durchs Fenster sehe ich die platte Landschaft. Felder und Ortschaften ziehen an uns vorbei.

»Wenn die Kinder und der Hund nicht wären, hielte uns wohl überhaupt nichts mehr zusammen.«

Ich nicke.

»Ich glaub nicht, dass sie einen anderen hat. Es fehlt einfach die Lust und ich möchte sie auch zu nichts drängen, was sie selbst nicht möchte. Pity-Sex, verstehst du?«

Ich stelle mir vor, wie Stefan mit seinem riesigen Körper auf einer zierlichen Frau liegt. Diesen Gedanken hätte ich lieber nicht gehabt.

»Ja«, lüge ich in der Hoffnung, er würde das Thema danach fallen lassen.

Er klatscht auf seine massiven Schenkel, die einige Sekunden nachwabern. Obelix schreckt auf.

»Aber ich will dich damit nicht nerven. Es ist nur schön, mit jemandem darüber zu sprechen. Das Mädchen da in Köln hat mir zwar für ein halbes Jahr Kraft gegeben, aber ewig hält so was halt auch nicht vor.«

Ich schlucke, höre zum ersten Mal davon, dass nach der Talkshow wirklich noch etwas gelaufen ist. Habe aber auch nie nachgefragt.

»Danke noch mal.«

Ich lächle gequält und Stefan muss seinen Arm strecken und sich herüberbeugen, um mir von seiner erhöhten Position auf die Schulter zu klopfen.

»Ich bin dann einfach froh, mal rauszukommen.«

Ich schaue in die müden, freundlichen Augen und bin glücklich, als er den Blinker betätigt und wir die Abfahrt nach Groningen erreichen.

Es regnet, als am Rand der Fußgängerzone alle aus dem Reisebus steigen. Obelix schüttelt seinen Körper und Haare fliegen wie die Samen einer Pusteblume in alle Himmelsrichtungen.

Flo setzt sich ans Steuer, um das riesige Fahrzeug auf einem Parkplatz etwas entfernt am Stadtrand abzustellen. In seiner Grundausbildung hat er sich alle Führerscheine geholt, die die Bundeswehr hergab. Trotzdem fährt er furchtbar. Während wir die Senioren durch die Stadt führen, muss er angeblich noch irgendwelche Besorgungen machen. Ich schätze, das heißt, dass er sich seelenruhig in ein Café setzt und seine Festung in »Clash of Clans« umdesignt.

Unser erster Zwischenstopp ist ein unspektakulärer Schnellimbiss. Die Reisegruppe versammelt sich unter alten Sonnenschirmen, die heute als Regenschutz dienen. Stefan hält Obelix' Leine locker in der Hand, verteilt Zettel und Kugelschreiber der Hamburger SPD an die Senioren. Sein Hornhautdaumen blitzt auf.

»Soll ich das nicht vielleicht machen?« Ich halte ihm meine Hand hin, doch er zieht die Unterlagen zurück und zeigt auf den Camcorder, der auf einem der Stehtische liegt.

»Guck du mal lieber, dass die Kamera am Start ist, wenn wir anfangen wollen!«

Dafür, dass ich nur helfen wollte, klingt er sehr forsch.

Matte redet mit einigen der Senioren, die anscheinend noch nicht sicher sind, was sie genau erwartet. Immer wieder schielt er dabei zu mir rüber. Dabei habe ich die Kamera in letzter Zeit schon öfter bedient. Zum Beispiel, als wir das Plakat an der Autobahnbrücke platziert haben. An der gesperrten. Wir reden nicht drüber. Es gibt jedenfalls keinen Grund, skeptisch zu sein.

»Wo sind denn der Akku und die Speicherkarte?«, frage ich.

Stefan deutet auf einen Batman-Rucksack, der zerknautscht unter dem Tisch liegt. Unter einem schweißfeuchten Pullover ganz unten am Boden zwischen zerbröselten Salzstangen werde ich fündig, trenne Krümel von Technik und mache die Kamera startklar.

Delta tritt aus dem Imbiss, trägt einen großen schwarzen Zylinder, wie man ihn von Slash, dem Gitarristen von Guns'n'Roses kennt. Dazu der Anzug. Wie ein Zirkusdirektor breitet er die Arme aus. Während er noch die Reste einer Frikadelle kaut, fängt er mit vollem Mund an zu reden. »Liebe Penisionäre, wir werden jetzt durch Holland ziehen und eine Menge erleben.«

Ein Ehepaar aus Leer in roséfarbenen Partner-Jack-Wolfskin-Jacken macht begeistert Fotos.

»Moment«, unterbricht Matte. »Bevor wir beginnen, haben Sie alle die Anweisungen unterschrieben? Damit Sie, äh ...« Er stockt kurz, schaut mich nachdenklich an. »Also, dass Sie später die Chance auf einen unserer fulminanten Preise haben.«

Die alten Herrschaften nicken und Matte geht rum, um die Zettel wieder einzusammeln. »Die Kugelschreiber können Sie behalten.«

Ein Mann klatscht, bedeutet seiner Frau, dass sich der Ausflug, den sie ablehnen wollte, schon jetzt gelohnt hat. Bevor ich beim Einsammeln helfen kann, fordert mich Stefan auf, den ganzen Kram schon mal zu filmen. »Das ist jetzt schon pures Gold.«

Ich halte drauf, während Matte die unterschriebenen Papiere in den Rucksack stopft.

Delta klatscht in die Hände, die Show kann beginnen. »Herhören! Wir werden heute Einblick erhalten in die Welt von Käse und Tulpen!«

Matte setzt sich den Rucksack auf. Stefan hat Probleme dabei, sich nicht von Obelix auf die andere Straßenseite ziehen zu lassen. Der will unbedingt an einem Haufen Müll schnuppern, in dem offensichtlich eine Köstlichkeit auf ihn wartet.

»Beginnen wird unsere große ›Tour de Groningen‹ genau hier.« Delta klingt wie der Ansager aus dem Film »Dumbo«. Jeden Moment müsste der kleine Elefant mit den riesigen Ohren durch die Manege geflogen kommen. »Sie werden Dinge erleben, die Sie nie zu träumen gewagt haben!«

Matte steht neben mir unter der Markise des Grillimbisses und öffnet eine Bifi-Verpackung. Der prasselnde Regen auf den Schirmen der Zuhörer klingt wie der Beifall einer tosenden Menge. Doch keiner klatscht. Die einzigen erkennbaren Emotionen kommen von dem Ehepaar, das nach jeder kurzen Ansprache zustimmend nickt und Fotos mit einer für die Szenerie viel zu guten Spiegelreflexkamera schießt.

Als Delta das Zeichen gibt, setzt sich die Gruppe in Bewegung. Wir schlendern durch die Fußgängerzone und halten vor einigen Läden, an denen der angebliche Touristenführer versucht, frei erfundene geschichtliche Zusammenhänge zu erläutern. Er hat dafür einen Block bekommen, auf den Matte und Stefan absurde Bezeichnungen und Aufgaben geschrieben haben. Ihr Versuchskaninchen sieht sie beim Aufdecken zum ersten Mal und muss mit ihnen improvisieren.

»Das hier ist …« Delta liest, während er vor einem Gebäude steht, aus dem gerade eine Frau mit einem Kaffeebecher kommt. »Das hier ist das Museum für international erfolgreiche Kleinwüchsige.« Er ist selbst erstaunt. »Oh. Ja. Das ist interessant.«

Insgesamt hat Groningen erstaunlich viele Sehenswürdigkeiten: ein Sexmuseum für Sodomiebesessene, ein Schloss des Bierbarons Igidius Becks, die ficktinische Kapelle sowie ein Schwimmbad gefüllt mit dem Menstruationsblut schwedischer Jungfrauen. Für mich sieht es wie eine normale Bäckerei aus.

»Was ist das denn für ein kurioses Bauwerk?« Ein älterer Herr mit gelber Regenjacke zeigt mit seinem Schirm auf ein buntes, modernes Gebäude auf einer kleinen Insel in der Mitte der Stadt.

Delta schaut auf den nächsten Zettel. »Pssst!«, zischt er. »Das ist nur ein ganz normales Wohnhaus!« Und leiser: »Gehört einem persischen Oligarsch. Man kann erschossen werden, wenn man das bei einer Führung erwähnt. Wollen Sie etwa, dass ich erschossen werde, Mister?«

Der Mann zuckt zurück, senkt seinen Schirm und verschwindet langsam in der Mitte der Gruppe.

»Gut. Noch irgendwelche Fragen?«

Keine Meldung.

Delta nickt. »Hat dann jemand ein Fernglas dabei?«

Die Rentner schauen irritiert.

»Damit wir weitersehen können.«

Nach kurzer Zeit kommt der Witz bei den Leuten an. Gelächter.

Stefan grinst begeistert und Obelix zieht an der Leine. Der Camcorder baumelt an einem aus Panzertape selbst zusammengeknüpften Gurt an meinem Hals, während ich die Linse mit meinem Shirt von Regentropfen befreie.

Delta hält vor einem weiteren Gebäude. »Kennt jemand ›Jack the Ripper‹?«

Seit dem Vorfall vor wenigen Minuten sind die Wortmeldungen ausgeblieben.

»Na. Keiner? Jedenfalls ist sein Bruder ›Fred der Schnipper‹ hier zur Schule gegangen. Sie glauben, er war ebenfalls ein blutrünstiger Killer? Weit gefehlt! Seinen Beinamen ›Schnipper‹ bekam er, weil er der weltlauteste Fingerschnipper war. Er war so laut, dass ...«

Eine schrille Handymelodie unterbricht ihn. Delta holt das Gerät umständlich aus seinem albernen Anzug und wir können schon am Ausdruck auf seinem Gesicht erkennen, dass der Anruf nichts Gutes verheißt. Er blickt zu Stefan und fährt mit dem Zeigefinger seinen Hals unterm Kinn entlang, nimmt den Zylinder vom Kopf. »Ähem. Liebe Leute. Hier. Hm ...«

Ich habe ihn noch nie so stammeln hören. Es ist wohl ernst.

»Es gibt ein Unwetter, das sich – äh – das sich auf den Weg hierher macht, äh befindet. Der Regen wird stärker werden und – und Blitze sollen wohl hier überall auf die – auf die Straßen treffen. Ja? Dann. Okay. Wir müssen schnell zurück zum Bus.«

Ich schaue zum Himmel, der gerade ein wenig aufklart.

Stefan wirft mir die Leine zu. »Ich erklär dir das später. Pass mal auf den Hund auf!«

Er gibt mir die Aufsicht über Obelix und Delta scheucht die Gruppe mit ausgebreiteten Armen die Straße entlang. Ich kann gar nicht so schnell über die Dinge nachdenken, die hier passieren, da habe ich schon einen schiebenden Arm im Rücken.

»Schneller bitte. Ein wenig schneller. Sie wollen doch heute noch nicht draufgehen? Sie sind zwar alt, aber es gibt bestimmt bald wieder eine Städtetour, die Sie nicht verpassen wollen. Trinkgeld nehme ich nachher trotzdem an.«

Mit einer Mischung aus Empörung und leicht nervöser Angst hetzen die Pensionäre durch die Gassen. Eine ältere Dame vor mir scheint jedoch ziemlich vergnügt, sie grinst die ganze Zeit. Sie hat wohl noch nicht so ganz begriffen, dass ihr Ausflug jetzt ein jähes Ende nimmt. Aber ich verstehe genauso wenig, was das alles soll. Gehört das noch zum Plan und gleich werden die Preise verteilt? Muss ich dem Stripclub jetzt absagen?

Keiner reagiert auf umherschwirrende Fragen. Wir eilen weiter. Vorbei an gemütlich aussehenden Cafés, durch Pfützen und weiter, immer weiter. Stefan, Matte, Obelix und ich laufen vorne weg, der Camcorder schleudert an meinem Hals umher. Delta schiebt von hinten, peitscht die älteren Herrschaften an. Hinter der nächsten Ecke steht der Reisebus mit laufendem Motor in der Fußgängerzone. Davor geht Flo auf und ab. Als er uns sieht, rennt er einmal hinten um das Fahrzeug herum und steigt über die Treppe auf den Fahrersitz. »Los, los! Rein! Rein in den Bus!«

Wir brauchen ihm eindeutig zu lange, denn er hämmert mit beiden Händen auf die Hupe. »Los! Los!«

Der Klang schallt durch die Straßen und ich frage mich, ob das Korn vom Schwarzbrot nun wohl an Flos Hand klebt.

Stefan ist der Erste, der die Tür erreicht. Ich bin kurz dahinter, ziehe, um Obelix von einem Haufen aufgeweichter Papierzeitungen fernzuhalten, an der Leine, die sich um seinen Hals schnürt. Hundebesitzer scheinen so etwas instinktiv zu spüren. Stefan dreht sich augenblicklich um, starrt auf den Hund. Dann zu mir. Einen solchen Blick voller Hass und Besorgnis habe ich bei ihm noch nie gesehen.

»Der Obelix ist nicht mehr der Jüngste! Wenn du noch mal so an der Leine ziehst, kriegen wir beide ein riesiges Problem!«

Der liebe, freundliche Stefan, sonst die Ruhe in Person, mutiert gerade innerhalb von Sekunden zum fanatischen Tierschützer.

Ich lockere den Griff und hebe eine Hand zur Versöhnung. »Entschuldigung. Weil wir uns beeilen sollen und so.«

Flo winkt und hupt. Die Senioren sind noch ein paar Schritte entfernt. Delta hat aufgegeben. Erschöpft trottet er am Ende der Gruppe, den Zylinder schräg auf dem Kopf.

»Rein, alle rein!« Flo sitzt auf dem Fahrersitz und zieht an der Jacke der Jack-Wolfskin-Fotofrau aus Leer, die sich in der Tür noch einmal umdreht.

Sie quiekt. Ihr viel zu teurer Fotoapparat baumelt an ihrem Hals. »Mein Mann! Mein Mann ist nicht da!«

Flos Griff wird fester, als die Frau den Bus verlassen will. Ihre Arme schlagen aus, sie versucht sich mit aller Kraft loszureißen.

»Wir haben keine Zeit. Rein da!« Flos Hand krallt sich in die Jacke, gibt keinen Zentimeter nach.

»Ich fahre nicht ohne meinen Mann!«

Flo zieht sie zu sich, sie fällt nach hinten, kommt auf der Treppe zum Sitzen und wo eben noch Getuschel war, ist jetzt alles still. Er dreht ihren Kopf zu sich hin, die Ecke seines Brillengestells bohrt sich in die labbrige Haut ihrer Stirn, die Münder direkt voreinander.

»Hören Sie mal zu. Sie bleiben jetzt in diesem Bus und halten die Klappe.« Sein linkes Auge zuckt. Sie nickt. »Und wenn Sie damit ein Problem haben, kann ich auch anders!«

Sie nickt erneut, diesmal regelrecht energisch.

Flo scheint zufrieden. »In Ordnung. Entschuldigung, dass ich Sie zu Fall gebracht habe. Das mein ich ernst.«

Dann lässt er sie los, hält ihr seine Hand hin und hilft ihr auf die Beine. »Hoch jetzt! Und alle anderen: Rein!«

Stefan tippt Flo von hinten auf die Schulter. »Lass sie doch gleich eben raus. Sie muss ja nicht mit.«

Ein finsterer Blick zurück und es ist klar: Die Frau fährt mit. Keine Widerrede. Ihre Partnerjacke wird zu einer Singlejacke. Ich sitze auf meinem Platz hinter dem Fahrer und versteh das alles nicht. Was ist denn jetzt mit der Überraschung und den Preisen, die ich alle in den Bus packen musste?

Delta ist der Letzte, die Tür schließt sich und drückt ihre Querstange in seinen Rücken. Flo löst die Kupplung einen Tick zu schnell, lässt den Wagen nach vorn rucken, würgt ihn aber nicht ab. Er tritt aufs Gas und wir halten uns an den Sitzen fest. Es ist mir ein Rätsel, dass keiner der Rentner, die zum Teil noch im Gang nach hinten laufen, zu Boden geht.

»Flo, mach mal langsamer. Das ist alles ein bisschen zu viel!« Matte schaut besorgt auf die Senioren, wirft den Rucksack neben mich.

Flo reißt das Steuer herum, als kämpfte er auf hoher See gegen einen Jahrhundert-Orkan. Mit Vollgas durch die Fußgängerzone. Das ist eine richtig gute Idee, die auch den Passanten auf der Straße so sehr gefällt, dass sie mit ihren Schirmen dem Bus hinterherwinken. Nur einem Insassen ist das alles zu viel: Obelix quiekt. Und das wiederum behagt Stefan nicht.

»Kannst du mal langsam machen? Mein Hund hat einen empfindlichen Magen.«

Flo reagiert nicht. Ich bekomme sogar den Eindruck, als würde die Fahrt nach dieser Bitte nur noch hektischer, die Bewegungen noch ruckartiger. Das dumme Arschloch, ey. Ich schaue nach hinten in die Gesichter der armen Senioren, die sich den Ausflug wohl auch schöner vorgestellt haben. Bei vielen sehe ich Besorgnis, aber zu meiner Überraschung scheint niemand panisch zu werden oder sich auch nur beschweren zu wollen. Gut so.

Obelix jault. Matte geht nach vorn und versucht, beruhigend auf Flo einzureden, stapft aber nur zwei Minuten später kopfschüttelnd durch die Reihen, steigt über den Hund hinweg und setzt sich auf die Rückbank. Das flache Land rast wie auf einer Rennstrecke an uns vorbei. Kreisverkehre, Kanäle, Felder, Kreisverkehre. Der Himmel ist ebenso verhangen und regnerisch wie auf der Hinfahrt, von einem Unwetter würde ich jedoch wirklich nicht sprechen. Aber was verstehe ich schon vom Wetter.

Ich lege die Kamera ab, die noch immer schwer um meinen Hals baumelt, und öffne den Rucksack, um sie unter den unterschriebenen Teilnahmebedingungen zu verstauen.

»Gib her, ich mach das!« Stefans hornige Pranke erscheint und reißt mir Unterlagen und Kamera gleichzeitig aus den Händen. Er klingt patzig, stopft alles achtlos in die Tasche. Das hätte ich auch gekonnt.

»Jetzt bleiben alle schön entspannt!« Flo drosselt das Tempo.

Aus meinem Fenster sehe ich einen weißen Opel mit blau-orangenen Streifen an uns vorbeiziehen. Die niederländische Polizei.

»Alle entspannt.« Flos Finger krallen sich um das Lenkrad, als wollte er die dünnen, mit Leder überzogenen Stangen erwürgen. Ich erkenne kein Schwarzbrotkorn. Die Adern auf seinen Armen pulsieren. Entspannt sieht anders aus.

Im Rückspiegel sehe ich, wie er das Einsatzfahrzeug mit den Augen verfolgt, während er vorsichtig den Fuß vom Gas nimmt und sich zurückfallen lässt.

Obelix' Atmung wird schwerer und Stefan massiert mit festen Bewegungen den zitternden Bauch seines Hundes. »Ruhig. Alles wird gut.«

Ich beuge den Kopf in den Gang und versuche, den Polizeiwagen im dichter werdenden Verkehr ausfindig zu machen. Keine Chance. Dafür finde ich das Bild, das sich mir aus den hinteren Reihen bietet, ziemlich befremdlich. Ich schaue in die Runde und frage mich, ob ich der Einzige bin, der noch immer aufgebracht ist. Die Rentner spielen Karten, Stefan kümmert sich um den Hund, Matte schläft und Delta schaut seit Beginn der Fahrt auf sein Handy, das er an eine Powerbank angeschlossen hat. Auf meine Frage, wieso wir den Dreh so übereilt abbrechen mussten, hat er mit einer wegwerfenden Geste reagiert, nicht mal aufgeschaut. Nur Flo ist in ähnlicher Stimmung wie ich. Angespannt, aufgeregt. Zumindest deute ich seinen angestrengten Gesichtsausdruck so. Aber da auch er es vorzieht, nicht mit mir zu reden, lasse ich mich zurück in meinen Sitz fallen und beobachte den Verkehr.

Ein Straßenschild kündigt die Grenze an. Bundesrepublik Deutschland in einem Kilometer. Und als ob Hitler es geplant hätte, verschwindet der Regen, die Wolken lösen sich auf und erste Sonnenstrahlen treffen auf den Bus.

»Wir müssen gleich tanken.« Flos Stimme klingt durch das Busmikrofon. »Ich werd das jetzt mal eben klarstellen, damit hier keiner auf dumme Gedanken kommt: Außer der Reiseleitung verlässt niemand den Bus. Folgendes wird passieren: Ich werde an der Zapfsäule halten, aussteigen und tanken. Dann in den Laden gehen, bezahlen, einsteigen und wir sind wieder auf der Straße. Hat jemand Fragen? Ich beantworte selbst: Nein.« Er macht eine Pause und sein Schnaufen krächzt durch die Boxen. »So wird das laufen und nicht anders. Spätestens in zehn Minuten fahren wir wieder. Alles wird gut.«

Flos letzter Satz ist eine Hommage an Jürgen Fliege, der jede seiner Talkshows in den Neunzigern mit diesem Satz beendete. Aber nichts wird gut. Das kann ich mir in diesem Moment jedenfalls nicht vorstellen. Alles war gut, bevor diese Verrückten die ganze Meute grundlos von ihrem netten Ausflug aufgescheucht und so unsere Videoidee ruiniert haben.

Keiner der Rentner gibt einen Ton von sich. Die Kartenspiele kommen einen Moment lang zum Erliegen und die Mienen zeigen wieder die anfängliche Besorgnis. Flos Befehlston hat Eindruck gemacht.

Wir sind jetzt wieder in Deutschland. Flo setzt den Blinker und steuert den Bus an einer Gaststätte vorbei auf die blaue Leuchtreklame der Tankstelle zu.

Obelix rülpst. Ich wusste nicht, dass Hunde das können. Es riecht säuerlich. Das ist irgendwie verdächtig. Doch bevor ich etwas sagen kann, strömt ein Schwall Erbrochenes auf den Gang. Hundeerbrochenes. Die halb verdauten Fleischbrocken sehen wie der Meica

Curryking aus. Ohne das draufzustreuende, in einer kleinen Tüte unter der Packung klebende Currypulver. Sekunden später dringt der Kotzgeruch in meine Nase. Es riecht wie Menschenkotze nach dem Verzehr extrem vieler Frikadellen mit Pommes Majo. Jedenfalls habe ich mich nach genau dieser Mahlzeit mal erbrochen und da roch es so. Auch wenn es sehr schwer ist, zwischen den unterschiedlichen Kotzgeruchsnuancen zu unterscheiden. »Wetten, dass ...?!« gibt's aber ja auch nicht mehr.

»Echt jetzt?« Flo dreht sich zur Kotzlache, die durch die Fahrtbewegungen vibriert, während der Bus mit circa vierzig Kilometer pro Stunde über die Tankstellenauffahrt rollt. Auch jetzt traut sich keiner so recht, etwas zu sagen. Die Senioren halten ihre Nasen zu und schauen angespannt aus dem Fenster. Die Frau ohne Mann schießt ein Bild vom Erbrochenen. Der Blitz reflektiert auf der Pfütze und Flo guckt wieder nach vorn.

»Keine Fotos!«, ruft er, dann wendet er sich dem Redaktionsleiter zu. »Okay, Stefan. Du steigst auch aus. Vielleicht macht ihr zwei fix den Bus sauber.«

Die zweite Person bin ich. Na klasse. Hundekotze wegmachen stand ja zum Glück ganz oben auf meiner Bucket List.

Wir halten. Die Tür öffnet sich und frische Luft strömt in meine Lunge.

»Das hat er noch nie gemacht.« Stefan tippt Flo auf die Schulter, als sie zusammen an der Zapfsäule stehen. »Aber du bist auch echt scheiße gefahren. So ruckartig.«

»Jaja. Macht das einfach weg! Ich will nur weiter.«

An uns zischen die Autos vorbei, fahren in die Niederlande oder aus ihnen heraus. Ich stelle mir vor, was die einzelnen Schicksale zu ihrer Fahrt drängt und ob einer dieser Fahrer wohl jemals Hundekotze aus einem Bus voll Rentner entfernen musste. Also allerhöchstens zwei. Vielleicht greife ich das später bei gutefrage.de noch mal auf.

Stefan nimmt den Fensterputzeimer. Darin schwimmen die Reste toter Fliegen in einem dunkelgrauen Schaum.

Flo zeigt mit dem Finger erst in Richtung des Tankstellenhäuschens und dann auf Stefan. »Geh mal rein und hol vernünftiges Chemiezeug. Das muss richtig schön weggeätzt werden. Der Bus ist geliehen. Wehe, das stinkt nachher noch nach deinem Hund.«

Der Tankschlauch klackt und Flo hängt ihn zurück an die Säule. Das ging schnell für einen Bus. Aber was weiß ich schon. »Ich geh bezahlen. Pass du mal auf, dass keiner aussteigt.«

Ich kratze mich am Bauch und die Aufgabe, die ich als »einfach weiter rumstehen« deutete, wird ernst, als eine Frau in gelbem Friesennerz einen Fuß vor die Tür setzt.

»Ich geh mal ganz schnell auf die Toilette, ja?«

Ich weiß nicht, wohin mit meinen Händen, bewege sie ruckartig zum Oberschenkel und zurück zum Bauch. »Das geht ... äh – ich mein ... das geht leider nicht.«

Sie hält eine Tasche hoch. »Wissen Sie, ich hab einen Beutel.«

Ich verstehe nicht so recht, was das bedeuten soll.

Sie tippt mit dem Fuß auf und ab und leckt sich nervös über die faltigen Lippen. »Der ist voll.«

Ich merke, dass meine Stirn nass ist. Der Pony klebt daran, als wäre ich ein Hochleistungssportler nach einem harten Tag. »Ich versteh das nicht ganz. Was?«

Sie macht einen weiteren Schritt aus dem Bus und ich einen auf sie zu. Das schüchtert sie ein und ihre nur noch aus wenigen Haaren bestehenden Augenbrauen wandern bis hoch zum Haaransatz. »Mein Sammelbehälter. Der ist voll.« Sie hebt ihre Bluse und unter ihrem ausgewaschenen, cremefarbenen BH hängt eine Art Infusionstropf, der mit gelber Flüssigkeit gefüllt ist.

Ich zeige darauf und wische mir mit der Schulter den Schweiß von der Stirn. Mein T-Shirt färbt sich an der Stelle dunkel. »Sie meinen, Sie haben – äh. Was ist das?«

Sie nickt, klingt abgeklärt. »Inkontinenz. Seit dreiundzwanzig Jahren und vier Monaten.«

Ich schaue zur Tankstelle hinüber. Niemand. »Okay. Und was heißt das jetzt?«

Sie tritt vor den Bus. »Machen Sie sich mal keine Sorgen, junger Mann. Ich geh jetzt auf die Toilette und wechsle den Beutel. Sie müssen gar nichts machen. Es dauert nur eine Minute.« Sie dreht sich zur Tanke und geht langsam voran.

»Sie gehen nirgendwo hin.« Ich klinge wie George McFly aus »Zurück in die Zukunft«, der Biff davon abhalten muss, Lorraine im Auto zu begrapschen. Dennoch mit Wirkung.

»Hören Sie.« Sie bleibt stehen. »Sie möchten sicherlich nicht, dass der Beutel platzt. Und das ist bald soweit. Dann riecht es neben dem Hundemalheur zusätzlich nach – Sie wissen schon. Möchten Sie das?«

Ich benutze meinen Schweiß als eine Art Haargel, ziehe den Pony nach links an der Stirn entlang hinters Ohr, fühle mich dabei ein bisschen wie ein Profifußballer mit dünnem Haarband. Noch immer sind Stefan und Flo nicht zurück.

Die Rentnerin macht einen Schritt auf mich zu, schwenkt ihre Tasche mit dem Beutel darin. »Sie können ja mitkommen und mir helfen«, schlägt sie vor, als wäre das irgendwo auf der Welt eine Option.

Bei dem Gedanken allein wird mir ganz flau im Magen. Ich schaue hilflos auf die Tasche, dann zur Tankstelle und hoffe inständig, dass die beiden anderen endlich wiederkommen. In der Sekunde, in der ich nicht hinsehe, höre ich ein ploppendes Geräusch, wie das aus der Flensburger Werbung. Bevor ich genau verstehe, was da gerade passiert ist, habe ich auch schon einen wabbeligen, prall gefüllten Schlauch Plastik in beiden Händen.

»Nehmen Sie das weg! Nehmen Sie das weg!« Ich tanze förmlich auf sie zu, will ihr den Beutel zurückgeben. Aus dem Zugang tropft Urin auf meine Schuhe.

Sie hält die Hände abwehrend gen Himmel. Die Handtasche berührt ihre grauen Haarspitzen. Der Beutel gluckert, fühlt sich an wie eine Wärmflasche, nur dass der gelbliche Inhalt bereits kalt ist.

»Was machen Sie da?«, rufe ich entsetzt. »Ich will das nicht!« Ich bin kurz davor, mich zu übergeben, versuche, keine Tropfen abzubekommen.

Sie schüttelt nur ungläubig den Kopf. »Machen Sie sich mal keine Sorgen. Es ist alles abgeklemmt und hygienisch.«

Das fühlt sich für mich nicht so an. Der ganze Beutel ist feucht.

Über ihrem Kopf greift sie in ihre Handtasche und holt eine blaue Verpackung heraus. »Sehen Sie, jetzt muss ich die Schläuche anschließen, sonst leckt das hier. Das ist nicht so einfach, wie Sie sich das vorstellen, daher würde ich es gern auf der Toilette machen.«

Die Scheiben des Busses reflektieren die Sonne in mein Gesicht, während ich mich bücke, um den Beutel auf die Straße zu legen. Man kann nichts vom Businneren erkennen.

»Warten Sie mal eben. Keinen Schritt weiter. Ich muss überlegen.« Ich kratze mir über den Unterarm und hinterlasse einen roten Streifen auf der Haut.

Sie steht da, den frischen Beutel und die Schläuche in der Hand, schüttelt den Kopf und sieht mich skeptisch an. »Sind Sie überhaupt eine Reisegesellschaft? Das ist doch alles nicht ganz normal, was Sie hier mit den Leuten machen.«

Verdammt! Ich weiß nicht, was ich tun soll, bin mir aber sicher, dass es gar nicht gut ist, wenn sie die ganze Angelegenheit noch weiter hinterfragt. Aus dem Augenwinkel sehe ich endlich Stefan, wie er mit einem gefüllten Eimer langsam in unsere Richtung kommt. Schaumiges Wasser schwappt über den Rand auf den Asphalt.

»Sie müssen jetzt wieder in den Bus«, erkläre ich der alten Dame so deutlich und bestimmt wie möglich. »Da können Sie das ja machen.«

»Dann geben Sie mir wenigstens den vollen Beutel. Oder wollen Sie den ausleeren?« Sie zieht ihren Pullover mit beiden Händen nach unten über ihre Hüfte und macht ein so wütendes Gesicht, dass sie mich an den Wolf von Rotkäppchen erinnert, der sich als nette Oma verkleidet, um das kleine Mädchen zu fressen.

Ich schüttle den Kopf. »Den müssen Sie selbst aufheben. Ich fass das nicht mehr an!«

Die Regenjacke verschwindet mit einem empörten »Tze!« im Bus.

»Aha!«, rufe ich ihr hinterher. »Ist wohl doch nicht so wichtig, Ihr blöder Beutel!« Ich atme durch.

»Was wollte der Typ?«, schnauft Stefan.

Ich betrachte das Etikett des Reinigungsmittels. Warnsymbole, wohin das Auge reicht. »Das war eine Frau.«

Stefan zuckt mit den Schultern. »Der Flo ist noch auf Toilette. Nummer zwei. Erst macht er so einen Stress und dann braucht er am längsten.«

Ich ignoriere den Artikel, auch wenn es mir schwerfällt. Irgendwann muss ich was dagegen tun, ihn endlich darauf aufmerksam machen. Langsam wird das aber wohl auch zu spät und jetzt ist eher nicht der richtige Zeitpunkt.

Stefan stellt den Eimer auf den Boden. Hinter uns jault es. Obelix tappst wankend die Treppe aus dem Bus herunter. Er sieht gar nicht gut aus. Wäre er ein Mensch, sein Gesicht wäre zerknautscht, hätte einen intensiven Grünstich und tiefe Augenringe. Die dünnen Beine zittern mit jedem Schritt, dann lässt er sich fallen und bleibt fast leblos auf der Seite vor der Tür liegen.

»Ach, Junge!«

Ich kann gar nicht so schnell gucken, wie Stefan auf den Knien vor seinem Hund ist. Er streichelt den Bauch des Tieres, der sich unter schwerem Atem hebt und senkt.

»Das wird alles wieder. Alles gut.« Stefan fährt dem Hund mit der Hand vom Kopf über den Rücken und bis zum Ende vom Schwanz. Obelix ignoriert ihn, brummt wie ein in die Jahre gekommener Stromgenerator.

»Bleib mal liegen, Kumpel.« Er redet mit Obelix wie Michael Knight mit seinem Auto. Speichel läuft dem Tier aus dem Maul und tropft auf den Boden, bildet eine kleine Pfütze. »Das wird alles wieder.« Stefan dreht sich zu mir. »Kannst du den Fleck vielleicht wegmachen? Ich muss mich um den Obelix kümmern.«

Das habe ich befürchtet. Ich greife nach dem dünnen Henkel des Eimers und hebe ihn schwankend an, steige über den stöhnenden Hund hinweg. Der Geruch von Erbrochenem steigt mir sofort in die Nase.

Am Ende des Gangs steht ein Herr mit den dicksten Brillengläsern der Welt. »Was ist denn jetzt?«, will er wissen. »So eine Unverschämtheit hab ich ja noch nie erlebt. Das wird auf jeden Fall Konsequenzen haben.«

Von hinten taucht Stefans geballte Faust auf, er reckt sie über meine Schulter. »Sie setzen sich sofort wieder hin!«

Ich habe ihn noch nie so aufgebracht gesehen. Seine Hände zittern und er erinnert mich an Rocky, der sich im Kampf gegen Ivan Drago ein letztes Mal aufbäumt.

»Mein Hund ist krank und wir machen jetzt den Fleck weg. Dann geht's weiter. Noch Fragen?«

Die Brille setzt sich schweigend und Stefan wird wieder ruhiger. »Gib mal den Eimer. Ich mach mit.«

Ich reiche Stefan das Wasser und er schüttet einen Teil über die Kotze. Es riecht nach Chemie und Chlor. Dann kniet er sich hin. »Wir müssen die hier tragen.«

Ich verstehe es erst, als er mir aus der Hintertasche ein Paar schwarze Einweghandschuhe reicht.

»Das Zeug ist hochgiftig.«

Seine Hand passt gerade so in die Gummifinger, während meine sie nur zur Hälfte ausfüllt.

Er greift nach dem schaumigen Lappen am Boden. »Nimm du mal die Bürste.«

Stefan macht Platz und ich gehe an der Seite vorbei, nehme dabei die kleine Polsterbürste, die aus seiner Hosentasche guckt.

»Tut mir leid, dass du das alles mitmachen musst.«

Ich nicke. Wir schrubben den krausen Teppich, der mich an den Bodenbelag meiner Schule erinnert. Gleicher Stoff, gleiche Farbe. Schlimm. Der Schaum wird braun, bekommt mit jeder Waschung des Lappens einen helleren Ton. Und ich denke an Michael Jackson.

»Ey.« Hinter Stefan baut sich Flo auf. »Was macht der Fleck?«

Stefan hält den Daumen über seinen Rücken in Flos Richtung nach oben. »Läuft. Kurz noch!«

Flo dreht am Zündschloss, schließt die Tür, startet den Motor und setzt zurück, fährt ein bisschen zu plötzlich an. Ich mache einen Satz und lande mit den Knien im Schaum, Stefans Gelenke geben einen knackenden Ton von sich und er sitzt auf dem Hintern. Zum Glück haben wir gute Arbeit geleistet, sonst wäre das Bein voll Hundekotze. Jetzt ist es nur ätzende Chemiesäure.

Flo drückt leicht aufs Gas, will den Bus rückwärts ausparken, da eine polnische Großfamilie eine Zapfsäule vor uns versucht, ihren zu kleinen Skoda an einer Busstation zu tanken. Ich spüre einen Widerstand, dann heben sich die Reifen und wir fahren über eine leichte Erhebung. Es jault und ich bin mir nicht sicher, ob es der Motor oder etwas anderes ist.

Stefan sieht aus, als hätte er ein Gespenst gesehen. Er sitzt im Gang, seine Hände aufgestützt, starrt durch mich hindurch, den Mund weit geöffnet. Dann knicken seine Arme wie Spagetti ein, er fällt auf den Rücken, schlägt mit dem Kopf auf dem Teppich auf. Bam. Jetzt verstehe ich, weiß, wo dieses Jaulen herkam.

Fuck! Ich lege die Finger auf mein Gesicht. Scheiße. Scheiße. Scheiße. Fuck. Ich stehe auf, aber zu spät. Stefan ist bereits aufgesprungen und hat die Finger fest um Flos Hals gelegt. Es war Obelix. Er hat ihn überfahren, es nicht mal gemerkt. Der Bus rollt auf die Autobahnauffahrt zu.

»Lass ihn los!« Ich zerre an Stefans Jacke, reiße erst die Kapuze ab, habe Sekunden später das ganze Kleidungsstück in den Händen und werfe es zur Seite auf zwei Passagiere. Der ganze Bus schreit, wir fahren Schlangenlinien.

»Du bringst uns noch alle um!«, brüllt Delta, will nach vorn, wird allerdings durch die hektische Fahrt immer wieder in eine der Sitzreihen geworfen.

»Tritt auf die scheiß Bremse, Flo!« Ich versuche von hinten, Stefans riesige Arme zu packen, ihn zu stoppen.

Er schreit. »Er hat meinen Freund umgebracht! Das verfickte Schwein. Ich bring ihn um!«

Ich sehe Flos weit geöffnete Augen hinter der schief auf der Nase sitzenden Brille. Tränen schießen heraus und ich bilde mir ein, erkennen zu können, wie er langsam rot anläuft. Seine Hände umschließen das Lenkrad, lösen sich, um nach hinten auszuschlagen, Stefan im Gesicht zu treffen. Ausgewichen. Wieder ein Schlenker und wir berühren die Leitplanke der Überholspur. Mit ungefähr siebzig Kilometern pro Stunde brettern wir durch die kleinen Böschungen. Ich möchte nicht sterben.

Von hinten höre ich undefinierbar durcheinanderklingende Schreie. Matte redet auf die Senioren ein. Bei einer echten Geiselnahme wäre es perfekt, ihn dabeizuhaben, so rührend, wie er sich um sie kümmert.

Ich habe keine Wahl. Ich muss etwas unternehmen, fühle die kratzige Luft in meinem Rachen und das Adrenalin, das sich wie eine Genkidama bündelt. Ich hole so weit aus, wie es geht. Atme durch, schwinge und treffe mit der linken Faust Stefans Schläfe. Bam. Wladimir Klitschko wäre stolz, hätte sich nach so einem Schlag wahrscheinlich auch den Weltmeistertitel von Anthony Joshua um die Hüfte geschnallt.

Der Riese löst den Griff, wankt. Er sieht mich an, wütend, verwundert und voller Trauer. Ein kurzer Moment, der mir wie eine Ewigkeit erscheint. Dann drehen sich seine Augen in den Hinterkopf und er fällt rechts die kleine Treppe des Busses herunter, schlägt auf und bleibt, gegen die Tür gelehnt, reglos liegen.

Dann kommen die Geräusche zurück in mein Ohr. Die Schreie, die auf die Motorhaube auftreffenden Sträucher und mein viel zu schnell schlagendes Herz. Ich spüre die Schmerzen in der Faust, wie sie pocht und das Blut in sie hineinfließt, sie langsam anschwellen lässt. Der erste Schlag seit der vierten Klasse, als ich vor meiner Mitschülerin Manuela den Helden spielen wollte und ihren Tornister aus den Klauen von Daniel befreit habe. Dieses Mal fühlt es sich nicht so erfüllend an. Eher scheiße.

Stefan liegt auf dem Boden und Flo ringt nach Luft, während er langsam vom Gas geht und den Bus auf den Standstreifen steuert.

»What the fuck?!« Seine Stimme krächzt, als hätte er binnen einer Stunde eine Stange Filterlose weggeraucht. Abwechselnd schnellt sein Blick auf die Straße und zu Stefan hinunter, dass der bloß nicht wieder aufsteht und irgendwelche Dummheiten macht. Dann rumpelt es, zischt und wir kommen am Straßenrand neben einem Rapsfeld zum Stehen.

»Kann ich jetzt auf die Toilette?« Die Oma winkt mit ihrem Urinbeutel. Ich bekomme Gänsehaut.

»Ich muss auch.« Ein Mann mit Schlapphut hebt den Arm.

»Sie können Ihren Beutel hier im Bus wechseln!« Flos Hand liegt auf seinem Hals, die Stimme flattert. »Und Sie pissen einfach in eine leere Wasserflasche! Niemand steigt aus, verdammt noch mal!«

Er öffnet die vordere Tür und der bewusstlose Körper unseres Kollegen rutscht langsam aus dem Bus, fällt mit dem Kopf zuerst auf die Straße.

»Ach, fickt euch doch alle.«

Stefan sitzt seit zwanzig Minuten auf dem Asphalt und starrt auf den Boden, den Kopf in die Hände gestützt und mit den Fingerspitzen massierend. Er muss wahnsinnige Schmerzen haben. Ich glaube, dass er mir den Schlag verziehen hat oder ihn jedenfalls, genau wie ich, nicht mehr erwähnt. Autos ziehen mit hoher Geschwindigkeit vorbei. Jedes wirft einen kurzen, druckvollen Windstoß in mein Gesicht.

»Wir müssen weiter, scheiße noch mal! Das war doch keine Absicht!« Flo steht gute zehn Meter abseits, wird von Delta festgehalten, brüllt, tobt.

Matte und ich sind bei Stefan geblieben. Falls er wieder ausrastet oder einfach mit irgendjemandem reden will. Der Bus ist abgeschlossen. Die Passagiere eingesperrt in einer riesigen, stickigen Zelle.

»Es ist nur ein scheiß Hund. Er war eh scheiße alt und außerdem war das keine scheiß Absicht!« Flo läuft hin und her. Wie ein guter Innenverteidiger rückt Delta nicht einen Meter von ihm ab.

»Er war kein scheiß Hund.« Stefans Stimme klingt ruhig und von Trauer durchtränkt. »Der Obelix war mein bester Freund. Und jetzt kann ich ihn nicht mal begraben, weil er platt gefahren auf einem Rastplatz liegt.«

Auf der Straße unter ihm erkennt man genau, welche Tränen frisch und welche schon zehn oder fünfzehn Minuten alt sind. Die ersten hat die Maisonne bereits in den Himmel gezogen, verdunstet. Der ewige Kreis, wie ihn Mufasa einst Simba erklärte, kurz vor seinem Tod durch die Rinderherde.

Im mit Warnblinklicht geparkten Bus klopfen einige Insassen an die Scheiben. Das Geräusch ist gedämpft, kommt kaum bis zu uns. Ich schaue in wütende Gesichter, teils verängstigt, ans Glas gedrückte, platte Nasen.

»Wir müssen echt los. Was soll der ganze Scheiß denn gerade? Ich fahr sonst alleine.« Wie ein aufgeregter Bundesligatrainer geht Flo in seiner Coaching-Zone auf und ab. Der vierte Offizielle – in diesem Fall Delta – kontrolliert haargenau, ob er nicht mit einem Fuß über die imaginäre Linie tritt.

Auf dem Handy lese ich, dass Michael Jacksons Geist auf dem Instagram-Profil seiner Tochter Paris zu sehen ist. Vielleicht ist es aber auch nur ein zerknautschter Rucksack. Das Internet ist gespalten.

»Flo hat recht«, ruft Delta zu uns rüber, ohne sich von ihm abzuwenden. »Es wird immer später. Außerdem stehen wir hier wirklich etwas ungünstig.«

Mit den Schneidezähnen ziehe ich ein Stück Haut von der Unterlippe, kaue es ab und schlucke es runter. Der Geschmack von Blut fühlt sich lebendig an. Ich nicke Matte zu, der den Arm freundschaftlich um Stefans Schulter gelegt hat, ihn möglichst sanft anspricht. »Meinst du, es geht?«

Stefan nickt, ohne aufzuschauen. »Den Flo will ich aber nicht sehen.« Dann schaut er zum Himmel, wo die Wolken eine ungewöhnlich linienhafte Anordnung haben, sich kaum bewegen. »Wie soll ich das denn bitte den Kindern erklären?« Seine Finger haben die Farbe des Hundekuchens angenommen, den er seit Minuten darin dreht.

»Na, dann komm.« Matte greift Stefan unter die Achseln und zieht ihn hoch. »Bringt ja hier auch alles nichts.«

Wackelig gehen sie Arm in Arm zum Bus. Flos Aufstöhnen hören wir bis hier, ignorieren es aber.

»Kannst du bitte den Bus aufmachen?« Matte und Stefan stehen davor und sind mit der Tür überfordert.

»Das ist ein scheiß Reisebus, der hat keinen Funk, ihr Idioten.« Flo stolpert auf sie zu, Delta lässt ihn gewähren.

»Du sollst nur den Bus öffnen und keine Lebewesen mehr überfahren!«, brüllt Stefan.

Ich stehe auf dem Standstreifen und schaue die Autobahn entlang, erkenne am Horizont blaue, blinkende Lichter. »Leute?«

Flo entfernt eine Plastikkappe und steckt den Schlüssel in die versteckte Öffnung.

»Leute!« Ich werde lauter.

Die Tür bewegt sich unter zischendem Geräusch nach links und Stefan schubst Flo aus dem Weg, macht den ersten Schritt auf die Treppe ins Innere.

»Leute!« Ich schreie, bekomme endlich Beachtung, sehe, wie das Blaulicht näher kommt. »Polizei!«

Gedränge. Fuck Fuck Fuck. Jeder will in den Bus. Ich bin der Letzte, sprinte die Stufen nach oben, stolpere fast über Stefan und sitze schließlich wieder hinter dem Fahrersitz in der ersten Reihe. Die Insassen beschweren sich, die Tür schließt und Flo tritt aufs Gas.

»Alle schön Ruhe bewahren!« Flo verstummt, öffnet die Fensterscheibe der Fahrerkabine, kontrolliert den Rückspiegel, fährt auf die Überholspur. Ich atme durch, halte mich an der Armlehne fest. Flo fummelt sein Telefon aus der Hosentasche, schmeißt es zu meiner Überraschung nach draußen und die Scheibe zuckt unter quietschendem Lärm wieder hoch. Die Sirene kommt näher.

»Ihr zwei.« Er deutet auf Delta und Matte. »Ihr taucht ab. Die dürfen euch auf keinen Fall erkennen! Alle anderen: Ruhig bleiben, das gehört alles dazu.«

Ich frage mich, wozu das gehören soll. Zu einer gemütlichen Stadtrundfahrt durch eine verschlafene niederländische Ortschaft bestimmt nicht. Aber es funktioniert. Die alten Leute beruhigen sich.

Flo zieht zurück auf die rechte Spur. Der Bus schlenkert, als Matte und Delta den Gang entlang bis in die hinterste Sitzreihe wanken. Stefan kauert wie ein schlafendes Baby im Sitz hinter mir.

Der zivile Polizeiwagen ist jetzt auf einer Höhe mit dem Bus. Wir halten den Atem an. Einundzwanzig. Zweiundzwanzig. Dreiundzwanzig ...

Er fährt vorbei und für einen Moment ist alles still. Die einzigen Geräusche sind der brummende Motor und die Sirene. Der Bus wird langsamer, Flo versucht, ihn zurückfallen zu lassen. Dann lese ich das rot blinkende »Stopp – bitte folgen!« in der Heckscheibe vor uns, beginne zu zittern.

Flo lenkt den Bus vorbei an Wiesen und Feldern, immer hinter dem Polizeiauto her, wischt sich den Schweiß von der Glatze. Das geht hier alles den Bach runter. Und ich mittendrin. Schuldlos und doch ein Komplize. Von was auch immer. Ich schaue den Gang entlang in ängstliche Gesichter. Wir haben sie entführt. Wir haben sie alle entführt. Ich habe die Dame von der Toilette abgehalten. Das läuft unter Folter, jedenfalls habe ich das mal irgendwo gelesen. Folter. Scheiße. Dann blinkt der Streifenwagen und wir folgen ihm die Ausfahrt hinunter auf einen von Büschen eingegrenzten Parkplatz.

Ein ziviler Beamter in gelb leuchtender Warnweste klopft an die Scheibe von Flos Fahrerseite, ein zweiter begutachtet den Bus. Wir parken neben einem achteckigen, vollgesprayten Toilettenhäuschen aus Holz, das schon bessere Tage gesehen hat. Wahrscheinlich ein Ort für geheime Sextreffen. Jedenfalls erinnert mich dieser Platz an die eine oder andere frivole Reportage auf RTL II.

»Gibt's ein Problem?« Flos Stimme klingt so freundlich wie nie zuvor.

»Bloß eine Routineüberprüfung der Lenkzeiten.« Der zweite Polizist deutet in Richtung der Felder. »Und was ist hier mit Ihrer Seite passiert?«

Flos Finger gleiten über seinen Hals, auf dem Stefans Hände deutliche Spuren hinterlassen haben. »Ja. Wir hatten eine kleine Panne, nichts Wildes.«

Die zwei Polizisten gehen einen Schritt zurück, begutachten den Schaden. »Geben Sie mir mal den Fahrzeugschein.« Der offensichtliche Anführer, dessen Gesicht ein Magnum-Schnauzbart ziert, klingt bestimmt.

Flo nickt. »Natürlich. Gern.«

Er klappt das Handschuhfach auf, sucht die richtigen unter einem Haufen Papiere. Mit beiden Händen durchwühlt er die Zettel. Ich sehe, wie sich Schweißtropfen auf seinem Hinterkopf bilden.

»Steigen Sie mal aus«, fordert der Schnauzbart, noch ehe Flo fündig geworden ist.

Unter Zischen öffnet sich die Seitentür, Flo steht auf und für einen Moment treffen sich unsere Blicke. In seinen Augen erkenne ich die Panik einer kleinen Gazelle, die weiß, dass sie in wenigen Sekunden von zwei ausgehungerten Löwen zerfleischt wird. Ich verfolge seinen Gang vorn am Bus vorbei zu den Polizisten. Sie diskutieren.

»Wir sind eine Reisegruppe von Senioren und kommen gerade aus Emden. Wir waren im Otto-Waalkes-Museum. Allen hat es gefallen. Wir sind nur müde.«

Die Beamten notieren. Das sieht nicht gut aus.

Durchs Fenster höre ich, wie Flo den Unfallhergang erklärt. »Da waren ein paar Rehe auf der Fahrbahn ... und ... und ...« Er stammelt.

Oh Mann. Das glauben die doch nie.

»Öffnen Sie mal die Kofferklappe.« Der Schnauzbartpolizist hat eine Stimme wie Jan Fedder.

Flo zögert. »Da ist doch nichts drin.« Er räuspert sich, fasst sich um den wunden Hals.

»Das entscheiden immer noch wir, nä? Klappe öffnen, bitte!«

Sie gehen an meinem Fenster vorbei, ich strecke mich, um sie weiter beobachten zu können, verliere sie dann aber aus dem Blick. Stefan hat seine Position nicht verändert, kauert wie eine Plastiktüte zusammengeknüllt im Sitz. Ihn scheint das alles nicht zu interessieren. Aus seinem Mund tropft Speichel auf das karierte Hemd. Ein trauriger Anblick, den ich nur schwer ignorieren kann. Aber ich muss.

Ich höre, wie sich die Tür zur Gepäckablage öffnet, erkenne Flos Stimme, kann aber nicht verstehen, was er sagt. Dann plötzlich ein dumpfes Geräusch, gefolgt von einem zweiten, als würden schwere Koffer in den Bus gewuchtet.

Mir wird flau im Magen, die Nackenhaare stehen aufrecht. Der wird doch nicht? Nee, das wäre zu krass. Meine Beine zittern so sehr, dass ich Elvis und seinen Tanzmoves in diesem Moment Konkurrenz machen könnte. Die Klappe wird geräuschvoll geschlossen. Sonst ist es still. Ich kann die Polizisten nicht sehen.

Flo kommt wieder zum Vorschein. Kopfschüttelnd steigt er ein, klettert auf seinen Sitz, legt eine Pistole ins Handschuhfach, dreht den Zündschlüssel und wir sind wieder auf der Straße, noch bevor sich die Tür des Busses schließt. Das kann nicht sein! Das ist gerade nicht passiert!

Die ältere Beuteldame, offensichtlich zur Anführerin auserkoren, kommt nach vorn und tippt Matte vorsichtig auf die Schulter. »Ich glaub, es wird uns hier doch ein bisschen zu viel. Ich würde dann gern noch mal über den Ablauf sprechen.«

Matte nickt verständnisvoll, steht auf und spricht leise mit Flo.

Über unzählige Landstraßen fahren wir einen riesigen Umweg zurück nach Hamburg. Der Bus riecht nach Urin und einer Mischung aus Chemikalien und Hundekotze. Aber das ist egal.

Delta, Matte und ich sitzen in jeweils einer Busreihe. Ich möchte weinen, schaffe es aber vor Erschöpfung nicht mehr. Das war alles zu viel. Ich will einfach nur nach Hause, duschen, ins Bett.

»Können wir mal reden?« Ich setze mich zu Matte, den ich in diesem Moment als einzigen vernünftigen Gesprächspartner einschätze.

Er sieht nachdenklich aus, steckt sein Handy in die Hosentasche. »Klar. Wird wohl Zeit.«

Ich nicke. »Ich weiß einfach nicht, was los ist, und ihr sagt mir auch nichts. Wenn wir ein Team sind, dann muss ich doch wissen, was hier gerade Phase ist.« Ich senke meine Stimme zu einem Flüstern, um die anderen nicht auf den Plan zu rufen. »Flo hat da eben zwei Polizisten verschwinden lassen! Das ist doch nicht mehr normal!«

Matte schaut nach draußen. Die Landschaft fliegt vorüber. Langsam zieht die Abenddämmerung auf.

»Wahrscheinlich hast du recht. Wir wollten dich da nicht mit reinziehen. Je weniger du weißt, desto besser.«

Ich zucke mit den Schultern. »Ihr könnt mir doch alles sagen.« Es fühlt sich ein bisschen so an, als wäre ich ein Therapeut, der versucht, die Probleme seines Patienten zu erforschen.

»Gut. Willst du's wirklich wissen?«

Er schaut mir in die Augen und ich bekomme ein wenig Gänsehaut. Ich nicke und er auch.

»Wir müssten gleich da sein. Ich zeig's dir vor Ort.«

Ich stehe auf, lege die Hand noch mal auf seine Schulter. »Danke für dein Vertrauen.« Matte antwortet nicht, senkt nur den Kopf, als ich zurück auf meinen Platz wanke.

Stefan hat sich seit drei Stunden nicht bewegt. Der Fleck auf seinem Hemd ist größer, das Wimmern leiser geworden. Langsam finde ich auch, dass es nur ein Hund war und er übertreibt. Wir haben hier immerhin ganz andere Probleme. Außerdem verspüre ich einen tiefen Drang in der Harnröhre. Seit einer Ewigkeit das erste normale Gefühl.

Am Hamburger Hafen kommt der Bus zum Stehen und die Horrorfahrt ist zumindest für den Großteil der Insassen beendet. Die Senioren dürfen aussteigen, niemand von ihnen ist zu Schaden gekommen. Es hätte ja sonst was passieren können. Sie grüßen teilweise sogar noch.

»Also, ich freu mich auf die nächste Fahrt.« Die Anführerin lacht und ich kann einfach nur den Kopf schütteln.

Mein Blick wandert zur Gepäckklappe und ich frage mich, ob ich wirklich wissen will, was da außer dem Golf-Set noch drin ist.

Der Bus rollt langsam durch meine Straße.

»Ich kann hier raus?«, versuche ich es, klinge aber in meinen eigenen Ohren nicht sehr überzeugend.

Flo reagiert nicht. Circa dreißig Häuser weiter biegt er in die Einfahrt eines maroden Bürokomplexes, den ich auf dem Fußweg zur Arbeit immer passiere. Was will er denn hier?

Als der Motor und die Lichter erlöschen und es für einen Moment ganz still wird, fühle ich eine kleine Last von den Schultern fallen. Angekommen. Irgendwo zwar, aber angekommen.

Flo reibt die Fingerkuppen aneinander, schiebt seine Brille zurecht. Er erinnert mich an Mr. Burns, dessen lang überlegter Plan kurz vor der Vollendung ist. »Wir sind da.«

Ich stehe am Pissoir. Selbst im fahlen Licht erkenne ich die vielen gelben Tropfen, die wie Sterne auf den schmierigen Fliesen schimmern. Das Fassungsvermögen des Mülleimers ist um Längen überschritten. Der Boden ist bedeckt von zusammengeknülltem, durchweichtem Papier. Wahrscheinlich Wasser und Urin im Verhältnis 50:50. Dem Geruch nach zu urteilen eventuell auch 30:70. Vom Becken fliegen einige Spritzer zurück in meine Richtung und auf die schwarze Jeans. Egal.

Der Spiegel hat Risse, mein Gesicht wird zum Mosaik. Die Augenringe, die sich durch die stundenlange Anspannung wie zwei dicke Blutegel unter meinen Lidern festgesaugt haben, verwandeln mein Antlitz in das eines alten Mannes. Ich huste und spucke dickflüssigen, weißlichen Schleim ins Waschbecken, das nur durch Aufkleber von Bands und erfolglosen YouTube-Channels zusammengehalten wird. Langsam kriecht der Rotz in den Ausguss. Ich wasche mir die Hände und freue mich über die Abkühlung, nehme ein trockenes Stück Papier aus dem Spender, reibe es zu einem Ball und schmeiße es auf den Boden zu seinen Kollegen.

Der Bus wurde vor wenigen Minuten von zwei Typen abgeholt, die ich noch nie gesehen habe. Was sie mit ihm oder der möglichen Fracht im Kofferraum machen, weiß ich nicht. Ist mir aber auch egal. Hauptsache, sie machen es weit, weit weg.

Ich taumle den Gang entlang. Es riecht muffig wie in der alten Schmalstedter Kirche. Unter meiner rechten Sohle klebt ein weißer Streifen aus fünf Blatt Toilettenpapier, geleitet mich über den engen Flur, lässt sich schließlich fallen und bleibt im Dunkeln liegen.

Bis auf den schmalen Lichtspalt, der aus dem hintersten Büro auf den staubigen Boden und das Mauerwerk dahinter fällt, ist alles dunkelgrau. Überall blättert der Putz von den Wänden. Alte Zeitungen und Papiere pflastern den Weg, spiegeln die Zeit wider, als dies der Arbeitsplatz von mindestens fünfzig Brokern war, die kurz nach 9/11 fluchtartig über den Gang hetzten, um die letzten Wertsachen zu retten. Alles Spekulation. Es fühlt sich an, als hätte seitdem niemand mehr dieses Büro betreten, diese Luft geatmet. Doch die Toilette und die gekritzelten Tags von irgendwelchen pubertierenden Jugendlichen sagen etwas anderes.

Ich stoße gegen die Tür. Die Scharniere quietschen gequält. Das Licht einer winzigen Schreibtischlampe wirft seine Strahlen auf die Gesichter der Anwesenden. Dann erblicke ich den großen Pulverberg in der Mitte des Tisches und frage mich, ob solche Abende schon öfter vorgekommen sind. Ohne mich. Krasser Anblick.

Flo hebt die Schultern. »Ich hab den Kontakt nicht mehr.«

Stefan schaut mit jedem gesprochenen Wort seines Kollegen hasserfüllter drein, rutscht auf dem Stuhl hin und her. Mehrere seiner Haarsträhnen haben sich durch das angetrocknete Blut verbunden, sehen fast wie Dreadlocks aus. Ich spüre, dass er Flo am liebsten hier und jetzt erdrosseln würde.

»Ich musste das Handy loswerden«, verteidigt sich Flo. »Wenn die Polizisten das gefunden hätten, wär alles vorbei gewesen.«

»Na ja ...« Delta tippt auf seinem iPhone herum. »Mein Bruder ist bald raus, vielleicht kann er was machen.«

Matte schüttelt den Kopf. »Auf Keinsten. Nicht schon wieder.«

Ich verstehe kein Wort, stehe schweigend in der Tür. Mein Blick schweift orientierungslos umher, nicht wissend, wo er landen soll.

»Na, das Gute ist doch, dass wir das Kokain jetzt hier in Hamburg haben.« Flo reibt die Hände übereinander. »Ich mach mir gar keine Sorgen, dass ich …«

Stefan schlägt die Fäuste auf den Tisch. Eine kleine Wolke aus Koks erhebt sich im Lichtschein der Lampe wie ein Mückenschwarm. »Bullshit machst du!« Er lehnt sich über den Haufen, spricht direkt in Flos Gesicht. »Die finden doch die Busteile und dann den Bus und dann sind wir alle gefickt!«

Flo springt auf. »Bist du fertig? Hättest du mich nicht gewürgt, wären überhaupt nirgends Busteile!«

Sie attackieren sich mit Worten.

»Fick dich! Hättest du nicht meinen Hund überfahren!«

Flo stützt sich auf die Fäuste, deren Gelenke einen knackenden Ruck machen. »Echt jetzt? Der alte Scheißhund wär eh bald gestorben!«

Delta will beschwichtigen, legt jedem der beiden eine Hand auf die Schulter. Eine wird sofort mit Wucht von Stefan weggeschlagen.

»Sag das noch mal und ich schlag dich zusammen!«

Ihre Gesichter prallen gegeneinander. Stirn an Stirn.

»Scheißhund! Du hattest einen Scheißhund und ich bin froh, dass ich den Scheißhund überfahren hab!« Flo packt Stefan am Kragen, dessen Handrücken, weiß vom Koks, eine schwitzige Spur auf dem Tisch hinterlassen. »Und dich würd ich auch jederzeit überfahren!«

Stefan legt den Kopf in den Nacken, nur um ihn einen Sekundenbruchteil später wieder nach vorn schnellen zu lassen. Kopfnuss. Er verfehlt Flos Nase nur knapp. Dann holt Flo aus und trifft mit den Handknöcheln Stefans Wange. Sofort springen Delta und Matte auf, halten die zwei fest.

»Verpiss dich! Verpiss dich sofort!« Stefan erinnert mich an Leonardo DiCaprio, der in »Django Unchained« mit tiefrotem Mund seinen Hass ausspuckt.

Flo verzerrt schmerzerfüllt das Gesicht. »So war das alles nicht abgemacht!« Er windet sich in Mattes festem Griff. »Und du lässt mich auch los! Du untalentiertes Stück Scheiße!«

Mattes Arm gleitet von seiner Jacke. »Du bist so ein Vollidiot.« Es ist bewundernswert, wie ruhig er mit Flo redet. »Du machst gerade alles kaputt. Alles.«

Flo hebt den Finger, zeigt in die Runde. »Ihr macht eh alle nur dumme Scheiße. Ohne mich seid ihr überhaupt gar nichts. Nichts kriegt ihr hin. Gar nichts.«

Dann bin ich dran.

»Und dich mochte ich auch nie. Du wirst nie was erreichen. Werd mal zum Mann, du scheiß Verlierer!«

Ich stehe in der Tür und meine Muskeln zittern, spannen und entspannen sich im Sekundentakt. Ich schaue an mir runter, bis mich ein Ruck an der Schulter trifft, gegen den Türrahmen schubst. Ich komme ins Stolpern, als Flo an mir vorbeistürmt.

»Ich bin raus aus der Nummer!«, brüllt er, ehe er in der Dunkelheit des Flurs verschwindet.

»Was ...?« Ich breche das Schweigen, trete langsam ins Licht. »Was machen wir denn jetzt?«

Das ist wirklich verdammt viel Kokain. Nicht so viel wie bei Tony Montana auf dem Schreibtisch, aber bestimmt um die drei Kilo. Die zerfetzte Verpackung wird unter dem Bus geklebt und den Weg nach Hamburg mit Ach und Krach gerade so überlebt haben.

»Loswerden müssen wir das. Irgendwie.« Matte bröselt Gras in ein Häufchen Tabak.

»Nur wie?« Delta fummelt an einer Flasche Bier, trommelt mit den Fingern am Hals.

»Weiß überhaupt einer genau, mit wem Flo irgendwas verdealt hat?« Matte zündet sich den Joint an. »Ich mein, nachher wartet da jemand drauf oder so.«

Delta nimmt einen Schluck. »Keine Ahnung, ey.«

Stefan löst den Kronkorken einer weiteren Flasche mit dem Feuerzeug, zündet in der gleichen Bewegung die Zigarette an, die seit Minuten in seinem Mundwinkel hängt. Ich glaube, ich habe ihn noch nie rauchen sehen.

»Scheiß auf den Flo. Seine Sache. Ihr zwei«, er zeigt auf Matte und Delta, »ihr könnt es jedenfalls nicht verkaufen. Euch erkennt man ja sofort.«

Die Blicke wandern zu mir. Schlagartig erhöht sich meine Herzfrequenz. Mein Augenlid beginnt zu zucken und ich überlege kurz. »Warum brauchen wir denn das Geld überhaupt? Ich meine, der Kanal läuft doch gut.«

Stefan ascht auf den Boden, pustet den Rauch wie ein Stier aus der Nase. »Du wärst schon perfekt. Niemals würde man dich verdächtigen.«

Die anderen nicken, während ich hoffe, eine Antwort auf meine Frage zu bekommen. »Aber können wir nicht einfach weiter Videos machen und damit Geld verdienen? Das reicht doch.« Ich schaue in die Runde, setze noch mal an. »Es geht uns doch gut.«

Delta hebt eine Augenbraue. »Gut? Uns geht's überhaupt nicht gut.« Er betont das Wort »gut« dermaßen, dass mir klar wird, dass irgendwo noch mehr im Argen liegt. »Wenn du wüsstest, wie viel Kohle das scheiß Finanzamt von uns will. Die machen uns den Laden dicht.«

Alle nicken.

Ich schlucke. »Das ist Wahnsinn.« Ich nehme ein Bier aus dem Kasten, lasse mich auf das harte Plastik fallen und spüre die Flaschenhälse in meinen Hintern drücken. Wenn ich es wirklich schaffen sollte, das ganze Zeug zu verkaufen, wären sie mir für immer dankbar. Ich würde den Kanal retten. Und sie.

»Ich verkaufe es.« Ich höre mich selbst sprechen, noch bevor mir wirklich klar ist, was ich da gerade gesagt habe. »Aber was soll ich denn meiner Freundin erzählen?«

Ich greife nach dem Feuerzeug und versuche, die Flasche zu öffnen, wie ich es damals bei Ella gesehen habe. Ich umfasse sie am Hals und setze den unteren Rand an. Meine Fingerknöchel färben sich rot, dann weiß, doch der Kronkorken steckt fest. Matte nimmt mir die Flasche aus der Hand, den Joint glühend zwischen seinen Lippen, öffnet sie so selbstverständlich, als hätte er nie etwas anderes gemacht. Ich nehme einen Schluck. Warm und bitter.

»Und wo soll ich das denn machen? Wir können den Kram ja wohl schlecht auf der Straße verticken.« Ich lasse den Blick kreisen, schaue in gequält lächelnde, nickende Gesichter. Dann setze ich an und nehme einen noch größeren Schluck. Immer noch verdammt bitter. Ich verstehe.

»Scheiße, Jungs. Euer Ernst?«

TAG 300

»Wir müssen den Scheiß verkaufen!«

»Ich hab gerade unsere Nachbarin von oben getroffen«. Kristin sagt das mit einem seltsamen Unterton, den ich noch nicht einzuordnen weiß. »Die aus dem Supermarkt, weißt du?«

Wir stehen als Letzte in der Schlange und gucken auf die Hinterköpfe anderer bescheuerter Leute, die ebenfalls bei so schönem Frühlingswetter ins Kino gehen.

»Frida?« Ich frage mich, ob sie den Namen wirklich nicht weiß.

Wir sind einen Tick zu spät dran, da ich noch ein paar Dinge für unser »Unterfangen« vorbereiten musste.

Kristin nickt. »Ja. Die hasst mich.«

Sie weiß gar nichts.

Ich rolle innerlich mit den Augen. »Quatsch.«

Die Mundwinkel meiner Freundin zeigen Richtung Boden. »Die hat mich richtig mies behandelt im Treppenhaus. Unten bei den Postkästen.«

Ich bin mit den Gedanken bei dem Berg Koks und wie ich es bloß anstellen soll, das Zeug loszuwerden. Kriege nach unangenehm langer Pause gerade noch so eine passende Frage formuliert. »Was – was hat sie denn gemacht?«

Es tut mir fast leid, dass mich die Antwort zu diesem Zeitpunkt kaum interessiert.

»Allein ihr Blick, und dann wollte ich vorbei und sie hatte ein riesiges Paket und sich absichtlich so blöd in den Weg gestellt.«

Ich kratze mich am Ohr. »Kann ich mir nicht vorstellen.«

Kristin stampft auf, bleibt stehen, obwohl die Leute vor uns einen Schritt nach vorne machen. »Glaubst du mir etwa nicht?« Sie stemmt die Hände in die Hüften.

Ich muss kurz aufpassen. »Doch klar.« Ich räuspere mich. »Natürlich.«

Sie lässt die Schultern sinken, kommt wieder auf meine Höhe. Puh. »Gut. Die grüßen wir nicht mehr im Flur.«

Ich nicke und wir sind die Vordersten in der Schlange, stehen vor dem viel zu alten Kassierer mit rotem Namensschild, auf dem »Schorsch« steht. Ich dachte, den Namen gibt's gar nicht.

»Zwei Bier.« Ich zeige im Glaskasten auf die Pilsner Urquell-Flaschen, wende mich zu meiner Freundin. »Was willst du trinken?«

Sie tritt mir auf den Fuß.

Ich schrecke auf. »Was denn?«

Ihre Augenbrauen sind oben. »Zwei Bier?«

Ich zucke mit den Schultern. »Der Film ist doch wahrscheinlich sehr lang. Was willst du denn?«

Sie schaut in die Auslage. »Na ja. Popcorn und ne Cola. Wie jeder normale Mensch im Kino.«

Ich hole mein Portemonnaie aus der Hosentasche und bezahle den viel zu überteuerten Preis. Dann gehen wir schweigend in den Kinosaal.

Seit dem Trip nach Holland herrscht das totale Chaos. Über allerlei mehr oder weniger Bekannte versuchen wir, das Kokain im Ganzen an den Mann zu bringen. Bisher ohne Erfolg. Wir waren so verzweifelt, dass ich am Ende sogar versucht habe, einen meiner ehemaligen Lehrer zu erreichen, nur weil er zu Schulzeiten als Koksnase galt. Zum Glück fand ich keine Telefonnummer und es blieb bei einer ausführlichen, kryptischen Facebook-Nachricht. Gibt es bis übermorgen keine Lösung, werde ich auf die Straße gehen. Das habe ich angeboten. Selbstständig und dumm. Darüber hatte ich das Kino völlig vergessen, wurde im letzten Moment von Matte dran erinnert. Kristin war sauer, hatte für diesen Abend extra einer Freundin abgesagt. Bisher ahnt sie nichts von den Problemen, mit denen ich mich gerade rumschlagen muss. Ich bin nur später dran und müder, wenn ich dieser Tage nach Hause komme. Viel zu tun.

Die Trailer laufen, während wir unsere Sitze im vollen Kino suchen. Adam Sandler hält mit irgendeiner Blondine im Restaurant Händchen. Wir erreichen die Plätze. Ich stelle die Biere vor meine Füße und klemme sie zwischen den Sneakers ein.

»Bist du nicht der Neue von der Sendung?« Mein linker Nebenmann schaut mit großen Augen zu mir rüber.

»Was?« Ich ziehe den Reißverschluss meiner Jacke nach unten und versuche, mich aus den Ärmeln zu befreien und gleichzeitig dem Gespräch zu folgen.

»Kann es sein, dass ich dich bei Delta im Livestream gesehen hab?« Der junge Typ mit Schirmmütze flüstert und trotzdem gibt es von rechts erste »Pschht«-Geräusche.

»Was?« Ich stelle mich dumm.

Er wiederholt seine Frage.

»Ja, kann schon sein.« Ich möchte dieses Gespräch jetzt nicht führen.

Der Trailer ist vorbei, das Bild wird breiter.

»Ihr macht das echt toll. Ich bin großer Fan.«

Ich winke ab. »Das ist richtig nett. Danke.«

Kristin zieht an meinem Pullover.

»Ich bin Niklas.« Er sieht ein bisschen so aus wie der Hauptdarsteller von »Mr. Robot«: große glubschige Augen.

Von rechts höre ich meine Freundin murmeln. Ich stopfe die Jacke hinter meinen Rücken und suche nach der perfekten Sitzposition.

»Auch mit der Freundin hier?« Niklas lässt nicht locker.

Ich lächle zustimmend. In so einen Film geht man nicht ohne Grund.

»Dann mal viel Spaß.« Er fügt mit den Fingern Gänsefüßchen hinzu.

»Dir auch.«

Wir grinsen und ich wende mich Kristin zu.

»Wer war das?« Sie saugt am Strohhalm und schaut in Richtung Leinwand.

»Ein Zuschauer.« Ich sehe, wie sich ihre Brust deutlich hebt und wieder senkt, lege meine Hand auf ihren Oberschenkel. »Egal.«

Der Film beginnt mit einer nächtlichen Drohnenfahrt über Baumwipfel. Es wird eine Liebeskomödie, wie man unschwer schon an den sentimentalen Trailern erkennen konnte, die perfekt auf das Publikum zugeschnitten waren.

»Was macht ihr denn als Nächstes für ein Video? Darfst du schon was sagen?«

Wieder Niklas. Ich ignoriere meinen Sitznachbarn, bis er mir auf den Oberarm tippt. »Was?« Ich frage lauter als beabsichtigt. Kristin zieht scharf die Luft ein.

Er hat sich zu mir gedreht, seine rechte Schulter drückt sich in den Sitz. »Was ihr als Nächstes für ein Video macht? Darfst du das sagen?«

Der erste Fan, der mich erkennt. Ich bin etwas perplex, schüttle den Kopf. Der Film interessiert mich zwar nicht, trotzdem versuche ich mich, so offensichtlich es geht, auf die Leinwand zu konzentrieren.

»Nicht mal ne Kleinigkeit? Wird es witzig?«

Ich spüre Kristins Hand und wie sich ihre lila lackierten Fingernägel mehr und mehr in meinen Oberschenkel krallen.

»Ja. Wird witzig. Versprochen.« Ich drehe meinen Kopf demonstrativ zu ihr und meine Lippen berühren ihre Wange, um sie zu besänftigen.

»Das ist doch unser Abend.« Sie flüstert mir ins Ohr.

Ich ergreife zur Bestätigung ihre Hand und unsere Finger verschränken sich.

»Eine Sache noch.«

Meine Augen wandern nach links und Kristins Druck auf meine Hand wird fester.

»Kann ich nach dem Film vielleicht ein Foto mit dir machen?«

Wieso will er das denn? Ich bin bisher in keinster Weise besonders in Erscheinung getreten.

»Klar.«

Er freut sich und ich fühle mich tatsächlich geschmeichelt. Kristin rollt mit den Augen und ich trinke einen großen Schluck aus der Flasche, stoße lautlos auf.

Seine Hand auf meiner Schulter zittert, während er auf dem Smartphone ewig braucht, um den Auslöser zu finden. Kristin steht mit verschränkten Armen abseits und studiert die in Glaskästen ausgehängten Filmplakate, wippt dabei mit dem Fuß auf und ab.

Es knipst. Der Fan schaut das Foto an. »Ist nichts geworden. Können wir noch mal?«

Ich will kein Assi sein, warte geduldig, bis er von der Frontkamera auf die normale wechselt und den Blitz einstellt. »Jetzt geht's.«

Meine Freundin läuft ungeduldig umher. Ich lächle und seine Finger drücken den Auslöser. Auf dem Foto sehe ich glücklicher aus, als ich es gerade bin.

»Danke. Ist voll nett. Macht einfach immer weiter so.«

Ich schüttle seine Hand, deren Schweiß sich auf meine überträgt. Ich lasse mir nichts anmerken. »Na klar. Danke.«

Ich hake mich bei Kristin ein und führe sie aus dem Kino in Richtung Bahnhof Dammtor. »Tschuldigung.«

Sie wirkt abwesend, den Blick auf den Gehweg gerichtet. »Schon gut.« Es sind die ersten Worte, die sie seit zwanzig Minuten sagt.

Ich nehme einen Schluck aus der Flasche, die ich mir nach dem Film im Kinofoyer gekauft habe. »Ach du.«

Kristin hebt die Augenbrauen. »Ich war beim Arzt, als ihr in Holland diesen Quatsch mit den Rentnern gemacht habt. Ich hab eine Hundehaarallergie.«

Ich bleibe stehen. »Was heißt das?«

Sie zuckt mit den Schultern. »Na ja, ich kann nicht dauerhaft mit einem Hund zusammenwohnen.« Dann geht sie ein paar Schritte voraus.

Ich stehe im Bad und betrachte meinen nackten Oberkörper. Die Brust hängt einen Tick weiter unten als früher. Wenn ich nicht aufpasse, muss ich in ein paar Jahren einen BH tragen. Ich wasche meinen Penis unter dem Duschkopf der Badewanne. Nach dem beschissenen Film erwarte ich mehr als gelangweilte Handarbeit. Ich fahre mir mit den Fingern durch die Haare und bin mir unsicher, ob der Ansatz immer schon so weit hinten war. Ich habe leichte Geheimratsecken. An der Hüfte bemerke ich einen durch die zu enge Unterhose entstandenen Pickel.

Ich höre, wie Bernie bellt und kurz darauf Kristins Stimme, die leicht verschnupft klingt. »Es hat geklingelt!«

Sie klopft an die Badezimmertür und ich ziehe mir die Unterhose über den Schritt. »Was?«

Sie steht im Schlafanzug auf dem Flur. Ich trete heraus und sehe Stefan, wie er mit verschränkten Armen im Eingang lehnt. Er sieht besorgt aus. Dicke Stirnfalten, rot unterlaufene Augen. Aber die hat er seit dem Tod seines Hundes eigentlich immer. Er sieht Bernie und wie fröhlich er durch die Wohnung tapst.

»Ich will nicht stören. Entschuldigt bitte.« Er schaut an mir herunter. »Sag mal, hast du dich angepinkelt?«

Ich blicke herab und sehe die Tropfen auf den eng anliegenden Boxershorts. Ich schüttle den Kopf. »Ist Wasser. Was ist denn?«

Stefans Hemd hat einen größeren Schweißfleck als sonst. Ich tippe auf die vielen Treppen und darauf, dass er mindestens zwei Pausen machen musste.

»Es geht um …« Er schaut zu Kristin, dann zu mir. »Na ja, um das Projekt. Wir wollten dich anrufen, aber du bist nicht rangegangen.«

Ich greife nach dem Shirt auf dem Sideboard, streife es über. »Oh.«

Stefan fährt sich durchs klebrige Haar. »Hm.« Er lässt den Blick einmal durch den Raum schweifen. »Hast du kurz Zeit zu reden?«

Meine Freundin hebt eine Augenbraue. »Wir haben keine Geheimnisse.« Hätte sie graue Haare, sie sähe aus wie die weibliche Version von Carlo Ancelotti, der an der Seitenlinie verärgert auf einen seiner Spieler wartet.

Ich schlucke und sehe, wie Stefan gerade anfangen will, über das Kokain zu sprechen.

»Warte mal.« Etwas Besseres fällt mir nicht ein. Ich mache einen Schritt auf Kristin zu, sie niest. »Das ist doch langweilig für dich. Geh schon mal ins Bett, ich komm in drei Minuten nach.« Ich berühre sie sanft am Arm und als sie sich nicht rührt, drücke ich langsam kräftiger. »Na komm.«

Ich fühle mich wie ein Dompteur, der einen seiner bockigen Tiger mit schlechten Argumenten in einen viel zu kleinen Käfig locken möchte. Vorsichtig dränge ich sie zurück, gebe ihr einen Kuss, bis die ersten Perlen der Türketten, die wir schon längst hätten entfernen sollen, ihren Hinterkopf berühren und sie sich abwendet.

Ich bin still, bis ich die Schlafzimmertür ins Schloss fallen höre. Mein Zeigefinger deutet offensiv auf Stefans Brust. »Du versaust mir gerade alles. Ich will doch gleich mit ihr schlafen. Ich hoffe, es ist wirklich wichtig.«

Er nickt. »Es ist der Delta. Er hatte einen Zusammenbruch.«

Ich erstarre. »Wie?« Erst haut Flo ab und jetzt dreht Delta durch. Unser kleiner Trupp Gesetzloser dezimiert sich ja so schnell wie in »Predator«.

Stefans Augen weiten sich, er sieht so aus, als würde er jede Sekunde anfangen zu schreien oder zu weinen oder beides gleichzeitig. »Einfach umgefallen. Mit dem Gesicht auf den Tisch. Erst der Obelix, jetzt auch noch der Delta. Ich bin verflucht. Isso.«

»Nein. Sag doch so was nicht.« Ich lege meinen Arm um ihn und versuche, ihn zu beruhigen, ohne dabei den Schweiß zu berühren.

Er schluchzt, seine Schultern zucken währenddessen hoch und runter. »Wir müssen den Scheiß verkaufen. Sofort. Ich kann das nicht mehr. Ich will nicht ins Gefängnis.«

Ich schlage mit der flachen Hand auf seinen Rücken. »Das machen wir. Und du kommst nicht ins Gefängnis.«

Stefan hustet. »Ich meine – sofort sofort.«

Ich merke, wie sich mein T-Shirt mit Tränen und Rotz vollsaugt, es dadurch an der Haut haftet.

»Kommst du mit? Wir packen den ganzen Kram ein. Der Matte ist schon dabei.«

Ich schiebe ihn zurück, halte seine Schultern. »Jetzt?«

Mit seinem Ärmel wischt er sich durchs Gesicht. Von der Lippe läuft Sabber bis zum Kinn. Ich stoße alle Luft aus der Lunge, kratze mich am Kopf. Er sieht wie der traurigste Mensch der Welt aus.

»Fuck.« Ich laufe leise fluchend auf und ab, bis vor die Schlafzimmertür und wieder auf den Flur. »Mann ey.« Trete gegen die Schuhe, die säuberlich aufgereiht und nach Größe sortiert vor der Kommode stehen. Sie verteilen sich im Raum. Ich möchte schreien, halte inne, presse die Lippen aufeinander. Schlage mit der Faust an die Wand und schaue in Stefans traurige Augen. »Fuck. Mann! Gib mir einen Moment, ja?«

Ich laufe durch die Wohnung, stehe vorm Schlafzimmer. So fest es geht, zerdrücke ich mit Daumen und Zeigefinger den Pickel. Ich fühle, wie er im Bruchteil einer Sekunde implodiert, wische es in die Unterhose. Bah. Drücke die Tür auf.

»Ich muss noch mal los.«

TAG 301

»Ich hab mir was gebrochen!«

»Der Krankenwagen war gerade hier.« Matte reißt an dem grünen Paketband eines Päckchens und es kommen unzählige kleine Klarsichttüten zum Vorschein. Auf dem Tisch steht eine Grammwaage. Das kann doch alles nicht wahr sein.

»Was ist denn passiert?« Ich trete vor den großen Tisch.

Das Licht im verlassenen Bürokomplex ist immer noch schlecht.

»Delta hat seit Holland nicht geschlafen.« Er deutet auf einen Campingstuhl in der Ecke. Zig Fläschchen Desinfektionsmittel liegen leer davor. »Er dachte, dass Flo den Stoff über Nacht klaut, hat stundenlang auf dem Ding da gesessen. Ist ein bisschen paranoid geworden.«

Ich greife mir an die Stirn. »Oh Mann.« Ich bin überrascht, dass mir bei Delta weder seltsames Verhalten noch Schlafmangel aufgefallen sind.

Matte schüttet die Tüten auf den Tisch neben das Kokain. »Ja. Und da hat er wohl auch hier zugegriffen.«

»Echt jetzt?« Wo er es nun sagt, der Haufen sieht kleiner aus. »Wie viel?«

Er hebt die Schultern. »Jedenfalls so viel, dass es nicht mehr gesund war.« Mit einer kleinen Schaufel fährt er in den Schneeberg und streut eine winzige Portion auf die Waage. »Es war gar nicht so einfach, ihn nach unten zu schaffen. Und ich wette, dass die Ärzte oder wer auch immer die Polizei alarmieren werden, und ruckzuck ist das ganze Gebäude umzingelt. Wir müssen uns beeilen. Wir müssen uns richtig beeilen.«

Ich frage mich, wie das mit der Schweigepflicht ist. Egal, beeilen klingt nach der besten Idee seit Langem.

»Ich hab da im Rucksack noch zwei Waagen.« Matte deutet mit der Schippe in die dunkle Raumecke links vom Fenster. Pulver rieselt vom Rand auf den Boden.

»Pass mal auf, das waren bestimmt wieder fünf Euro, die du da verloren hast.« Stefan spricht monoton, ohne irgendeine Gefühlsregung oder nur den Hauch einer Betonung. Das fällt mir in diesem Moment besonders auf.

Matte ignoriert den Einwand. »Stefan und ich wiegen ab, und du befüllst die Tüten.«

Ich nicke und mache mich an die Arbeit. Auf das Milligramm genau wandert der weiße Stoff in die durchsichtigen Beutel, die in einem unscheinbaren Batman-Rucksack verschwinden. Dann vibriert Mattes Handy. Ein Blick aufs Display. Vom gestressten, angestrengten Ausdruck wechselt sein Gesicht zu einem ungläubigen. Sein Mund steht offen.

»Was ist?« Stefan stützt sich mit der Schippe in der Hand am Tisch auf.

Matte schafft es nicht, das iPhone mit seinen Einweghandschuhen zu entsperren, wirft sie daher auf den Boden. »Delta macht gerade einen Livestream!«

Mein Kopf zieht sich zwischen die Schultern zurück. »Was?«

Matte kratzt sich mit einem Fingernagel über die Augenbraue, während er gebannt auf das Display starrt. »Der macht ein scheiß Video.«

Es ist dunkel, ein rauschendes Geräusch, als ob Kleidung oder Stoff am Mikrofon reibt. Dann ein dumpfes Husten. Und noch eins.

Und dann ist da Delta. Oder zumindest einer mit gleicher Frisur. Sein schwach beleuchtetes Gesicht ziert ein Verband um die Nase. Er atmet schwer, klingt wie ein röchelnder Lungenkrebspatient im Endstadium. Die Einstellung der Kamera erinnert an die ikonische Szene aus »Blair Witch Project«, als das Mädel allein im Wald von ihren Ängsten erzählt. Der Livechat bebt. Am unteren Bildschirmrand rattern die Nachrichten durch. Keiner weiß, was ihn erwartet. Es ist fast zwei Uhr nachts und die Zuschauerzahl ist bei 934. Stefan zückt sein Telefon, will Deltas Stream durch einen Anruf stoppen.

Ich bekomme eine SMS. Kristin. »Wir müssen noch mal über den Hund reden. Er jault schon wieder die ganze Zeit. Bringst du mir noch einen Iso-Drink vom Kiosk mit? Ich wollte morgen sehr früh zum Sport. Danke. :)«

Ich drücke sie weg. Wieder hustet Delta und aus den Nasenlöchern läuft Schnodder. Mailbox. Stefan legt auf, flucht. Gebannt starren wir auf das Handy. Jede von Deltas Bewegungen ist langsam, schildkrötenartig.

Dann beginnt er zu reden. »Leute.«

Pause. Man erkennt die Mühe, die es ihm macht, die Worte in seinem Kopf zu einem Satzgefüge anzuordnen.

»Mir geht es gut.« Er schluckt und selbst durch die Aufnahme hört man förmlich, wie sich der Adamsapfel angeschwollen und schwerfällig im Hals zu bewegen versucht. »Ich hatte einen kleinen Unfall.«

Der Chat schwankt zwischen lachenden und betroffenen Smileys. Wenn die wüssten. 1064 Zuschauer.

»Ich hab mir vor drei Stunden zu viel Koks reingepfiffen.«

Was? Das hat er jetzt nicht gesagt! Wir stehen dicht zusammen und wäre da nicht das schwere Atmen, man könnte eine Stecknadel fallen hören.

Er hustet erneut. Man sieht Schläuche, die von seinem Arm aus dem Bild führen. Der Chat rastet aus.

»Bin auf die Nase gefallen.«

Jetzt weiß ich, woran er mich erinnert. Seine Stimme klingt wie Tom Hardys Bane aus »The Dark Knight Rises«. Hoch und näselnd.

»Vielleicht kann mich jemand abholen? Ich weiß nicht, wo ich bin. Sie haben mein Desinfektionsmittel genommen. Alles.«

Die Zuschauer fordern Tipps. »Was siehst du?« Oder: »Gibt es einen Lichtschalter?«

Er ist ihre Spielfigur in einem Rollenspiel, denke ich und finde die Idee brillant, versuche sie mir für einen späteren Zeitpunkt zu merken. Aufschreiben ist gerade nicht.

»Ich glaub, ich hab mir was gebrochen.«

Stefan hat genug, er scrollt in seinem eigenen Handy nach der Nummer vom Krankenhaus. »In welchem ist er denn?«

Matte zuckt mit den Schultern, hebt den Blick nicht vom Display. »Ich hab 112 gewählt und die haben ihn mitgenommen.«

Auf dem Bildschirm versucht Delta sich aufzurichten, fällt aber wieder zurück auf das weiße Laken. »Ich glaube – ich glaube, ich bin in einem Hotel.«

Stefan rauft sich die Haare. »Ich kann mir das nicht mehr lange anschauen. Das wird mir alles zu viel.«

1385 Zuschauer.

»MAAAAAMAAAAAAA.« Delta schreit nach seiner Mutter, wird dann wieder ruhig, schlägt einen verschwörerischen Tonfall an. »Die Keime sind überall.« Es wird immer peinlicher.

»Er dreht völlig durch.« Stefan drückt wahllos auf eine der Nummern, die das Internet ausspuckt. »Wie heißt der Delta mit richtigem Namen?«

Matte schluckt. »Keine Ahnung.«

Ich runzle die Stirn und Stefan packt seinen Kollegen am Hals, drängt ihn durch den Raum. »Kein Spaß jetzt. Ich muss seinen Namen haben!«

Matte versucht, Stefans Finger zu lösen, und der Stream-Delta fängt an, in einer Fantasiesprache zur Melodie von Waterloo zu singen.

»Ich weiß es wirklich nicht!«, brüllt Matte. »Er hat ihn mir nie verraten! Flo kennt ihn. Glaube ich.«

Ich frage mich, wer die Flüge, Züge und Hotels in Zukunft buchen soll, wenn selbst die engsten Kollegen Deltas richtigen Namen nicht kennen.

Stefan lässt seine Hand nach unten gleiten. »Den rufen wir nicht an. Den brauchen wir nicht. Nie mehr.«

Dann geht das Personal der Notaufnahme ans Telefon.

»Ist der Delta da? Von Matte und Delta?« Stefan klingt wieder völlig klar, besorgt. »Nein, ich bin ein Freund.«

Er stößt mit der Schulter gegen eine Wand, die sofort einen weißen Abdruck auf seiner Jacke hinterlässt. Wie ein kleiner Junge, der dringend auf Toilette muss, stolpert er durch den Raum.

»Nein, ich kenne seinen vollen Namen nicht.« Mit dem viel zu langen Fingernagel schiebt er ein bisschen Kokain von einer Seite des Tisches zur anderen. »Ich versteh Sie schon. Und es klingt blöd, aber wenn er da ist, muss ich das wissen.«

Er hebt das Pulver an, lässt es aus zehn Zentimetern Höhe nach unten rieseln. Wie ein Sternekoch, der zur Verfeinerung noch eine Prise Salz oder Muskat auf die dampfenden Kohlrouladen streut.

»Aufgelegt.« Einen Moment lang steht er einfach nur da. Ich kann förmlich sehen, wie er die Gedanken und Aussagen im Kopf sortiert. Es rattert. »Da haben wohl schon mehr Leute angerufen. Presse, Fans. Scheiße.« Er lässt sich fallen und landet mit Schwung auf dem kahlen Steinboden. »Das war's.« Er reibt mit der Hand über den Staub. »Wenn wir nicht alle Krankenhäuser selbst abklappern wollen, können wir gar nicht anders, als zu warten, was er noch alles erzählt. Und dann müssen wir uns beeilen.«

»Was macht er denn gerade?« Ich beuge mich etwas vor.

2123 Zuschauer.

»Huiuiuiui.« Delta fährt das Bett mit der Fernbedienung hoch und runter. Die Stimmung im Chat schwankt, langsam machen sich ernsthafte Sorgen breit. Dann werden seine Augen groß, fast riesig. »Oh oh oh. Sie kommen. Scheiße, sie kommen.«

Mit diesem Satz bricht der Stream ab, lässt uns fragend zurück.

»Das war die Polizei. Ganz bestimmt war das die Polizei!« Stefan wirft die Tüten in den Rucksack. »Was machen wir bloß mit dem Rest?«

Vor ihm liegt noch immer ein größerer Haufen des weißen Pulvers. Aus einer Ecke holt er eine Aldi-Plastiktüte, schüttet sie aus und ein Paar rote Rollschuhe landet auf dem Boden. »Hier, halt mal.« Er gibt mir die Henkel und schaufelt das Kokain hastig in die Tüte.

Matte schaut weiterhin auf sein schwarzes Handydisplay. »Das waren doch bestimmt nur Ärzte.«

Stefan hält inne, rudert bedrohlich mit der Schaufel. »Und wenn nicht? Ich geh nicht zu dem Delta und dem Schuppi in den Knast.«

Matte hebt seine graue Cap, lässt Luft an seinen Kopf, steckt das Telefon weg. »Ja. Sicher ist wohl sicher.«

Er geht zum Fenster und schaut durch einen Spalt der Gardine. Ungefähr die Menge eines Mehlpakets hat den Weg in die Plastiktüte gefunden. Mit der flachen Hand schiebt Stefan den letzten Staub auf dem Tisch zusammen und auf die kleine Schippe. Knoten in den Beutel und rein zu dem Rest in den Rucksack. Darauf legt er seinen Laptop sowie die Rollschuhe. »Das war's. Raus hier.«

Wir rennen zur Tür, Licht aus, die Treppe runter. Abschließen ist nicht, den Schlüssel hat Flo. Die Straße ist leer.

»Was ist, wenn er unsere Adressen verrät?« Ich zittere.

Stefan schnalzt mit der Zunge. »Das ist der Delta, der weiß nicht mal seine eigene Adresse. Außerdem verpetzt er uns nicht. Du kennst ihn doch.«

Ich bin mir unsicher, gehe ein paar Schritte voraus. »Dann sehen wir morgen weiter, was? Also dann.« Ich will nur nach Hause.

Stefans Stimme hält mich auf. »Der Rucksack.«

Ich schlucke. »Kann nicht einer von euch den nehmen?«

»Einen Batman-Rucksack?« Stefan wirft ihn die Hälfte der Strecke in meine Richtung. Es scheppert und er erschrickt. »Oh. Der Laptop.«

Ich schüttle ungläubig den Kopf.

Stefan brummt. »Meine Frau schöpft sofort Verdacht. Die ist doch eh schon so sauer.«

Nach dem Tod des Hundes haben er und seine Frau sich gestritten wie nie zuvor. Heute früh war ich der Erste im Büro. Dachte ich zumindest. Stefan hatte auf einer Isomatte unter dem Schreibtisch gelegen. Kauernd auf demselben Platz wie einst Obelix. Er hat mir Gegenteiliges versichert, aber es war klar, dass er dort übernachtet hat.

»Nimm du ihn, bitte«, fleht er. »Ich darf meine Familie nicht verlieren.«

»Hättest du dir vorher überlegen sollen«, möchte ich ihm sagen, den Rucksack zurück in seine Richtung treten, schweige aber.

»Ich kann ihn leider nicht nehmen.« Matte sagt das mit einer solchen Überzeugung, als ob es dafür keinerlei Erklärung bedarf.

»Fuck.« Ich gebe auf. »Dann nehm ich den halt, aber ihr seid mir echt was schuldig.«

Sie nicken.

»Erst recht, wenn ich den Scheiß auch noch verkaufe.« Ich bekomme eine Gänsehaut. Dieses Detail hatte ich bis zu dem Zeitpunkt vergessen, als ich es selbst ausgesprochen habe. Oh Mann.

TAG 302

»Und was sind das alles für Tüten unter den alten Rollschuhen?«

»Was ist das denn hier für ein Rucksack?« Kristin steht mit einem Kaffeebecher im Flur und deutet auf Batman, der mit zerknautschtem Gesicht unter der Garderobe liegt.

Ich tropfe, komme mit Handtuch aus der Dusche. »Den brauch ich für die Arbeit. Rollschuhe.« Ganz beiläufig. Bloß nicht auffällig werden.

»Hast du deine Haare aus der Dusche entfernt?«

Ich bejahe.

Kristin nimmt einen Schluck Kaffee. »Du verlierst auch mehr jetzt, oder?«

Ich zucke mit den Schultern und Kristin geht in die Küche. Ich folge ihr, biege dann nach rechts zum Schlafzimmer ab. Bernie frisst Trockenfutter aus seinem Napf und sieht dabei sehr konzentriert aus.

»Und was sind das alles für Tüten unter den alten Rollschuhen?«, ruft Kristin.

Oh Mann. Ich stürme in den Flur, noch bevor ich das frische T-Shirt über den Kopf gezogen habe. »Durchsuchst du meine Sachen, oder was?«

Ich merke zu spät, wie aufgebracht ich bin. Kristin merkt das sofort, lässt ihre Arme mitsamt den Beuteln auf ihre Oberschenkel fallen. Die Rollschuhe gleiten ihr aus der Hand und sie versucht im Nachfassen, die Schnürsenkel zu fassen zu kriegen. Vergebens. Krachend landen sie auf dem Parkett.

»Ich wollte nur ...«

»Was wolltest du nur?« Ich zittere am ganzen Körper. Bernie bellt. Meine Stimme ist laut, hart, zornig.

Sie macht große Augen, ihre Oberlippe vibriert. »Ich wollte gucken, ob du mir den Isodrink mitgebracht hast. Gestern Abend.«

Mein Mund steht offen. Mit einer schnellen Bewegung reiße ich ihr den Rucksack mit den restlichen Tüten aus der Hand. Muss mich beruhigen. Atme kontrolliert. »Nein. Vergessen.«

Sie weicht zurück. »Alles okay? Was ist denn los? Was sind das für Tüten?«

Ich knie mich hin, werfe die heruntergefallenen Beutel zurück ins Innere, ziehe den Reißverschluss zu. »Für einen Dreh. Hab ich doch gesagt.«

Ich halte ihr meine Hand hin, aber sie verschränkt die Arme. »Was bist du denn so?«, fragt sie und neigt ihren Kopf fast fünfundvierzig Grad zur linken Seite, begutachtet mich.

»Wie bin ich denn?« Ich hocke am Boden. Die Kälte der Dielen zieht meine Beine bis zu den Knien rauf.

»Na so – so anders. So abwesend. Kühl.«

Ich lasse mich auf den Hintern fallen. Meine Gedanken schwirren wie Fliegen um ein einziges helles Licht. Bin ich wirklich so verändert? Quatsch.

Kristin sieht müde aus. »Wir können ja später drüber reden. Ich muss jetzt los. Denk mal drüber nach. Und mach mal einen Termin beim Tierheim. Es kratzt schon wieder im Hals.«

Bevor ich ein Wort herausbekomme, verschwindet Kristin im Hausflur, wo es nach Gemüsesuppe riecht. Ich schaue auf Bernie, der wohl bald gehen muss. Er ahnt nichts. Ich streiche über seinen Rücken. Der Schwanz wedelt und er quiekt vergnügt.

»Ich kann das nicht. Wirklich. Es war eine dumme Idee, es tut mir leid, wir machen das irgendwie anders. Wie viel Schulden sind es denn? Ich kann meine Eltern fragen. Vielleicht leihen sie uns das Geld.« Der Rucksack auf meinem Schoß ist eine zentnerschwere Last.

Stefan schüttelt den Kopf. »Das schaffst du. Für den Delta.«

Das triggert mich. Wir haben seit dem Livestream nichts mehr von ihm gehört. Flo hat zwar auch nichts mehr von sich hören lassen, aber das beunruhigt mich deutlich weniger. Eigentlich bin ich erleichtert, dass er weg ist.

Stefan klopft mir ein bisschen zu fest auf die Knie, als das Auto vor der Roten Flora hält. Der Platz, wo der Hamburger Drogenhandel blüht. Die Treppenstufen sind von Obdachlosen belegt, die ihr zusammengesammeltes Hab und Gut neben ihrem Schlafplatz aus dreckigen Matratzen und schimmligen Decken in gekaperten Einkaufswagen horten.

»Ich weiß doch gar nicht, wie das geht!«, versuche ich es erneut. Es ist 17:00 Uhr. Ich schaue auf einen Hund, dessen vordere Pfote provisorisch mit einer Zeitung verbunden wurde. Ausgehungert und schwach liegt er auf einer der Decken.

Matte steht mit Warnblinklicht auf der Straße in zweiter Reihe. »Sechzig Euro pro Tüte.« Er nuschelt für einen Moderator in diesem Moment ganz schön doll. »Das ist ein guter Preis. Hab ich gegoogelt.«

Ich nicke und will eigentlich den Kopf schütteln, weglaufen, nach Hause. Hinter uns hupt ein blauer Porsche Cayenne.

Matte lacht. »Das ist dann wohl das Startsignal. Hast du dein Funkgerät?« Er hält ein kleines gelbes Motorola-Walkie-Talkie hoch.

Der Hund auf der Treppe streckt seine belegte Zunge nach einer metallenen Schüssel mit trübem Wasser aus.

Ich öffne die Tür. »Im Rucksack.«

Bevor ich mich noch mal umdrehen kann, um zu fragen, wann sie mich abholen und wo sie warten, falls was schiefgehen sollte, zieht

Stefan die Tür zu und ich stehe auf den breiten Pflastersteinen und blicke auf den Florapark.

Fünf offensichtliche Dealer lungern an der Straße herum und versuchen nicht mal, unauffällig auszusehen, preisen ihre Ware einem Fußgänger nach dem anderen an. Ich kann mich doch niemals danebenstellen und so tun, als gehörte ich dazu. Ich passe in keiner Weise ins Bild!

Trotzdem setze ich den Batman-Rucksack auf. Die Gurte schneiden in meine Schultern. Er ist schwer, weil wir zur Tarnung neben Stefans altem Netbook auch die Rollschuhe wieder oben auf die Tüten gestopft haben.

»Niemand würde jemanden verdächtigen, der mit Rollschuhen unterwegs ist.« Mattes Stimme klingt in meinem Kopf nach. Egal, was wir in einem der verlassenen Büroräume gefunden hätten, er hätte von jedem beliebigen Gegenstand dasselbe behauptet. Wenn der wüsste, wie verwirrt Kristin geschaut hat, als sie die Schuhe in den Händen hielt.

Ohgottogottogott. Ich trete auf den Bürgersteig, presse die Finger in den weichen Stoff der Innentaschen meiner Jacke, schaue mir an, wie die richtigen Dealer ihre Arbeit verrichten und die Kunden den kleinen Weg entlang in den Park begleiten, um den Austausch in der Öffentlichkeit zu vermeiden.

Es pfeift und einer der Jungs winkt mich ran. Warum? Gut, ich habe sie angestarrt, versucht, mir ihre Bewegungen und ihre Kundenakquise abzuschauen. Vielleicht einen Tick zu lang. Ich bleibe an meinem Platz und schaue in unterschiedliche Himmelsrichtungen, als ob ich auf jemanden warten oder den Weg zum nächsten Kiosk oder einem Restaurant oder sonst irgendwas suchen würde.

»Ey.« Der Dealer kommt auf mich zu. Tiefe Baggypants, zu großes Shirt, New Era Cap. Er sieht aus wie eine Mischung aus Eminem und Jesse Pinkman aus »Breaking Bad«. Klischeemäßiger Drogendealer. Das kann ja nichts werden. »Brauchst du was?«

Ich schüttle den Kopf und gucke zu Boden, wo die Sonne aus Erbrochenem von gestern die Flüssigkeit gezogen und faserige, stockige Brocken hinterlassen hat.

»Du vielleicht?« Ich nuschel in mich hinein und ein kalter Schauer zieht meinen Rücken herunter bis in die Kniekehlen.

Er greift meinen Arm. »Was?«

Mein Hals schnürt sich zu, jeder Schluck drückt auf den Kehlkopf. »Du vielleicht?«, wiederhole ich und versuche selbstbewusst zu klingen. Wahrscheinlich hat das nicht so richtig geklappt.

Er lacht. »Du willst mir was verkaufen? Was denn?«

»Kokain.« Ich lache mit und schiebe zur Sicherheit ein »Vielleicht?« nach.

Er grinst, bis sich seine Miene urplötzlich verfinstert und zu einer Karikatur ihrer selbst wird. Dann mustert er mich, fährt mit dem Blick einmal von meinen Beinen bis hoch zum Gesicht. »Okay, verpiss dich jetzt.«

Seltsame Wendung, denke ich, während ich schnellen Schrittes in den Park laufe. Rechts vorbei an einem Kerl, der aussieht wie Gerald Asamoah, was mich an irgendetwas erinnert, vorbei an den Skatern, die im Pool ihren begeisterten Tinder-Dates die neu erlernten Tricks präsentieren, bis kurz vor die Kletterwand. Jesse Pinkman ist mir nicht gefolgt.

Es vergeht eine Stunde. Ich sitze auf einem der vermoosten Autoreifen, die eine Treppe für den Grashügel und die Rutsche des Spielplatzes bilden. Der Rucksack steht vor meinen Füßen. Batman sieht niedergeschlagen aus, die Ohren leicht nach unten gerichtet. Die Menschen, die hier vorbeikommen, haben nur ein Ziel: Drogen. Möglichst schnell, möglichst unauffällig und möglichst zu einem guten Kurs.

Immer wieder kommen Händler zusammen mit Kunden nach hinten in den abgeschotteten Park, schlagen sich in eine der hohen Böschungen und pirschen nur Sekunden später vorsichtig wieder heraus. Beide zufrieden und glücklich darüber, kein Opfer der sporadischen Polizeikontrollen geworden zu sein.

Ich habe alle Päckchen am Mann. Wie dumm eigentlich. Eine Überprüfung und ich bin geliefert, Jahre im Knast. Durch den Stoff des Rucksacks ertaste ich die unzähligen Tüten des Pulvers, die unter den Schuhen jederzeit greifbar warten. Aber auf was? Die einzige Person, die mich anspricht, will Gras, Marihuana.

»Hab ich nicht.«

Das klingt befremdlich für ihn.

»Wer kifft denn heutzutage noch?«, versuche ich, ihn zu überzeugen. Hilft nicht. Der Typ fühlt sich beleidigt, steigt auf sein rostiges Hollandrad und holt sich seinen Stoff bei einem anderen, vermeintlich besseren Dealer.

Das ist doch alles Bullshit. Ich will Batman aufschnallen, den Laden vorzeitig dichtmachen. Das bringt ja doch nichts. Ich hole das Walkie-Talkie aus dem Rucksack, drücke den Knopf zum Sprechen. »Das ist doch alles Bullshit.«

Es rauscht. »Hallo?« Ich erkenne Stefans Stimme und komme mir vor wie einer aus dem A-Team.

»Das ist alles Bullshit«, wiederhole ich.

»Wart doch mal. Du bist grade mal eine Stunde unterwegs. Stoßzeiten kommen noch. Außerdem solltest du hier nicht grundlos das Funkgerät benutzen. Das ist doch total auffällig. Over.«

Ich stelle das Gerät aus, klemme es mir an den Gürtel und schlage die Unterseite des T-Shirts darüber. Bringt uns kein Stück weiter.

Ich sehe ihn schon von Weitem kommen. Mit einer Haltung, an der Heidi einiges zu meckern hätte, watschelt ein riesiges Hühnchen auf mich zu. Ein dicker Bauch und ein kleiner roter Kamm, dort, wo man eigentlich Haare haben sollte. An den Turnschuhen, aus denen weiße Tennissocken ragen, erkennt aber auch ein Laie, dass es sich offensichtlich um keinen echten Gockel handelt.

»Hast du was?«

Ich bin etwas erstaunt, dass er sich neben mich setzt und meine Intention sofort richtig einordnet. Strahle ich nach so kurzer Zeit doch den Drogendealer aus? Ich zögere, betrachte vielmehr seine Federn, die sich als nicht echt herausstellen. Und überhaupt ist das ein ziemlich schlechtes Hühnerkostüm.

Er zieht den Schnabel, der nur von einem Gummiband in Position gehalten wird, herunter zu seinem Hals. »Und? Hast du jetzt was?« Er will schon aufstehen, sich das Zeug für den Abend woanders beschaffen.

Ich ziehe an seinem Gefieder. »Warte mal.«

Er lässt sich zurück auf den Reifen fallen, wippt auf dem harten Gummi nach.

»Ähm. Sorry. Ich hab eine Frage.« Mit der Zunge fahre ich mir über die Zähne, fühle ein Stück Hähnchenfaser zwischen zweien. Gut, dass er kein echtes Huhn ist.

Er nickt. »Warum ich ein Hühnerkostüm trage, richtig?«

Ich muss ein bisschen grinsen. »Genau.«

Er lässt die Schultern sinken und seine Antwort fällt so monoton aus, als hätte er sie schon zigmal an diesem Tag geben müssen. »Hier nebenan ist doch dieser Hähnchenimbiss. Die drehen eine Werbung für irgendein Programmkino, in das hoffentlich niemand gehen wird, um zu sehen, was für ein toller Schauspieler ich doch geworden bin. Da hat sich die Schule ja gelohnt.«

Ich stütze mich auf dem Reifen auf. »Verstehe.«

Er schüttelt den Kopf. »Nee, du verstehst gar nichts. Du weißt nicht, wie es ist, in seiner Kunst nicht verstanden zu werden.«

Unter seinem Mund schlabbert der rote Kehllappen hin und her. Ich weiß, wie das heißt, weil es das Einzige ist, das ich mir vom Besuch des Bauernhofes in der Grundschule gemerkt habe.

»Aber was ist jetzt? Hast du was da?« Seine Stimme ist leicht heiser, als hätte er heute schon viel reden müssen. Oder gackern.

»Kokain vielleicht?« Ich mache eine Pause, warte vergeblich auf eine Reaktion. »Gerade im Angebot.«

Ich höre mich wie ein Lebensmittelhändler an, der seine vergammelten Früchte noch schnell an den Mann bringen will, bevor der Markt schließt. Als ob es noch mehr Auswahl gäbe.

»Wie jetzt?« Er scheint etwas schwer von Begriff zu sein.

Ich versuche, das Hähnchenfleisch durch Saugen aus dem Zwischenraum zu befreien. »Na – ähem – Kokain – halt. Koks.« Ich verlisple den letzten S-Laut zum ersten Mal, seit ich nicht mehr zur Logopädie gehe. Und das ist schon über zwanzig Jahre her.

Der Kopf des Huhns wackelt, dann steht er auf und dreht mir den Rücken zu. Seine flauschigen Arme versuchen den Reißverschluss zu erreichen, der zwischen den Schulterblättern liegt. Es sieht ein bisschen dämlich aus.

»Soll ich das machen?«, frage ich zögerlich.

Ohne eine Antwort zu geben, beugt er sich zu mir herunter und ich ziehe am Reißverschluss, der unter den Federn kaum sichtbar ist. Ein nass geschwitzter, nackter Rücken blitzt heraus.

»Danke. Reicht schon.« Mit den Händen fasst er von hinten in das Innere des Kostüms und zieht nach kurzer Zeit ein ledernes Portemonnaie hervor. »Wie teuer ist es denn?« Seine Fingernägel sehen abgekaut aus. Ich erkenne das rot entzündete Nagelbett.

Ich mache große Augen, zähle mindestens vier Fünfziger. So schlecht scheint es ihm ja nicht zu gehen.

»So sechzig Eu…?« Ich verschlucke die letzte Silbe.

Er klappt die Geldbörse zu, die braunen Scheine verschwinden aus meinem Sichtfeld und das Portemonnaie wandert zurück zum Hintern des Hühnchens.

Ich ziehe den Kopf zurück. »Ist das zu viel? Also pro Gramm? Oder war das Tüte?«

Er steht auf, macht rückwärts ein paar Schritte durch den staubigen Sand. »Sorry, Junge. Check erst mal die Marktpreise.« Dann läuft er weiter, versucht dabei, sein Kostüm zu schließen, schafft es gerade einmal zur Hälfte.

»Wie sind denn die Marktpreise?« Ich rufe ihm hinterher und werde ignoriert. Toll. Wie soll ich denn jetzt wissen, ob ich zu teuer oder vielleicht sogar so billig war, dass er das Angebot für einen Scherz hält?

Ich sehe, wie er mit Jesse Pinkman redet, der rauchend an einem Zaun lehnt. Dann zeigt das Huhn in meine Richtung. Sie tuscheln und ich kriege ein flaues Gefühl im Magen, kontrolliere langsam die Reißverschlüsse des Rucksacks, ziehe sie noch einmal fest gegeneinander. Dann stehe ich auf, klopfe mir die Sandkörner von der Hose. Schwinge Batman auf den Rücken, reiße an den Gurten, die sich eng um die Schultern legen. Ohne auf die beiden zu achten, beuge ich die Knie, gehe in die Hocke, zurre an der Schleife des rechten Schuhs. Die Schnürsenkel schneiden sich in die Haut des Fußes, stoppen die Blutzufuhr. Egal.

Dann stehe ich auf und bemerke im Augenwinkel zwei Personen, die schnellen Schrittes in meine Richtung laufen. Könnte jeder sein. Ich wage keinen direkten Augenkontakt, blicke nach links zum Ende des Parks, wo drei ebenfalls zwielichtig aussehende Typen rauchend Geldgeschäfte verrichten. Ich stoße Luft aus und gehe geradewegs auf sie zu. Den Blick nach vorn, einen Fuß vor den anderen, schneller als sonst und doch so unauffällig, wie ich mich nur bewegen kann. Im Nacken spüre ich die zwei anderen, auch wenn sie noch eine Schwimmbahnlänge entfernt sind. Meine Haare stellen sich auf, es fühlt sich wie früher an, als ich mich auf dem Dreimeterbrett im heimischen Freibad vor dem Sprung drücken wollte. Angst und Anspannung, vermutlich ohne Grund. Meine Hände werden feucht, ich reibe die Innenflächen am Pullover ab. Vor mir die Dealer, neben mir Pinkman und das Huhn, hinter mir die Ungewissheit.

Frischer Wind weht durch den Park, der eine Schneise durch den Stadtteil bildet, kitzelt mein Gesicht, wirbelt den Sand vom Boden auf. Ich muss niesen. Die Beine wie gummiartige Stelzen. Ich spüre den Druck, den Atem der Personen hinter mir. Einbildung.

»Gesundheit.«

Von hinten greift jemand die Schlaufe des Rucksacks. Ich brauche mich gar nicht umdrehen, weiß, welches Antlitz mich dort erwartet. Ich winde mich, versuche, die Schultern von den Gurten zu befreien, einfach wegzurennen.

»Wir gehen hier jetzt mal schnell rechts rein.«

Rauchgeruch. Bevor ich widersprechen kann, werde ich auch schon geschubst und rechts in die Büsche gezogen. Sträucher schlagen mir gegen die Arme, in mein Gesicht.

Scheiße, Scheiße, Scheiße. Ich klammere mich an den Rucksack, würde am liebsten rennen. Im Kopf gehe ich Bud-Spencer-Szenen durch und grüble über einen möglichen Ausweg. Aussichtslos.

Der Typ, der aussieht wie Jesse Pinkman, drängt mich gegen die Kletterwand, die majestätisch, aber völlig zugewuchert über den Park wacht. Es riecht nach frisch gesprühter Farbe. Das unterste einer Vielzahl von Kletterelementen bohrt sich in meine Wirbelsäule. Sie führen bis nach oben in die Freiheit. Aber das ist gerade wirklich mal so völlig egal.

»Was wollt ihr denn von mir?« Ich schlucke.

Das verdammte Hühnchen steht neben ihm. »Guck in seinen Rucksack! Der hat richtig viel Stoff dabei! Richtig viel.«

Sie bauen sich vor mir auf und obwohl der Dealer eher schmächtig ist und das Hühnchen mehr als albern aussieht, fühle ich mich mehr als bedroht.

Jesse leckt sich über die Lippen. »Dann zeig mal her.«

Ich löse die Schnallen des Rucksacks und ziehe ihn vom Rücken, hole einen der roten Schuhe hervor. »Ich hab hier nur Rollschuhe. Wollte gleich ne Runde drehen.« Ich schaue zu den Seiten, suche nach einem Fluchtweg. Links eine Mauer, rechts der Busch. Uneinsehbar von außen.

Der Gockel wird ungeduldig. Ich glaube langsam nicht mehr, dass er ein normaler Drogenkunde ist. »Er hat gesagt, er hat Kokain dabei. Wahrscheinlich versteckt er es irgendwo.« Dann droht er, wie in einem Cartoon mit der wedelnden Faust. »Wo hast du es versteckt?«

Ich drücke den Rollschuh zurück in den Rucksack. »Ich hab nichts. Wirklich. Ich will nur nach Hause.«

»Wir wissen, dass du was hast. Wir haben Informanten.«

Ich schlucke wieder. Trocken. »Was denn für Informanten?«

In dem Moment fällt mir ein, dass ich ja noch das Funkgerät habe. Bevor ich es rausziehen kann, raschelt es rechts in den Büschen und die drei Typen vom Weg kommen dazu. Auch das noch. Einer kräftiger als der andere. Schränke.

»Na, was ist denn hier los?«, fragt einer von ihnen, ein langhaariger Typ, der ein Shirt einer dieser Metalbands trägt, deren Logo man nicht entziffern kann. Er klingt wie Zed aus den »Police Academy«-Filmen, hoch und schrill. Dann sieht er das Hühnchen. »Mensch, ne Ente! Bei dem Anblick bekomm ich ja glatt Hunger.«

Ich überlege, ob ich die Tierart korrigieren soll, lasse es aber aufgrund der angespannten Situation doch lieber bleiben. Das Huhn scheint von der Aussage mächtig eingeschüchtert, macht einen Schritt zurück und sieht gewaltig unglücklich drein.

»Also, ich will nur nach Hause.« Ich hebe meinen Rucksack auf.

Jesse Pinkman zuckt mit dem Arm und einen kurzen Moment denke ich, dass er mir eine runterhauen will, aber er fuchtelt nur ziellos herum. »Eben wolltest du doch noch skaten gehen. Wir wollen dich ja auch nur begleiten, weißt du.«

Ich ziehe den Rucksack fest, verstehe überhaupt nicht, was hier gespielt wird. »Äh, danke. Aber jetzt will ich echt nur nach Hause.«

Die drei Neuzugänge versperren mir jeglichen Ausweg. Ich bin umzingelt. Der Langhaarige verschränkt die Arme vor der breiten Brust, seine beiden Kumpane flankieren ihn. Der rechte hat dort, wo eigentlich Haare sein sollten, ein Flammentattoo. Er scheint keinen

Hals zu besitzen und nur noch einige wenige braune Stumpen im Mund. Der Linke ist zwar auch schrankig, allerdings mit eingefallenem und vernarbtem Gesicht. Früher wahrscheinlich starke Akne, viel gekratzt. Sie schnaufen, als wären sie für den Weg hier in den Busch kilometerweit gerannt. Ich wüsste gern ihre Vorgeschichte und wie sie sich kennengelernt haben, denn die drei Typen, der Dealer und dazu der Käufer könnten unterschiedlicher nicht aussehen.

Meine einzige Hoffnung drückt ihren Plastik-Clip in mein Becken: das Walkie-Talkie. Unauffällig fährt meine Hand zur Hüfte. Durch das Shirt fühle ich den Knopf, mit dem das Funkgerät sowohl an- wie auch lauter geschaltet wird, drehe ihn geräuschlos nach links, drücke auf den Knopf des Mikrofons.

»So«, sage ich, hoffentlich laut genug. »Was machen wir denn jetzt im Gebüsch hier bei der Kletterwand?«

Ich lasse den Knopf los, darf mein Glück nicht überstrapazieren. Der Satz war völlig auffällig. Meine versteckten Hinweise scheinen trotzdem niemandem aufgefallen zu sein. Ich hoffe, dass die Jungs mich gehört haben und mich so schnell wie möglich hier rausholen. Meinetwegen sogar mit der Polizei. Ich würde alles erzählen.

»Schnauze!« Der Vernarbte macht einen Schritt auf mich zu. »Gib den Rucksack her!« Dann deutet er auf Jesse Pinkman und das Huhn. »Und ihr verpisst euch!«

Bis gerade dachte ich, dass sie zusammen zu einer Gang gehören. Ich verkneife mir die Nachfrage und werfe ihm meinen Rucksack vor die Füße. Der dicke Metaltyp mit der hohen Stimme reißt den Reißverschluss auf, während Jesse Pinkman und das Hühnchen tatsächlich ohne Widerspruch durch die Büsche verschwinden. Es wirkt fast so, als hätten sie es gar nicht erwarten können, von hier wegzukommen.

»Kann ich jetzt auch gehen? Bitte?« Ich schaue den beiden voller Neid nach.

»Da sind Rollschuhe drin«, stellt die helle Stimme erstaunt fest, ohne auf meine Frage einzugehen.

Der Vernarbte, offensichtlich der Chef der Truppe, deutet auf den dicken Typen mit Kopftattoo, bevor sein Finger in meine Richtung schnellt. »Durchsuch ihn mal eben!«

Ich werde nervös, spüre den Clip des Walkie-Talkies in mein Hüftfleisch schneiden. Die brauen Zahnstumpen kommen auf mich zu und ich kann mir schon vorstellen, wie der Kerl riechen muss. Er ist kurz vor mir. Ich schaue an ihm hoch. Es scheint, als würde er mein Sichtfeld komplett ausfüllen. Ich brauche eine Lösung, schnell!

»Unter dem Laptop ist das Kokain!« Ich spreche viel zu laut. »Guckt weiter unten!«

Kopftattoos fleischige Hand, die er schon nach mir ausgestreckt hatte, hält inne. »Ach guck an.« Er dreht sich zu seinen zwei Freunden, die den Rucksack ausschütten.

Erst landen die Schuhe und schließlich der Laptop und endlose kleine Beutel mit Kokain im Gras vor uns. Dann noch das lose Pulver in der Einkaufstüte, deren Knoten sich beim Aufprall löst. Der gesamte Inhalt wird wie in Zeitlupe vom Wind erfasst und durch den Park gewirbelt. Alles ist still. Ein Mückenschwarm tanzt in der Mitte des Kreises.

Der dicke Berg vor mir erwacht als Erstes aus seiner Starre, kniet sich hin und rafft die Tütchen zusammen. Seine beiden Kollegen folgen seinem Beispiel. Das ist meine Chance. Ich könnte weglaufen, aber wohin? Auf die Straße. Nur weg, raus hier. Meine Beine zittern, der Kopf bewegt sich viel zu schnell, sucht nach der passenden Lösung. Die Mauer ist mindestens zehn Meter hoch und machen wir uns nichts vor: Ich habe zwar früher nach der Schule oft »American Gladiators« gesehen und verfolgt, wie es die Kontrahenten bei »The Wall« mit minimalem Vorsprung schafften, den Gladiatoren zu entkommen. TV macht einen aber nicht zu einem guten Kletterer. Noch bevor einer der rutschigen Schuhe Halt an einem der Elemente finden und ich mich hochziehen könnte, wäre schon irgendein Messer in meinem Rücken, Blut träte aus, und mit etwas Glück würde ich ohnmächtig und kriegte nicht mit, wie das Leben dunkelrot aus meinem Körper fließt. Vielen Dank, dann lieber kooperieren.

Der Vernarbte schaut zu mir hoch, schlägt dann seinem tätowierten Kumpel mit der Faust auf die Schulter. »Hab ich gesagt, dass du mithelfen sollst? Durchsuch ihn!« Das sah ganz schön hart aus.

Meine Chance ist dahin. Mein Herz schlägt heftig. Ich beginne zu zittern und frage mich, ob in diesem Zustand nicht eigentlich das Leben noch mal an einem vorbeiziehen sollte.

»Ihr habt doch jetzt alles.« Ich klinge noch wehleidiger als befürchtet. »Ich geh einfach und rede mit niemandem darüber.«

Kopftattoos linke Hand umschließt meinen Hals wie eine Boa Constrictor, während die rechte meinen Körper abtastet. Ich rieche den säuerlichen Atem, den ich mir schlimmer vorgestellt hatte. Meine Luftröhre wird zugeschnürt. Ich wehre mich nicht, unterdrücke den Drang zu husten. Seine dicken Finger wandern über meine Brust. Dann halte ich trotz Würgegriff für einen Moment die Luft an, als er an meiner Hüfte angekommen ist. Oh, bitte nicht.

Die Hand hält an. »Was ist denn das hier?«

Er hebt mein Shirt, schaut mir in die Augen und ich überlege kurz, ob ich sagen soll, dass es zu meinem Herzschrittmacher gehört, da ist der Vernarbte bereits auf den Beinen und reißt das Funkgerät von meiner Hose. Der Clip bricht ab.

»Willst du mich verarschen? Ein Funkgerät, Alter? Für wen arbeitest du?« Er drängt seinen dicken Kollegen zur Seite und mein Hals ist für einen Moment befreit.

Doch leider nur kurz. Jetzt packt der Vernarbte mich am Kragen. Ich hebe die Hände, das Kletterelement im Rücken.

»Sach an!« Die tätowierten, nach Nikotin riechenden Fingerkuppen drücken sich in meine Kehle. »Für wen du arbeitest, hab ich gefragt!« Er näselt. Immerhin.

Ich kann gar nicht sprechen. Selbst wenn ich alle verpfeifen wollen würde, es geht nicht. Meine Zunge ist im Weg, schwingt im

Rachen von links einmal durch den Raum bis an die gegenüberliegende Zahnreihe. Ich stammle wirres Zeug und bei jedem vernuschelten Wort habe ich durch den Druck das Gefühl, gleich würgen zu müssen. Der Vernarbte merkt es und löst den Griff. Endlich. Sofort fasse ich mir an den Hals, atme tief durch.

»Ruhe!« Seine Stimme hat so rein gar nichts Beruhigendes. »Es gibt zwei Möglichkeiten.«

Ich lese die Buchstaben ACAB auf seinen Fingern, von denen einer bereits vor Aussprache der ersten Zahl ausgestreckt ist.

»Erstens. Du sagst, dass das Funkgerät zur Polizei führt und die eventuell schon unterwegs sind.« Er lächelt. »In dem Fall prügelt der Fettsack da ...« Er zeigt auf den mit der Kopftätowierung. »... die Scheiße aus dir raus, bis die Polizei kommt.« Der zweite Finger kommt dazu. »Oder du bietest uns eine andere Antwort, und wenn wir die glauben, kann es sogar sein, dass du hier ohne große Blessuren davonkommst.« Er lächelt und ein Goldzahn blitzt auf. »Den Stoff und so nehmen wir dann aber trotzdem mit. Die Rollschuhe, die kannst du behalten. Du wolltest ja eh skaten gehen.«

Die beiden anderen fangen laut an zu lachen, als wäre es ein richtig guter Spruch gewesen.

Ich überlege, kann eigentlich nur verlieren. Statt mir eine fadenscheinige Erklärung auszudenken, erzähle ich die Wahrheit. Alles. Von der Reise mit den Rentnern im Bus, wie Flo abgehauen ist und Delta wahrscheinlich festgenommen wurde und ich nun das Zeug verkaufen muss.

»Diese Prankshow im Internet?« Der Vernarbte scheint es zu glauben, dreht sich zu seinem Kollegen mit dem Metalshirt. »Guckst du das nicht immer?«

Der mit der schrillen Stimme nickt. »Aber nicht mehr so oft. Die sind nicht mehr so gut.«

Narbengesicht deutet auf mich. »Hast du ihn da schon mal gesehen?« Dann kommt er ganz nah an mein Ohr, flüstert, während sein

Kollege überlegt. »Jetzt wird's ernst. Wenn er dich gesehen hat, glaub ich dir. Sonst bist du tot.«

Ich ziehe den Kopf ein, versuche, den Schrank mit dem Metalshirt anzulächeln. Bitte erkenn mich. Erkenn mich doch!

»Vielleicht kennst du mich aus dem Schulvideo?« Ich richte meine Haare, als wenn das seinem Gedächtnis auf die Sprünge helfen könnte. »Da, wo wir den Typen gerettet haben. Das ging ganz schön durch die Presse.«

Seine Augen liegen finster in ihren Höhlen, schauen mich angestrengt an. »Das Video mit dem kleinen Jungen, der umkippt, kenne ich. Aber dich?« Er fährt mit der Hand sein Kinn entlang. Dann schüttelt er den Kopf. »Nee. Nie gesehen.«

Bevor ich noch etwas sagen kann, höre ich den Vernarbten. »Tut mir leid. Chance vertan.«

Im nächsten Augenblick rast eine tätowierte Faust auf mich zu, landet schließlich dumpf auf meiner Nase. Ich schlage mit dem Hinterkopf gegen die Wand und sinke zu Boden.

Sofort piept es in meinen Ohren. Mein Kopf fühlt sich an, als hätte mir jemand die Watte eines kompletten Kopfkissens in den Gehörgang gestopft. Der erste Fußtritt, der mich erreicht, geht in die linke Niere. Ich ziehe die Knie an die Brust, muss möglichst wenig Angriffsfläche bieten.

»Wir verprügeln jetzt euren Freund!«, sagt irgendeine Stimme. Dann zerschellt das Funkgerät an der Wand.

Jetzt steigen alle mit ein. Erst landen zwei Tritte im Rücken, dann bekomme ich einen in den Hintern. Ich schütze meinen Kopf mit dem Armen, sehe zwischen ihnen hindurch, wie sich einer der Angreifer nähert. Er tritt erst gegen mein Schienbein, dann gegen die Knie und schließlich gegen meine Hände und das Gesicht dahinter. Blut strömt mir aus der Nase, fließt in einem Rinnsal ins Gras, das Adrenalin pumpt, lässt mich kaum Schmerz fühlen. Immerhin. Dennoch verharre ich, keine Wahl. Der dumpfe Ton von Schritten, schneller und schneller. Ich höre Matte und Stefan nach mir rufen. Weit entfernt und doch klar. Sie kommen, um mich zu retten. Endlich!

Ich versuche, die letzten Kräfte zu mobilisieren, bereite mich auf den entscheidenden Schrei vor, als ein schwerer Schuh auf die Stelle an meinem Hinterkopf trifft, wo die Haare diesen rechtsdrehenden Wirbel machen.

Ich huste und fahre mit der Zunge die obere Zahnreihe ab, fühle, ob noch alles am Platz ist. Der Innenraum ist nicht mehr taub und anscheinend haben sie mir nichts ausgeschlagen. Der Geschmack von Blut im trockenen Mundraum ist trotzdem unangenehm.

Ich drehe mich auf den Rücken und schaue zwischen den Ästen in den Himmel. Einzelne Wolken ziehen schemenhaft vorbei, ich spüre den Schmerz in der Wirbelsäule, dem Bauch, in den Beinen und vor allem im Kopf. Eigentlich überall. Meine Nase ist verstopft, fiept bei jedem Atemversuch. Ich keuche, drehe den Kopf so weit zur Seite, wie es die Nackenmuskulatur schmerzfrei zulässt. Nicht sehr weit. Dennoch sehe ich den weißen Staub, der wie Tau auf dem Gras liegt. Sie haben alles mitgenommen. Den Rucksack, die Drogen, den Laptop. Sogar die Rollschuhe. Die dummen scheiß Wichser. Ich könnte hier sterben. Warum auch nicht? Kraftlos, niemand da, ungestört, ruhig, allein. Ich schließe die Augen und wenn das Herz sich jetzt entschließen würde, nicht mehr arbeiten zu wollen, gerade wäre es vollkommen okay.

Ich bin nicht tot. Und das ist schön. In der Ferne höre ich wieder Leute rufen, verstehe nichts, bin zum Antworten zu schwach, die Stimmen zu weit entfernt. Ich hebe meinen Kopf und versuche, möglichst weit zu spucken, den modrigen Geschmack loszuwerden. Statt Meter entfernt ins Gras zu treffen, läuft die rote Suppe wie eine wohlgenährte Nacktschnecke an meinem Kinn hinunter. Ich spanne die Arme an, drücke unter Zittern die Ellbogen auf den harten Boden. Es fühlt sich an, als käme ich von einem Training mit Dwayne »The Rock« Johnson. Eins von den besonders harten, die der ehemalige Wrestler immer mit einem Lächeln und einem motivierenden Spruch auf Instagram dokumentiert. Ich stelle mir meinen nackten Körper vor, wie er sich mehr blau als hautfarben von der Umgebung abhebt.

Die Bauchmuskeln zucken, als ich versuche, den Oberkörper aufzurichten. Mit den Fingern ziehe ich am Kragen des T-Shirts, wische meinen Mund damit ab, betrachte den rosa Fleck. Erst als ich mich nach dem Licht einer Parklaterne umsehe, bemerke ich den roten Schimmer im Blick. Verschwommen vom Blut liegt ein Film auf der Netzhaut. Ein kleiner, längst geschwollener Cut links über dem Auge. Einer wie der, wegen dem der Kampf von Vitali Klitschko gegen Lennox Lewis damals abgebrochen werden musste. Ich nehme ihn zwischen Daumen und restliche Finger und versuche, die Wundflüssigkeit auszudrücken wie einen riesigen Pickel. Doch es geht nicht. Die Schmerzen lassen es nicht zu.

Ich taste die Gräser nach dem Funkgerät ab, hoffe, dass es vielleicht noch funktionstüchtig ist. Fehlanzeige. Es ist verschwunden. An meinen Händen klebt eine Mischung aus Kokain und Erde. Ich verharre einen Moment in dieser Position, fühle mich langsam bereit und winkle schließlich die Knie an. Einmal noch. Wir müssen jetzt alle zusammenarbeiten. Ich appelliere an die Organe und Extremitäten meines Körpers. Wir sind ein Team. Die Muskeln spannen sich an, die Fingerkuppen krallen sich in die Wiese. Das Becken hebt sich vom Boden und ich drücke mich nach vorne. Erst in der Hocke ergreife ich einen Ast über mir und ziehe so lange, bis beide Füße standfest auf dem Gras positioniert sind, werfe die dabei abgerissenen Blätter zu Boden. Puh.

Ich wanke wie ein Zombie aus »Walking Dead« langsam und bedacht aus dem Gebüsch. Und dann sind sie da. Matte und Stefan, die auf mich zulaufen, rufen, mich schockiert betrachten. Erneut breche ich zusammen, werde aufgefangen.

Mit geschlossenen Augen liege ich auf dem Grashügel, wo das Unheil seinen Lauf genommen hat. Mein Auge ist zugeschwollen. Matte und Stefan sitzen links und rechts von mir. Sie machen sich Vorwürfe. Schwere Vorwürfe. Auch wenn sie nur ein paar Minuten gebraucht haben, um mich zu finden. Es war mir viel länger vorgekommen. Jetzt überlegen sie, ob sie weiterhin mit mir arbeiten oder mich lieber gehen lassen sollten. In ein ruhigeres, normales Leben. Zurück.

»Und jetzt? Rufen wir die Polizei?« Stefan schnauft.

Ich öffne die Augen, versuche mich aufzurichten, werde vom Arm des Redaktionsleiters unterstützt, der vor Schweiß ganz klebrig ist. Sitzen fühlt sich nicht gut an.

»Und was sagen wir denen?« Ich huste, spucke verklumptes Blut auf den Rasen. Meine Stimme klingt wie die eines Reval-Kettenrauchers im Endstadium, kratzig, cool, tief. Ein völliger Kontrast zu meiner inneren Gefühlslage

»Wie geht's dir? Kannst du laufen?« Matte geht nicht auf meine Frage ein, nimmt seine grüne Mütze ab. »Tut mir leid, dass wir dich nicht eher gefunden haben.«

Ich versuche abzuwinken, unterbreche die Bewegung, als der Schmerz seitlich den Rücken hochzieht. »Nicht eure Schuld. Ich hab mich ja angeboten.«

Matte lässt nachdenklich seinen Blick schweifen. »Trotzdem.«

Ich stemme die Hände in den Dreck. »Könnt ihr mir mal helfen?«

Bevor ich den Satz beendet habe, greifen sie mir unter die Achseln und helfen mir auf die Füße. Wir gehen einige Schritte. Es ist tatsächlich anstrengender und schmerzhafter, als ich zunächst angenommen hatte.

»Wir bringen ihn mal nach Hause.« Stefan redet mit Matte in der dritten Person über mich, als wäre ich nicht anwesend. »Danach können wir zwei ja noch irgendwo ein Bier trinken und besprechen, wie's weitergehen soll.«

Ich halte an. »Ich würd schon gern über meine Zukunft mitentscheiden. Und ein Bier wär jetzt auch nicht schlecht.«

Stefan schaut zu Matte, der gerade den Mund öffnet und einen Satz beginnen will. Er kommt nur bis zur Silbe »Mi«, als hinter uns rumgebrüllt wird.

»Da sind sie!« Drei massive Silhouetten, drei Schränke.

Bevor ich realisieren kann, welche der drei Personen gerade gerufen hat, machen sich meine Beine schon aus dem Staub. Der Vernarbte und seine Truppe laufen auf uns zu, schreien nun alle drei durcheinander. Matte und Stefan verstehen sofort, greifen mir unter die Arme. Jeder Schritt schmerzt wie die Hölle. Doch es nützt nichts. Die Stimmen kommen näher.

»Bleibt sofort stehen!«

Was wollen die denn noch? Die anderen auch noch krankenhausreif schlagen? Vor uns das Tor, das den Park von dem Betonplatz trennt. Da müssen wir durch, vorbei an den anderen Dealern, links die Skatearea passieren und auf die Straße.

»Raus! Kommt!« Matte reißt das Tor auf, schaut zurück. Angst in seinen Augen.

Ich humple wie ein angeschossenes Reh, greife nach dem metallenen Pfosten, drücke mich durchs Tor. Meine Ellbogen drohen dabei einzuknicken. Es würde mich nicht wundern, wenn meine Arme einfach so durchbrechen. Alles fühlt sich morsch an. Mit dem Fuß bleibe ich an einer kleinen Stufe hängen. Seit wann ist die denn da? Mein Schuh löst sich von der Hacke, ich stolpere.

»Was machst du denn, beeil dich!« Stefan drückt von hinten.

Ich riskiere einen Blick zurück. Hinter dem übertrieben schwitzenden Körper meines Kollegen sehe ich, dass die drei Verfolger aufgeholt haben. Uns trennen noch zehn Meter. Vielleicht fünfzehn. Ich renne weiter, hänge nur noch halb im Schuh, trete die Ferse platt. Auf Dauer wird mich das zu sehr verlangsamen. Eine kurze, ruckartige Bewegung und mein Schuh landet auf dem staubigen Boden. Scheißegal. Am Ende ist das Leben wichtiger als ein mittelmäßig modisches Kleidungsstück.

Stefan überholt mich. Ich muss wirklich langsam sein. Wir rennen auf die viel zu dicht beieinanderstehenden Dealer zu und ich hoffe, dass niemand mit den dreien hinter uns unter einer Decke steckt. Matte rennt mit Vollspeed in die Menschentraube, macht eine Lücke auf, weist den Weg in die Freiheit. Hinter uns höre ich das Metalltor quietschen. Sie müssen es erreicht haben. Fuck. Das ist schon echt nah!

Wir hasten auf den Gehweg. Es ist ruhig auf den Straßen. Normalerweise sollte hier doch massig was los sein. Leute, die den lauen Frühling genießen, und so. Doch kaum jemand ist unterwegs.

Wir rennen geradeaus weiter. Reifen quietschen und Matte wird beinahe von einem BMW über den Haufen gefahren. Der Fahrer hupt und schimpft durch das langsam herunterfahrende Fenster. Ich humple mehr als je zuvor. Lange schaffe ich das nicht mehr, habe mich schon einige Meter von den anderen entfernt, rufe. Die Verfolger holen mich langsam ein. Es sind nur noch wenige Meter. Finger streifen meinen Rücken. Ich drehe den Kopf. Vielleicht Einbildung. Geräusche von allen Seiten. Ich renne. Oder tue zumindest das, was man in diesem Zustand rennen nennen kann. Am BMW vorbei über die Straße. Das unebene Kopfsteinpflaster macht mich langsam. Ich muss aufpassen, nicht umzuknicken. Mein Blick schnellt immer wieder über meine Schulter, nach unten und wieder zurück, bis ich ruckartig stehen bleibe. Ich bin in eine Wand aus Mensch gelaufen, die plötzlich im Weg steht. Feuchter Speck federt meinen Zusammenstoß ab. Stefan. Er steht am Ende der Straße und bewegt sich beim Aufprall keinen Zentimeter.

Ich ziehe mein Gesicht aus seinem Rücken, während mich acht Augen anblicken. Vier davon gehören meinen Kollegen und vier weitere den Polizisten, die gerade dabei waren, einen falsch geparkten Porsche abschleppen zu lassen.

»Wie sieht der denn aus?« Einer der Polizisten deutet mit seinem Kugelschreiber auf mich.

Ich versuche zu lächeln. »Hallo.«

Matte schaut angestrengt drein, die Miene starr. »Ja, also. Warum wir hier so rumrennen, wollen Sie wissen.«

Der andere Polizist nickt. Er trägt einen Schnurrbart, von dem ich ausgehe, dass er mehr Hipstertum denn Polizeiklischee ist. »Ja. Sie können doch hier nicht einfach achtlos über die Straße rennen und den Verkehr gefährden. Und warum sieht Ihr Freund hier so aus, als wäre er ...« Er überlegt kurz. »... als wäre er mit einer Heckenschere bearbeitet worden?« Er schaut zu mir. »Wo ist denn Ihr Schuh zum Beispiel?«

Ich blicke auf meinen rechten Socken, aus dem der große Zeh schaut, dann zurück zum Park, in den sich die drei Dealer, die uns verfolgt hatten, gerade unauffällig zurückziehen.

»Da hinten irgendwo.« Ich bemühe mich gar nicht erst, mit dem Finger zu zeigen, deute mit dem Kinn bloß in die richtige Richtung.

»Verstehe.« Er setzt den Kugelschreiber an, nur um ihn noch einmal von seinem Block zu heben und anzuhauchen. »Verdammter Kuli. Die funktionieren nie.« Er krickelt auf dem Block, bis blaue Tinte aus der Spitze kommt. »Also, warum rennen Sie hier so rum?«

Matte schaut immer noch gleich, als hätte die Medusa sein Gesicht in Stein verwandelt. Dann bewegen sich seine Lippen und ich schrecke davon tatsächlich kurz auf.

»Ich sag es jetzt einfach.« Er schaut in die Runde und Stefan nickt. »Unser Freund hier«, er zeigt auf mich und ich bin ein bisschen stolz, dass er mich einen Freund nennt, »der wurde zusammengeschlagen. Dort hinten im ...«

Ich fuchtle mit den Händen herum, obwohl das verdammt schmerzhaft ist. Die Blicke wandern zu mir. Matte hält inne.

»Was mein Freund sagen will ...« Ich sage ebenfalls Freund, weil er das ist. »Also, was er meint, ist, dass wir hier für eine Sendung etwas mit versteckter Kamera filmen.« Ich zeige an mir herunter. »Deshalb seh ich so aus. Das ist alles Kunstblut.« Ich streiche zum Beweis mein Kinn entlang und zeige das bereits leicht angetrocknete Blut, lächle.

Der Polizist mit dem Bart schaut skeptisch. »Und für welche Sendung bitte schön?«

Bevor wir antworten müssen, schlägt sein deutlich älterer Kollege ihm mit der Rückseite der Hand vor den Bauch. »Sie kamen mir gleich so bekannt vor!« Er wedelt mit dem Finger vor Mattes Gesicht. »Sie haben doch diese Show auf YouTube.« Er hat große Mühe, seinen bayrischen Dialekt zu verbergen. »Meine Tochter ist riesiger Fan. Guckt kaum was anderes.« Er hält inne. »Also zumindest früher. Heute guckt sie da schon eher Schminktipps und so.«

Matte nickt und der ältere Polizist sucht in seiner Tasche. »Dass du die nicht kennst, Holger.« Er zieht ein Handy hervor. »Können wir vielleicht ein Foto machen? Für die Liesl?« Er zieht das I im Namen übertrieben lang, reicht mir das Telefon und posiert neben Matte, der nicht wirklich zufrieden darüber aussieht, dass ich die Situation in eine andere Richtung gelenkt habe.

»So.« Der Schnauzbarttyp leckt den Kugelschreiber an, der einen blauen Punkt auf seiner Zunge hinterlässt. »Und wenn Sie das alles gefilmt haben, wo ist dann die Kamera?«

Meine Hände zittern, als ich auf den Auslöser des Telefons drücke. Ich nutze die Zeit, um zu überlegen. Dann sehe ich Stefans dicken Kugelschreiber, der in seiner Hemdtasche steckt, zieh ihn heraus. Stefans Augen werden groß.

»Hier.« Ich halte dem Polizisten den Stift unter die Nase.

Er beäugt ihn, sagt mit skeptischem Blick: »Also diese Kameras werden echt immer kleiner.« Dann reicht er ihn Stefan, der den Stift wieder im Stoff einklemmt.

Sein Kollege strahlt, als ich ihm sein Handy zurückgebe. »Na, dann noch einen schönen Abend und danke für das Foto. Die Liesl wird Augen machen, wenn sie sieht, dass ihr Vater Simon Desue getroffen hat.«

Wir sitzen am Tresen vom »Goldfischglas«, einer trendigen Szenebar mit kleiner Diskothek im Keller. Jedenfalls würde das im Internet auf einer dieser mit Pop-up-Werbung vollgespammten Bewertungsseiten stehen. Für mich macht es den Eindruck, als ob hier Banker und langweilige Unternehmensberater ihr Sakko an der Garderobe abgeben und versuchen, sich als Normalbürger unters Volk zu mischen. Aber ich durchschaue die spießigen Hemden und Oliver-Bierhoff-Frisuren. Die Mädchen nicht.

Matte reicht mir ein Astra. Wir stoßen an. Das harte Holz des Hockers drückt sich unangenehm in meinen Hintern. Das kann aber auch an den ganzen blauen Flecken liegen, die meinen Körper bedecken.

»Das stimmt doch so nicht.« Matte dreht die Bierflasche ins Licht. Mit dem Finger fährt er die Beschreibung ab. »Das ist abgelaufen.«

Ich habe davon nichts gemerkt, tue aber so, als wäre es mir ebenfalls aufgefallen, während ich das Datum der Flasche checke. »Ja. Schmeckt komisch.«

Ich habe mal gelesen, dass Bier nie schlecht wird, sondern lediglich sein Aroma verändert, schal wird. Komisches Wort.

»Das ist abgelaufen«, reklamiert Matte sein Bier.

Der Barkeeper sieht aus wie David Beckham in jung, ohne Tattoos und mit leichtem Silberblick. Wie er wohl die Flasche halten muss, damit er die Schrift lesen kann? Die Antwort ist enttäuschend: normal. Er schüttet das Astra in den Ausguss.

Ich deute auf die Knolle vor mir. »Die auch.«

Er nickt und mein Getränk landet ebenfalls im Waschbecken. Ohne zu fragen, greift er Stefans Bier, der schon so lange auf der Toilette ist, dass ich ihn fast vergessen hatte. Aber in dem Alter und bei dem Magen dauert so was wohl.

Der Barkeeper ist genervt. »Wollt ihr was anderes? Geht aufs Haus.«

Matte studiert die Karte, die vergilbt auf dem Tisch klebt. »Dann zwei Whisky Cola.«

Ich schlucke.

»Eeey.« Stefan wankt auf den Hocker zu. Wie ist der denn so besoffen geworden?

Matte signalisiert dem Barkeeper mit drei Fingern, dass wir einen Drink mehr brauchen. »Aber aufs Haus, nä.«

Der Hipster rollt mit den Augen, nickt.

»Ich würd sonst lieber ein Bier ...« Mein Einwand wird mit einem freundschaftlichen Ellbogen in die Seite quittiert. Autsch.

»Mach ma ruhig Whisky Cola. War n harter Tag«

Wahrscheinlich hat Matte recht. Und im Moment ist mir eh alles egal.

Stefan hebt die Hand. »Mach mal noch drei Absacker klar. Oder nee. Sechs. Sechs Absacker. Irgendein geiles Zeug.«

Ich frage mich kurz, was hier wohin absacken soll. Ich habe seit Ewigkeiten nichts gegessen. Aber Schnaps kann ich auf jeden Fall gut brauchen und eine Diskussion über das Wort »Absacker« würde alles nur noch mehr rauszögern. Gerade in dem Zustand. Ich schweige.

Vor uns stehen jeweils vier leere Gläser, deren Eiswürfel sich noch nicht vollständig aufgelöst haben. Dazu drei Shotgläser, die nie wirklich leer waren.

»Da seid ihr ja.« Obwohl er schon seit über einer Stunde in der Bar ist, scheint es so, als hätte Stefan auf der Toilette neben Urin auch sein Kurzzeitgedächtnis die Keramik runtergespült. Ich habe Probleme, die schnellen Bewegungen seines Körpers zu fixieren, ihn scharf zu stellen. Kneife das geschwollene Auge zu.

»Du wirst definitiv ne Augenklappe brauchen«, lacht Matte. »Das macht dich so viel cooler.«

Ich habe Zweifel an der Diagnose, bleibe entspannt.

»Pirat!« Er haut auf den Tisch. »Du wirst ein scheiß Piratenkönig!«

Stefan wedelt mit der Hand vor meinem Gesicht. »Kapitän. Piratenkapitän. Man bringe ihm einen Grog!«

Er formt einen Finger zu einem Haken, schreit den Barmann an. Ich lache. Vergesse die Probleme und Schmerzen. Endlich wieder.

Ich hänge meinen Penis in das Pissoir mit den wenigsten Tropfen auf den Fliesen darunter. Mein Socken saugt sich mit einer Flüssigkeit unbekannter Herkunft voll. Mir ist das aber egal. Zum zweiten Mal schon betrachte ich den schief auf einer Kachel klebenden Aufkleber der St. Pauli Ultras. Ich möchte ihn abreißen und parallel zur Kante zurück auf die Fliese drücken, entscheide mich aber dagegen, schüttle ab, schließe den Knopf. Ich bin zum zweiten Mal erleichtert, dass der Spiegel über dem Waschbecken fehlt, blicke einäugig auf die braune Wand, während das Wasser meine Hände hinunterfließt.

»Wir sagen es ihm nicht. Er will das doch gar nicht. Haben wir doch gemerkt.« Stefan schreit Matte an, bohrt den Finger in das geringelte Shirt seines Kollegen.

Ich drücke gegen seine Schulter, schiebe Stefan zurück auf den Hocker. »Was wem nicht sagen?« Ich taumle leicht.

Sie schauen zur Bar. Neue Getränke stehen an allen drei Plätzen. Scheiße. Wie spät es wohl ist?

»Dass wir gerade bezahlt haben, wollten wir dir nicht sagen. Außerdem ist dein Hosenstall auf.« Stefan legt seinen Arm auf meine Schulter, während ich den Reißverschluss nach oben ziehe und mich frage, ob ich mir die Hände gewaschen habe. Obwohl die Luft beschissen ist und ich selbst so betrunken bin wie noch nie zuvor, rieche ich die widerliche Fahne, die den dicken Redaktionsleiter umgibt.

Wir stoßen an. Danach muss ich aber echt nach Hause.

Vor der Tür steht ein junger Typ neben fünf Kisten Astra, die er in den Gulli kippt. Abgelaufen. Alle abgelaufen. Ich halte mich an Matte fest, singe »It's raining men« mit der Melodie von »New York, New York«. Keiner steigt mit ein. Wie auch? Es klingt selbst betrunken furchtbar und eigentlich fühle ich mich auch so. Bis vor einer Minute war alles okay: Wir haben die immense Rechnung bezahlt, die eigentlich schon bezahlt gewesen sein sollte, uns verabschiedet, sind noch mal auf die Toilette gegangen. Alles normal.

Die frische Luft aber war ein Fehler. Wie bei jemandem, der sich jahrelang nur von Fast Food ernährt hat, und plötzlich wird ihm nur noch gesunde Rohkost vorgesetzt. Da kommt ja kein Körper mit klar. Mayday! Mayday! Mein Magen krampft sich zusammen. Ich huste. Kommt nichts.

Irgendeine Hand tätschelt meinen Rücken. »Lass alles raus.«

Keine Ahnung, wer von den beiden es ist. Egal. Erst jetzt bemerke ich, dass ich vorgebeugt stehe. Ich versuche zu kotzen, wanke mit hängendem Kopf die leere Straße entlang. Dann kommt es. Endlich. Ich spüre die Gallenflüssigkeit die Speiseröhre hinaufwandern. Es brodelt, brennt und schießt wie bei »Voll normaaal« mit Tom Gerhardt in einem schnellen Schwall gegen einen geparkten Golf. Grün und matschig. Ich habe Probleme, nicht hineinzutreten, während die nächste Ladung auf den Boden flatscht. Von hinten höre ich Matte und Stefan jubeln. Ich juble auch, hebe die Hände, forme die Finger zum Haken, rufe: »Ich bin der Piratenkönig!« Und dann kommt wieder was hoch.

Ich kann mit dem linken Auge fast gar nichts sehen, kratze mit dem Schlüssel über den Lack der Tür. Die Farbe blättert ab, rieselt wie Pulverschnee auf die rote »Moin Moin«-Fußmatte. Kneife das Lid zu, das sich anfühlt, als hätte ein Radlader eine Schaufel Kies auf dem Augapfel abgeladen. Ich treffe das Schloss. Es hakt, ich wackle hin und her, drücke gegen die Tür und der Schlüssel lässt sich drehen.

Alles dunkel, ich stehe im Flur und rieche den grausigen Duft von Margeriten, die auf der Vitrine im Eingang in einer Glasvase stecken. Ich atme ein und stoße die Luft in kleinen, schnellen Schüben wieder aus. Die Treppen bis hoch zur Wohnung waren besonders hart, wollten kaum enden.

In der Küche nehme ich ein Glas aus dem Hängeschrank, fülle es mit Wasser, kippe es zitternd in einem Zug herunter. Wiederhole den Vorgang. Die Flüssigkeit fährt zwischen meine Zähne, die sich anfühlen, als würden die Wurzeln bei leichtestem Druck aus ihrer Verankerung fallen. Der Hund schnarcht. Der verbliebene Schuh wandert tief in die hinterste Ecke unter der Garderobe.

Im Bad ziehe ich mir unter Schmerzen das T-Shirt über den Kopf. Dann sehe ich zum ersten Mal meinen Körper. Blutergüsse reihen sich aneinander, werden nur durch kleine hautfarbene Stellen getrennt. Der größte blaue Fleck führt von den Brustwarzen bis runter zum Bauchnabel und hat die Form von Afrika. Ohne Madagaskar. Ich drücke darauf. Trotz meines Pegels zieht es wie Hölle und mein Finger hinterlässt einen hellen Punkt. Sofort schwimmen die Pigmente an ihre alte Position, zurück nach Afrika. Das linke Auge, blutunterlaufen, sieht aus wie bei einem tollwütigen Straßenhund.

Ich spüle meinen Mund mit Listerine Extrastark aus. Es brennt tierisch, aber Putzen geht auf gar keinen Fall. Ich würde alles vollkotzen und das habe ich für heute hinter mir.

Ich fange an zu zittern. Der Moment, den ich seit Minuten vor mir herschiebe, kommt näher. Ich muss ins Bett. Kristin will am nächsten Tag früh raus, trifft sich mit irgendeiner Freundin zum Brunch oder so. Wenn ich mich geschickt anstelle, kann ich die Konfrontation vielleicht um einen Tag hinauszögern. Es wird wohl kein Wunder passieren, aber mit etwas Glück ist wenigstens das Auge abgeschwollen.

Ich drücke die Klinke runter. Im fahlen Licht sehe ich sie mit dem Rücken zu mir, auf ihrer Bettseite am Fenster, eingerollt in die dicke Daunendecke mit dem hässlichen Bezug. Ein Geschenk ihrer Mutter.

Vorsichtig schließe ich die Tür. Geräuschlos. Ich gehe zum Schrank, taste fast blind nach einem langärmligen Shirt. Gefunden. Ich streife es über und tapse ungefähr so wie Wile E. Coyote, der sich mit einem Busch als Tarnung der Schafherde nähert, unbeholfen um das Bett herum, auf die freie Hälfte. Die Matratze gibt nach. Mit den Fingerspitzen ziehe ich die Decke bis zum Kinn, streife die Socken mit den Zehen von den Füßen. Kristin bewegt sich. Ich halte die Luft an, verhalte mich wie ein Elitesoldat kurz vor dem Abschuss mit einem Snipergewehr. Kein Ton. Alles still. Kristin bewegt sich. Sie bewegt sich. Sie ist wach. Auf jeden Fall. Okay. Ruhig bleiben. Zumindest das eine Auge gewöhnt sich gerade an die Lichtverhältnisse, macht sogar die Konturen der Collage aus Freundinnen von Kristin aus, die neben der Tür hängt. Puh.

Dann dreht sie sich.

»Hey.« Ich höre ihre zarte Stimme unregelmäßig durch beide Ohren. Sie klingt, als hätte sie schon längere Zeit geschlafen.

»Hey«, flüstere ich zurück, rülpse leicht dabei. Nicht gemerkt.

»Wo warst du denn?«

Oh Mann. Ich kann das wohl kaum erzählen. Gar nichts davon. Alles wird so unglaublich falsch und schlimm und noch schlimmer klingen.

»Noch arbeiten.« Mir ist schlecht. »Du musst schlafen.«

Sie kommt näher, ich bilde mir ein, das Weiße in ihren Augen sehen zu können.

»Hast du Bier getrunken?«

Sie riecht es immer.

»Eins nur.« Ich fühle mich scheiße dabei, sie anlügen zu müssen. Aber ich habe keine Wahl.

Sie zieht an meinem Arm, möchte, dass ich in Löffelchenstellung hinter ihr schlafe. Ich muss den Schmerzensschrei unterdrücken, kann jetzt auf keinen Fall auf der Seite liegen. Mein Magen vibriert wie bei Homer Simpson in der Folge, als er auf Tournee eine Kanonenkugel mehrfach in den Bauch geschossen bekommt. Zwischen uns ihre Decke. Ich spüre ihren Po und wie er sich an meinen Schoß schmiegt. Eine Hand an ihrem Nacken, die andere vor ihrem Bauch. Es ist warm. Es tut scheiße weh. Meine Hüfte liegt wie auf einem spitzen Hinkelstein, bohrt sich in die heute viel zu harte Matratze.

»Schlaf du mal schön.« Ich gebe ihr einen Kuss auf die Wange, löse meine Hand aus ihrer und drehe mich auf den Rücken, stoße Luft aus. Dann höre ich Kristin, sie zieht ihre Nase hoch, atmet laut.

»Alles okay?« Ich muss aufpassen, nicht zu lallen, möglichst kurze, im Kopf zurechtgelegte Sätze sprechen. Ich bin mir nicht sicher, es klingt, als würde sie weinen.

»Ja.« Kurz angebunden. »Hab fast geschlafen.«

Falscher Alarm. Ich kralle mich in die Decke, drücke den Stoff gegen mein Auge. Es tränt. Schon wieder. Das gibt doch echt kein gutes Ende. Und mir ist schlecht.

TAG 303

»Die Alexandra haben sie auch kaputt gemacht«

»Was hast du denn da am Fuß?«

Der Klang ihrer Stimme reißt mich aus einem schönen Traum, zieht direkt in meinen dröhnenden Kopf. Ella. Fuck. Kristin nimmt mein Bein in die Hand, streicht über die angeschwollene Haut. Autsch.

Ich ziehe es aus ihrem Griff. »Erzähl ich dir nachher.« Verberge mein Gesicht unter der Decke. Sie darf mich auf keinen Fall richtig sehen. »Ich bin noch total müde.«

Ich höre förmlich, wie meine Freundin im Raum steht und nachdenkt. Hören. Ich kann wieder normal hören. Dann fühle ich, wie die Matratze neben mir eine Delle bekommt. Sie sitzt auf der Kante, niest einmal.

»Ich hab dein Erbrochenes weggemacht.«

Was? Welches Erbrochene? Ich kann mich an keine Kotze irgendwo erinnern. Geh einfach! Bitte geh zu dem Frühstück. Ich will das nicht hören.

Sie streicht mir über die Haare. Ich zucke zusammen, als sie die Beule erreicht.

»Sag mal, was ist hier eigentlich los?« Sie klingt streng. Aber sie klingt deutlich. Die Watte ist wirklich verschwunden. Das macht mich zu einem kleinen Teil froh. Hatte befürchtet, dass mein Gehör bis zu meinem Lebensende kaputt sein könnte. Ich drehe meinen Körper zu ihr und sehe in die durch ihre Brille vergrößerten Augen.

Ihr Mund steht offen. »Was hast du denn mit deinem Gesicht gemacht?!«

Klar und deutlich. Jede Oktave.

»Äh. Ich hatte einen Unfall mit dem Fahrrad.« Ich lüge. Schon wieder. Mann ey.

Ihr Daumen fährt über meinen Wangenknochen, der Fingernagel kratzt über angetrocknetes Blut. »Das sieht ja alles furchtbar aus. Welches Fahrrad denn? Du hast doch gar kein Fahrrad.«

Fahrrad. Jede Silbe klingt so ausdrucksstark wie nie. Man wertschätzt oft die Dinge gar nicht, bis sie einem genommen werden. Fahr und dann Rad.

»Geliehen.« Sie merkt bestimmt, dass ich hier nicht die Wahrheit erzähle.

»Willst du mir vielleicht was sagen?« Ihre hochgezogene Oberlippe verzerrt ihr Gesicht zu diesem speziellen Ausdruck, den ich so unangenehm finde. »Du kannst mit mir über alles reden, das weißt du. Du musst doch zum Arzt.«

Die Vokale sind besonders deutlich. Ihre Hand streicht die Decke entlang bis runter zu meinen Beinen. Ich lächle, während ein Schub Kopfschmerzen mir fast das Gehirn sprengt.

»Ja. Danke. Es ist nicht so schlimm, wie es aussieht. Ich hab aber meinen Schuh verloren.«

Sie verschränkt die Arme. »Es sieht wirklich richtig schlimm aus. Wie, du hast deinen Schuh verloren? Und das Erbrochene ...«

Du hast noch bei Weitem gar nichts gesehen, denke ich.

Sie schaut auf die Uhr. »Soll ich hierbleiben? Ich kann das Frühstück absagen.«

Ich verneine, versuche, meine Stimme möglichst fröhlich klingen zu lassen. »Komme wirklich klar. Alles gut. Ehrlich.« Aua. Alles ist scheiße.

Sie zögert, steht schließlich auf. »Geh zum Arzt, okay? Ich bring den Hund dann später allein zum Tierheim.«

Jetzt lehnt sie in der Tür. Das hatte ich schon wieder vergessen: Heute ist der Tag. Er wird mich verlassen. Ich atme durch, als sie den Lichtschalter drückt und sich das Zimmer verdunkelt.

»Ja.« Meine Augen werden feucht. Ich greife nach meinem Telefon. Es zeigt 8:34. Eine WhatsApp-Nachricht von einer unbekannten Nummer. Unter Schmerzen kneife ich das geschwollene Auge zu, um überhaupt vernünftig lesen zu können.

»Hab eine neue Nummer. Gruß Stefan.«

Ich habe die Nummer gerade aktualisiert, da schreibt der Redaktionsleiter ein zweites Mal.

»Du kannst heute später kommen. Machen Delta und Matte auch. 13:00 Uhr im Büro?«

Delta ist wieder da? Das ist gut. Sehr gut. Ich schreibe »Okay« und bin froh, als das Display erlischt und die Dunkelheit zurückkehrt.

Ich fülle frisches Fressen in den Napf. Bernie wedelt mit dem Schwanz. Er leckt mir über die Finger, die wohl ebenfalls ein bisschen nach Pute schmecken. Unter Schmerzen setze ich mich auf den Fußboden und beobachte, wie seine Zähne die Brocken zerkleinern. Eine Träne rollt über meine Wange und tropft auf den Boden. Ich streichle über seinen Rücken. Dann blickt er sich um, ignoriert zum ersten Mal in seinem Leben das Futter, kommt auf mich zu. Ich nehme ihn auf den Schoß, wo er sich zu einer riesigen Kugel zusammenrollt. Wie am ersten Tag. Ich spüre seinen Puls und gebe ihm einen Kuss auf den Rücken.

»Mach's gut, Kumpel.«

»Wie sieht's denn hier aus?«

Ich stehe auf dem Flur und blicke auf ein Trümmerfeld. Überall liegen Papiere, umgeworfene Regale und deren ehemaliger Inhalt.

Als wäre eine kleine Version von King Kong durch das Büro gestampft, hätte jeden Winkel nach der blonden Schönheit abgesucht und dabei eine Spur der Verwüstung hinterlassen.

Ich mache einen Schritt hinein und trete in einen matschigen braunen Haufen. Am Rand der Sohle quetscht es nach allen Seiten raus. Ich hebe meinen Fuß und versuche zu riechen. Die Nase fiept, macht beim Einatmen einen hellen Ton, der bei größerer Lautstärke alle Hunde der Stadt anlocken dürfte.

»Das ist falscher Kot. Keine Angst. Der war noch in einem der Kartons.«

Erst jetzt sehe ich, wie Stefan auf dem Boden hockt und Unterlagen sortiert. Mein Schuh hinterlässt eine braune Spur, während ich durch den Gang gehe. Ich war nicht beim Arzt. Natürlich nicht. Nach einigen kryptischen SMS von Matte hielt ich es für wichtiger, direkt ins Büro zu kommen. Und jetzt weiß ich, dass es genau die richtige Entscheidung war. Die Poster sind von den Wänden gerissen, die Mülleimer ausgekippt, ein Fenster ist zerschlagen. Kaum ein Schritt landet auf Holzdielen. Alles ist voll mit zerrupften alten Requisiten, Papieren, Kostümen und Büroutensilien.

»Was ist denn passiert? Das Finanzamt?« Ich streife die Kapuze meines Pullovers ab.

Stefans Gelenke knacken, als er sich aufrichtet. Seine Beine haben die Form von übergroßen, dicken Salamis. Es fehlt jeglicher Umfangsunterschied. Er macht große Augen und zeigt hinter mich. »Ach guck. Du bist ja auch endlich da.«

Es ist Delta. Sein Kopf unter dicken Bandagen. Er humpelt leicht, als er einen Schritt in den Raum macht. Um sein Handgelenk baumelt eine Tüte mit rotem Apothekenlogo. Dann sieht er an mir herab und seine Gesichtszüge verfinstern sich. »Was ist denn mit dir passiert?«

Ich wollte ihn gerade dasselbe fragen. Er erzählt großkotzig, wie statt der Polizei eine der Schwestern zur Tür reinkam, ihn erkannte und nur einen Tick später nackt auf ihm saß. Er war zwei Nächte bei ihr, während wir uns Sorgen gemacht haben.

Ich berichte vom Drogenverkauf. Bevor ich an die Stelle komme, warum jeder Nerv meines Körpers schmerzt, werde ich von Delta unterbrochen. »Das heißt, das Zeug ist weg?«

Ich nicke. »Ja schon.«

Er verzieht das Gesicht.

»Aber lass mich kurz ausreden.«

Er schüttelt den Kopf. »Was für ne Scheiße! Weißt du eigentlich, wie viel Kohle das war?«

Ich nicke. »Aber ...«

Bevor ich zu Ende sprechen kann, dreht er auf der Stelle um. »Fuck! Ich hab grad nen neuen Fernseher bestellt.« Er stampft auf, stürmt hinaus und knallt die Tür hinter sich zu. Ich schaue ihm hinterher und weiß nicht genau, ob ich mich schlecht fühlen soll.

»Der beruhigt sich wieder. Hat eben schon viel Kaffee getrunken. Wir kriegen das hin.« Stefan hält das Bein einer Schaufensterpuppe wie einen verwundeten Soldaten im Arm. »Die Alexandra haben sie auch kaputt gemacht. Die Schweine.«

Matte kommt aus dem Redaktionsbüro. Kopfschüttelnd blickt er sich um, nickt mir zu, bildet mit den Lippen ein »Na«, ohne etwas zu sagen.

Mit den Fingerspitzen zieht Stefan einen langen Staubfaden aus den Puppenhaaren und wischt kleine schwarze Punkte von ihrem Schienbein. »Was kommst du denn überhaupt jetzt erst?« Er fragt das viel zu vorwurfsvoll.

Ich drücke mit dem Handballen gegen die Schwellung über dem Auge. »Du hattest doch geschrieben.« Ich kann die Wassereinlagerungen fühlen, kann sie unter der Haut von links nach rechts schieben. »Also. Heute Morgen.«

»Nee.« Stefan lässt die Fluse fallen. Langsam gleitet sie in Richtung Parkett, wo sie lautlos liegen bleibt.

»Wie?« Ich lasse meinen Arm sinken und die Wundflüssigkeit wandert wieder an die alte Position. Ich überlege, ob ich die WhatsApp-Nachricht geträumt habe. Klar und deutlich sehe ich sie vor mir.

»Hab dir nichts geschickt.« Stefan stößt mit dem Fuß unachtsam einen Eimer um.

Aus der Hosentasche fummle ich das Handy und schaue auf das Display. Stefans Nachricht. Ich scrolle nach oben und sehe die Benachrichtigung über seine neue Nummer. Frage mich jetzt erst, wo er zwischen unserem Gelage gestern Nacht und heute Morgen eine neue Nummer hätte herkriegen sollen und warum. Ich schlucke. Meine Lippen formen die Antwort. »Flo.«

Matte stutzt. »Was meinst du?«

Ich zeige die Nachrichten in die Runde und wir sind uns einig: Flo steckt hinter der Verwüstung, brauchte Zeit und wusste, dass ich der Einzige sein würde, der vor zwölf auf der Matte steht. Er musste sichergehen, dass ich nicht auftauche.

Stefan krallt sich das Handy, hinterlässt eine Schramme auf meiner Haut.

»Was machst du?!«, fahre ich ihn an.

»Ja was wohl?« Mit beiden Händen umschließt er das Telefon. »Dem Flo eine Nachricht schreiben natürlich!« Eine Strähne hängt vor seinem rechten Auge. Er schiebt die Unterlippe nach vorn und pustet die Haare aus dem Gesicht.

»Hm.« Matte macht einen Schritt auf ihn zu.

Stefans Blick wandert zu seinem Kollegen, während die Finger unaufhaltsam auf der Tastatur tippen.

Mit dem Fingernagel des linken Daumens fährt Matte langsam die untere Reihe seiner Frontzähne ab. Ein Zahn nach dem anderen klackert, bis er am Mundwinkel angekommen ist. »Warte mal!«

Stefan lässt das Handy sinken. »Was?«

Matte hebt die Schultern und wäre er etwas breiter, er würde aussehen wie ein aufgepumpter Fitnessproll, der betrunken in einem

Club Stress will. Ohne dicke Muskeln sieht er nur ein wenig genervt aus.

»Hm.« Er stockt wieder, schnalzt mit der Zunge. »Schick mal nichts ab.«

Stefan rollt mit den Augen, aber Matte fährt unbeirrt fort. »Na, vielleicht können wir das ausnutzen, falls er noch was schreibt.«

Stefan fängt laut an zu lachen. »Stimmt!« Er verschluckt sich, hustet, krümmt sich, stützt sich mit den Händen auf den Knien auf. Stößt auf und hustet erneut.

Ich schlage mit der flachen Hand auf den Rücken meines Kollegen. Matte schüttelt ungläubig den Kopf, als sich Stefans Lungen langsam beruhigen, er noch zweimal sichtlich verkrampft, als er sich endlich aufrichtet.

»Ja ...« Er fängt von vorn an zu husten. »Die Idee ist gut, wär aber hilfreicher gewesen, bevor ich die Nachricht abgeschickt habe.«

Er wirft mir das Telefon zu. Etwas zu plötzlich. Ich forme meine Hände zu einem Korb. Es trifft frontal gegen beide Zeigefinger, prallt ab. Ich versuche nachzugreifen, berühre es und statt es zu erwischen, stoße ich es einmal durch den halben Raum. Das iPhone schlägt mit der Vorderseite auf und schlittert einen Meter weiter, bevor es kurz vor der offenen Tür zur Abstellkammer liegen bleibt.

»Sorry.« Es klingt nicht so, als meinte er es ernst.

Das ist mir gerade aber auch egal. Ich habe das Gerät im Blick und während ich höre, wie meine Kollegen darüber diskutieren, wessen Schuld es ist, dass die Nachricht verschickt wurde, steige ich über den umgestoßenen Eimer, vorbei an den Unterlagen, trete auf einen Karton und hoffe, dass das Display noch heil ist. Ich drehe es um, und obwohl ich froh sein müsste, dass kein Spinnennetz zu sehen ist, bleibe ich stumm, blicke starr in das Lager, wo normalerweise Besen, Staubsauger und Putzeimer auf ihren jährlichen Einsatz warten. Jetzt liegt dort ein blutverschmierter Brief in krakeliger Handschrift und darauf ein altes Nokia-Handy mit Ladegerät.

»Wo sind wir denn hier bitte? Bei fucking CSI, oder was?« Stefans Stimme überschlägt sich.

Wir haben die Nachricht jeder circa sechsmal gelesen und langsam werden wir daraus schlau. Irgendwer will das Kokain zurück, hat Flo aufgespürt und der hat sie hierhergebracht. Die Suche vor Ort war offensichtlich erfolglos, Flo hat alles uns in die Schuhe geschoben, um selbst fein raus zu sein, und nun melden sie sich auf dem Handy. Irgendwann. Und dann wollen sie das Zeug oder irgendeinen Gefallen im gleichen Wert, sonst würde es »ungemütlich« und wir sehen unsere Kohle nicht.

Das müsste ein großer Gefallen sein. Ich hoffe, dass ich niemanden umbringen soll. Das könnte ich, glaube ich, nicht. Ich denke kurz darüber nach, wie absurd und wahnsinnig das wäre, wie absurd und wahnsinnig allein die Vorstellung ist, und dann überlege ich, die Stadt zu verlassen. Einfach abzuhauen. Schon wieder.

TAG 311

»Ich kapier es nicht«

»Wer bist du denn?« Im schwachen Licht sehe ich, wie ein blondes Mädchen mit Pferdeschwanz und Nerdbrille Gläser in Zeitungspapier wickelt. Sie reagiert nicht, sieht aber in dem Licht ganz süß aus. Ich erkenne einen Artikel über Sarah und Pietro Lombardi. Irgendwas von ihrer Scheidung.

»Wer bist du und warum packst du denn hier meinen Kram ein?« Ich reiße ihr einen roten Becher aus der Hand, den ich von meiner Mutter zum Einzug geschickt bekommen habe. Er entgleitet mir, fällt auf den Boden und zerschellt in unzählige Teile.

»Oh.« Das wollte ich nicht. Rings herum schmücken kleine Splitter und Scherben die Fliesen mit rotem Glanz. Die größte direkt vor meinen Socken, sodass ich sie mit dem großen Zeh ohne Anstrengung berühren kann.

»Ach guck. Da kommst du auch mal.« Kristins schwarzer Rollkragenpullover, übersät mit grauen und weißen Punkten.

»Warum packt sie da unsere Sachen ein?« Ich deute auf die andere, die bewegungslos vorm Fenster steht und in die Ferne schaut, als wäre sie auf wundersame Weise zu einer Schaufensterpuppe versteift.

Kristin verschränkt die Arme vor der Brust. »Das ist Meike. Und die hast du schon mindestens zehnmal getroffen.«

Ich könnte schwören, gerade ist die Premiere.

»Das letzte Mal vorgestern«, konkretisiert sie.

Auch nach längerer Überlegung schafft es keine klare Erinnerung in meinen Kopf. »Ja«, sage ich trotzdem und nehme einen der eingerollten Gegenstände in beide Hände. »Und warum packt die unsere Sachen ein?«

Ich reiße an dem Papier herum und mein Lieblingsbecher kommt zum Vorschein. Star Wars. Ein ganz cooles Motiv, auf dem alle Lichtschwerter die Farbe wechseln, sobald man heiße Getränke einfüllt. Zigmal saßen wir zusammen unter der Decke auf dem Sofa, während ich Tee aus genau diesem Becher getrunken habe.

»Du kapierst es nicht, oder?« Ihre Stimme zittert. Ungewohnt.

»Nee. Ich kapier es nicht. Was ist das denn hier alles?« Ich stelle den Becher auf den Küchentresen. Ein bisschen zu laut, erschrecke fast selbst von dem Geräusch.

»Weißt du eigentlich, welcher Tag heute ist?« Ihre flache, ausgestreckte Hand erinnert mich an einen ehemaligen Mitschüler aus der sechsten Klasse, Alex, der mit der gleichen Bewegung versucht hatte, überfälliges Schutzgeld einzutreiben. Natürlich ohne Erfolg.

»Dienstag? Oder ist schon Mittwoch?« Ich krame in der Hosentasche nach meinem Handy, hole Augentropfen und den Büroschlüssel hervor, bis ich das kalte Glas des Displays berühre.

»Heute ist der zweite Juni.« Ihre Augen füllen sich mit Tränen. »Vielleicht bedeutet es dir nichts mehr, aber mir schon.«

Ich zögere. Die Schaufensterpuppe steht noch immer an ihrem Platz. Und dann sehe ich die Karten am Kühlschrank. Das Theater, der zweite Juni. Wie viele Jahre sind wir jetzt zusammen?

»Oh.«

An Kristins Wange läuft eine Träne herunter. »Ja. Oh.« Ihre Stimme ist dabei vor Zittern fast nicht zu hören.

Ich gehe einen Schritt auf sie zu. »Das ...« Ich schlucke. »Das hab ich vergessen.«

Ihre Hände verkrampfen in einer schmerzhaft aussehenden Haltung. »Du vergisst alles. Unseren Jahrestag. Wann wir verabredet sind. Und alles, was uns mal wichtig war. Letztes Mal nach dem Kino, als du noch mal zur ach so wichtigen Arbeit gefahren bist.«

Ich hebe den Kopf. »Da hast du doch gesagt, dass das okay ist.«

Sie macht das Geräusch einer angriffslustigen Cobra. »Psss! Aber ja wohl eindeutig nicht gemeint.«

Ich versteh es nicht.

Sie macht weiter. »Du kennst nicht mal meine beste Freundin.«

Ich stehe da und weiß weder, was ich sagen, noch, wo ich hinschauen soll. »Kristin …« Leise bin ich. So wehmütig, wie ich klingen kann.

»Meike heißt sie.« Sie zeigt auf die Schaufensterpuppe, von der ich mir sicher war, dass ihr Name mit T beginnt. Sie stampft auf. »Und dann raffst du nicht mal, dass unsere Beziehung am Ende ist.«

Die Bierflaschen in der Ecke hatte ich heute früh mitnehmen wollen … »Wie am Ende?«

Meike macht einen kurzen Schritt zurück. Ich zucke zusammen, hatte vergessen, dass sie sich überhaupt bewegen kann.

»Ich geh dann eben, Krissi. Kannst dich gern melden.« Sie schiebt sich an uns vorbei. Es riecht nach Schweiß.

Kristin berührt sie an der Schulter und hört sich wieder gefasster an. »Warte eben. Ich komm mit.«

Und ich stehe da. »Du kannst doch nicht einfach gehen. Jetzt.« Ich öffne die Arme und weiß dabei selbst nicht, ob ich eine Umarmung oder etwas anderes erwarten soll oder kann.

»Du hast noch nicht mal gemerkt, dass ich die Hälfte meiner Sachen schon vor einer Woche zu Meike gebracht hab. Ich wollte nur mal sehen, ob du zumindest an unser Jubiläum denkst. Aber nein, wieder war die Arbeit wichtiger. Und du trinkst auch zu viel. Und meine Mutter hatte die ganze Zeit recht.« Sie nimmt den Becher in die Hand, dreht ihn zwischen ihren zarten Händen.

»Tut mir leid. Das kriegen wir doch …« Weiter komme ich nicht.

An meinem Kopf vorbei knallen die Lichtschwerter an den Küchenschrank, prallen ab und landen auf einem Haufen Wäsche. Wir schauen beide auf die unversehrten Waffen von Luke und Darth Vader. Dann spüre ich einen Schmerz im Magen. Kristins Arm, der mich wegstößt, zum Becher greift und ihn mit Schwung auf den Boden wirft. Er zerschellt wie sein Kamerad zuvor. Schwarze und rote Splitter teilen sich die Fliesen. Ich stehe da und stehe da einfach nur. Dann höre ich Schritte, undefinierbare Geräusche und schließlich eine Tür mit Knallen ins Schloss fallen. Und ich stehe einfach nur und schaue auf Splitter und auf viel zu viele leere Bierflaschen. Aber vor allem stehe ich da und weiß, dass das alles sein wird, was von mir heute Abend zu erwarten ist: Stehen.

TAG 312

»Ich hab das erst gar nicht geschnallt«

Heute Morgen war ich beim Tierheim, wollte ihn zurückholen. Sie haben ihn einfach eingeschläfert. Zu alt für eine Familie, zu teuer für das Heim. Ich habe im Bus geweint. Sie konnten mir noch nicht mal den Tag nennen, an dem es passiert ist. Nun ist er weg. Für immer. Und meine Mutter zieht auch wieder zu meinem Vater. Ich seufze.

»Du musst dir Tinder runterladen. Auf jeden Fall. Das ist der Shit.« Ich bemerke Delta erst spät. Vermutlich steht er schon eine ganze Weile vor mir.

Ich blicke nicht auf, starre auf seine neuen schneeweißen Air Jordans, die er letzte Woche als Werbemaßnahme zugeschickt bekommen hat. Ich trage ein Paar alte, ausgelatschte Chucks-Imitate von Deichmann.

»Was mach ich denn mit der Wohnung?« Ich fahre mir durch die Haare, die einen fettigen Film auf den Fingern hinterlassen. Dann halte ich meine Hand unter die Nase. Puh, nicht feierlich. Riecht nach in die Jahre gekommenem, nassem Hund. Erwähne ich lieber nicht. Nachher triggert es wieder Stefan, der noch immer nicht über den Verlust seines Haustiers hinweggekommen ist. Jetzt geht es mir wie ihm.

»Das ist erst mal egal. Tinder! Tinder, sag ich dir.« Er hält mir sein Handy vor die Air Jordans und zeigt mir ein Profil in der Dating-App.

Ich schaue in ein riesiges, gut gefülltes Dekolleté. Er wechselt zum Chat und ich lese einen Text, in dem es von der Begrüßung bis zu einem eindeutigen Sexangebot inklusive der Lieblingsstellung nicht mal sechs Zeilen braucht.

Ich denke an Kristin. »Danke. Aber das ist jetzt nicht mal einen Tag her, Mann.«

Das Handy verschwindet, der linke Air Jordan tippt auf und ab. »Pff. Ich wette, sie ist längst selbst da.«

Eigentlich kann es mir egal sein, aber irgendwie macht mich diese Aussage extrem sauer.

Matte, der das Gespräch mit anhören musste, legt seine Kopfhörer zur Seite. »Lass ihn mal.«

»Ach ihr.« Die Air Jordans gehen weiter. Ich sehe gerade noch so, wie Delta abwinkt und den Raum verlässt.

Ich fummle mein Handy aus der Tasche. Andere Frauen. Puh.

Eine Hand auf meiner Schulter holt mich aus meinen Gedanken. »Du musst gar nichts.« Matte nimmt seine violette Mütze ab. Das passiert selten. »Weißte, nä? Er hat keine Ahnung und schläft mit jeder Alten, die er findet. Das macht auf Dauer auch niemanden glücklich. Nimm dir mal lieber deine Zeit.« Er versucht zu lächeln und der Bär auf seiner Schirmmütze hat für den Bruchteil einer Sekunde den gleichen Gesichtsausdruck.

Delta springt wie ein Harlekin zurück in den Raum. »Hahaha! Ich hab das erst gar nicht geschnallt.« Seine Haare wackeln auf und ab. »Ich hatte ja längst ein Match mit ihr. Ich fand sie dann aber doch ein bisschen zu fett.«

Ich schaue auf und sehe im Augenwinkel, wie Matte wild den Kopf schüttelt. »Was?!« Meine Unterlippe zittert, ohne dass ich etwas dagegen tun kann.

»Heute Morgen.« Delta hält mir sein Handy hin.

Bevor ich etwas erkennen kann, reißt Matte es ihm aus der Hand. »Lass den Scheiß jetzt mal!«

Delta dreht die Handflächen kapitulierend nach oben. »Was denn?«

Ich deute auf das Handy. »Zeig mal.«

Matte zögert. Wahrscheinlich stimmt es nicht. Aber wenn doch? In mir kämpfen zwei Impulse miteinander. Zum einen möchte ich es sehen, zum anderen ist es das Letzte, was ich will. Meine Ex-Freundin in der Sexapp. Ex-Freundin. Klingt seltsam. Und dann greife ich zu und blicke auf den Bildschirm. Ich sehe ein Foto, das ich von Kristin in unserem ersten Urlaub geschossen habe. In Kroatien vor ein paar Jahren. Sie sieht schön aus. Braun gebrannt, glücklich.

»Ein Match also.« Ich schlucke. Meine Augen füllen sich mit Tränen.

Delta merkt, was er angerichtet hat, will sein Telefon zurück. Ich drehe ihm den Rücken zu, muss das Profil komplett sehen, versuchen, sie zu hassen. Mein Finger wischt durch die Fotos. Ich kenne alle. Zwei weitere habe ich selbst gemacht, auf einem stand ich links neben ihr. Man sieht mich nicht. Ich wurde abgeschnitten. Einfach so von dem Foto und aus ihrem Leben gelöscht. Ich reibe mir mit der Hand über die Augen. Dann lese ich ihr Profil. »Auf der Suche nach nichts Festem. Schreibt mich gern an.«

»Nichts Festem«, wiederhole ich laut.

»Das kann alles heißen.« Matte will mich aufbauen, dabei wissen wir alle drei, was das bedeutet. Sex. Sie sucht Sex und nichts anderes. Sie möchte so richtig hart rangenommen werden. Egal von wem.

Tränen laufen meine Wangen herunter. Ich lasse das Handy zu Boden fallen und höre den Aufprall nicht

TAG 314

»In drei bin ich da«

»Schön, dass du wieder da bist.«

Ich umarme Sunil, der in den letzten Monaten eine komplette Veränderung durchgemacht hat. Kein weißes Gewand mehr, kein glatt rasiertes Kinn, kein Akzent. Vor mir steht ein braun gebrannter, gut aussehender Kerl mit RayBan-Brille, Designerhemd und hochgegelter Cristiano-Ronaldo-Frisur. Ein Brillantohrring ziert das linke Ohrläppchen. Muss man tragen können. Er kann. Sunil wohnt in der HafenCity, hat einen Job, in dem er das Fünffache meines Gehalts verdient. Irgendwas mit Unternehmen, Management und vor allem Geld. Er scheint bei allem, was er anfasst, Erfolg zu haben. Das goldene Kind. Dazu zwei weitere Wohnungen irgendwo in überteuerten Gegenden, von denen er eine an die älteste Tochter von Til Schweiger vermietet. Warum er jetzt hier trotzdem wieder einziehen möchte, ist mir ein Rätsel. In Sachen Coolness hat er mich innerhalb kürzester Zeit abgehängt. Der Schüler ist zum Meister geworden. Und der Meister war von Anfang an ziemlich mies.

»Wir müssen hier schon viel verändern.« Sunil zieht seine Sonnenbrille zur Nasenspitze und beäugt die nur noch spärlich eingerichtete Behausung. Wohnung wäre ein zu großes Wort.

Ich nicke. »Natürlich. Dein Kram ist ja noch oben auf dem Dachboden. Wir machen das alles so wie vorher. Kein Problem.«

Er streicht sich eine verirrte Locke aus der Stirn. Dabei zieht die Note eines gut riechenden Parfums in meine Nase. Wahrscheinlich Polo oder Pacco Raban oder wie das heißt. Gott, hätte ich gerne diese Haare und diese perfekt sitzende schneeweiße Zahnreihe, die mir entgegenstrahlt.

»Die Sachen? Never ever. Ich richte uns alles fly ein.«

Er ist einer der wenigen Menschen, die das Wort »fly« sagen können, ohne dass es total deplatziert wirkt. Ich glaube ihm jede Silbe.

»Meine Freundin designt Möbel. Keine billige Ikeascheiße, sondern nicen Shit.«

Natürlich hat er eine Freundin. Es wundert mich nur, dass sie Designerin und nicht Unterwäschemodel ist. Wahrscheinlich ist sie beides.

»Aber einer ist auch wieder für dich da.« Er zieht die indische Beschützerpuppe Raw aus seinem Jutebeutel mit Logo der Band »The XX«. »Für die Fensterbank. Dann geht's wieder bergauf.«

Ich lache und freue mich tatsächlich, die kleine rote Gestalt mit dem lachenden Gesicht wiederzusehen.

»Ich mach mal ein paar Calls.«

Ich nicke und nehme die Figur entgegen.

Auf einem goldenen iPhone wählt Sunil eine Nummer und verschwindet im Wohnzimmer. Ich schaue auf die Uhr. Es ist genau 18:00 Uhr und ich glaube, ich habe kurz weder an Kristin noch an Koks gedacht.

»Die machen das alles gleich.« Sunil wirkt zufrieden.

Ich sitze auf dem Küchentresen und entdecke zwei winzige Keramiksplitter, die sich unter dem Backofen versteckt haben. Rot und weiß. Auf der blinkenden Anzeige steht 18:30 Uhr.

»Wie, gleich? Was heißt denn alles?«, frage ich.

Sunil nimmt zwei der Shotgläser aus dem Regal, die Kristin und ihre Mutter dagelassen haben, weil sie dafür sowieso keine Verwendung finden würden. »Ich hab doch gesagt, dass ich Leute kenne. Wir trinken jetzt erst mal.«

Aus seinem Beutel holt er eine Whiskyflasche hervor. Sie sieht teuer aus. Jedenfalls ist mir die Marke fremd. Die billigen Discountschnäpse erkenne ich inzwischen alle sogar am Geschmack. »Chivas Regal. 18 Jahre. Was Besseres gab's hier bei Edeka gerade nicht und ich bin morgen erst wieder im Vineyard.« Er öffnet die Flasche und riecht am Hals. »Mhhhhh. Das ist der Duft von Freiheit.«

Sunil füllt die Gläser bis zum Rand und hält mir eines hin, es schwappt über, läuft seine braunen Finger entlang und tropft auf das Holz des Tresens.

»Das musst du genießen.« Wir stoßen an und er leckt die Reste von seiner Haut. »Nachher kommen Freunde von mir. Ist doch in Ordnung, oder?«

Wann hat er die denn bitte eingeladen?

»Klar«, sage ich. Der Whisky brennt erst im Mund, dann im Rachen, im Hals und schließlich zieht das wohlige Gefühl hinunter bis in den Magen. Herrlich. »Mir egal.«

Er grinst. »Schön, dass wir uns wieder haben.«

Ich nicke, greife zur Flasche und schenke nach.

Die Bude ist voll. Eine Mischung aus neuen und alt aussehenden Möbeln. Dazu eine komplett eingerichtete Designerküche und Menschen. Vor allem sind hier Menschen. Es ist 23:00 Uhr. Harry Potter wäre stolz, wenn er gesehen hätte, wie die Möbelpacker es geschafft haben, in nur zwei Stunden die gesamte Inneneinrichtung auszutauschen. Nur die karge Einrichtung meines Zimmers erinnert noch an die Vergangenheit. Ein dreckiger Fuchsbau im Kontrast zum Rest.

Ich drehe den Schlüssel in meiner Schlafzimmertür um, stecke ihn in die Hosentasche, stürze mich ins Getümmel. Circa dreißig Leute tanzen zu heftigem Bass aus der Bose-Anlage, deren Wert mein komplettes Hab und Gut um ein Vielfaches übersteigt. Ich liebe es.

Unsere Wohnung ist die angesagteste Diskothek in Hamburg. Dabei hatte ich mich schon auf einen Netflix-Abend eingestellt. Stattdessen trinke ich mit einer rothaarigen Schönheit mit Bobfrisur Tequila. Mein erster jemals. Salz ablecken, anstoßen, reinkippen und Zitrone hinterher. Ich habe die Reihenfolge drauf. Brrrr. Hammer. Ich brauche scheiße noch mal überhaupt niemanden. Kristins Auszug war das Beste, was mir je passiert ist.

Ich tanze zu Flat Beat und keiner findet meine Moves seltsam. Ich bin der King, stolpere über den Flur, stoße mit dem Knie gegen die dunkle Massivholzkommode. Die ist trotzdem geil. Die Wand gibt mir den nötigen Halt, den ich brauche, um sicher vorwärtszukommen. Ich drücke die Tür auf, rein ins Bad, stelle mein Bier auf das neue Wandregal neben die Hygieneprodukte für den Herrn. Sunil und ein kleinerer Freund in goldig schimmerndem Anzug hängen vorm Spiegel, checken wahrscheinlich ihre Frisuren. Ich öffne meine Hose und klappe die Brille hoch. Es plätschert wie ein Wasserfall. Einige Spritzer landen auf dem Rand. Aber da kommt sicher auch ne Putzfrau die Tage. Die lauten Bässe der Electrobeats werden dumpf, als Sunil die Tür zuzieht und hinter sich abschließt. Ich bin fertig, schüttle ab und die letzten Tropfen finden den Weg in die Schüssel.

»So. Ich muss eben kurz hier ran.« Mit beiden Ellbogen drängle ich mich zwischen die zwei ans Waschbecken. Dann sehe ich die aufgereihten Kokslinien auf der Ablage.

»Oh.« Ich hätte gedacht, dass mich gar nichts mehr schockieren kann, aber ich habe mich geirrt. Das weiße Pulver ruft sofort unangenehme Erinnerungen wach. Der Park. Der Wind. Der Drohbrief im Büro. Ich schüttle den Kopf, will die Gedanken vertreiben. Nicht heute! Ich drehe den Wasserhahn auf und reibe meine Hände an einem Stück Kernseife.

»Willst du auch?« Sunil holt einen Fünfziger aus seiner Tasche, hält ihn zwischen den Fingern wie eine gut gerollte Zigarette, streckt ihn mir entgegen.

»Nee, lass mal.« Ich klopfe den Jungs unbeholfen auf den Rücken, will mir nichts anmerken lassen. »Aber viel Spaß. Zieht ordentlich durch!« Unsicher, ob das der richtige Schlachtruf vor einer Line Koks ist. Ich greife zum Bier, nehme einen großen Schluck und gehe zurück auf die Tanzfläche.

Schemenhaft erkenne ich Leute im Flur. Viel zu viel Nebel, der aus allen vier Ecken in den Raum schießt. Die Silhouetten der Personen, die gerade die Wohnung betreten haben, zeichnen sich tiefschwarz vorm funkelnden Diskolicht ab. Ein Capträger hält einen Sixpack Bier in der linken Hand. Gleich sympathisch. Auf den zweiten Blick ist es kein Bier, sondern eine verdammt große, knochige Hand, die sich um eine geschlossene Jeverflasche schlängelt. Fuck. Das kann doch nicht ...

Wie ein Noise-Canceling-Kopfhörer filtert mein Gehirn die Musik heraus. Übrig bleibt die Stimme, die mir vor nicht einmal einem Jahr den Tod gewünscht hat. Es ist Mo. Kein Zweifel. Der Scheißkerl kommt zu mir nach Hause, trinkt meine Getränke, atmet meine Luft, filtert sie durch seine rabenschwarze Lunge. Und er trägt meine verdammte Jacke.

Ich schmeiße mich gegen die Wand. Das Farbklecks-Bild von einem befreundeten Künstler, den Sunils Vater noch aus seiner Zeit in Saint-Tropez kennt, wackelt, bleibt aber am Haken. Mos hässliche Sommersprossen haben sich nicht verändert, er trägt noch immer diese schäbige, abgeranzte rote Mütze. Ich bin sofort angewidert. Noch hat er mich nicht entdeckt. Fuck, Mann. Irgendwas muss ich machen. Ich arbeite bei der besten Pranksendung des Internets und habe keine Ahnung, was ich anstellen könnte. Das sollte ich echt keinem erzählen. Und dann kommt er auf mich zu, lacht mit seinem vom Tabak zerfressenen Gebiss. Rücklings drücke ich meinen Körper gegen die Wand, halte das Getränk vor mein Gesicht. Mo marschiert an mir vorbei in die Küche, dreht sich zu einem blonden

Mädchen, das offensichtlich viel zu hübsch für ihn ist. Scheinbar raucht er jetzt so ein dummes E-Zigaretten-Ding. Das machen doch auch nur Prolls. Dampf umwabert sein Gesicht. Meine Chance! Ich fliehe so schnell es geht in mein Zimmer. Über die Tanzfläche, Schlüssel rein, Tür auf, Tür zu, Schlüssel rein. Durchatmen.

Ich sitze auf dem Bett und schaue auf die Bandposter. Irgendwas muss mir doch einfallen. Dann höre ich leise Technosounds, die sich klar von der Musik des Wohnzimmers unterscheiden. Frida! Mit einem Satz stehe ich auf der weichen Matratze, wanke, bis beide Schuhe einen einigermaßen festen Halt finden. Sie muss mir einfach helfen. Ich springe. Der Lattenrost und die Federn der Polster unterstützen mich. Mit der Faust erreiche ich die Decke und schlage dagegen. Noch einmal. Wieder und wieder. Dann kracht es. Ich lande mit dem Hintern auf der Matratze, die jetzt in einem Fünfundvierzig-Grad-Winkel im Bettkasten hängt. Der Lattenrost ist auf einer Seite durchgebrochen. Ich muss lachen, sitze schräg auf dem Bett, rülpse. Tequilageschmack füllt meinen Mundraum. Vor mir das Fenster. Ich stoße mich ab, schiebe mit einer Handbewegung alle Gegenstände von der Fensterbank. Krachend zerbricht das hässliche Glas mit den blauen Kunststeinen, die wie eine zerstörerische Tsunamiwelle das Parkett fluten. Die Puppe liegt in der Brandung. Mir ist alles egal, ich reiße den Hebel nach rechts und ziehe das Fenster auf. Kühl fegt mir der Nachtwind durch die Haare.

»Frida!« Ich brülle.

Nichts. Der Innenhof liegt bis auf wenige vereinzelt erhellte Wohnungen im Dunkeln.

»Frida!« Ich werde lauter, sehe nach oben und in die Wolken, die düster und ruhig über unserem Haus in die Ferne wandern. Warum habe ich denn nicht ihre Handynummer oder sie zumindest bei Facebook geaddet? Das würde vieles einfacher machen.

Ich stütze mich ab, atme durch, unter meinen Füßen knarzen die blauen Steine. Dann kommt mir eine Idee. Ohne Rücksicht auf mögliche Scherben greifen meine Finger nach den kleinen Kugeln. Wie aus einer Pistole schießen sie erst in den Nachthimmel und dann an meinem Gesicht vorbei nach unten in den Garten. Wenn sie mich treffen? Mir scheißegal. Die nächste Hand. Ich schmeiße alle auf einmal in den Nachthimmel, ziehe den Kopf zurück in den Raum. Es regnet blaue Minimeteoriten.

»Frida!«

Dann höre ich ihr Fenster, sehe ihr Kinn. Unverwechselbar.

»Frida.«

Da sind ihre Augen. Müde. »Sag mal, was ist denn in dich gefahren?«

Ich winke. »Was machst du?«

Sie schüttelt den Kopf und richtet ihre Haare mit einem gekonnten Griff. »Ich wollte gleich pennen.«

Meine Augen werden groß. »Auf keinen Fall. Du musst mir helfen. Komm runter.«

Aus der Ferne taucht eine dritte Stimme auf. »Schnauze!« Ich kann weder das Geschlecht noch die Richtung ausmachen.

»Geht nicht. Ich muss morgen früh raus. Ist da ne Party bei dir oder was?« Sie sagt es, als wäre es das Absurdeste der Welt.

»Ja. Es gibt Schnaps.« Ich hebe wie Rocky triumphierend die Fäuste, brülle: »Ich hab Schnaps!«

Sie lächelt. Und ich auch.

»Also in fünf Minuten?«

»Fünf? In drei bin ich da!«

Ihr Gesicht verschwindet und mein Herz klopft. Kurz darauf klopft es an der Tür und ich reiße sie auf.

»Was bist du denn hier in deinem Zimmer?« Sie sieht umwerfend aus. Der gleiche enge Rock, den sie trug, als ich sie zum ersten Mal gesehen habe. Dazu der Duft des blumigen Parfums. Oh Mann. »Und wie siehst du denn aus? Was sind das für Sachen? Und überhaupt dieser ganze Raum?«

Mein Blick schweift über die feminine Einrichtung, die man von keinem Typen in meinem Alter erwartet. Die weiße Kommode, der weiße Schrank, der große goldene Spiegel. Alles noch aus der Zeit, als Kristin hier war. Einzig die Poster erinnern an noch frühere Vergangenheit. Dazu das eingebrochene Bett und die vielen blauen Steine. Frida fasst sich ans Kinn und mir ist so, als würde mir dieser kleine Windstoß genügen, den Duft ihres gesamten Tages in mich aufzunehmen. Der Butterfly-Effekt.

»Ich frag das nur einmal und es wär völlig okay, wenn es so wäre. Bist du schwul?«

Ich verschlucke mich an meiner Spucke, huste. »Was?!«

Sie macht eine beschwichtigende Handbewegung. »Es wär wirklich in Ordnung. Ich hab viele schwule Freunde. Die sind alle super. Wenn du möchtest, kann ich …«

Ich schlage mit der flachen Hand gegen die Wand, keuche die letzten Tropfen Speichel aus der Luftröhre, während ich mit einem Finger auf mich zeige. »Nicht schwul.«

Frida lehnt sich gegen die Kommode, schmeißt dabei mit ihrem Rücken ein Bild von mir mit Delta und Matte um, das ich anstelle des Fotos mit Kristin aufgestellt habe.

»Okay, wir müssen aber definitiv was mit deinem Zimmer machen. Eine Frau kriegst du hier ja auf keinen Fall flachgelegt. Erst recht nicht mit dem kaputten Bett. Oder ist das ne Masche? Was sind das denn überhaupt für bescheuerte rote Vorhänge? Und was ist das für eine Party? Ist der Inder wieder da? Und wo ist deine Freundin? Wie hieß die noch mal? Katrin?«

Das sind zu viele Fragen auf einmal, die auf mich einprasseln.

»Das ist gerade alles egal«, wiegle ich ab. Was wirklich wichtig ist: der Feind in meinem Haus, woran man ihn erkennt, wie er mir ins Gesicht gerotzt hat, meine Jacke geklaut hat und dass wir einen Plan brauchen, um den Scheißkerl zu demütigen oder zumindest für immer loszuwerden. Und ich erzähle ihr, dass die Person, die sie Katrin nennt, nicht mehr da ist. Nie mehr wiederkommt. Irgendwie ist mir wichtig, dass sie das weiß. Frida nickt und ich denke, es ist ihr egal, ob Katrin, die nicht Katrin heißt, noch da ist. Zum Rest lächelt sie. »Kinderspiel. Tausendmal gemacht. Voll einfach.«

Wir stehen auf der Tanzfläche und beobachten, wie sich der dämliche Mo mit dem Rücken zu uns mit seiner übergroßen Hand auf dem Herd abstützt. Den muss ich dann wohl morgen putzen. Ich stelle mir vor, wie ich die Platte unbemerkt auf die höchste Stufe drehe und die knochigen Finger langsam anfangen rot zu glühen. Wie die Nase von Rudolph, dem ungeliebten Rentier vom Weihnachtsmann. Sein komischer Dampf durchzieht das ganze Zimmer. Eindeutig Melonengeschmack. Bah. Es gibt doch so viele zur Auswahl und er wählt ausgerechnet die Frucht, die ich als Einzige abgrundtief hasse.

Frida hält sich das Kinn, fängt an zu nicken. Ich schätze, sie hat einen Plan.

»Ich hab einen Plan!«

Ihre Lippen berühren mein Ohr, während sie mir ihre Idee zuflüstert. Ich bekomme eine Gänsehaut, die sich allerdings sofort wieder zurückzieht, als mir klar wird, was sie vorhat.

»Ich lenk ihn ab, du schnappst dir den Vaper.«

Ich weiß zwar nicht, was ein Vaper ist, schätze aber mal, dass sie die E-Zigarette meint.

»Und dann?« Ich lasse Mo nicht aus den Augen. Er trinkt einen Schluck Bier und lacht über irgendeinen Spruch seiner Begleitung. Es schüttelt mich.

»Na ja. Irgendwas müssen wir da reinmachen. Habt ihr nicht Chilis oder so?«

Ich schüttle den Kopf. »Tabasco hat Sunil glaub ich mitgebracht.«

Sie hebt den Daumen und ich überlege, ob ihn das nicht vielleicht umbringen könnte und ob das schlimm wäre.

»Wo ist es? Kannst du's holen?«

Ich überlege. »Ich glaub, hinter ihm im Kühlschrank.«

Sie schaut mich entgeistert an. »Muss das kühl gelagert werden?«

Ich zucke mit den Schultern und beim Musikwechsel zu etwas Ruhigerem fragt sie, ob ich bereit bin. Ich bin es nicht, bejahe die Frage dennoch. Dann verlässt sie mich und ich stehe zwischen eng umschlungenen Paaren, die mich nacheinander anstoßen. Von vorn kommt Frida in die offene Küche, redet zuerst mit dem blonden Mädchen, zeigt auf ihre Schuhe und lächelt so viel, wie ich sie noch nie habe lächeln sehen. Es sieht sogar recht natürlich aus.

Mo nimmt seine Hand vom Herd und zeigt sie den zwei, die fasziniert aussehen. Wahrscheinlich erzählt er ihnen eine heldenhafte Story darüber, wie er ein Kinderheim vor einem Großbrand bewahrt und sich dabei unglücklich verletzt hat. Jetzt lacht die Blonde und berührt seinen Oberarm. Es schüttelt mich, und als mir irgendein männliches Model mit aufgestelltem Kragen auf den Fuß tritt, mache auch ich mich auf den Weg, nähere mich der Gruppe unauffällig.

Frida füllt drei Plastikgläser mit Jägermeister. Kurz treffen sich unsere Blicke. Mo stößt seinen Melonendampf über ihre Schulter. Ich könnte ihn einfach so von hinten mit einem festen Gegenstand auf den Hinterkopf schlagen und ihn danach auf ewig auf dem Dachboden mit Fischabfällen gerade so am Leben halten. So weit ist der Hafen ja nicht entfernt, dass es wahrscheinlich ein Leichtes wäre, günstig an seine Nahrung zu kommen. Am Hintern des Mädchens blitzt die weiße Waschanweisung der Unterhose heraus. Frida leistet ganze Arbeit. Ohne große Mühe öffne ich den übergroßen Kühlschrank, durchsuche mit den Augen die Fächer.

»Wir stoßen jetzt erst mal an.« Fridas Stimme übertönt die Kuschelrockmusik.

»Jägermeister einfach so? Ist im Kühlschrank nicht noch Cola oder so?« Das Mädchen und ihre Fistelstimme haben keinen Bock auf das Getränk.

»Ich will den auch nicht pur«, sagt Mo. Der Schwächling.

Ich gehe näher an den Kühlschrank, spüre die Kälte auf meiner Haut. Jede Sekunde könnte meine Deckung auffliegen, der Plan zerstört werden.

»Nee komm. Einen Jägermeister trinken wir!« Frida versucht, die Situation irgendwie zu retten. »Das hat in meiner Familie Tradition.«

Der Melonengeruch tritt in meine Nase.

»Das ist doch Quatsch. Ich hab keinen Bock auf Jägermeister.« Mos Stimme ist viel zu nah. Dann macht es ein krachendes Geräusch und seine riesige, knochige Hand landet neben meinem Ohr, greift an die Kühlschranktür. Frida hustet übertrieben, doch keine Chance, Mo steht bereits hinter mir.

»Oh. Hallo. Kannst du mir ne Cola geben?« Ich habe eine Gänsehaut, greife nach einer der unzähligen Flaschen und reiche sie, ohne mich umzudrehen, über meine Schulter nach hinten. Seine knochigen Finger berühren meine, ziehen mir die Cola aus der Hand. »Danke.« Bah.

Ich warte eine Sekunde, entdecke in der Tür den Tabasco, riskiere einen Blick. Frida stößt an, zeigt dabei mit einem Finger auf die Ablage. Dann sehe ich die silberne E-Zigarette und mein Atem stockt. Ich schüttle den Kopf. Viel zu gefährlich. Das blonde Mädchen legt ihren Arm um Mo und ich sehe, wie Frida überlegt. Sie muss das echt unauffälliger machen. Man sieht es ihr einfach sofort an. Dann wechselt ihr Gesichtsausdruck, sie lächelt und stolpert, ohne vorher überhaupt in Bewegung gewesen zu sein, stößt dabei gegen das Getränk der Blonden, das zu Boden geht.

Sofort stürzen alle drei in die Hocke.

»Ach Gott, Entschuldigung.« Sie schaut dabei zu mir und ich warte keine Sekunde, pirsche mich ran und greife zu. Ich habe beides: die E-Zigarette und den Tabasco, drehe mich um, renne unbeholfen und fast stolpernd über die Tanzfläche und rein in mein Zimmer. Durchatmen. Ich setze mich auf das schräge Bett und lese den Inhalt der Würzmischung. Unter meinen Füßen knirschen die blauen Steine.

Chili, Brandweinessig, Salz. Nirgendwo steht, dass man es nicht rauchen kann, denke ich noch, als Frida durch die Tür stürzt. »Du schuldest mir was! Du schuldest mir wirklich was. Das war ganz, ganz schlimm.« Sie schließt die Tür und schüttelt sich. »Diese Hand!«

»Das war doch deine Idee!«, verteidige ich mich.

Frida nimmt neben mir Platz und ich betrachte den Verdampfer. In einem durchsichtigen Zylinder schwappt eine rote Flüssigkeit. »Soll ich das jetzt erst komplett rauskippen oder einfach nachschütten?«

Frida zuckt mit den Schultern. Ich ziehe den Pullover über meine Finger, möchte jede Berührung mit dem Mundstück vermeiden. Eine kurze Drehung und der Zylinder liegt frei.

»Wo muss das denn jetzt rein? Da in den Kreis?« Ich halte es Frida hin.

»Keine Ahnung.« Sie nimmt ihr Handy und fängt an, bei Google danach zu suchen. Ich klemme die E-Zigarette zwischen die Oberschenkel und öffne den Tabasco. Ein scharfer Geruch zieht in meine Nase.

»Du musst das da an den Rand schütten«, erklärt sie.

Ich setze die Flasche an die Kante des Verdampfers. »Das ist viel zu klein. Das läuft mir doch alles über.«

Sie rutscht ein Stück näher. »Kipp einfach mal.«

Mit einem Finger hebt sie den Boden der Tabascoflasche. Die Hälfte läuft über meine Hand und die andere mischt sich tatsächlich mit dem Melonenliquid. Der Tank ist blitzschnell voll und meine Hose und der Ärmel sind rot durchtränkt.

Frida lacht. »Als ob du deine Tage hättest.«

Ich stelle den Tabasco auf meinen Nachttisch und drehe alles zu, wische den Verdampfer an meinem Pullover trocken, halte ihn Frida unter die Nase. »Riecht das nach Tabasco?«

Sie rümpft die Nase. »Könnte auch dein Ärmel sein. Gib mal!« Sie nimmt das Gerät in die Hand und riecht. »Ich riech nichts.«

Wir schrecken beide auf, als sich die Tür öffnet und der Kokstyp aus dem Bad hereinstolpert, auf den Boden fällt und dort liegen bleibt. Der Bass der Anlage nimmt Fahrt auf und wir können nur zugucken, wie langsam von einstrahlendem Diskolicht in abwechselnden Farben glänzende, dickflüssige Kotze aus dem Mund auf meinen Ikea-Teppich läuft.

»Och nö.« Ich richte mich auf, habe Mühe, nicht auf den blauen Steinen auszurutschen, die überall im Raum verteilt sind, spüre den Alkohol im Schädel. Die Kommode ist meine Krücke, stützt den halbwegs geraden Stand.

Der Typ versucht aufzustehen und ich versuche, ihm dabei zu helfen, doch sein Knie knickt ein und landet in der Brühe. Ich greife ihm unter die Arme und ziehe ihn nach oben.

»Versuch mal stehen zu bleiben.«

Er schaut mich an, oder zumindest vermute ich das. Seine Augen sind bei dem Pegel nicht mehr dazu in der Lage, irgendwas gerade anzusehen. Er schwankt.

»Hör mal zu!« Ich passe mich seinen Schwankungen an, gehe mit vor und zurück, damit er nicht wieder umfällt. »Ich bring dich jetzt ins Bad!«

Erst denke ich, dass er zustimmend nickt, dann allerdings hat er mein Bett entdeckt. Wahrscheinlich sieht es für ihn so aus, als wäre es nicht zusammengebrochen, stattdessen unversehrt und urgemütlich.

Als Frida sieht, dass er die andere Seite des Zimmers fokussiert, rutscht sie schnell zur Seite, bringt sich vorsorglich in Sicherheit.

»Nein, nein, nein.« Ich versuche, ihn aufzuhalten. »Du musst ins Bad, nicht ins Bett.«

Er versucht sich loszureißen, mein Fuß landet im Erbrochenen, verliert kurz den Halt, hinterlässt einen matschigen Abdruck im Teppich, der sich farblich deutlich abzeichnet. Dann trifft sein Oberarm mein Gesicht.

»Fuck, Alter!« Ich lasse ihn los, kneife die Augen zusammen, greife mir an die Nase. Nicht schon wieder das Gesicht! Es war gerade erst alles wieder abgeschwollen.

Ich kann nur vermuten, dass es die blauen Steine sind, die ihn den Halt verlieren lassen. Er fällt zurück, landet mit dem Kopf neben meinem Rucksack, aus dessen Innerem noch ein frisches, in Papier eingewickeltes Baguette ragt, das ich essen wollte, ehe das Bier ihm zuvorkam. Sofort versuche ich, ihm wieder aufzuhelfen, und auch Frida greift jetzt einen seiner Arme.

»Du bist so bescheuert, ey. Jetzt hör mal auf uns.« Meine Nase schmerzt, aus den Augen kommen die Tränen. Aus seinem Mund tropfen die letzten Reste seiner Galle, als wir versuchen ihn in Richtung Tür zu schleifen.

»Maddin! Maddin!«

Ich erkenne die aufgebrachte Stimme. Mo. Nur kurze Zeit später hebt er den herunterhängenden Kopf seines Kumpels an, dann zuckt sein Blick Hilfe suchend nach oben, erstarrt. Der Erzfeind. Zum ersten Mal seit Ewigkeiten treffen sich unsere Blicke.

»Bring ihn hier raus!« Ich halte ihm den Arm seines Freundes hin. Noch ehe er richtig begreift, wer ihm da gerade hilft, werde ich schon lauter. »Du sollst ihn jetzt rausbringen! Ich hab da keinen Bock drauf!«

Ich wische mir mit dem Ärmel die Tränen aus dem Gesicht, halte inne. Stechender Schmerz. Ich lasse Mos halb bewusstlosen Kumpel los, beginne zu schreien. Der scheiß Tabasco! Ich höre, wie Martin an Frida herunterrutscht und wie Mo irgendwas Undefinierbares brüllt, stürze aus dem Zimmer, vorbei an den vom Geschrei angelockten Partygästen. »Wasser! Ich brauch Wasser!«

Ich stolpere ins Bad, reiße an den Armaturen und halte mein Gesicht unter die kalte Flüssigkeit. Mit den Fingern fummle ich den Stöpsel ins Loch. Dann spüre ich Fridas Hand auf meinem Rücken. »Alles okay?«

Ich versuche, meine Augen zu öffnen, betrachte mich im Spiegel. Rot unterlaufen.

»Brennt wie die Hölle.« Gerade will ich ins Wasser abtauchen, als Mo und Martin ebenfalls ins Bad getorkelt kommen.

»Wir brauchen Wasser!«

Ich schüttle den Kopf, schaue sie durch den Spiegel an. »In der Küche! Das ist meins! Und ich brauch hier noch ein bisschen!«

Fridas Hand gleitet von meinem Pullover. Sie zeigt auf die Badewanne. »Oder nehmt die.«

Mo schüttelt den Kopf. »Da stolpert Martin nur und bricht sich was. Ich muss ans Waschbecken.«

Ich drehe mich zu ihnen, greife ein Handtuch und reibe mir übers Gesicht. Macht die Sache nicht besser. Martin lehnt im Türrahmen, schwankt bedrohlich. Ich kneife die Augen zusammen, doch es brennt noch immer.

»Ich brauch das Waschbecken noch. Ich hab was im Auge.«

Mo bittet einen der Schaulustigen, die sich hinter Martin versammeln, den festen Stand seines Freundes zu wahren, macht ein paar Schritte auf mich zu.

»Ja, wir haben alle gesehen, dass du deine Tage hast, aber jetzt mach hier mal Platz.« Er deutet auf den Fleck auf meiner Hose und hinter ihm lachen die Leute. Er genießt es.

»Geht doch verdammt noch mal in die Küche«, zische ich. »Ihr hättet schon längst da sein können!«

Er deutet auf seinen Kumpel, der sich dadurch aufgefordert fühlt zu lächeln. Spucke läuft über sein Kinn. »Was bist du eigentlich für n Arschloch? Du siehst doch, wie's ihm geht!«

Ich habe auf den ganzen Mist keinen Bock, drehe mich zurück zum Waschbecken. Mos Finger bohren sich in meine Kleidung, ziehen mich zur Seite. Frida schreit, will dazwischengehen. Mo schubst sie und sie verliert das Gleichgewicht, kann sich gerade noch so an der Wand abstützen. Ich höre einen Gegenstand auf dem

Fliesenboden aufprallen. Ihr muss die E-Zigarette aus der Tasche gefallen sein.

Mo stockt, während ich Halt am Wandregal suche. »Habt ihr mich beklaut, oder was?«

Wir schweigen. Mo hebt seinen Verdampfer vom Boden auf, betrachtet ihn. »Habt ihr was mit dem Vaper gemacht?«

Frida schüttelt den Kopf. »Ich hab den in der Küche gefunden. Ich wusste nicht, dass das deiner ist.«

Martin rülpst und für einen Moment denke ich, dass da noch mehr aus seinem Magen herauswill.

Mo drückt den Knopf und zieht an seiner Zigarette. Erst sieht es so aus, als würde der Tabasco keine Wirkung auf ihn haben. Dann hustet er, hält sich den Brustkorb. Seine riesige Hand stützt sich an der Badewanne ab, während er sich fast die Lunge raushustet. Frida, Martin und ich beobachten die Szenerie. Wobei ich nicht genau weiß, ob Martin wirklich hinsieht oder nur einen passenden Platz für seinen nächsten Auswurf lokalisiert. Als er einen Schritt auf die Toilette zugeht, die zum Glück offen steht, greife ich Fridas Hand.

»Ich glaub, wir gehen besser.«

Sie nickt, ohne etwas zu sagen. Die Musik stoppt und ich höre das surrende Rotieren der bunten Leuchten aus dem Wohnzimmer.

Mo drückt sich am Wannenrand nach oben. Seine Stimme klingt, als wäre er ein Mafiaboss, heiser und leise. »Ihr geht nirgendwohin!«

Er versperrt uns den Weg, als Sunil sich an Martin vorbei ins Bad schiebt. »Okay, was ist hier los?«

Mo keucht. »Die wollten mich vergiften!«

Er zeigt auf Frida und mich. Wir schütteln die Köpfe. Sunil klopft Mo auf den Rücken, hilft ihm noch einmal beim Husten. Kleine rote Punkte sprenkeln die Fliesen.

»Was haben sie denn gemacht?«

Mo schaut auf seinen Verdampfer. »Die haben mir Gift in den Vaper gekippt.«

Ich mache ein Tzz-Geräusch und als ich an Sunils Blick merke, dass ich verdächtig aussehen muss, mit alldem Tabasco auf den Klamotten und den rot geschwollenen Augen, reibe ich mir noch mal mit dem Handtuch übers Gesicht. Ein kleiner Zeitgewinn. Nachdenken. Das Brennen ignorieren.

»Das war doch kein Gift«, versuche ich es. Nicht die beste Antwort.

Sunil hebt die Augenbrauen. »Sondern?«

Ich zucke mit den Schultern. »Na ja. Es wird da ja niemand irgendwo Gift reingeschüttet haben.«

Sunil nimmt die Zigarette, betrachtet die Flüssigkeit und deutet dann auf meinen Schritt. »Was ist das denn da auf deiner Hose?«

Ich schlucke. »Ach so. Ja.« Kurz überlege ich, ob ich sagen sollte, dass Frida ihre Periode hat. »Äh. Tabasco.«

Er dreht an dem Verdampfer und riecht. »Ich glaube, hier ist auch Tabasco drin.«

Ich wiege den Kopf hin und her. Zufall ist vielleicht auch keine gute Ausrede mehr. »Ja gut. Das war vielleicht ein blöder Scherz. Aber ich wollte niemanden umbringen. Dass das schon mal klar ist.«

Frida tritt vor. »Es war meine Idee. Sorry.«

Ich halte meinen Arm vor sie, ziehe ihn zurück, als ich merke, dass ich versehentlich ihre Brust angefasst habe. »Nee, sie hat damit nichts zu tun.«

Martin stürzt nach vorn und übergibt sich in die Toilette. Immerhin. Aber die Ablenkung reicht nicht. Ich überlege kurz, was die Situation verbessern würde. Wahrscheinlich nur was richtig Großes wie ein Erdbeben oder jemand enttarnt sich als Alien. Hm.

»Warum habt ihr das gemacht? Er hätte sterben können!« Aus Sunils Mund klingt das wirklich nach keiner guten Idee.

»Na ja, sterben ist nun wirklich übertrieben.«

Martin würgt und ich schaue einen Moment zu lang auf ihn. Wie gern würde ich mit ihm tauschen. Keine Probleme hat er. Sunils schnipsende Finger ziehen mich zurück in die noch unangenehmere Situation.

»Hier spielt die Musik.« Er hört gar nicht mehr auf zu schnipsen. »Also, warum?«

»Er ...« In meinem Rücken merke ich, wie dicht Frida hinter mir steht, ihr Kinn gegen meine Schulter drückt. »Er hat mich angespuckt!« Ich deute auf Mo, der wie ein Irrer mit der flachen Hand auf seinen Brustkorb schlägt und dabei noch bescheuerter als ohnehin schon aussieht.

»Wann? Jetzt gerade?« Sunil drückt auf den Spülknopf und Martin hebt vor dem Spritzwasser kurz den Kopf.

»Ähem ...« Ich schaue in die Runde voll fremder Partygäste, von denen mehr und mehr in den Raum treten.

Sunils schwarze Augen durchbohren mich. »Wann er dich angespuckt haben soll?«

Ich schlucke. »Was heißt denn ›haben soll‹? Hat er wirklich!«

Martin kotzt wieder und Sunil ignoriert es. »Wann hat er dich denn angespuckt?«

Nacheinander fahre ich mit der linken Hand die Glieder meines rechten Zeigefingers ab. Knochen, Gelenk, Knochen, Gelenk, Knochen und ein letztes Gelenk bis zum Ballen. Dann der Mittelfinger. »Na ja, letztens?«

Bei der hinteren Silbe fahre ich die Stimme so weit nach oben, dass ich mich wie ein prolliges Teenager-Mädchen aus der Kabeleins-Show »Die strengsten Eltern der Welt« anhöre.

Sunils Augenbrauen wandern nach oben. Er wird skeptisch. »Was heißt letztens? Auf der Party?«

Ich zucke mit den Schultern. »Keine Ahnung. Nee. Vor ein paar Monaten oder so. Spielt doch keine Rolle.«

Die Anwesenden tuscheln.

»Und deswegen vergiftest du Marius?« Für Sunil spielt es also offensichtlich doch eine Rolle.

Marius? Mo heißt Marius? Was ist das denn für ein bescheuerter Name? Ich spüre Fridas Brüste an meinen Schulterblättern, wie sie warm und fest gegen das dünne Hemd drücken.

»Na, so klingt das ja auch total falsch.« Ich bemerke selbst, wie lahm sich diese Ausrede aus meinem Mund anhört.

»Wie ist es denn sonst?«, krächzt jetzt auch noch Mo dazwischen, der nun wirklich besser für immer die Klappe gehalten hätte. Aber er hat seine Lunge wohl so weit wieder unter Kontrolle. Punkt für mich!

»Ja guck. Es geht ihm doch schon wieder gut.« Ich spüre, wie Fridas zarte Finger meine umschließen. Wow.

Sunil schüttelt den Kopf. »Er hätte sterben können!«

Hilflos werfe ich die Hände nach oben, vergesse dabei Frida, die ich mit der plötzlichen Bewegung noch näher an mich heranziehe. »Ach Quatsch. Die Dampfe wär einfach kaputt gegangen. Außerdem ist Tabasco doch ein Lebensmittel. Das kommt doch versehentlich öfter in irgendwelche Lungen. Einmal falsch geschluckt und ...«

Sunil schaut erst zu mir, dann auf Martin, der in der Zwischenzeit mit dem Kopf in der Toilette eingeschlafen ist. »Ach. Okay. Dann ist es natürlich was anderes. Dann bist du natürlich im Recht.«

Ich bin mir kurz unsicher, ob er das ernst meint, aber dann ändert seine Stimme plötzlich die Tonlage, wird dunkler. »Das verdampft, du Idiot. Das ist total krank einfach nur.«

Ich fahre mit dem Zeigefinger die tiefen Denkfalten auf meiner Stirn nach. Fühlt sich nach Kopfschmerzen an. »Das ist doch alles Blödsinn!«

Mo zeigt mit seiner riesigen Hand in meine Richtung, drückt sie mir fast ins Gesicht. »Du weißt genau, dass du Scheiße gebaut hast! Nicht zum ersten Mal. Du bist so jämmerlich!«

Ungläubig schüttle ich den Kopf, rolle übertrieben mit den Augen. Mir fällt es schwer, weitere Gesten und Gesichtsausdrücke zu finden, die meinen Unmut über diese Situation noch deutlicher herausstellen könnten.

»Und deine dummen Grimassen kannst du dir auch sparen!«, ruft er, während er selbst mit seinem dummen Brustkorbtrommeln total bescheuert aussieht. Ich rieche den ekelhaften Melonengeruch seiner gelben Finger, die Zentimeter vor meiner Nase in der Luft wanken wie ein Segelschiff im Sturm.

Mit einem gezielten Wischer schlage ich seine Hand nach unten, ziehe an Frida und drängle mich durch die Menge, gebe nicht nach, während Schultern gegeneinanderprallen, uns das Durchkommen erschweren, ignoriere die hämischen Provozierversuche, die den Weg durch den Flur pflastern.

»Ihr seid doch echt alle behindert«, murmle ich, drücke die Klinke der Wohnungstür runter und spüre den kalten Luftzug aus dem Treppenhaus und Fridas warme Hand, brülle, so laut es mir möglich ist: »Behindert sagt man nicht! Das tut mir leid! Aber meine Jacke hat er auch geklaut! Die will ich wieder. Und wehe, die Kotze ist später nicht verschwunden!«

Wir stolpern die Stufen nach oben. Ich murmle noch einige Schimpfworte auf dem Weg. Frida schließt lachend die Tür ihrer Wohnung auf, zieht mich hinein. Es riecht nach Räucherstäbchen und leicht muffig, die Tür schlägt zu. Frida stellt die halb volle Bierflasche in einen abgetretenen Converse Chuck im Schuhschrank. Ich stoße auf und bevor ich das alkoholhaltige Kohlendioxid ausatmen kann, spüre ich ihre Hände auf meinem Rücken und wie sie mich, Brust auf Brust, gegen die Wand drückt. Dann ihren Mund. Ich öffne meine Lippen und unsere Zungen berühren sich. Sie schmeckt nach Bier und Rauch und wunderbar. Ich greife an ihren Po, ziehe sie fester heran. Ich liebe ihren funkelnden Blick im fahlen Licht und wie ihr Atem schneller wird, spüre ihr Herz durch die Kleidung pochen. Der Kuss ist feucht und wild. Wir drehen uns an der Wand entlang, werfen das Festnetztelefon von der Kommode. Alles egal. Ich hebe sie hoch, setze sie auf den Sekretär. Einen Moment schauen wir uns an. Wir wollen uns. Ihre Hände greifen nach dem Bund meines

Shirts, ziehen es im Bruchteil einer Sekunde über mein Gesicht, ihre Nägel krallen sich in meinen Rücken. Ich werfe den Kopf zurück. Schmerz. Lust. Nebel. Bin zurück, reiße an ihrem Shirt, will sie nackt sehen. So schnell wie möglich. Ihr Brüste genau vor mir. Der Blick gehindert durch einen schwarzen Spitzen-BH, an dem unzählige kleine Flusen vieler Waschmaschinengänge grau aufleuchten.

Ich fahre mit der Unterlippe ihre Schultern entlang, rieche ihren süßen Duft. Ihre Beine umschlingen meine Hüfte. Ich ziehe sie näher und spüre ihre Brust an meiner. Warm reibt der Stoff auf meiner Haut. Ich gebe nicht nach, will mehr. Sie stöhnt mir ins Ohr, fährt mit beiden Händen durch meine Haare, hält sich daran fest. Ich zittere. Dann öffnet sie die Beine, stößt mich von sich. Ich weiche zurück. Frida springt von der Kommode und der Luftstoß riecht atemberaubend. Sie greift nach mir, ihre Finger in meinen, zieht mich mit. Ich würde ihr überallhin folgen. Bis ans Ende der Welt. Heute Nacht und für alle Zeit.

Mit einer Plastikkarte von McFit verteilt Frida weißes Pulver aus einer kleinen Tüte auf einem Teller mit blauer Lackierung. Ich schlucke. Das Zeug verfolgt mich. Ich beobachte haargenau, wie viele Linien sie zieht. Natürlich zwei. Dann greift sie in ihre Hosentasche, zieht einen Schein hervor und setzt die Nase an. Mit Daumen und Zeigefinger drückt sie die Nasenwände aneinander. Ich schlucke noch mal, als sie mir den Schein übergibt. Sie bemerkt meine Unsicherheit.

»Hast du das noch nie gemacht?« Sie kommt näher, fährt mit ihrer Hand über meine Brust. »Du musst nicht. Aber es ist schon ganz geil.«

Der Schein zittert in meiner Hand und ich weiß nicht, ob ich wirklich soll.

Frida küsst mich und drückt sich an mich, flüstert mir ins Ohr. »Nimm mal nur die Hälfte. Es ist nicht gefährlich und wird dir gefallen. Vertrau mir.«

Ich will. Ich will alles, was sie will. Ich beuge mich vor, atme durch. Dann halte ich ein Nasenloch zu und ziehe etwas über die Hälfte des Pulvers hoch. Es kitzelt und ich mache es Frida nach, drücke meine Nase zu und warte auf irgendeinen Effekt. Ich kann nicht lange warten, da sind ihre Lippen wieder auf meinen. Mit den Fingern versuche ich, ihren BH zu öffnen, zerre am Verschluss, während wir in Richtung Schlafzimmer taumeln, stolpern. Ihre Zähne bohren sich in meinen Nacken und ich schubse sie sanft aufs Bett. Sie schaut von unten zu mir auf, kommt nach vorn und öffnet den Knopf meiner Hose. Ich merke, wie das Kokain meine Sinne schärft. Mich noch fokussierter macht. Nicht unangenehm.

Wieder greife ich nach dem Verschluss in ihrem Rücken, will endlich ihre Brüste sehen, wollte es schon seit Anbeginn der Zeit. Mit dem Geräusch des Reißverschlusses legt sich ein grauer Schleier auf meinen Blick, auf meine Bewegungen. Es wird warm, verschwommen. Ich verliere mich in ihren Augen, kann durch die Decke blicken, durchs Dach, und sehe zum ersten Mal helle Sterne am Himmel über Hamburg.

»Macht doch nichts.«

Ich liege auf dem Rücken und starre an die Holzvertäfelung über mir. Mein Penis ruht schlaff links auf dem Oberschenkel, reicht bis knapp vor den Doppelleberfleck, den ich seit Jahren schon auf Krebs kontrollieren lassen wollte. Bedrohlich dunkel. Alle beide.

»Mhm«, mache ich nur.

Frida küsst meinen Hals und ich möchte schreien. Da liegt eine solche Frau neben mir, nackt und willig, und ich schaffe gar nichts.

»Hast du was zu trinken?«, frage ich, um irgendwie vom Thema abzulenken.

»Klar.« Sie nickt, steht auf und hantiert in der Küche mit Gläsern.

Ich raufe mir durch die Haare und fahre über die glatter werdende Stelle am Hinterkopf, die sich die letzten Wochen um ein Vielfaches vergrößert hat, wie das Ozonloch in den Neunzigern. Ich schlage mit der flachen Hand gegen mein Glied, schubse es auf die andere Seite und wieder zurück.

»Ich hab alles versucht«, erkläre ich Frida, als sie im Türrahmen auftaucht.

Sie reicht mir ein Glas Wasser. Ich setze an, schlucke die Flüssigkeit in einem Zug runter, dabei läuft ein wenig an meinen Mundwinkeln und am Hals runter bis auf den Bauch. Langsam fließt es in meinem Bauchnabel zusammen.

Frida grinst, beugt sich über mich und fährt mit den Lippen über die Tropfen bis hin zur Quelle, leckt die kleine Pfütze auf. Dann umschließt sie meinen Penis, gleitet mit der Zunge unter die Vorhaut und fährt an ihr entlang. Massiert mit der Hand die Hoden. Ich würde gerne, spüre aber nichts und drücke ihr Gesicht leicht zur Seite. Sie lässt sich zurückfallen, landet neben mir und ich schüttle den Kopf, habe mich das letzte Mal so unwohl gefühlt, als ich erfahren habe, dass meine Ex-Freundin mich damals betrogen hat. Ex-Freundin. Klingt immer noch seltsam.

»Dann vielleicht morgen früh?«, schlägt sie vor.

Ich nicke und Frida drückt auf den Schalter einer Lampe, die aus einer alten Wodkaflasche und einem staubigen Schirm besteht. Es ist dunkel. Alles. Scheiße. Ich denke an Ella und dass sie wahrscheinlich gerade Figuren schnitzt. Und dann, dass sie das vielleicht gerade doch nicht macht, weil es bestimmt schon mindestens vier Uhr ist.

»Guck dich mal an.« Kristin sieht enttäuscht an mir herab.

Ich bin nackt. Sie steht in Fridas Wohnungsflur und ich bücke mich nach meinem Shirt, habe nur auf den Moment gewartet, in dem Frida eingeschlafen ist, um mich so leise wie möglich aus dem Bett zu schleichen.

»Was willst du denn?«, frage ich aufgebracht.

Sie schüttelt den Kopf. »Das ist so armselig.«

Ich halte meine Kleidung vor den Schritt, schreie sie an. »*Du* bist doch abgehauen! Das war ja wohl armselig!«

Hinter mir bewegt sich Frida im Schlaf.

»Was erzählst du denn da?« Kristins Stimme ist ganz sanft.

Ich zucke zusammen, mir stehen die Haare zu Berge. Mein Mund ist trocken. Ich lecke mir mit der Zunge über die Lippen.

»Was mach ich denn hier?«, murmle ich, eher zu mir selbst als zu den beiden Frauen.

Frida berührt meine Schultern, muss aufgewacht sein. »Du bist nicht mehr hier«, flüstert sie. »Du bist schon lange abgehauen.«

Ich reiße mich los. »Was?!«

Würge. Ich betrachte meine Hände und die ersten Tropfen landen auf meiner Haut. Ich schaue in den Himmel und der Regen prasselt auf mich nieder. In nur wenigen Augenblicken zieht die Feuchtigkeit durch meine Jacke und alle Klamottenschichten darunter, die ich bis gerade noch gar nicht angehabt habe.

Ich schließe die Augen, schreie. »Wo bin ich denn sonst?!«

Ich öffne die Augen und stehe vorm Spiegel. Es ist das Bad. Unten. In meiner Wohnung. In Sunils Wohnung. Die Party ist vorbei. Ich habe geträumt, weiß nicht genau, wie ich hier gelandet bin, schlage mir mit der flachen Hand Wasser ins Gesicht. Ich sehe alt aus, fertig. Die Geheimratsecken bahnen sich ihren Weg zum Hinterkopf. Mit den Fingern ziehe ich die Haare darüber. Immer ist da diese kahle Haut ... Mein Blick fällt auf den Rasierer, der irgendwann während der Party heruntergefallen sein muss. Ich hebe ihn auf, betrachte ihn lange. Er brummt in meiner Hand. Positiv. Als würde er sagen, dass er meine einzige Rettung ist. Die Haare fallen. Ein erneuter Blick in den Spiegel bringt Gewissheit. Einzelne Haarbüschel sind der letzte Hinweis auf meine alte Frisur.

Ich setze erneut an.

TAG 318

»Hey«

»Hey. Ich habe bestimmt fünfzigmal versucht dich anzurufen. Warum meldest du dich nicht mehr? Ich wollte es dir eigentlich nicht so sagen, aber ich habe wohl keine Wahl: Dein Vater ist letzte Nacht gestorben. Ruf mich doch bitte sofort zurück, wenn du das liest. Mama.«

Ich lade mir Tinder runter.

TAG 324

»Wie krank?«

»Finanzamt. Hallo. Ich komme zur Steuerprüfung.«

Das böse Wort mit F gefolgt vom noch schlimmeren Wort mit S. Stefan zuckt zusammen und legt das Handy der vermeintlichen Erpresser beiseite, auf dem sich bis heute niemand gemeldet hat. Wir haben langsam angefangen zu glauben, dass wir noch mal mit einem blauen Auge davongekommen sind. Dass die Typen vielleicht schon in irgendeinem Hochsicherheitsknast stecken und Flo einfach untergetaucht ist.

Doch die Frau im schwarzen Blazer erinnert mich daran, wofür wir die Kohle eigentlich bräuchten. In meinem Kopf rechne ich nach, wann das letzte Mal eine weibliche Person im Büro war. Die Affentrainerin. Lange her.

Delta springt auf, lächelt der Dame zu und stellt sich in unser Blickfeld. »Wollen Sie vielleicht erst mal einen Kaffee?«

Doch sie lehnt ab. »Kommen wir lieber gleich zur Sache.«

Stefan nickt Matte zu, der kurz darauf das Büro verlässt. Sie reden jetzt mehr mit mir, ich verstehe ihre kleinen Gesten und Zeichen. Seit der ganzen Geschichte mit den Drogen bin ich voll im Team. Es steht nicht gut um uns. Die mühsam gefälschten Unterlagen fürs Finanzamt werden uns lediglich ein bisschen Zeit verschaffen. Doch wie lange noch?

Delta führt die Frau zum Aktenschrank, öffnet ihn mit dem Ärmel, um seine Hände vor möglichen Keimen zu schützen. Stefan schwitzt. Aber das macht er immer. Ich habe Bierdurst.

Die Frau vom Finanzamt lässt sich von Delta bezirzen. Ab und an hört man sie aus der Ecke kichern. One for the Team. Der neue Praktikant beantwortet Zuschauermails und ich verabscheue ihn. Für die Zottelfrisur, für den Schweißgeruch, für das ständige Nägelkauen, für das viel zu große »Super Mario«-T-Shirt und vor allem für die dümmlichen Fragen. Die sind das Allerschlimmste.

»Das Beantworten muss schneller gehen«, weise ich ihn an.

Er nickt. Ich scrolle bei Facebook durch die Personen, die mir als neue, potenzielle Freunde vorgeschlagen werden, gucke mir die Fotos einiger Mädchen an. Eins davon sieht aus wie Frida. Ich habe seit jener Nacht versucht, ihr aus dem Weg zu gehen, obwohl sie sich noch einmal mit mir treffen wollte. Doch allein bei dem Gedanken, ihr nach der Schmach in die Augen zu sehen, würden sich mir die Nackenhaare aufstellen, wenn ich sie nicht rasiert hätte. Es würde wieder nicht klappen, das weiß ich. Zu viel Druck, zu viel Hoffnung. Ich schaffe es gerade noch so, ins Büro zu gehen und bei Tinder irgendwelche Frauen anzuschreiben, die mir nichts bedeuten, die ich mit fadenscheinigen Gründen schnell wieder loswerden kann. Alles andere ist mir zu viel. Daher habe ich die erste Nachricht, die Frida mir an die Tür hängte, ignoriert. Es folgten weitere. Bei der fünften schrieb sie, die Möbelpacker würden am darauffolgenden Tag ihre Sachen abholen. Ich bin im Bett geblieben, habe die Musik so laut aufgedreht, dass ich das Geräusch der Klingel, das Schlagen gegen die Tür nur erahnen konnte. Den letzten Zettel warf ich ungelesen in den Müll und spürte, wie zumindest eine kleine Last in diesem Moment von mir abfiel. Für sie tut es mir leid. Sie war cool.

Praktikant Steve sitzt mir gegenüber. Ich habe keine Ahnung, warum er eingestellt wurde. Die fisseligen Haare versteckt er unter einer grauen Wollmütze. Darunter die viel zu dicke Kastenbrille auf der viel zu großen Nase mit viel zu weiten Löchern, die mit jedem schnaubenden Geräusch noch größer werden. Ich setze mir Kopfhörer auf und höre die Playlist der Woche, die ein komplexer Algorithmus aus meinem sonstigen Geschmack zusammengestellt hat. Ich bin nicht zur Beerdigung gegangen und habe nicht geantwortet. Auch nicht auf die weiteren Nachrichten. Vielleicht morgen.

Ich fühle mich leer. Im Augenwinkel sehe ich, dass Steve irgendetwas fragen will. Ich ignoriere ihn. Wollen doch mal sehen, wie lange er braucht, um mich bei der Prokrastination zu unterbrechen. Bier wäre immer noch gut.

Mein Handy vibriert.

»New Match.«

Hastig entsperre ich das iPhone, nur um eine Enttäuschung zu erleben. Miriam, 18. Wann habe ich die denn geliked? Wahrscheinlich betrunken, als ich unbedingt noch etwas für den Abend abschleppen wollte. Ich wische mich durch ihre Bilder und auf einem ist sie nicht ganz so hässlich. Dafür aber auf einem Pferd, das deprimiert dreinschaut.

»Wir sagen einfach, wir hätten uns im Supermarkt kennengelernt.«

Ich verabscheue die gewollt witzigen Sprüche unter den Fotos. Zudem: »Keine ONS«. Das ist die coole Internetabkürzung für One-Night-Stand. Ich weiß nicht, ob ich das nicht vielleicht als Herausforderung verstehen soll. Wahrscheinlich. Mein Finger schwebt über ihrem Bild und ich überlege, sie einfach wieder aus dem Matchkatalog zu löschen, da macht es »Pling« und ich lese ihre erste Nachricht.

»Hi.«

Seit wann schreiben Frauen denn zuerst? Sie muss es dringend nötig haben. Und dann kommt nur so ein dämliches »Hi«? Wir sollen uns immer Mühe geben, mit witzigen Sprüchen sofort zu glänzen, und sie schreibt nur »Hi«? Nä! Ich tippe ein gelangweiltes »Hi« zurück, warte ein paar Sekunden, lese: »Wie gehts so?«

Mir fehlt der Apostroph zwischen dem T und dem S und es überkommt mich die totale Lethargie, finde es viel zu anstrengend, ein belangloses Gespräch mit Miriam, 18, zu führen. Entweder, ich breche den Kontakt sofort wieder ab, oder ich reiße sie noch heute Abend auf.

Ich wische wiederholt durch die Bilder und versuche mir einzureden, sie wäre eine auf seltsame Weise hübsche Person. Ich muss fast grinsen, als ich merke, dass ich mich selbst so gut belügen kann und sie nur einen Moment später tatsächlich irgendwie attraktiv finde. So ein Quatsch aber auch.

»Was ist das denn für ein Käse?« Ich lese die von Steve vorbereiteten E-Mails. »Das ist doch alles Scheiße.«

Sein Gesicht sieht matschig aus. Mich stört außerdem der fettige Fingerabdruck auf seiner Brille.

»Du solltest doch die Vorlage benutzen.«

Er kratzt sich mit dem Daumen über die Nase und ich stelle mir vor, wie eine Wurst aus Talg unter seinem Fingernagel hängt. Später, wenn ich den Raum verlasse, holt er mehrere kleine Dosen hervor, sammelt darin Eiter, Popel und Hautfetzen. Gut sortiert. Zu Hause wird er es dann in einer großen Zeremonie mit der Familie dem Kunstwerk, einer Beethoven-Büste aus Exkrementen, hinzufügen. Alle sind stolz, wie viel er über den Tag wieder gesammelt hat und zur Belohnung gibt es den noch warmen Apfelkuchen von Oma. Den mit den besonders dicken Obststücken.

»Hier hat ein kranker Junge geschrieben, und ich wollte nicht einfach die Standardantwort schicken«, verteidigt er sich.

Ach, *die* Nummer. Ich rolle mit den Augen. Hundertmal gelesen. »Wie krank?« In seinem Rucksack entdecke ich ein in Alufolie eingepacktes Butterbrot. Komm mal klar, Alter.

Steves Hände haben eine rötlich-blaue Farbe, Durchblutungsstörungen. »Blu-Blu-Blutkrebs. Leukämie«, stottert er.

Auch das noch. Ich überlege kurz, ihn nachzuäffen, verwerfe die Idee aber genauso schnell, wie sie gekommen ist. »Beweise? Gibt's ein Foto?«

Er schüttelt den Kopf.

Ich nicke hochgelehrt. »Ja, schick ihm die Standardantwort. Wir sind hier nicht die barmherzigen Samariter. Zeit ist Geld. Erst recht, wenn es keine Beweise für eine Krankheit gibt. Das denken die sich doch aus, damit wir ihnen womöglich noch ein Shirt oder so was schicken. Nichts da.«

Im Treppenhaus treffe ich den Onkel von Matte. Er fummelt an seiner Mütze herum. »Ist Matthias noch da?« Er sieht noch aufgequollener aus als bei unserer ersten Begegnung, riecht noch mehr nach Schnaps.

Ich schüttle den Kopf, obwohl Matte oben ist und mit Delta und der Finanzbeamtin über den Unterlangen sitzt, bin schon an ihm vorbei, bleibe dann doch stehen und drehe mich noch einmal zu ihm um. »Lassen Sie Matte in Ruhe.«

Er will etwas sagen, aber ich komme ihm zuvor. »Sie sind doch ein erwachsener Mann. Schämen Sie sich gar nicht, hier immer wieder aufzutauchen?«

Stirnfalten bilden sich, er schaut zu Boden.

»Matte ist so nett, und Sie sind nur hinter seinem Geld her. Man riecht hundert Meter gegen den Wind, dass Sie getrunken haben. Was soll das denn? Dann gibt er Ihnen wieder Geld und dann?«

Ich kann sehen, wie er kleiner wird, in sich zusammenschrumpft.

»Wann haben Sie ihn denn mal angerufen? Er hatte letzten Monat Geburtstag. Haben Sie sich da gemeldet?«

Gerade so erkenne ich ein Kopfschütteln.

„Sie nutzen ihn seit Jahren nur aus. Und damit ist jetzt Schluss. Sie werden das Haus hier verlassen und nie mehr wiederkommen. Außer Sie haben gute Absichten.«

Wie ein Wurm drückt sich der Mann an mir vorbei, gibt keine Widerworte.

»Denken Sie mal drüber nach und kriegen Sie mal endlich Ihr scheiß Leben auf die Kette!«

Die Tür schließt sich und meine Worte hallen in meinen Ohren nach. Noch eine ganze Weile.

TAG 327

»Guten Tag. Sie wohnen hier?«

Es klingelt.

Ich drehe mich zu Miriam, 18, die im Morgenlicht und mit abnehmendem Alkoholpegel schlagartig zehn Kilo zugenommen hat. Das war nach dem ersten Mal auch schon so: Ich habe ihr besoffen geschrieben, sie ist zu mir ins Bett gekommen und ohne großes Gerede ging es los. Bis ich zur Arbeit musste, war sie wieder verschwunden, weil ich ihr eine Ausrede aufgetischt habe, um sie nach dem morgendlichen Sex schneller loszuwerden. Das klingt furchtbar, aber sie scheint den Ablauf zu kennen und hat keine Beschwerde eingereicht. So viel also zum Thema »Keine ONS«.

Vor Miriam war es Sandra. Oder Franziska. Erstaunlich, wie einfach das geht. Dabei denke ich immer noch an den Abend auf dem Dach in Köln. An Ella. Aber Tinder hat nur einen Radius von hundert Kilometern und Köln ist weit weg.

Es klingelt wieder. Mein Kopf hat diesen speziellen Katerschmerz, der nur von Rührei mit Bacon geheilt werden kann. Ich habe nichts davon im Haus. Seit einigen Tagen ist nicht mal mehr Sunil da. Der ist sonst einkaufen gegangen. Aber er antwortet auf keine Nachricht. Ist wahrscheinlich mit seiner Freundin zu einem spontanen Kurzurlaub aufgebrochen. Vielleicht hat er mir sogar davon erzählt und ich habe nur nicht zugehört.

Ich schleppe mich durch den Flur. Im Wohnzimmer läuft der Fernseher noch von gestern. Musikantenstadl. Im Publikum sieht ein Mädchen aus wie Kristin. Sie tanzt lachend im Takt. Ich stoße auf, hebe den Hörer der Gegensprechanlage ab. »Hallo?«

Es rauscht. Eine Autohupe und Leute, die am Haus vorbeilaufen und sich unterhalten. Irgendwas mit Kim Kardashian. Dann klopft es. Schon oben. Im Spion sehe ich einen Mann im Anzug und leichtem Satinschal. In der Hand hält er eine Liste. Eine Kombination, die ihn aussehen lässt wie Chris Jericho, den Wrestler aus der WWE. Nur dass sein halbes Gesicht von einer dicken Kastenbrille verdeckt wird. Mit zittrigen Fingern fummle ich die Kette zur Seite und öffne die Tür. Es riecht nach Kohlrouladen.

»Guten Tag. Sie wohnen hier?«, fragt die Kastenbrille.

Ich nicke, während mein Zeigefinger den Schlaf aus beiden Augen reibt, zusammenzwirbelt und auf den Boden fallen lässt. Dann bemerke ich, dass ich nur eine Boxershorts trage, drücke die Tür bis auf einen Spalt zu und verstecke meinen Unterleib dahinter.

»Was kann ich denn …« Ich räuspere mich. »Was kann ich denn für Sie tun?« Meine Stimmbänder klingen wie vom Alkohol zerfressen.

Der Mann lächelt. »Sie haben ein paar Rechnungen nicht bezahlt.«

Ich kratze mich mit der linken Hand am Kopf, während die rechte die Tür seitlich zuhält. »Oh. Das kann schon sein.«

Ich erinnere mich an eine Handyrechnung, die ich versehentlich vor der Überweisung in den Müll geworfen hatte. »Soll ich das jetzt bezahlen?«

Der Mann guckt irritiert. »Das können Sie?«

»Warum denn nicht?« Für wen hält er mich? »Zeigen Sie mal her.« Ich versuche, so patzig wie möglich zu klingen. Habe vielleicht fünfzig Euro im Haus. Das kann reichen, muss aber nicht.

Er hält mir die Liste hin, die sorgfältig-spießig auf einem Klemmbrett festgesteckt ist. Dann lese ich die Zahl. 23.423,56 Euro.

Ich wiederhole sie laut, gefolgt von einem »Oh.«

Der Mann schiebt seine Brille mit dem Zeigefinger nach oben. »Sammelklage.«

Mein Blick wandert über die Zahlen und Nummern und Beschreibungen. Erst leicht verschwommen, dann deutlich lese ich: Kühlschrank, Herd, Waschmaschine, Sofa, Bier, Schnaps, Wein, alles auf meinen Namen bei verschiedenen Unternehmen geordert. »Das muss ein Missverständnis sein. Ich hab das nicht bestellt.«

Der Mann macht einen Schritt nach vorn, drückt einen Lackschuh über die Schwelle. »Ich muss leider reinkommen.«

Ich frage mich noch, ob er das darf, als es schon zu spät ist.

Während der Gerichtsvollzieher Kuckucke an alle Gegenstände des Haushalts klebt, pfeift er »Heimweh« von Freddy Quinn. Zum fünften Mal höre ich die standardisierte Mailbox-Ansage von Sunil. Dann lasse ich mich auf den Sessel im Wohnzimmer fallen.

»Passen Sie auf, der gehört uns«, ermahnt mich Kastenbrille.

Ich schüttle fassungslos den Kopf.

»Nur ein kleiner Scherz.« Seine Zähne funkeln gelblich. »Sie dürfen die Sachen weiterhin wie gewohnt benutzen, bis die Möbelpacker kommen.«

Ich fühle mich nicht beruhigt.

»Wo sind denn die Bose-Anlage und der neue Apple-Laptop?« Mit dem Kugelschreiber fährt er die Liste ab.

Ich zucke mit den Schultern.

»Na gut. Sie müssen wohl sowieso noch ein bisschen mehr abstottern. Da kommt es auf die siebentausend Euro auch nicht an.«

Ich möchte kotzen, nicke stattdessen.

»Was ist denn hier los?« Miriam kommt in meinem Bademantel ins Wohnzimmer.

Ich mache eine abfällige Handbewegung. »Hau ab!«

Ob nicht irgendein Bekannter von mir oder meinen Eltern Anwalt ist? Seit dem Auszug von Kristin habe ich nicht mehr mit meiner

Mutter gesprochen, auf keine ihrer Nachrichten reagiert. Es war mir einfach zu viel.

»Ruf mich an, ja?«, höre ich Miriam einige Minuten später.

Ich antworte nicht, sehe nur zu, wie sie ihre wulstigen Füße in die hochhackigen Schuhe zwängt, wähle zum wiederholten Mal Sunils Nummer. Es klingelt nicht mal mehr, die Mailbox ist abgestellt.

TAG 329

»Scheiße ey«

Ich sitze in der S-Bahn. Der Junge neben mir ist ungefähr acht Jahre alt. Er zappelt mit den Füßen. Sein vermeintlicher Vater mit Halbglatze sitzt gegenüber, starrt durchs Fenster einer Teenagerin auf den Hintern, die sich am Fahrkartenautomaten hektisch darum bemüht, noch rechtzeitig ein Ticket zu bekommen. Ich schätze die verbleibende Zeit auf dreißig Sekunden. Die Türen piepen und der Vater schaut auf die straffen Schenkel in der eng anliegenden Jeans. Mit dem Handy gehe ich auf YouPorn, halte das Display so, dass der Junge genau sieht, wie sich zwei Frauen mit den Zungen im Schritt liebkosen. Seine Füße werden still. Im Augenwinkel beobachte ich seinen starrenden Blick und den offen stehenden Mund. Ich muss ein Grinsen unterdrücken.

Die Türen schließen. Sie hat es nicht geschafft, steht fluchend vor dem Automaten und sammelt das Kleingeld aus dem Fach. Der Vater ist enttäuscht, während der Junge seine Lippen mit Speichel befeuchtet. Dann stehen beide auf, wollen viel zu früh an die Tür. Ich drücke den Home-Button, während sie sich an mir vorbeischlängeln. Der Blick des Jungen trifft auf meinen und ich zwinkere ihm zu. Kurz nur und doch in dem Wissen, dass uns dieser Moment noch lange verbinden wird. Auf ewig dankbar wird er mir sein. So schnell wird er so etwas Wunderschönes nicht noch einmal sehen. Die am besten investierten hundert Megabyte Datenvolumen meines bisherigen Lebens.

Die Bremsen quietschen. Vater und Sohn halten sich fest, als der Waggon die Station erreicht. Dann sind sie weg. Und ich bin wieder allein, allein.

Jetzt ist es sicher. In Sunils Schrank finde ich unzählige Briefe, die an mich adressiert sind. Rechnungen. Für alles Gekaufte. Er hat nicht nur die Möbel, Einrichtungsgegenstände und Lebensmittel auf meinen Namen bestellt, sondern klammheimlich auch meine Spardose und Wertsachen mitgehen lassen. Dieses verdammte Schwein. Die Möbelpacker nehmen den Rest mit. Ich stehe in einer leeren Wohnung. Bis auf die Matratze und einen Haufen blauer Steine ist mein Schlafzimmer wie leer gefegt. Die Klamotten: am Boden, wo einst der Kleiderschrank stand.

Das Einzige, das an Sunil erinnert, ist die bescheuerte indische Puppe, die mich noch debiler als sonst anschaut. Mit Anlauf trete ich ihr Grinsen von der Fensterbank. Sie fliegt in hohem Bogen gegen die Raufasertapete. Es knallt und splittert und vor mir liegt ein zerbrochenes Porzellangesicht, mit dem ich fast Mitleid bekomme. Dann schaue ich genauer hin, stutze, ziehe die Puppe mit dem Socken zur Seite. Schlagartig verändert sich meine Gefühlslage. Aus Mitleid wird Ärger. Aus Ärger wird Wut. Mir wird fast schlecht. Kein Wunder, dass Sunil wollte, dass sie immer auf der Fensterbank hockt. Der Scheißkerl hat mich damit ausspioniert! Vor mir liegen die Reste einer Kamera, die durch ein Auge der Puppe jede Bewegung im Raum festgehalten hat. Der dumme Wichser!

Ich laufe im Kreis. Ziellos. Was hat er gesehen? Was habe ich in diesem Zimmer alles gemacht? Ich kicke die Figur noch einmal in die andere Ecke, lasse sie leblos am Boden liegen und gehe, statt einen Anwalt oder die Bank anzurufen, in die Küche. Dort, wo noch vor einigen Stunden der Kühlschrank war, liegen Quark, Käse, Wurst und

Mett auf dem Boden und rüsten sich für den bevorstehenden Schimmelbefall. Ich greife nach einer Flasche lauwarmem Bier und setze mich auf die Fensterbank.

»Scheiße ey.« Meine Stimme hallt wie in einem Gebirge durch alle Zimmer. Ich kenne nicht mal Sunils Nachnamen. Das glaubt mir doch kein Schwein. »Scheiße ey.«

TAG 331

»Wir sind Füchse. Listig und schlau«

Preisverleihung des Deutschen Videoawards in Düsseldorf. Eine langweilige Veranstaltung. Ich schaue auf die rot blinkende Uhr, die rechts von der Bühne dem Redner sekundengenau die Zeit vorgibt. Noch nicht mal die erste Stunde ist vorbei.

Um mich herum sitzt ein Publikum, das aus dummen Webstars, Managern und Vermittlern besteht, die nur darauf warten, das letzte Geld aus ihren jungen Zirkustieren herauspressen zu können. Puh. Unangenehm.

Ich stoße den Ellbogen in Mattes Niere. Er zuckt übertrieben zusammen, weil er nur noch eine hat und deshalb überempfindlich auf dieses Organ reagiert. Insiderinfos. Dennoch greift er, ohne ein böses Wort zu verlieren, erst in die vordere Tasche des viel zu legeren Kapuzenpullis, dann in seine Jeans, wird fündig und überreicht mir eine kleine Flasche Jägermeister in Körpertemperatur.

Aufatmen. Heimlich drehe ich den Deckel ab und lasse ihn unter den Plastikstuhl vor mir fallen. Ich täusche ein Gähnen vor und entkomme für ein paar Sekunden der Realität. Seit Sunil verschwunden ist, war ich keine wache Minute nüchtern. Eigentlich hätte ich zur Polizei gehen sollen, aber es erschien mir naheliegender, mich zu betrinken und Miriam noch mal anzurufen. Anzeige erstatten kann ich auch morgen noch. Oder übermorgen. Gegen einen unbekannten, reichen Inder. Gibt es ja garantiert nicht so viele. Zumindest nicht viele, die wie Waschmittel heißen.

Kleine Sterne schießen vor mir durch die Luft, als der Kameramann sich vor uns in Position bringt. Der Kräuterschnaps brennt sich seinen Weg den Hals hinunter und die rote Lampe an der Kamera fängt zu leuchten an. Stefan scheint eingeschlafen zu sein. Vielleicht hätte er auf dem Weg hierher nicht so schnell wie möglich drei Dosen Barcadi-Cola runterstürzen sollen.

Der große Typ mit rotem Bart, dessen einziger Erfolg eine dümmliche Reifenwerbung mit Sebastian Vettel ist, brüllt von der Bühne aus unsere Namen ins Mikrofon. Gewonnen! Kategorie? Egal! Der leere Jägermeister gleitet in meine Anzughose.

Stefan schreckt hoch, als das Publikum anfängt zu klatschen. Wir stehen auf, stürmen die Treppe auf die weit in den Zuschauerraum ragende Bühne, und Delta, der zur Feier des Tages mal wieder seinen schwarz-weiß gestreiften Beetlejuice-Anzug trägt, reißt dem Kerl den sternförmigen Preis aus der Hand.

Rotbart versucht, professionell zu bleiben und seine Laudatio fortzuführen. »Jungs, ich muss natürlich sagen: Wie ihr dem Jungen das Leben gerettet habt, das war einfach unglaublich.« Auf den Monitoren ist der kleine Aeneas zu sehen, wie er strahlend in die Kamera winkt.

Delta legt den Arm um den Moderator, beugt sich vor und spielt wieder den großen Helden. Wie sehr er sich doch freut, dem Jungen eine gute Zukunft zu ermöglichen, und wie sehr die Nahtoderfahrung uns alle gestärkt hat. Ich spüre lediglich leichtes Sodbrennen. Seine Brandrede wird über alle Boxen in der Halle sowie auf die Fernsehbildschirme in ganz Deutschland übertragen. Standing Ovations und ich verspüre den Drang den Kopf zu schütteln.

»Danke Leute!«, grinst Delta und will eigentlich Stefan den Preis geben, der greift aber daneben und Matte übernimmt, bevor noch etwas zu Bruch geht.

Der Typ mit dem roten Haar ist den Tränen nahe, wischt sich durchs Gesicht und murmelt kaum hörbar: »So verdient, so verdient!«

Matte stemmt den Preis in die Höhe und als der Stern den höchsten Punkt erreicht, fängt Stefan plötzlich an zu husten. Dann zu würgen. Ich will gerade reagieren und ihn von der Bühne bringen, als ein großer Schwall Flüssigkeit mit lautem Flatschen auf dem glänzenden Boden landet. Genau auf der mit rosa Tape markierten Stelle, auf der wir bei einer möglichen Preisübergabe stehen sollten, damit die Kamera alles gut einfangen kann. Es schäumt. Regungslos stehen wir da. Matte hält den Preis wie ein Gorilla über dem Kopf. Delta atmet leise ins Mikrofon. Der Typ aus der Reifenwerbung hält seine Hand vor den Mund. Ich schaue in Stefans Gesicht. Weit aufgerissene Augen, aus denen Tränen die Wangen hinunterlaufen. Die spröden Lippen stehen offen. Letzte Tropfen landen in der Pfütze vor ihm.

Er lässt sich auf die Knie fallen, hält verschämt die Hände vors Gesicht. »Es tut mir so leid.«

Ich finde, dass es bisher der beste Showakt war. Noch besser als der blonde Kartentrickweltmeister.

Ich will ihm gerade hochhelfen, da stürmen die Securitymänner schon die Bühne und kommen mir zuvor, zerren ihn an seiner Kleidung in eine aufrechte Position. Nur wenig später sind wir hinter der Bühne in einem kleinen Raum mit ungemütlichem Leuchtstoffröhrenlicht und werden vom Veranstalter angeschrien, der aussieht wie der Pinguin aus »Batman Returns«.

Stefan sitzt an einem Tisch, fummelt zittrig an einer Flasche Wasser, murmelt: »Entschuldigt, entschuldigt.« Immer wieder. Matte, Delta und ich sitzen auf einem Sofa und trinken Warsteiner. Das Bier, von dem niemand so recht weiß, warum es so erfolgreich ist. Ich überprüfe die Meldungen auf Twitter und BILD.de, lese sie vor.

»Dicker Typ kotzt während Webpreis auf die Bühne.«

Stefan raunt. »Also, dick bin ich ja nun nicht. Was steht denn da genau? Vielleicht meinen die jemand anders.«

Ich schaue zu ihm rüber und frage mich, ob er wirklich ein so falsches Bild von sich hat. »Das ist ein BILD-Plus-Artikel. Kann ich nicht anklicken.«

Er brummt und scheint damit zufrieden.

Der Pinguin hätte so etwas noch nie erlebt, dass unser Auftreten Konsequenzen nach sich ziehen wird und dass sie die Liveübertragung für zwei Minuten unterbrechen mussten. Dabei hält er die Finger hoch, als ob Zwei eine sehr große Zahl wäre. Außerdem werden wir auf jeden Fall die Kosten tragen müssen.

Wir nicken und sind uns dennoch einig, die ermüdende Gala auf eine ganz neue Entertainment-Stufe gehievt zu haben. Am Ende findet man Klaus Kinski ja auch irgendwie witzig.

»Die Taxen sind da. Kommen Sie?«

Wir sind etwas verwirrt, haben nicht mehr damit gerechnet, dass wir auf der Aftershowparty erwünscht sind. Stefan krallt seine Pranken in die Lehne des Stuhls, auf dem er die letzte Stunde regungslos gesessen hat, schafft es unter lautem Knacken, sich daran abzustützen und sich aufzurichten. An seinem Hosenbein kann ich zwei angekaute Stückchen der kleinen Häppchen ausmachen, die vor der Veranstaltung verteilt worden waren. Eine Krabbe aus der Fischsuppe und ein Stück Curry-Huhn. Eindeutig.

»Kann ich das mit ins Auto nehmen?« Matte deutet auf eine Flasche Single Malt. Aus Langeweile über unsere Verbannung hatte er einige Erkundungstouren gestartet und sie dabei in einem unabgeschlossenen Raum gefunden.

Der Mann, der uns offensichtlich aus dem Gebäude geleiten soll, antwortet mit einem leicht italienischen Akzent, den ich aus der Taxifrage noch nicht hatte heraushören können: »Ja. Ist mir doch egal.« Nett.

Ich erhebe mich vom Sofa und merke beim Gang zur Tür, wie schwer es mir mittlerweile fällt, geradeaus zu laufen.

»Prego.« Halb gesprochen, halb gerülpst macht Stefan mit feinstem deutschem Akzent deutlich, dass er früher schon mal im Italienurlaub war. Mit den Kindern. Damals, als noch alles in Ordnung schien.

Von hinten spüre ich einen Arm auf meiner Schulter und sehe beim Umdrehen in Deltas grinsendes Gesicht. Seine andere Hand umfasst Stefans Kragen. Uns gegenseitig stützend, schlurfen wir den Flur entlang, schlagen gegen die leeren Wagen des Cateringservice und schaffen es durch eine breite Flügeltür nach draußen. Angenehm warm. Es dämmert. Unbemerkt geht es an diskutierenden Gästen vorbei zum vordersten in einer endlos scheinenden Schlange aus Taxen. Hier werden wir dem Fahrer übergeben, der eine kurze Anweisung bekommt und dann nickt.

Delta platziert erst Stefan auf der Rückbank im Rücken des Beifahrers und setzt sich dann in die Mitte. Matte, den sternförmigen Preis wie ein Baby umklammernd, nimmt neben dem Fahrer Platz. Ich hinten links. Das Innere des Wagens riecht orientalisch. Wie einer dieser Esoterikläden, von denen meine Mutter so angetan ist, seit wir im Türkeiurlaub einmal nach dem Besuch eines alten Tempels unfreiwillig in ein Einkaufszentrum gefahren worden waren. Danach hatte sie alle Gepäckstücke mit Unmengen an Räucherstäbchen auf die Maximalkilozahl aufgefüllt.

Nach zwei Minuten Fahrt hebe ich den rechten Zeigefinger. »Ich glaub nicht, dass das Taxi für uns bestimmt war. Da standen doch voll viele Leute.«

Delta lacht. »Was hast du denn nach den paar Bier für eine Reaktionszeit?« Sein Atem riecht nach Schnaps. »Klar war das Taxi für uns. Wir haben schließlich den scheiß Preis gewonnen.« Mit den Augen sucht er die Rückbank ab. »Moment, wo ist der überhaupt?«

Matte, der mit dem indischen Fahrer seit dem Einsteigen über den geschmacklichen Unterschied von Single und Double Malt diskutiert, hebt ihn kurz an, nimmt einen Schluck aus der Flasche und lobt die rauchigen Aromen.

Stefan ist, an die Scheibe gelehnt, eingeschlafen. Aus seinem Mundwinkel tropft Speichel auf den Gurt und läuft wie bei einer alten Holzmurmelbahn gemächlich kurvenreich bis runter zum Anschnaller. Ich schaue zu Delta, der aus seiner Hose ein kleines Plastiktütchen mit weißem Pulver zieht. Vorsichtig schnipst er mit dem Zeigefinger dagegen, stößt mit jedem Ruck das Kokain einen Tick nach vorn, bis ein Häufchen aus circa einem halben Gramm auf seinem rechten Handrücken landet. Er schaut auffordernd zu mir. Ich nicke. Ohne hinzuschauen, balanciert er das Pulver, während seine linke Hand gekonnt den Verschluss zudrückt, mir das Päckchen rüberreicht.

Mein Kopf schlägt gegen den Vordersitz, als der Taxifahrer eine Vollbremsung hinlegt. Die Tüte fliegt mir aus den Fingern und hinterlässt eine fast künstlerische Staubwolke auf dem Polster. Ich erkenne die Mona Lisa. Zumindest mit viel Fantasie.

»Ey!« Ich fasse mir an die Stirn.

Das Taxi steht und der Fahrer dreht sich zu uns, schlägt Delta gegen die Schulter, dessen Oberlippe wie eine frühmorgendliche Wiese von einem weißen Schleier bedeckt ist.

»Fass ihn nicht an!« Matte drückt ihn zurück in seinen Sitz.

Der Fahrer bekommt große Augen und erinnert mich an Kaya Yanar in der unglaublich unlustigen Rolle als indischer Kuhliebhaber. »Das geht nicht!«, protestiert er.

Delta reibt sich durchs Gesicht, entfernt die Pulverreste. »Was geht nicht?« Er leckt sich über die Finger.

»Ihr könnt euch hier drin kein Koks reinziehen!« Der Fahrer dreht den Zündschlüssel um, das Taxi wird still.

Ich zucke mit den Achseln. »Warum nicht?«

Wir stehen am Rand einer mäßig befahrenen Landstraße. Wieder taucht das Gesicht zwischen den Sitzen auf.

»Ihr steigt jetzt hier aus.«

Stefan schnarcht und Delta zieht die Augenbrauen hoch. »Guck doch einfach nach vorne und fahr weiter.« Er lallt. »Hast nichts damit mit zu tun.«

Kopfschütteln. »So geht das nicht.« Die hochkochende Wut im indischen Akzent lässt mich schmunzeln. »Ihr nehmt keine Drogen in meinem Taxi.« Dann zeigt er auf mich. »Und es ist auch nicht witzig!«

Ich verstumme, nicke.

Langsam kommt Delta dem Kopf des Inders näher. »Du weißt gar nicht, wer wir sind, oder?«

Der Blick des Fahrers wandert einmal von links nach rechts. Am schlafenden Stefan vorbei bis zu mir, der ich mich zusammenreißen muss, um nicht wieder loszugrinsen.

»Mir egal, wer ihr seid. Ihr steigt jetzt aus.« Sein Zeigefinger wischt vor unseren Gesichtern herum.

Ich sehe, wie Matte seine Hand auf die Schulter des Mannes legt. »Beruhigen Sie sich erst mal wieder.«

Sofort schlägt er sie von der braunen, abgewetzten Lederjacke. »Ich mach gar nichts. Ihr steigt aus!«

Matte zückt sein Portemonnaie und blättert durch die Scheine. »Hier.« Er wirft ihm einen Fünfer zu, der an seiner Nase abprallt und runter zu meinen Füßen segelt. »Und jetzt fahr einfach weiter.«

Der Fahrer sieht aus wie ein nach Luft schnappender Karpfen. Irritiert, aufgeregt, die passenden Worte suchend. »Ihr …« Er schüttelt den Kopf, als hätte er Parkinson im Endstadium. »Ihr – ich ruf die Polizei!«

Er greift in seine Hosentasche und fummelt ein altes Klapphandy hervor. Dann holt er aus der Hemdtasche eine Lesebrille, klappt sie seelenruhig auf und schiebt sie sich auf die Nase. Vor unseren Augen beginnt er die Nummer einzutippen.

Mattes Hand schnellt zur Seite, um ihm das Telefon zu entreißen, von hinten umklammert Delta urplötzlich seine Arme. Ich drücke meinen Körper in den Sitz, bekomme Schnappatmung. Der Fahrer windet sich, versucht, sich loszureißen und das Handy dabei möglichst fest in den Fingern zu halten. Matte kratzt über seinen Handrücken. Der gesamte Körper des Fahrers ruckt nach vorn. Es folgt ein dumpfer Aufschlag. Ich hechle, reiße die Augen auf und sehe, wie sich Delta die Nase hält. Blut strömt an seinen Fingern vorbei auf die beige Ledergarnitur. Der Fahrer hat ihn mit seiner unvorhersehbaren Vorwärtsbewegung gegen die Kopfstütze gedonnert.

»Alter. Fuck!«, heult Delta vor Schmerzen auf.

Matte löst erschrocken den Griff um die Arme des Fahrers und der drückt sofort hastig auf seinem Telefon herum.

»Das hast du davon!«, ruft er. »Das ist immer noch mein verdammtes Taxi!« Er hält das Handy ans Ohr. »Wenn du hier alles vollblutest, bezahlst du die Reinigung! Keine Drogen im Taxi!«

Delta nimmt die Finger aus dem Gesicht und lacht. »Hier, ich blute dir alles voll! Das hast *du* davon!« Er rückt ein Stück vor, hält die tropfende Nase über die Mittelkonsole, schnauft, blickt auf seine Hände und wischt die Lederjacke des Inders rot. »Na, gefällt dir das?« Er lacht noch immer.

Der Fahrer rutscht angeekelt zur Seite, flucht in seiner Landessprache, bis er wieder verständlich wird. »Ihr verlasst jetzt sofort mein Taxi, oder ich drücke den Notknopf.«

Ich klopfe Matte auf die Schulter. »Was ist denn ein Notknopf?«

Matte zuckt mit den Schultern und der Taxifahrer brüllt: »Jedes scheiß Taxi hat einen Knopf, damit Irre wie ihr keine Scheiße bauen können. Ich drücke und die Polizei ist alarmiert, ihr Idioten.«

Ich beuge mich nach vorn und sehe, wie die Hand des Fahrers unter dem Lenkrad verschwindet.

Delta prustet. »Der blufft doch. Google das mal eben. Ob das stimmt.«

»Natürlich stimmt das!«, schreit der Fahrer. »Raus hier! Ich drücke in drei Sekunden, wenn ihr nicht verschwunden seid!«

Ich sehe, wie Delta überlegt.

»EINS!«

»Komm«, flüstert Delta. »Ich hau ihm eine rein.«

Ich bewege meine Hand zur Tür.

»ZWEI UND ICH HAB DAS GEHÖRT!«

Mit der anderen Hand löse ich den Gurt und öffne die Tür. Matte tut an der Beifahrerseite selbiges.

»DREI!«

Ich stelle einen Fuß auf den Asphalt. »Wir gehen ja, wir gehen.«

»Aber nur, weil wir das wollen« murmelt Delta genervt, »nicht, weil Sie das sagen!«

Der Taxifahrer zittert. »Raus jetzt und nehmt den Fetten mit!«

Pfeifend zieht der Wind über die leere Straße. Matte öffnet die Seitentür, an der angelehnt Stefan schläft und mit offenem Mund schnarcht. Er rutscht aus dem Sitz, landet mit dem Gesicht auf dem Asphalt und macht zum ersten Mal seit dreißig Minuten ein Geräusch, das nicht Schnarchen ist. Es ist »Au«. Er fletscht die Zähne und sieht für einen Moment aus wie Obelix. Ich erkenne eine Hähnchenfaser, die wie dicker Belag zwischen seinen oberen Schneidezähnen schimmert.

»Zumindest ist er wieder wach.« Matte packt ihn am Arm und zieht seinen Körper unter größter Anstrengung nach oben, lehnt ihn ans Taxi, zückt sein Handy und beleuchtet den Redaktionsleiter mit der Taschenlampenfunktion. »Sieht gut aus.«

Er pustet gegen den Dreck in Stefans Gesicht, und obwohl ich auf der anderen Seite des Autos stehe, erkenne ich, dass der Sturz mindestens drei große Abschürfungen hinterlassen hat, aus denen jetzt Blut tritt.

Matte gesellt sich zu den beiden, die Whiskyflasche im Schlepptau, schüttet einen Schluck auf seinen rechten Ärmel und wischt damit über Stefans Stirn, der nur kurz zusammenzuckt, stöhnt. Noch mehr stöhnt er, als das Taxi ohne weitere Vorwarnung mit offener Tür losrollt.

Er stolpert und Matte schafft es gerade so, dass er nicht wieder auf den Boden klatscht. Dafür entgleitet ihm aber die Whiskyflasche, die auf der Straße zerschellt.

»Scheiße ey, die war noch halb voll!« Matte setzt Stefan am Straßenrand ab.

Delta schaut nachdenklich dem Taxi hinterher. »Jungs, ist der Preis da noch drin?« Er kratzt sich am Kopf. »War der viel wert?« Er zieht die Nase hoch und spuckt rot vor seine Füße.

»Und wie kommen wir jetzt zur Party?« Weiße Papierfetzen hängen in Deltas Nasenlöchern, um die Blutung zu stoppen. Sie bewegen sich mit jedem fiependen Atemzug. Seit zwanzig Minuten ist nichts passiert und um die Nummer eines Taxiunternehmens zu suchen, fehlt uns der Internetempfang. Jedes Auto, das wir zum Anhalten bringen wollten, beschleunigte meist noch, als die Insassen die versoffenen Typen am Straßenrand sahen.

Ich stehe auf. Meine Füße und Beine sind eingeschlafen, kribbeln. Außerdem friere ich wie bescheuert. »Laufen wäre zu weit?«

Delta zieht eines der Tücher aus seiner Nase. »Willst du das jetzt noch öfter fragen, oder reicht dreimal?«

Ich schweige. Von hinten nähern sich die grellen Lichter eines weiteren Autos unserem Standort.

Delta reibt sich die Hände. »Letzter Versuch jetzt!« Er springt wie ein Kobold auf und ab, brüllt, als der schwarze Van an uns vorbeizieht. »Scheiße, Mann! Fuck!«

Dann leuchten die Bremslichter auf. Delta reißt die Augen auf, kann es selbst nicht glauben und sprintet zum Wagen. Als er die Tür öffnet, höre ich Schlagermusik und lautes Gegröhle. Einen kurzen Moment überlege ich, einfach sitzen zu bleiben, doch Delta ruft uns zu sich. Ich schaue zu Stefan, um zu kontrollieren, ob er wieder eingeschlafen ist. Natürlich. Sein Kopf liegt auf dem Gras des Seitenstreifens, Sabber läuft ihm aus dem Mund.

Die Geduld, die der Fahrer für uns aufbringt, ist bemerkenswert. Wir brauchen doch eine ganze Weile, bis wir Stefan geweckt haben und endlich beim Auto ankommen. Ein schwarzer Neunsitzer, in dem einige ältere verkleidete Damen nur auf uns warten. Es riecht nach Chanel No.5 und Schweiß und ich hole tief Luft, bevor ich einen Fuß auf das Konfetti setze, das den Boden bedeckt.

Ich trinke Sekt. Bärbel, als Biene verkleidet, sitzt auf meinem Schoß, während das dritte gleich klingende Lied einer Modern-Talking-Coverband durch die schlechten Boxen schallt. Zumindest glaube ich, dass sie Bärbel heißt. Mit ihr bin ich noch gut dran. Auf Stefan hockt Barbara, die Faltige, wie ich sie nenne, deren Kostüm aus einem lustigen Glitzerhut besteht. Er rülpst und scheint dadurch so etwas wie eine Blockade gelöst zu haben. Er flüstert: »Wir sind Füchse. Listig und schlau. Ohne Schwäche!« Dann stößt er ein weiteres Mal auf und spuckt weißen Schaum auf den Boden. »Jetzt bin ich bereit.«

Delta hat das zweifelhafte Vergnügen, von Brigitte einen Lapdance zu bekommen. Sie ist als Slutty Hexe verkleidet und hat für ihren bauchfreien Look eindeutig zu viel Kuchen gegessen. Ich frage mich, ob die Namen der anderen vier Frauen (noch eine Biene, Teufel und Clown), die sich nicht vorgestellt haben, ebenfalls mit B beginnen. Matte hat Glück. Niemand sitzt auf ihm. Er tippt in seinem Handy und leitet den Fahrer mit Google Maps zur Partylocation. Der beste Job im Taxi, auch wenn er gegen die Band anbrüllen muss. Delta zittert und man sieht, wie unwohl er sich bei dem engen Körperkontakt und den damit verbundenen Keimen fühlt. Ich stoße mit Stefan an, der durch die Frauen deutlich an Farbe und Wachheit gewonnen hat. Er strahlt und singt aus voller Kehle, nicht ganz textsicher, mit. Bärbel schenkt Sekt nach und macht dabei ein summendes Bienengeräusch. Die andere Biene rollt mit den Augen. Es gab eindeutig Stress wegen des gleichen Kostüms. Nicht abgesprochen. Ich bin auf Bärbels Seite, kippe den Sekt herunter.

»Die nächste rechts, dann sind wir da«, schreit Matte.

»Da darf ich nicht rechts!«, schreit der Fahrer zurück. »Fußgängerzone!«

Matte schaut auf sein Telefon. »Doch, doch, mach mal!«

Auf der Schulter des Fahrers liegt ebenfalls Konfetti, von dem einige bunte Kreise auf den Boden fallen, als er auf die Bremse tritt. »Hier darf ich aber nicht stehen bleiben.«

Matte schlägt ihm auf die Schulter, sodass nur noch vier Konfettiteilchen liegen bleiben. »Das geht schon!«

Vor uns steht eine umzäunte Statue mit einem dicken Reiter auf einem Pferd. Er trägt eine Krone und sieht irgendwie wichtig aus.

»Können wir nicht mitkommen?«, fragt Barbara hoffnungsvoll.

Bevor jemand etwas gegen die Faltige sagen kann, klatscht Stefan in die Hände. »Aber natürlich könnt ihr das!«

Ich schüttle den Kopf, präge mir die Statue ein, obwohl das eigentlich Quatsch ist, weil wir das einzige Auto auf dem gesamten Platz sind und der Fahrer bestimmt nicht auf uns wartet. Aber sicher ist sicher.

»Jetzt müssen wir uns zusammenreißen.« Delta fährt sich mit den Fingern durchs Haar, obwohl das die einzige Stelle an ihm ist, die noch einigermaßen vernünftig aussieht.

Während sich die verkleideten Frauen im Rückspiegel hübsch machen, steigen wir aus, stehen im Kreis und betrachten uns gegenseitig. Matte sieht noch am besten aus. Über Stefans rechtem Auge vermischt sich Whisky mit Blut und läuft langsam seine Schläfe hinunter. Die Hose ist an den Knien aufgerissen und eingestaubt. Deltas Haare stehen zu Berge und lenken dabei ein bisschen von den blutverschmierten Händen und der mit Taschentuchresten verzierten Nase ab. Immerhin. Es könnte zum Outfit gehören.

Der Türsteher, ein breiter, tätowierter, vollbärtiger Mann mit Sonnenbrille, der aussieht, als würde er zum ersten Mal in seinem Leben einen Anzug tragen, fährt mit den Augen über die Liste, dann über uns.

»Nicht drauf.« Er macht eine wedelnde Handbewegung und winkt die nächsten Personen hinter uns heran. Hinter uns steht aber niemand mehr.

»Können Sie vielleicht noch mal nachschauen? Wir haben eben einen …« Ich muss aufstoßen und es kommt ein kleiner Brocken die Speiseröhre rauf in meine Mundhöhle. Ich schlucke. »… eben einen Preis gewonnen. Bestes Video. Glaub ich. Hier ist doch die Aftershowparty.«

»Also ich tu euch mal einen kleinen Gefallen. Die Frauen können rein! Dann haben die wenigstens einen schönen Abend.« Mit dem Finger zieht der Securitytyp die Sonnenbrille bis auf seine Nasenspitze und blickt darüber direkt in meine Augen. »Wie seht ihr Clowns überhaupt aus?«

Delta zieht gerade einen der Taschentuchfetzen aus seiner Nase. Als er sieht, dass wir zu ihm herüberblicken, hält er inne und lächelt. »Wir sind die Künstler.«

Er verbeugt sich und ich hätte ihm geglaubt. Der schwarz-weiße Anzug, das Blut. Delta sieht aus, als käme er aus einer Horror-Zirkusshow.

Der Securitymann hingegen zeigt keine Regung. »Noch was? Nicht auf der Liste.«

Matte schüttelt den Kopf. »Das kann doch nicht wahr sein. Wollen wir sonst woanders hin?«

Delta hält die Hände über den Kopf und äfft ihn nach. »Woandershin. Woandershin? Hier gibt's umsonst zu saufen und wir gehen da jetzt rein! Kann ja wohl nicht sein, dass ausgerechnet die Preisträger vom …«

Er stockt und ich hebe den Zeigefinger. »Bestes Video. Glaub ich.«

Er nickt. »Genau. Bestes Video. Jedenfalls kann es nicht sein, dass die Gewinner nicht auf die Party können.«

»Könnt ihr hier jetzt mal abhauen?« Der Securitymann drückt gegen meine Schulter. »Ihr haltet den Verkehr auf.«

Von hinten drängen sich beide Bienen und alle anderen mit B an uns vorbei. »Wir gehen dann schon mal. Wir sehen uns dann später drinnen.«

Stefan schaut wehleidig hinterher.

Der Türsteher stutzt. »Moment mal!« Er lehnt sich zurück und kann die Biene gerade noch so am Stachel zurückziehen. »Seid ihr nicht von der Tanzgarde? Aus Oberbilk?« Seine vorher so harte Sprache wird schlagartig zum tiefsten Düsseldorfer Platt.

Die Biene dreht sich um und lächelt. »Ja, natürlich sind wir das. Alle sind dabei.«

Er bekommt große Augen, holt sofort sein Telefon hervor. »Es stört euch doch nicht, wenn wir eben ein Foto machen würden? Das glaubt mir ja sonst niemand! Es ist ja auch gar keine Karnevalszeit.«

»Für uns ist immer Karneval.« Die Biene posiert und es blitzt.

Er klatscht in die Hände. »Das ist die richtige Einstellung.«

Dann zeigt er auf uns, wie wir aufgereiht und dümmlich aussehend dastehen. Aber das ist wohl auch nicht wichtig. »Und die Clowns gehören zu euch?«

Sie schaut zu uns herüber und die Fühler wackeln. »Das tun sie.«

Der Securitymann nickt. »Na dann tut es mir leid.« Er winkt uns rüber. »Natürlich dürfen eure Freunde rein.«

Ich kratze mich am Kopf, denke kurz an Kristin, dann an Frida, dann lange an Ella, wie weit sie wohl entfernt ist, ob sie gerade wie Michel aus Lönneberga Holzfiguren schnitzt. Dann zieht mich etwas am Arm. Delta.

»Komm, Kleiner!«

Und bevor ich anmerken kann, dass ich nicht »Kleiner« bin und ja wohl auch fast genauso groß wie Delta und ich den Satz im Kopf schon zurechtgelegt habe, laufen wir bereits am Türsteher vorbei, der freundlich grüßt. Und dann finde ich selbst, dass es nun ein bisschen zu spät wäre, noch etwas dazu zu sagen.

Der Club ist voll. Den lauten Bass spüre ich in jeder Arterie. Stefan geht voraus und ich drücke ihn an seiner Schulter vorwärts, versuche, ihn gerade zu halten und im Gedränge nicht zu verlieren. Als ich nach hinten schaue, erkenne ich, dass Matte und Delta von zwei leicht bekleideten Frauen aufgehalten werden und Matte sein grünes Bein zeigt. Dann verschluckt die Masse die beiden.

An der Bar bestellen wir zwei Moscow Mules für umme, stoßen an und Stefan kippt seinen Drink in einem Zug herunter. »Hat er vorher wieder sein Bein angemalt, um Frauen zu beeindrucken?«

Ich nicke. »Anscheinend.« Mir war nicht klar, dass das ein Trick ist.

Stefan winkt ab. »So ein Idiot. Egal. Man muss bei solchen Partys so schnell so viel trinken, wie man kann.«

Ich frage nicht nach dem Sinn und auch nicht, ob Stefan nicht eventuell schon genug Bier in sich reingeschüttet hat, setze an und nehme einen großen Schluck des scharfen Ingwerdrinks.

»Lass uns tanzen!« Ich habe Bock.

Das blonde Mädchen vor mir mit dem kurzen Lederrock bewegt sich ausgesprochen ausgelassen zu austauschbarer Elektromusik. Sie sieht heiß aus, streckt ihre Arme einladend zur Decke. Ich nehme einen tiefen Zug und stelle das Glas einfach auf den Boden, bewege mich im trüben Licht auf sie zu, rieche ihren rosigen Duft. Ihre Hüfte schwingt vor mir hin und her, auf und ab. Ich nicke im Takt und versuche, ihr unauffällig näher zu kommen, berühre sie verhalten. Diskret zuerst, dann häufiger, fordernder. Meine Hand an ihrem Po. Durch den Stoff verschmelzen mein Schritt und ihre Rundungen. Der Bass vereint unsere Bewegungen, schwingt bis tief in die Organe. Oh Gott. Ich greife nach vorn und streiche über ihren flachen Bauch, wische ihr Shirt ein wenig nach oben. Der Takt wird schneller und die Bewegungen unserer Körper machen sich in der Hose bemerkbar. Die Finger wandern nach oben, berühren vorsichtig ihre schmalen Brüste. Sie dreht sich zu mir. Ich lächle, nicke ihr zu. Dann knallt es. Ihre Hand auf meiner Wange. Fuck. Mein Kopf dreht sich weg, und ohne mich noch einmal umzusehen, laufe ich durch die Menge bis an den Rand der Tanzfläche. Aus ihrem Sichtfeld. Ich habe sie komplett fehleingeschätzt. Aber wenn sie nicht angetanzt werden will, soll sie mich doch sofort abblocken und nicht erst an der zweiten Base!

Der Alkohol ist im Kopf angekommen. Ich merke den Abdruck ihrer Finger an meiner Wange, brauche dringend noch mehr zu trinken, zurück an die Bar. Ich hebe den Arm und der Barkeeper nickt.

»Also mich könntest du schon so anfassen, wenn du möchtest.«

Ich schaue nach links und sehe zu allererst die riesigen Fühler und dann das viel zu alte Gesicht von Brigitte oder Bärbel oder einem anderen Namen mit B. Sie trinkt immer noch Sekt, kaut dabei an einer der Salzstangen, die sie mit spitzen Fingern aus dem Glas auf dem Tresen vor uns fischt. Ich stelle mir kurz vor, wie wohl ihr Mageninhalt in diesem Moment aussieht. Sekt und Laugengebäck ergeben eine braune Pampe.

»Also, wollen wir?« Ihr gelb-schwarzer Arm legt sich auf meine Schulter. Sie sieht aus wie das Maskottchen des BVB.

Ich schiebe den Kopf fragend vor. »Wollen wir was?«

Sie sieht es als Aufforderung und kommt mit ihren viel zu roten Lippen an mein Ohr, flüstert: »Wir könnten zusammen auf die Toilette verschwinden und ich zeig dir, was reife Frauen besser können als die jungen Dinger.«

Dann legt sie ihre Hand auf meinen Oberschenkel und ich kann gar nicht anders, als nach unten zu schauen und zu beobachten, wie ihre Finger immer näher Richtung Reißverschluss wandern. Der Barmann donnert ein Bier viel zu laut vor mir auf den Tresen. Ich schrecke auf, greife die Flasche mit beiden Händen, während Biene Majas Mutter mit spitzen Fingern an meinem Hosenstall zerrt.

Ich habe das Etikett fast abgepult, in mikroskopisch kleine Fetzen gerissen, als ich ihre Hand in meiner Unterhose spüre und zum ersten Mal realisiere, dass mir die Situation gefällt. Ich schaue in die Runde. Dass mich bloß niemand, den ich kenne, dabei erwischt, wie ich mit der alten Frau auf der Toilette verschwinde.

Aber die Luft ist rein. Stefan tanzt eng umschlungen mit einer Brünetten, die ich auf fünfzehn schätze. Daneben tanzt die Hexe, immer beobachtend, ob sie nicht doch noch einschreiten und sich Stefan krallen kann. Ich schüttle mich. Matte und Delta sind zumindest so lange außer Sichtweite, wie ich mich noch konzentrieren kann, bevor die Bienenfinger die letzte Schicht Baumwolle hinter sich lassen. Ich drehe mich zur Seite und ihre Hand rutscht aus meiner Hose.

»Das geht nicht!« Ich kippe den Rest Bier in einem Zug herunter.

Sie schaut irritiert und leicht in ihrer Ehre gekränkt. »Was hast du denn zu verlieren?«

Ich rücke wieder näher, ziehe den Reißverschluss nach oben, was sich als den Umständen entsprechend schwierig herausstellt. Ich darf nichts einklemmen. Sie ist viel zu alt und selbst wenn sie Mitte zwanzig wäre, wahrscheinlich absolut nicht mein Typ. Ich schaffe es trotzdem nicht, meinem Gehirn plausible Argumente zu liefern, nicht dennoch mit ihr zu verschwinden.

»Ich meine, nicht hier.« Ich greife nach ihrer Hand, werfe beim Aufstehen den Barhocker um. Scheiß drauf!

Wir sind erst ein paar Schritte weit gekommen, als sich uns ein kleines blondes Mädchen in den Weg stellt. Kategorie: barely legal. So ein bauchfreies rotes Top habe ich zuletzt auf YouTube gesehen, als ich zahlreiche Hip-Hop-Videos der Neunzigerjahre durchgeskippt habe, um nach Inspiration für ein neues Prankvideo zu suchen.

Sie zupft mir am T-Shirt, berührt dabei meinen Bauch, dessen wenige Muskeln ich gerade rechtzeitig anspannen kann.

Ein kleiner Brillantstein auf dem oberen, rechten Eckzahn blitzt auf, bevor ihre Stimme die Melodie der Musik ein Stück begleitet. »Komm, lass uns was trinken gehen!«

Ich schaue zu meiner Begleitung, die den Druck auf meine Hand erhöht, dabei ihren Unterkiefer seltsam nach vorne schiebt. Ihre Fühler wackeln zum Bass.

Das junge Mädchen zuckt mit den Schultern und ihre Louis-Vuitton-Tasche mit der typischen Bemusterung baumelt an ihrer Schulter. »Deine Mutter kann ja auch mitkommen, wenn sie dich nicht gehen lassen will.«

Die Biene macht ein empörtes Geräusch, zieht ihre Hand ohne Widerstand aus meiner, tritt vor und drückt den Finger auf die Brust ihrer Kontrahentin. Ich überlege kurz, ob ich mein Handy herausziehen und vorsorglich filmen soll. Wenn es eskalieren sollte, hat so was großes virales Potenzial.

Der Nagel bohrt sich in den Stoff der engen Kleidung, drückt die, vermutlich mit einer mittelgroßen Silikoneinlage aufgehübschte, rechte Brust zusammen. »Du kannst uns nicht aufhalten.« Sie deutet auf mich. »Wir haben hier schon was am Laufen. Du bist zu spät.«

Zum einen sehe ich das riesige Bienenkostüm von hinten. Schaue hinab zum gelb-schwarz geringelten Hinterteil, das im spitzen Plüsch-Stachel endet. Davor das vielleicht zwanzig Jahre jüngere, blonde, etwas zu stark geschminkte Mädchen. Der Blick selbstsicher und fast schon arrogant. Keine schwere Wahl, auch wenn mich schon allein der Umstand, dass ich eine Wahl habe, überfordert.

Die Blonde drückt ihren Oberkörper nach vorn, bis der Finger abknickt. »Du glaubst doch nicht, dass er mit dir mitwill, wenn er das hier haben kann.«

Mit gespreizter Hand gleiten ihre French Nails am Shirt herunter und ich habe kurz die Hoffnung, dass die spitzen Krallen den Stoff durchtrennen und noch mehr Haut freilegen. Das passiert aber nicht. Als der House-Song gerade den Beat ändert und Stroboskoplicht den kompletten Raum mit hellen Blitzen erleuchtet, knallt es stattdessen außerhalb des Taktes. Der Bass kickt rein und ich sehe, wie die Hand der Biene das Gesicht des Mädchens in wenigen Bildern pro Sekunde verlässt. Die Handtasche fällt zu Boden. Ich stürze nach vorn, drücke Brigitte oder Barbara oder wie immer sie heißt zur Seite. Im Blitzlicht sehe ich, wie sie wankt, dann fast wieder zum Stehen kommt, ihr Sprunggelenk kurz nachgibt, sie umknickt und in der fünften Erhellung schließlich zwischen tanzenden Gästen ganz zu Boden geht.

Ich greife die Hand der Blonden. »Alles okay?«

Sie streicht sich durchs Gesicht. »Was ist denn in die gefahren?«

Ich zucke mit den Schultern. »Keine Ahnung.« Drehe mich um, doch dort, wo die Biene vor nicht einmal fünf Sekunden zu Boden ging, ist kein gelb-schwarzes Kostüm mehr zu sehen. »Wo ist die denn hin?«

Die Blonde zieht an meiner Hand, greift nach ihrer Handtasche. »Ist doch egal. Lass uns was trinken.« Sie lallt leicht und ich finde das in dem Moment irgendwie süß. Fast so süß wie ihren kleinen Hintern, der sich in die enge weiße Jeans presst, als wollte er am liebsten aus seinem Käfig befreit werden. Vielleicht von mir.

Wir drängen uns hintereinander durch die Massen von Menschen. Ihre Hand ist weich. Ich muss lächeln. Sie zieht mich hinter sich her, und obwohl sich Hunderte Leute um uns befinden, sehe ich nur noch ihre goldblonden Haare und wie sie sich mit jedem Schritt auf und ab bewegen. Rieche nur noch ihren süßen, leicht penetranten Geruch. Fühle nur noch ihre Finger und die French Nails. Erst an der Hand, dann an der Schulter, dann am Rücken. Ich bestelle uns zwei Mexikaner, ihr ein Bier und mir einen Skinny Bitch. Während wir auf den Barkeeper warten, fährt ihr Arm zu meinem Hintern.

»Wie heißt du?«, frage ich und versuche krampfhaft, den Blick oben zu halten.

Sie lächelt und ich fühle mich ertappt, obwohl ich nichts getan habe. Dann kommt sie näher. »Margot.«

Habe ich nicht erwartet, ist mir aber egal. Sie hätte mir alles ins Ohr hauchen können. Die ganze Situation ist so unwahrscheinlich, dass ich mir für einen Moment unsicher bin, ob ich mich nicht gerade selbst in einer Prankshow befinde. Wie zum Beweis sehe ich in diesem Moment Stefans Zunge auf der Tanzfläche in einer Brünetten verschwinden. Die Hexe steht mit verschränkten Armen daneben, bewegt sich trotz intensivster Musik keinen Zentimeter.

»Wir müssen Bruderschaft trinken«, haucht Margot und lenkt meine Aufmerksamkeit zurück aufs Wesentliche.

Das habe ich wahrscheinlich seit zehn Jahren nicht mehr gemacht. Mit gekreuzten Armen kippe ich einen großen Schluck Wodka mit Limette und Wasser, Margot Bier. Als sie absetzt, schaut sie mir tief in die Augen und ich schäme mich fast ein bisschen, merke, wie ich nervös mit dem Fuß wippe. Sie kommt näher. Ich komme näher. Von Weitem rieche ich den wohligen Vanilleduft. Ich schließe die Augen und unsere Lippen berühren sich. Mit dem Glas in der rechten Hand halte ich sie am Rücken fest. Alles dreht sich. Ich möchte, dass es niemals endet. Wir öffnen unsere Münder und ihre Zunge schmeckt nach Bier. Weich und gut. Wir spielen miteinander. Wie zwei Schlangen, die sich antasten und necken. Meine Hände an ihrem Hintern. Eng verschlungen. Ich kenne sie nicht, liebe sie aber für diesen Moment. Kristin hätte so was nie gemacht. Ich kneife mit der linken Hand in ihre Pobacke und ziehe sie noch näher. Reibe sie an meinen Schritt. Als unsere Lippen sich wieder trennen, sehe ich, wie ihre Augen sich öffnen und ihre Brauen auffordernd nach oben wandern.

Ich greife nach ihrem Bier und stelle es zu meinem Glas auf den Tresen. Nicke ihr so cool wie möglich zu, packe ihre Hand und ziehe sie hinter mir her durch den Club. Bei jedem Schritt spüre ich den Alkohol in den Kopf und das Blut in den Schritt wandern.

Aus einer Tür am Ende des Flurs kommen Kellnerinnen mit Schnittchen. Ich greife zwei Shrimps und drücke Margot in die Tür auf der linken Seite.

Am Pissoir steht der Typ aus der Reifenwerbung, der uns den Preis übergeben hat. Wir ignorieren ihn und stolpern in die Kabine. Sofort ziehe ich ihr in einer Bewegung das Top über den Kopf. Ihre Tasche landet in der Ecke, wirft die Klobürste um. Dreckiges Wasser läuft über die Fliesen. Egal.

Der Shrimpgeschmack scheint nicht hinderlich. Mit einem Ruck springen die Druckknöpfe meines Hemds auf. Ihre Fingernägel bohren sich in meinen Rücken, hinterlassen zwei brennende Striemen. Ich lecke über ihren Hals. Sie wirft ihre Haare nach hinten. Meine Hände wandern zum Knopf ihrer hautengen Hose. Offen. Mit einem heftigen Ruck schubst sie mich gegen die Tür. Der Türknauf landet in meinem Kreuz und ich überspiele den Schmerz. Aus ihrer Hosentasche zieht Margot ein kleines Tütchen mit weißem Pulver. Sie küsst mich, dreht sich mit dem Rücken zu mir und schüttet ein wenig auf den Spülkasten.

»Ich hab euch bei der Verleihung gesehen«, säuselt sie. »Glückwunsch.« Mit einem schnellen Zug ist alles in ihrer gut operiert aussehenden Nase. Ich bin beeindruckt. Mit der linken Hand aufgestützt auf der Toilettenbrille zieht sie sich die Hose runter. Jackpot: keine Unterwäsche! Was für ein Hintern. Mit beiden Händen greife ich danach, während sie sich elegant verrenkt, um Kokain auf ihrer Kehrseite zu verteilen. Ich bin verliebt, gehe leicht in die Knie, streiche dabei mit meinem Gesicht über ihren schönen Rücken. Dann komme ich zum Hintern und stecke meine Nase in das kleine Häufchen, das sie mir wie ein All-you-can-eat-Buffet bereitet hat. Mit den Händen umklammere ich ihre Oberschenkel, atme ein. Das weiße Gold kitzelt in der Nase, findet die Schleimhäute und dringt in mein Nervensystem, vermischt sich mit dem Alkohol. Es fühlt sich anders an als beim letzten Mal. Besser, lebendiger. Ich reiße die Augen auf, will aufstehen, tanzen. Dann verliere ich die Kontrolle, den Halt, rutsche ab, halte mich an Margots Unterschenkeln fest, ziehe sie zurück. Mein Gesicht drückt sich in ihre Kniekehlen und es knallt. Mit dem

Kopf trifft sie auf die hochgeklappte Brille. Ich gleite an ihren Schenkeln hinunter und meine Wange berührt die kalten, feuchten, terrakottafarbenen Fliesen.

»Fuck!« Sie schreit und die Toilettenschüssel lässt es dumpf nachhallen. Ich drücke ihre Beine zur Seite, versuche mich aufzurichten, greife nach ihren Ellbogen, ziehe sie aus der Toilette. Ihre Haare tropfen vom Spülwasser und sie hält sich die Wange. Scheiße.

»Alles klar?« Ich streiche mit der Hand über ihren Rücken.

Sie schnauft. »Was ist passiert?«

Ich schlucke. Bin kokainfokussiert. Muss mir was einfallen lassen. »Du bist gestolpert.« Was Besseres habe ich nicht.

Sie blickt auf mich zurück und ich kann nicht deuten, ob sie mir glaubt. Unter ihrem Auge schwillt es an. Ihre dick aufgetragene Schminke verschmiert unter ihren reibenden Fingern, legt die deutliche Rötung frei.

»Ich?« Sie reibt sich den Kopf und ich nicke, um meine Aussage zu bekräftigen. »Ja, macht nichts. Mir geht's gut.«

Sie zieht ihre Jeans hoch und ich weiß nicht, ob ich ihr dabei helfen sollte. Ich schaue zu, während sie mit der Hüfte wackelt und es schließlich schafft, ihren Knopf zu schließen.

»Ich glaub, ich muss mal an die Luft.«

Scheiße, ich wollte doch eigentlich noch hierbleiben. »Soll ich mitkommen?«

Erst schaut sie mich an, als wäre ich ein kompletter Idiot. Ihre nassen Haare liegen über ihren Brüsten, färben das Shirt in einem dunkleren Ton. Dann wandelt sich ihr Blick zu einem Lächeln und ich komme einen Schritt auf sie zu. Wir küssen uns und ich öffne die Tür der Kabine.

Wir bestellen vier Bier. Ich fixiere den Barkeeper, da ich im Augenwinkel die gelb-schwarzen Streifen der Biene erkenne. Sie sitzt auf einem Barhocker, den Kopf gesenkt, die Fühler auf dem Tresen abgelegt.

Wir stopfen die Flaschen in die Louis-Vuitton-Tasche, drängen durch die Leute, wanken am Türsteher vorbei nach draußen. Das plötzliche Fehlen der Musik lässt meinen Gehörgang fiepen.

Schweigend schlendern wir am Rhein entlang. Mit spitzen Fingern raucht Margot eine lange, dünne Zigarette nach der anderen. Langsam lässt die Wirkung des Kokains nach. Ich werde müde. Bald muss was passieren, sonst muss ich ins Hotel. Vorbei der Glanz und die Partystimmung. Der Druck im Kopf erhöht sich.

Margot schickt eine Sprachnachricht an eine Freundin. »Ich bin hier am Rhein. Mit so einem Typen. Wir gehen noch ein bisschen spazieren. Dann komm ich nach Hause. Eine halbe Stunde vielleicht noch. Ist alles klar, Süße?«

Ich kratze mich am Kopf. »Hast du noch was da?«

Sie schüttelt den Kopf und ich fluche. Sie reicht mir das letzte Bier aus der Handtasche.

»Soll ich dich sonst einfach nach Hause bringen?«

Sie zuckt mit den Schultern, zeigt über den Fluss. »Mir egal. Ich wohn da runter. Meinetwegen.« Unter ihrem Auge spannt die Haut in deutlich dunkelblauer Farbe. Sie geht voran und ich einige Schritte dahinter, weiß selbst nicht, warum ich mir doch noch etwas von dem Abend verspreche. Das Bier brodelt im Magen.

Unter einer Brücke hindurch gehen wir eine Treppe hinauf zu einem roten Backsteingebäude. Eine Bahn donnert vorbei und Margot flucht. »Scheiße. Die hätt ich nehmen können.« Sie schaut auf die Uhr. »Die nächste kommt erst in zwanzig Minuten oder so.«

Ich nicke. »Ach so. Ja. Blöd.«

Sie stapft an mir vorbei, ich bleibe stehen, bin mir langsam wirklich nicht mehr sicher, ob ich nicht einfach zum Hotel gehen sollte.

Margot droht in der Dunkelheit zu verschwinden. Dann dreht sie sich um. »Kommst du?«

Ich lächle und die Entscheidung ist klar, schließe zu ihr auf. »Wie heißt denn die Brücke hier?«, versuche ich ein Gespräch anzufangen.

Sie zündet sich eine weitere Zigarette an, wartet einen Moment, damit ich aufschließe. Dann pustet sie Rauch in meine Richtung. »Oberkasselbrücke oder so.«

Ich blicke auf den dunklen Rhein und wie die Lichter der Stadt sich in den Wellen spiegeln. Wir kommen ans Ende der Brücke, dort, wo eine Fußgängertreppe links in einen Park herunterführt.

Margot bleibt stehen. »Du kannst aber nicht bei mir pennen.«

Ich schaue sie an. Ihr Auge sieht sehr zugeschwollen aus. Sie erinnert mich an Vitali Klitschko am Tag nach dem Kampf gegen Lennox Lewis damals.

Als hätte sie es geplant, zieht sie ein Kondom aus der Tasche. »Wir können auch einfach hier ficken irgendwo. Das wollte ich eh schon immer mal.«

Ich glaube, es ist das erste Mal, dass eine Frau so was zu mir sagt. Ich finde es auf der einen Seite zu vulgär und dann doch wieder sehr anziehend. Bevor ich mir eine genaue Meinung dazu bilden oder antworten kann, zieht sie mich die Treppe hinunter hinter sich her. Jetzt scheint sie es eilig zu haben. Als hätte sie schon lange nach jemandem gesucht, der es an ihrem vorher auserkorenen Platz mit ihr treibt.

Wir kommen am Strand an. Ich wusste bis eben nicht, dass Düsseldorf überhaupt einen Strand hat. Vor uns liegen der Rhein und die funkelnden Lichter der Stadt. Wäre ich mit Ella hier, ich fände den Moment wahrscheinlich romantisch. Ich schaue zu Margot, die gerade ihre Socken abstreift.

Ich mache mit dem Handy ein Foto vom Fluss, als mich Fingernägel am Hals kratzen und ein Arm mich am Kragen in den Sand zieht. Dann schiebt sich ihre klebrige Zunge ohne Vorwarnung in meinen Mund. Es schmeckt nach Rauch und Bier und ich brauche ein bisschen, bis mir das egal wird. Es hilft, dass meine Hände auf ihre nackten Brüste treffen, sie leicht zusammendrücken.

Margot sitzt auf meinem Schoß und presst sich dagegen. »Fass mich ruhig härter an!«

Ich knöpfe das Hemd auf, streife es ab. Der Sand ist kalt und ich zucke kurz zusammen.

Einäugig schaut sie an mir herab. »Ich dachte, du wärst muskulöser.«

Ohne darauf zu antworten, drücke ich die Ellbogen in den Sand, richte meinen Oberkörper auf und ziehe Margot auf die Seite. Sie jauchzt. Bevor sich ihr Körper an die Kälte gewöhnen kann, öffne ich den Knopf, reiße an dem Stoff der Hosenbeine. Sie fummelt an meiner. Das Blut ist bereits im Schritt angekommen, zeichnet sich als deutliche Wölbung in der Hose ab.

Es dauert keine drei Sekunden und ich knie nackt vor ihr. Mein Gesicht vor ihrem Schoß. Keine Haare. Obwohl. Im fahlen Licht erkenne ich einen kleinen Rest Toilettenpapier auf ihrer Haut. Mit spitzen Fingern entferne ich ihn, bevor ich sie mit der Zunge berühre. Margot stöhnt auf, nur um wenig später meinen Kopf hochzuziehen. »Beruhig dich mal!«

Ich verstehe nicht, küsse sie und merke, dass noch ein Stückchen an meiner Zunge hängt. Ich spucke das Kügelchen in den Sand, während Margot hinter ihrem Kopf nach dem Kondom greift. Ehe ich michs versehe, hat sie bereits zugegriffen und die dünne Haut Latex übergerollt, dirigiert mich ohne Umschweife in sich.

Ich fange an, mich rhythmisch zu bewegen, denke dabei an die Musik aus dem Club, sodass ich im Takt bleibe. Margot drückt mir das Becken entgegen, als ich immer schneller werde. Dann hört sie kurz auf, zieht ihren Unterkörper zurück.

»Das ist so seltsam mit dir. Lass uns was anderes versuchen. Leg dich mal hin!«

Ich tue, was sie sagt, auch wenn ich nicht genau weiß, was ihr Problem ist. Sie setzt sich auf mich, drückt mit ihren Fingernägeln in meinen Bauch. Dann stöhnt sie. Ich liege nur da, lege die Hände auf ihre Brüste.

»Fester!«

Ich knete. Also wirklich, als würde ich gerade in der Küche stehen und Pizzateig zubereiten. Ich spüre die Silikoneinlagen deutlich. Faszinierend. Sie bewegt sich schneller und wird lauter. Ich schaue in den Himmel. Er ist schwarz und vor dem Mond ziehen dichte Wolken auf. Margots Atmung wird schwerer und ihre Krallen drücken sich in meinen Hals. Sie rutscht vor und zurück. Schneller und schneller, bis sie schließlich liegen bleibt.

»Bist du auch gekommen?«, fragt sie.

Ich nicke, obwohl das gelogen ist. Der Sand pikst in meinem Rücken, als Margot aufsteht. Ich ziehe das Kondom von mir, werfe es so weit wie möglich weg. Als ich auf meinem Handy nach der Uhrzeit schaue, hat Margot bereits die Klamotten wieder an.

»Ich geh dann jetzt nach Hause. War schön.«

Ich sage nichts mehr, schaue auf den Rhein, während ihre Schritte leiser werden und schließlich in der Ferne verschwinden. Erst jetzt stelle ich fest, dass sie mich nie ganz ausgezogen hatte, ziehe meine Unterhose über die Beine. Mir ist warm und ich lehne mich zurück und beobachte, wie die Wolken den Mond von beiden Richtungen bedrängen. Bevor sie ihn vollständig umschlossen haben, schlafe ich ein.

TAG 332

»Ich war doch gestern schon hier«

Es ist nass und kalt. Dicke Tropfen landen auf meiner nackten Haut. Ich schaue mich um und liege an einem Strand. Wieso das denn?

Bis ich gecheckt habe, warum ich nicht in meinem Bett schlafe und dass es ein plötzlicher Platzregen ist, der mich im Schlaf überrascht hat, durchtränkt das Wasser bereits meine Hose und die herumliegenden Klamotten. Es ist hell. Irgendwann morgens. Ich springe auf, suche hastig meine Sachen zusammen und renne unter den nächsten Baum. Aber zu spät. Es ist bereits alles nass. Ich lehne am Stamm und rutsche an der harten Rinde bis in die Hocke, beobachte die auf dem Rhein wie kleine Kometen aufschlagenden Tropfen. Dahinter Düsseldorf. Ich erkenne eine Art Obelisk mit Pferd und Reiter. Die immer mit ihren Statuen. Dabei sind die meisten davon ziemlich hässlich.

Mit dem linken Daumen drücke ich ein Nasenloch zu und schnäuze. Eine Mischung aus angetrocknetem Blut und Popel landet vor mir auf dem Boden. Ich wiederhole den Vorgang mit dem Zeigefinger und dem rechten Loch. Ein kleiner Krümel landet auf meiner Brust. Ich schnipse ihn so weit es geht von mir. Ich knöpfe das Hemd zu. Am Rücken klebt der Sand, kratzt. Ich habe noch leicht einen im Tee. Das ist auch ein Indiz dafür, dass ich nicht sonderlich lange geschlafen habe. Jetzt Ende Juni geht die Sonne so gegen fünf auf. Bis drei war ich bestimmt unterwegs. Ich fühle mich schäbig. Postsexuelle Depression, falls es so was gibt.

Ich greife in meine Hosentasche, will die anderen kontaktieren, ihnen etwas beschönigt mitteilen, was mir passiert ist, sobald es geht nach Hause fahren. Weg. Bloß weg.

Mein Handy fehlt. Oh Shit. Ohne groß zu überlegen, renne ich durch den Regen zurück zum aufgewühlten Schlafplatz. Es steckt im Sand, ich greife danach, versuche, es mit meinem Shirt vom Regen zu befreien, aber das ist ebenfalls nass. Ich beuge mich vor, damit nicht noch mehr Regen auf die Elektronik fällt. Dann drücke ich auf den Home-Button. Kurz leuchtet das Display auf, zeigt einige Nachrichten von Matte und Stefan. Doch als den Bruchteil einer Sekunde später die Farben in sich zusammenbrechen und das Display schwarz wird, erinnere ich mich an den Moment im Hostel, als mein Handy zum ersten Mal einen Wasserschaden erlitt. Lange her. Fast ein Jahr. Viel passiert seitdem.

In nassen, leicht stinkenden Klamotten erreiche ich nach einigem Rumfragen den Breidenbacher Hof. Der Pförtner in Anzug und Zylinder guckt noch verdutzter als bei unserer Ankunft gestern Mittag. Zumindest erkennt er mich und öffnet mit verzogenem Gesicht die Tür. Ich hasse ihn. Eine weitere hassenswerte Person begegnet mir an der Rezeption. Frau Beck steht auf dem Namensschild, das sie wie ein Mode-Accessoire an ihrer perfekt sitzenden Bluse trägt. Das Hotel ist zu schick für uns. Das weiß ich, das weiß sie. Von meinem Anzug tropft das Regenwasser auf den Teppich.

»Zimmer hundertvierzehn«, murmle ich.

Sie steht auf und holt die Karte aus dem Fach hinter dem Tresen. Ich strecke die Hand danach aus, will zugreifen, doch Frau Beck mustert mit ihren braunen Augen mein Äußeres und hält inne. »Ausweis?«

Ich schüttle enttäuscht den Kopf. »Ich war doch gestern schon hier.«

Sie rührt sich nicht. »Ausweis.«

Es ist schwer, ihrem strengen Blick auszuweichen. Aus der Hintertasche zücke ich mein Portemonnaie, öffne es und reiche ihr den Personalausweis. Ich bin die letzte Person auf der Welt mit dem alten, großen Papier-Perso. Auf dem Foto sehe ich aus wie zwölf. Dazu die Kinderunterschrift.

»Der ist abgelaufen.« Die Zimmerkarte zittert in ihren Fingern.

Bitch.

»Ja. Ist doch egal. Oder nicht?«

Sie verdreht die Augen und ich drücke mit dem Daumen gegen meine Schläfe. Ein kurzes Gefühl der Ohnmacht.

»Sie wissen nicht, wer ich bin, oder?« Ich hasse sie, stecke den Perso weg.

Die Karte dreht sich in ihrer linken Hand. »Wahrscheinlich auch so ein Internettyp. Mir jedenfalls ist so was egal. Meine Tochter können Sie vielleicht begeistern.«

Wie die wohl aussieht? Ich denke darüber nach, sie bei Facebook zu suchen und nur deshalb eine Affäre mit ihr anzufangen, um mich an ihrer Mutter zu rächen. Frau Beck legt die Zimmerkarte außerhalb meiner Reichweite ab und tippt wichtigtuerisch in ihren Computer. Sie will mich fertigmachen. Das ist jetzt klar. Zeigen, wer der Boss ist. Es geht hier um viel mehr. Die dumme Trulla.

»Dann sagen Sie mir noch mal ihre Straße.«

Ich atme tief durch. »Bahrenfelder Chaussee.«

Ihre Finger fahren über die Tastatur. Unschlüssig, ob ich mir die Zimmerkarte schnappen und einfach abhauen soll, tippe ich wie ein Schlagzeuger auf Entzug auf den Tresen. Doch die Entscheidung wird mir abgenommen. Der Fahrstuhl macht »Ding« und Matte und Delta stürmen mit ihren Taschen in meine Richtung.

»Leute?«, frage ich verwirrt, doch sie sind schon halb an mir vorbei.

Die Tür zum Treppenhaus fliegt auf und ein völlig aus der Puste geratener Stefan rennt heraus, durch die Drehtür nach draußen.

»Ähm«, stammle ich. »Ich bin mal kurz weg. Zwei Minuten.«

Frau Beck schaut nicht mal auf, brummt vor Lethargie. Ich folge den Jungs aus dem Hotel nach rechts. Der Firmenwagen parkt die Straße runter auf der gegenüberliegenden Seite auf einem Parkstreifen. Stefan reißt den Kofferraum auf. Delta sitzt bereits auf dem Beifahrersitz, Matte am Steuer. Der Motor läuft. Ich hechte über die vierspurige Hauptstraße.

Quietschende Reifen. Lautes Hupen. »Ey!« Fünf Zentimeter vor mir kommt ein schwarzer BMW zum Stehen. Bam! Ich schlage mit den Händen flach auf eine heiße Motorhaube, weiche einen Schritt zurück. Die Frau am Steuer macht erst einen erschrockenen, dann erbosten Gesichtsausdruck. Ich hebe die Arme, um mich mit einer Geste zu entschuldigen. Dann werde ich von hinten gepackt und irgendjemand zieht meinen Körper ohne Gegenwehr rückwärts. Meine Beine zittern, fühlen sich wie Pudding an.

Stefan zerrt an meiner Jacke. »Komm schon!«

Meine Schritte werden fester. »Was ist denn los?« Ich rieche den Schweißgeruch unter seinem Pullover hervorkommen.

Wir erreichen das Auto. Stefan öffnet die Hintertür, schiebt mich hinein und drückt seinen Körper hinterher. »Wir müssen jetzt nach Holland.«

Die Tür schließt und Matte steigt aufs Gas.

»Und meine Sachen?« Ich versuche, meinen Blick zu fokussieren, weiß nicht, wen oder was ich anschauen soll. Öffne das Jackett und werfe es nach hinten in den Kofferraum des alten Citroëns.

»Hast du deinen Perso?« Stefan tastet mit seiner Hand über mein rechtes Bein. Durch die nasse Hose fühlt sich diese Berührung seltsamer an, als sie es eigentlich sollte. Wieder zieht Schweißgeruch in meine Nase.

»Den abgelaufenen«, nicke ich. »Aber ja, sonst nichts. Nicht mal ne trockene Unterhose. Und mein Laptop und so sind doch noch auf dem Zimmer.«

Stefans Hand bleibt auf meinem Knie. »Alles gut. Das kaufen wir neu, wenn es geklappt hat. Alles gut.«

Wir folgen der Beschilderung zur A52.

An einer Ampel dreht sich Delta zu mir nach hinten. »Ich glaube, du hast noch nicht verstanden. Sie haben sich gemeldet.«

Ich zögere. Verstehe nicht.

»Das scheiß Handy hat geklingelt!«, klärt er mich auf. »Wir müssen noch mal Kokain schmuggeln. Dann kriegen wir das Geld und alles ist vorbei.«

Ich schlucke und mir wird kalt.

Delta steht hinter der fast durchsichtigen, von Kindern in Asien oder Afrika gehäkelten Gardine am Fenster und telefoniert mit seinem Bruder Schuppi. Der heißt so, weil er sich früher im Garten einen Schuppen gebaut hat. Ein dämlicher Grund.

»Und Flex besorgt die Ausweise?«

Es scheint, als bestünde ihr kompletter Bekanntenkreis ausschließlich aus Menschen mit bescheuerten Spitznamen. Nur, warum Delta eigentlich Delta heißt: keine Ahnung. Vielleicht ist er mal mit der gleichnamigen Fluggesellschaft geflogen oder hat sich in der ehemaligen Großraumdisko mit gleichem Namen in Duisburg hart besoffen. Da war ich früher mal auf einer Abiparty. Irgend so was wird es wahrscheinlich sein.

»Und der Hund ist am Start?«

Stefans Augen werden groß. Man sieht, wie er sofort wieder an Obelix denken muss, es ihm für einen kleinen Moment erneut das Herz bricht. Ich habe den Eindruck, er vermisst den dicken Köter mehr als Frau oder Kinder. Ich kann es verstehen.

»Okay. Ich melde mich, wenn wir in Eindhoven sind.« Er legt auf, dreht sich zu uns. »Das dürfen wir echt nicht verkacken. Denkt daran, worüber wir im Büro gesprochen haben. Das ist alles so verdammt wichtig.«

Was mich am meisten wundert, ist, wie er um nicht mal acht Uhr früh nach dieser Party schon so unglaublich klar im Kopf sein kann. Er bezahlt die aus Analog-Ei hergestellten, fast ungenießbaren Omeletts, schaut auf die Armbanduhr, holt eine gedrehte Zigarette hervor und entzündet sie noch vorm Verlassen des Imbiss-Containers mit einem Streichholz aus einem Glas mit unzähligen Packungen, das neben der altmodischen Kasse mit der türkischen Köchin/Bedienung/Putzkraft steht. Verdächtig süßlicher Duft steigt in meine Nase.

Wir passieren die holländische Grenze und Delta wechselt die Simkarte seines iPhones. Ich finde das albern, sage aber nichts. Er reicht uns ebenfalls Karten. Stefan rollt mit den Augen und löst die Rückseite seines Samsung-Telefons.

»Ich hab kein Handy.« Ich halte das Gerät hoch, aus dem wie auf Knopfdruck ein paar Tropfen Regenwasser zu Boden fallen.

»Das ist schlecht. Warum nicht?« Delta klingt ernsthaft angepisst.

»Wie euch vielleicht aufgefallen sein wird, sind meine ganzen Sachen nass. Ich bin nach der Party im Regen aufgewacht.«

Matte stellt den Rückspiegel so ein, dass er mir in die Augen schauen kann. Ich sehe ihn zum ersten Mal ein Auto lenken, aber er war wohl der Einzige, der es am Abend zuvor nicht komplett übertrieben hat. »Im Regen?«, fragt er. »Wieso das denn?«

Irgendwie fühle ich mich durch diese Aussage ein wenig stolz und erzähle die Geschichte, wie ich den krassesten Sex meines Lebens am Strand gehabt habe. Egal, wie gelogen das auch sein mag, in meinen Ohren klingt es spitze.

»Jetzt macht alles Sinn.« Delta fährt sich durch die Haare.

»Ergibt Sinn«, verbessere ich und werde dabei ignoriert.

Wir erreichen Eindhoven. Von der Autobahn rollt der Wagen sofort in einen Kreisverkehr.

Stefan tippt mich an. »Siehste.«

Den Schweiß ignoriere ich inzwischen.

Wir biegen nach links ab und passieren das Stadion des PSV Eindhoven. Stefans Augen glänzen. »Ich hab hier 2005 Schalke gegen Eindhoven gesehen. 1:0. Schlimmer Kick. Aber wir waren eh schon durch und haben trotzdem gefeiert. Hinspiel war 3:0 zu Hause.«

Delta dreht sich genervt um. »Das ist doch jetzt alles kackegal. Konzentriert euch mal auf den wichtigen Kram.«

Ich habe ihn noch nie so angespannt gesehen. Stefan beugt sich zu mir rüber, um einen besseren Blick auf das Stadion zu erhaschen, das im linken Fenster an uns vorbeirauscht. Ich halte die Luft an, als er fast auf mir liegt, um ein Foto mit dem Handy zu machen.

Bam! Deltas Hand wischt ihm sein Telefon aus der Hand. »Sach mal. Mach doch hier kein Foto mit dem ganzen GPS-Kram.«

Matte hält an einer Ampel. »Beruhig dich mal, Delta. Lass ihn doch ein Foto machen. Du wirst hier grad etwas paranoid.«

Mattes Stimme, die viel zu lange nicht zu hören war, beruhigt den ganzen Wagen. Delta lehnt sich zurück, setzt seine Kopfhörer auf und schließt die Augen, nur um sie Sekunden später wieder zu öffnen und mich anzustarren. Er reißt sich die Ohrhörer vom Kopf. »Wo is'n der Preis?«

Ich schlucke. »Was?«

»Na der Videopreis! Den hattest du doch.«

Ich tippe mit dem Zeigefinger gegen meine Brust. »Ich?«

Delta kratzt sich unter der Nase. »Wer sonst?«

Ich schüttle den Kopf. »Nee. Den haben wir doch im Taxi liegen lassen.«

Delta rollt mit den Augen. »Verarschst du mich? Du hattest den Preis als Letztes.«

Stefan richtet seinen Pony und versucht, seine Geheimratsecken zu überdecken, klopft seinem Vordermann auf die Schulter. »Lass doch mal gut sein, Delta. Ist vielleicht doch sogar besser, wenn der Preis nicht da ist. Falls es Komplikationen gibt.«

Delta schüttelt den Kopf. »Es wird keine Komplikationen geben. Wehe einer von euch verkackt das.« Er legt sich die Kopfhörer zurück auf die Ohrmuscheln, spricht lauter. »Und über den Preis reden wir noch!«

Dabei weiß ich ganz genau, dass der im Taxi liegt.

Vor dem Hotel Blue Collar lenkt Matte den Citroën in das Parkhaus. Es liegt außerhalb in einem Gewerbegebiet.

»Wir sollten uns falsche Namen überlegen«, schlägt er vor. »Fürs Hotel.«

Delta findet die Idee großartig und Stefan ist es egal. Wir sind viel zu früh, um einchecken zu können, wandeln wie Zombies durch die Lobby. Alles ist hölzern in einem schäbigen Whisky-Look. Über einem Sofa hängt ein Portrait von Lemmy. Auch tot. Schade.

Nach Schlüsselaushändigung (mein Name ist Peter Falk, so wie der Columbo-Schauspieler), einer Dusche und einem Mittagsschlaf zwänge ich mich wieder in meine klamme, sandige Kleidung. Noch immer dröhnt mir der Schädel. Das Wasser aus dem Hahn schmeckt nach Chlor, aber ich gieße den vergilbten Zahnputzbecher dennoch voll und trinke ihn zweimal in einem Zug leer. Das hilft.

Das Zimmer hat neben einem alten Bundeswehrspind und zwei Betten keinerlei Accessoires. Durch das Fenster strahlt die Junisonne. Ich habe geschlafen wie ein Stein, weiß nicht, wie spät es ist. Matte und Delta sind in der Stadt, Vorbereitungen treffen. Ich soll mit neuem Handy um 18:00 Uhr im Stadswandelpark oder so sein, der östlich am Stadtrand liegt. Dort wird Deltas älterer Bruder Schuppi mit Einzelheiten auf uns warten.

Einen Großteil von Eindhoven macht die Technische Universität aus. Überall in der Stadt tummeln sich Studenten, die nach dem kalten Frühling endlich wieder die Cafés aufsuchen. Im Piazza Center kaufe ich bei H&M einen grünen Kapuzenpullover, eine blaue Jeans, ein schlichtes graues T-Shirt, schwarze Tennissocken und eine eng anliegende Boxershorts. Knapp achtzig Euro. Die Kassiererin ist irritiert, dass ich die Sachen gleich in der Kabine anziehe und meinen Anzug in die Tüte stecke. Gerade eine frische Unterhose ist Gold wert, wenn man seit zwei Tagen im selben nassen Lappen herumrennt. Auch wegen der drohenden Blasenentzündung. Aber ohne hätte ich es irgendwie auch nicht gekonnt. In einer Drogerie kaufe ich Deo und überlege noch, ob ich Stefan auch eins mitnehmen und unter irgendeinem Vorwand schenken soll.

»Hier, du sammelst doch Deo-Sticks aus aller Herren Länder.« Schwierig.

Bei MediaMarkt gegenüber gibt es ein Handy, das achtunddreißig Euro kostet. Auf dem Kassenzettel lese ich die Uhrzeit: 17:33 Uhr.

Ich treffe Delta, Matte und Stefan zusammen mit einem hageren Mann an einem Café-Tisch im Park. Ich bin fast eine Dreiviertelstunde gelaufen und wahrscheinlich leicht verspätet. Jedenfalls guckt Delta provokant deutlich auf seine hässliche, von Nike gesponsorte Armbanduhr. Der dünne Typ hat Geheimratsecken wie Mario Basler und einen leichten Oberlippenflaum. Er trägt ein ausgewaschenes Metalshirt, auf dem Totenkopfmenschen ein schwarzhaariges Mädchen foltern. Ich erkenne ihn. Er sieht aus wie der dürre Bandit aus »Kevin allein zu Haus« und steht in jüngerer, unverbrauchterer Form in einem Bilderrahmen auf Deltas Schreibtisch.

Schuppi schaut kurz auf, um seinen Blick im gleichen Atemzug wieder von mir abzuwenden und weiterzuerzählen. »Jedenfalls war Dieter so ein Typ, der konnte nicht nur mit vier Bällen jonglieren, er hat auch den ganzen Flur mit seinen Witzen vom Selbstmord abgehalten. Mit dem müssen wir mal was machen.«

Ich strecke ihm die Hand entgegen. Stefan tippt darauf und schüttelt den Kopf. Ich verstehe. Er ist anscheinend zu cool für eine Begrüßung. Vom Nebentisch zieht Matte einen Stuhl heran.

Schuppi beäugt mich. »Ah. Das ist er?«

Delta nickt.

»In Ordnung. Ich erklär jetzt nicht alles noch mal, nur weil der kleine Kasper hier zu spät kommt. Er hält sich einfach an Stefan und soll nicht doof auffallen und seine Daten lernen.« Schuppis kratzige Stimme erzählt die Geschichte von unzähligen Zigaretten und viel Whisky.

Ich habe immer noch so tierischen Nachdurst vom Vorabend, dass ich die stehen gelassenen Reste vom Nebentisch zusammenschütten und auf ex runterkippen würde. Kann mich aber beherrschen.

Auf dem Tisch liegt ein Umschlag, auf dem »Klaas de Jong« steht. Ich nehme die Getränkekarte, überfliege sie und stupse Stefan in die Seite, um zu fragen, was er vor sich stehen hat. Dafür ernte ich einen bösen Blick von Deltas Bruder und lasse die Karte in den Schoß sinken. Fuck.

Schuppi zuckt mit dem Kopf in meine Richtung. »Wenn wir wegen dem Typen im Knast landen, mach ich den fertig. Klar? Ich geh da nicht noch mal rein! Eher bring ich ihn um.«

Delta schaut zu mir rüber. »Mach dir keine Sorgen. Er ist schon in Ordnung.«

Ich weiß gar nicht, wie ich gucken soll, und blicke einfach starr nach vorne. Es ist jedenfalls sehr unangenehm, wenn negativ in der dritten Person über dich geredet wird, während du anwesend bist.

»Ich glaub dir das«, nickt Schuppi. »Wenn du ihn für gut hältst, ist alles in Ordnung. Nur weil der hier viel zu spät mit zwei Tüten ankommt, als ob er hier auf großer Shopping-Tour ist. Ich will jeden Fehler ausschließen.«

Ich muss mich zurückhalten, etwas zu sagen.

»Wir treffen uns um Punkt 4:30 Uhr nachts auf dem Parkplatz vom Familienrestaurant Fantasia. Den Besitzer kenn ich. Von ihm habe ich die Ausweise, weil Flex das nicht hingekriegt hat. Der Rest ist klar?«

Stefan hebt die Hand. »Barcelona-Cirona, oder?«

Schuppi schlägt mit der Faust auf den Tisch. Stefans Getränk schwappt über und flutet die Tischdecke.

»Girona! Ihr müsst das draufhaben! Lernt eure scheiß Daten.«

Stefan senkt den Arm, ignoriert sein verschüttetes Getränk. »Ja. Ich weiß. Ich üb das noch. Versprochen.«

Schuppi rollt mit den Augen. »Und du musst echt noch mit Fenna reden, Stefan. Es ist totaler Blödsinn, dass du mit den Jungs fährst, und außerdem wär das gut für sie. Sie findet dich geil, weißt du? Das zweite Auto stell ich heute Abend bei eurem Hotel ab.« Er schaut zu Delta. »Den Schlüssel lass ich dir an der Rezeption da, Neil. Unter welchem Namen hast du eingecheckt?«

Neil? Deltas Name ist Neil? Das ist ja mal interessant.

»Sandro Wagner.«

»Alles klar.« Schuppi grinst. Zum ersten Mal. Ich finde Peter Falk besser.

»Noch Fragen?«

Keiner gibt einen Laut von sich und ich fühle mich uninformiert.

In einem Fanshop kaufen wir mit Bargeld je drei Trikots (alle mit Messi-Beflockung) und Schals vom FC Barcelona. Delta achtet akribisch darauf, nirgends seine richtigen Daten zu hinterlassen und ich verschweige, dass ich bei H&M und MediaMarkt mit EC-Karte bezahlt habe. Matte bekommt zusätzlich eine Uhr, Delta eine Jogginghose. Mir wird von einer leicht bekleideten Verkäuferin eine rot-blaue Cap aufgesetzt, die kurz darauf ebenfalls auf dem Tresen landet.

Zur gleichen Zeit trifft sich Stefan mit einem holländischen Mädchen namens Fenna in der Innenstadt. Warum, weiß ich nicht. Ich will es wahrscheinlich auch nicht wissen. Wir essen Würstchen an einem Grill-Imbissstand an der belebten Einkaufsstraße »de Bergen«. Mattes Enttäuschung ist groß, als er feststellt, dass es in Eindhoven anscheinend keine FEBO-Automaten mit Burgern und Frikadellen gibt.

»Das fängt jetzt schon scheiße an«, brummt er und beißt mürrisch in eine Krokette.

TAG 333

»Ich hoffe, er schafft's«

2:57 Uhr. Mein Handywecker spielt »Cold Turkey« von John Lennon, reißt mich aus einem Traum, in dem ich bei ihr war. Ella. Ich werde sentimental. Dabei war es nur ein Abend. Fuck.

Ich drehe mich noch einmal auf die Seite und reibe mir mit beiden Händen über das kratzige Gesicht. Im Zimmer ist es ruhig. Wenn mein Atem keine leisen Geräusche machen würde, dann würde ich gar nichts hören.

Kaum geschlafen, quäle ich mich unter die Dusche, deren Kabine fast auseinanderfällt. Das Wasser ist kalt und drucklos. Fließt kalkig die Glatze, das Gesicht, dann den Körper an den Beinen herunter. Schleichend gewinnt es an Wärme. Dann setze ich mich hin. Genieße den Regen. Es fühlt sich frei an. Urlaubsmäßig. Ich verharre in dieser Position, bis das warme Wasser aufgebraucht ist und es wieder kälter wird. Sehr viel kälter.

Ich springe auf, schlage gegen die klapprige Tür und trete auf das ausgewaschene Bodentuch. Das Barcelonatrikot liegt auf der kalten Heizung. Ich trockne mich ab und blicke in den beschlagenen Spiegel, erkenne weder mein Gesicht noch meinen Körper. Jeder könnte das sein. Im Dunst wird man völlig austauschbar.

Ich ziehe die Sachen aus dem H&M an, streife das Trikot über und fühle mich zum ersten Mal bereit. Wofür auch immer.

Das Auto vorm Hotel ist ein neuer Audi A3. Cabrio. Weiß. Sieht aus wie der krasseste Zuhälterschlitten. Die Rückbank ist für eine ausgewachsene Person viel zu eng. Ich ahne allerdings schon, wer am Ende dort Platz nehmen soll.

Auf dem Fahrersitz sehe ich zwei Paar holländische Nummernschilder mit der Anweisung, das eine für die Protzkarre, das andere für den Citroën zu nutzen.

Während Delta und ich zu Fuß gehen, fährt Matte den Wagen gegenüber ins Parkdeck, stellt ihn direkt neben unseren Kombi. Als wir dazustoßen, ist er gerade dabei, das hintere Kennzeichen abzunehmen und durch das holländische zu ersetzen. Delta und ich, beide im Barcelonatrikot, sitzen auf dem mit Reifenspuren übersäten Boden, sehen ihm schweigend zu. 3:34 Uhr.

»Hallo Leute.« Ich erkenne Stefans ruhige Stimme unter Tausenden. Allerdings sieht er anders aus, jünger. Der Dreitagebart fehlt.

»Wie siehst du denn aus?« Delta springt auf und zeigt mit dem Finger auf ihn. »Ich würd ja jetzt sofort ein Foto für Instagram machen, wenn das nicht alles trackbar wäre. Hammer!«

Auch Matte grinst. Auf Stefans Gesicht macht sich Enttäuschung breit. Er schaut sichtlich bedrückt. Erst jetzt fallen unsere Blicke auf die Frau neben ihm, die im ersten Moment an Peggy Bundy erinnert. Mitte vierzig, dünne Statur, hohe High Heels, enges, schwarzes Cocktailkleid, das in der künstlichen Parkplatzbeleuchtung metallisch schimmert. Nett ausgedrückt sieht sie mit ihren roten, aufgeplusterten Haaren und den gemachten Brüsten aus wie eine mittelklassige Straßenprostituierte. Eine, zu der man nur gehen würde, wenn ihre jüngeren, hübscheren Kolleginnen alle schon Feierabend haben, während man selbst nur noch dreißig Minuten zu leben hat. Und keine Arme besitzt. Und blind ist.

»Ich bin Fenna.«

Ihr holländischer Akzent erinnert mich schlagartig an die Szene aus »New Kids Turbo«, in der die assige Freundin von dem einen Typen seinen erigierten Penis ins Gesicht gedrückt kriegt. Dabei dachte ich eigentlich, dass hinter dem Namen Fenna ein hübsches, junges Mädchen steckt. Namen machen Leute auch nur in Gedanken.

Delta – noch immer grinsend – zieht Stefan ein paar Meter in eine dunklere Ecke. Matte schraubt am zweiten Nummernschild und ich stehe da und kann nicht anders, als diese Frau anzustarren und zu überlegen, ob wenigstens ihre Zähne echt sind. Irgendwo, früh im Leben, völlig falsch abgebogen.

»Hast du eine Sigaret, wellicht?«

Ich schüttle den Kopf, frage ich mich, was mich am meisten an ihr stört. Schnell lege ich mich auf das rosa Haarband fest, das am Hinterkopf zu einem Knoten gebunden ist und dennoch bis hinunter zu ihrem Po reicht, den es bei jeder Kopfbewegung kurz berührt.

»Een Bier, wellicht?«

Wieder verneine ich, obwohl unklar ist, ob sie mir ein Bier aus ihrer Handtasche anbieten oder von mir eine Dose überreicht bekommen möchte. Vor meinen Füßen schimmert ein Ölfleck in Regenbogenfarben. Ich versuche, mich damit abzulenken.

»Heute war een mooie dag. Warm.«

Einfach nicht reagieren. Egal. Werde sie ja eh nicht wiedersehen.

Sie macht ein paar Schritte auf Matte zu, der vor dem Wagen sitzt. »Wat toe je?«

Ihr unbändiges Konversationsbedürfnis raubt mir den letzten Nerv. Der Ölfleck hat seine Anziehungskraft schnell verloren.

»Ich steck hier die Nummernschilder um.«

Mattes Freundlichkeit ist beachtenswert. Sachlich und ohne den Hauch von Sarkasmus beantwortet er all ihre Fragen. Zu den Autos, zum Wetter, Hobbys, Essen. Ich stehe drei Meter entfernt und höre ihr Gespräch, ohne es wirklich mitzubekommen.

Delta und der bartlose Stefan treten aus der Dunkelheit hervor bis in die Pfütze, deren Farben sich vermischen und ein völlig neues Bild ergeben.

»Alles geklärt.« Delta wischt sich mit einem Sagrotantuch über die Hände.

Matte steht auf und klopft sich den Staub von den Knien. »Dann können wir jetzt los?«

Mit dem Trikot sieht er im fahlen Licht ein bisschen aus wie der echte Lionel Messi mit Schirmmütze.

Fenna und Stefan steigen in den Citroën, und obwohl die Rückbank des Audi viel kleiner ist, quetsche ich mich, exakt drei Minuten nachdem der erste Wagen das Parkhaus verlassen hat, über den Beifahrersitz in die hintere Reihe. War ja klar. Delta fährt mit seinem Sitz zurück und drückt meine Knie in das Polster. Dann dreht Matte den Zündschlüssel.

Kurz vor der deutschen Grenze fahren wir, eng an einer hohen Weide vorbei, auf den Parkplatz hinter dem Familienrestaurant »Fantasia«. Der Citroën steht dort bereits neben einem weißen Sprinter. Die Straßen sind dunkel und leer. Ich hatte mich auf der Fahrt immer wieder umschauen sollen, ob uns jemand verfolgt, die Polizei in Sicht ist, irgendwas Ungewöhnliches. Doch in den letzten vierzig Minuten hat es weder Mensch noch Auto auf der Straße zu sehen gegeben.

Das einzige Licht spenden die Scheinwerfer, die über den Parkplatz auf die begrenzende Backsteinmauer strahlen. Fast zeitgleich öffnen sich die Türen aller drei Autos. Die Nacht ist mild, fast warm. Wir nicken uns zu. Schuppi läuft hinter den Sprinter und öffnet die Hecktür. Mit einer Taschenlampe leuchtet er ins Innere, steigt hinein und holt einen Koffer heraus.

»Klaas de Jong«, ruft er, aber niemand reagiert.

Wir stehen im Halbkreis und ich sehe zum ersten Mal, wie Fenna die Hand von Stefan festhält.

»Klaas de Jong!«, wiederholt er und springt von der Ladefläche, zieht den Trolley über den staubigen Schotterboden in die Mitte der Runde, lässt ihn dort fallen. Dann stürmt er auf mich zu und packt mich am Kragen. Ich spüre seine narbigen Handkuppen an meiner Hauptschlagader. Mit den Daumen drückt er die Schlinge zu. »Klaas de fucking Jong!«

Matte und Delta packen ihn am Arm, ziehen ihn zurück. Er klammert sich an mir fest, schleift mich mit. Ich gerate ins Stolpern, sinke zu Boden und Schuppis Finger lösen sich. Ich lande auf den Knien und stütze mich mit den Händen auf.

»Der Typ versaut uns das alles! Seht ihr das nicht?« Schuppi reißt sich los und geht zwei Schritte zurück.

Ich huste und es fühlt sich an, als krabbelten Hunderte Ameisen meine Luftröhre hoch.

»Ohne Scheiß, er kann sich nicht mal einen Namen merken, oder was?« Er stürmt auf mich zu und für einen Moment glaube ich, dass er ausholen und mir mit dem Fuß den Schädel zertrümmern will, werfe mich auf den Rücken und schütze mein Gesicht.

»Du bist der verfickte Klaas de Jong!« Er brüllt so laut, dass spätestens jetzt bei der Polizei im Nachbarort die Alarmglocken läuten sollten. Ich erinnere mich, den Namen schon mal gehört zu haben. Klaas de Jong ...

»Wann bist du geboren?« Wieder schreit Schuppi zu mir runter, kickt mit dem Fuß Dreck in meine Richtung, sodass eine große Wolke in meinem Gesicht landet. Ich atme Staub. Im Ohr piept es.

Matte hält den Finger vor den Mund. »Pssschhht. Mann. Schrei hier doch nicht so rum!«

Schuppi dreht sich zu ihm. »Halt du die Klappe, Matte! Er weiß seinen Namen nicht, nicht, wann er geboren ist, und wo vermutlich auch nicht. Er weiß gar nichts. Hat den Umschlag wahrscheinlich nicht mal geöffnet! Er ist raus, oder ich mach nicht mit.« Schuppi verschränkt die Arme vor der Brust.

Umschlag? Welcher Umschlag?

»Fickt euch! Ich hab keinen Umschlag bekommen!«, verteidige ich mich.

Schuppi schnauft. »Verarsch mich nicht, de Jong! Heute Nachmittag hat jeder seinen verschissenen Umschlag mit den wichtigen Infos zum Lernen bekommen.«

Ich erinnere mich, dass ein Umschlag auf dem Tisch des Cafés lag, mir aber niemand gesagt hat, dass der für mich ist. »Ich weiß nichts davon.«

Delta fährt sich durch die Haare. »Fuck, Mann!« Er dreht ab und schlägt mit der flachen Hand gegen den Sprinter. »Du hättest doch die Kacke lernen sollen!«

Ich bekomme große Augen, sitze immer noch auf dem Boden, huste. »Und woher sollte ich das wissen? Wenn ihr wollt, dass ich raus bin, bin ich raus. Hab ich gar kein Problem mit!« Ich bin erleichtert, hätte mir einen schnelleren Ausstieg gar nicht wünschen können.

Delta zeigt mit dem Finger auf mich. »Du bist nicht raus. Oh nein. Du steckst schon viel zu tief mit drin. Du lernst jetzt deine Scheiße auswendig. Gib mal den Pass, Schuppi.«

Schuppi greift in die Tasche, zieht einen Stapel Reisepässe heraus und gibt sie seinem Bruder. Der blättert in ihnen herum und wirft einen vor meine Füße in den Staub. »Hier, de Jong.«

Ich sehe in Mattes und Stefans hilflose Gesichter. Fenna steht da, betrachtet ihre Fingernägel und versucht, hübsch auszusehen. Ohne Erfolg. Meine Hand greift nach dem Ausweis. Auf dem Boden sitzend, schaue ich ihn erst von außen, dann die Innenseiten an. Ein holländischer Pass. Ich halte ihn ins Licht der Scheinwerfer. Mein Name ist Klaas de Jong. Bin am fünften Dezember 1984 in Den Haag geboren. Augenfarbe braun, Größe ein Meter sechsundsiebzig. Dabei bin ich fast eins achtzig. Das Foto ist das erste Bild, das aufploppt, wenn man mich googelt. Von der Schulabschlussfeier. Älter schon. Nicht biometrisch. Ich lächle darauf. Der Reisepass wurde vor vier Tagen in Eindhoven ausgestellt. Die Unterschrift ist wildestes Gekrickel. Oh Mann.

»Was ist eigentlich, wenn wir angehalten werden und die Polizei kennt euch? Also aus den Videos?« Ich stehe auf und klopfe mir den Sand aus der Hose.

»Quatsch. Kennst du zum Beispiel Aaron Troschke?« Aus Schuppis Mund fliegen kleine Spucketropfen, deren Flugbahn man im Lichtkegel der Scheinwerfer in Gänze verfolgen kann.

»Na klar, der von ›Wer wird Millionär?‹.« Ich hasse das Gefühl von staubigen Händen, reibe sie aneinander.

Schuppi macht einen Schritt auf mich zu. »Du guckst ja wahrscheinlich auch den ganzen Scheiß. Erwachsene kennen den hier nicht. Und euch kennen Erwachsene auch nicht. Dich erst recht nicht. Keine Sorge, ihr seid holländische Fußballfans. Von Barcelona. Außerdem werdet ihr eh nicht angehalten. Tausend Fahrten hab ich hinter mir. Das passiert nie.«

Ich frage mich, warum Schuppi Jahre im Gefängnis verbringen musste, wenn er nie erwischt worden ist. Zwischen meinen Zähnen knirscht der Staub. »Na ja, außer bei unserer letzten Fahrt nach Holland. Mit dem Bus. Da wurden wir angehalten. Aber das war natürlich nur eine Ausnahme, was?«

Ich klinge wohl etwas zu klugscheißerisch. Er macht einen weiteren Schritt und sein Gesicht ist keinen Meter von meinem entfernt. Seine Nase wackelt, während er sich zu mir runterbeugt. »Hör mal zu, Kleiner! Eure letzte Fahrt war Scheiße noch mal überhaupt nicht durchgeplant. Jetzt mach ich das hier.« Sein Finger bohrt sich in meinen Brustkorb. Die Spucketropfen landen statt auf dem Boden an meiner Wange. »Und nicht dieser Sven! Und das ist das Beste, was euch passieren konnte. Vor den anderen kannst du vielleicht den Macker raushängen lassen, aber bei mir bist du damit an der falschen Adresse. Und wenn du nicht langsam deine Schnauze hältst, ist das hier auch deine letzte Fahrt. Du landest dann nämlich im Rollstuhl.«

Ich verkneife mir die Nachfrage zur Sinnhaftigkeit dieser Aussage und auch dazu, ob er mit Sven nicht eigentlich Flo meint.

Delta klatscht dreimal laut in die Hände. »Los Leute. Keine Zeit zu streiten. Abfahrt!«

Schuppi dreht sich mit einem letzten abfälligen Blick von mir weg. Ich wische über meine Stirn, obwohl sie trocken ist, rapple mich auf und trotte zum Wagen. Delta und sein Bruder werfen zwei Trolleys in den Kofferraum des Audi.

»Nicht öffnen! Die sind versiegelt. Und wenn ihr die doch öffnet, schießen sie euch in Berlin sofort über den Haufen. Verstanden?« Schuppi haut mit der Faust gegen die Rückbank, auf der ich gerade Platz nehme, knallt den Kofferraum zu.

Ich bin genervt. »Jaja.«

Dann reißt er die Tür auf, die ich Sekunden vorher zugezogen habe, und wirft mir mit Schwung eine FC-Barcelona-Reisetasche auf den Schoß.

»Die auch nicht öffnen. Klar?«

Ich nicke. Durchs Fenster auf der anderen Seite sehe ich, wie Stefan und Fenna im Citroën knutschen, wie ihre aufblitzenden Zungen miteinander spielen. Eieieieiei, ob das so gut ist?

Schuppi zieht einen letzten Koffer von der Ladefläche und verstaut ihn im vorderen Teil des Sprinters. Delta setzt sich auf den Fahrersitz der Protzkarre, steckt den Schlüssel ins Schloss und betätigt den Fensterheber. Erst versehentlich den hinteren. Ein kurzer, kühler Windstoß zieht über die Rückbank, kitzelt mich im Nacken. Frische Luft in meiner Lunge. Dann fährt das richtige Fenster runter und meins nach oben.

Sein Bruder kommt heran, sie flüstern. Ich erahne folgende Worte: »Sorge«, »passt«, »Polizei«, »Grenze«, »easy«. Dann übergibt Schuppi ein Post-it mit einer Adresse in Berlin, das Delta sofort ins Handschuhfach werfen will. Doch es klebt an seinem Finger fest. Er versucht es abzuschütteln und streift es schließlich am Rand der Abdeckung ab. Dann wendet er sich wieder seinem Bruder zu. Sie machen eine Bro-Fist und Delta leert seine Hosentaschen in die Mittelkonsole. Sagrotanflaschen landen neben allerhand Abfall im Loch für Getränke. Dann tritt er aufs Gaspedal. Durch die Heckscheibe sehe ich, wie Schuppi sein Handy aus der Hosentasche zieht und mit dem Fuß die Tür zur Ladefläche schließt.

Wir verlassen das Gelände. Es geht los.

Die wenigen Laternen, die alle paar Hundert Meter alibimäßig die zweispurige Straße beleuchten, lassen nicht darauf schließen, dass wir demnächst eine Staatsgrenze passieren. Man kann in der Dunkelheit nur erahnen, dass wir mitten durch einen Wald fahren. Das Fernlicht des Audi ist entweder kaputt oder falsch eingestellt. Hinter uns fährt Stefan im Citroën für meinen Geschmack etwas zu dicht auf. Ein unerwarteter Bremser, und er würde es kaum schaffen mit seinem ungelenken Fuß rechtzeitig auf das andere Pedal zu treten. Um die Anspannung zu lösen, drückt Matte auf den Knopf für das Radio. Es rauscht und der Sendersuchlauf zieht von um die 87,5 bis hoch zur 108. Dann beginnt er von vorn. Ab und an hört man hohe Töne: »Uiuiuiiiiuiiuuuu!« Ich fühle mich wie Alf, der auf der Suche nach einer vertrauten Stimme von seinem Planeten Melmac ist.

»Nichts funktioniert in diesem scheiß Auto.« Delta schlägt mit der flachen Hand gegen die Elektronik. Hilft nichts. Natürlich.

Matte schaut aufs Handy. »Noch drei Minuten circa.«

Mit achtzig fahren die zwei Autos mit wenig Abstand auf die niederländisch-deutsche Grenze zu. Dann leuchtet es hinter uns. Ein helles Licht schießt durch den Audi. Ich schaue mich um, blicke genau in ein zweites Signal.

»Das ist Stefan.« Matte krächzt.

»Warum?« Vor meinen Augen tanzen kleine Sternchen von der Lichthupe.

Stefan zieht auf die linke Spur und schließt zu uns auf. Die Scheibe fährt nach unten und Fenna macht eine Kurbelbewegung, obwohl wir automatische Fensterheber haben. Aber das weiß sie ja nicht. Die

Diskette ist ja auch immer noch das handelsübliche Speichersymbol eines jeden Computerprogramms. Und die wird schon seit den späten Neunzigern nicht mehr benutzt.

»Was ist?«, brüllt Delta aus dem Fenster.

»Ich hab eben ein Polizeiauto gesehen.« Fennas Stimme klingt laut, überraschend akzentfrei und dabei besorgt.

Delta gestikuliert mit dem Arm, winkt ab. »Und deswegen beleuchtet ihr hier den Wald wie – wie …« Er sucht nach einem Vergleich, setzt dann aber woanders an. »Bullshit. Da war nichts.«

Sie schüttelt den Kopf. »Ich hab Angst. Stefan und ich wollen abbrechen.«

Delta lacht. Seine Haare fliegen wie beim Joker in »The Dark Knight« vom Fahrtwind zurück. »Das ist Quatsch. Selbst wenn – wir sind vorbereitet. Scheißt euch nicht ein. Wir sind gleich drüben.« Er tritt aufs Gas und wir übernehmen wieder die Führung. »Abbrechen«, murmelt er vor sich hin, während die Fenster nach oben fahren. »Polizei. So ein Blödsinn.«

Die Schilder, die in der Dunkelheit stehen, beenden fast beiläufig den niederländischen Staat. Wir haben die Grenze passiert. Ich merke erst jetzt, wie sich meine Fingerkuppen in das Leder pressen, löse den Griff. Ein provisorisch aussehendes Schild macht auf den kleinen Flughafen Düsseldorf-Weeze aufmerksam, für den wir Tickets zum Auswärtsspiel von Barcelona über Valencia nach Girona haben. In der Hintertasche fühle ich den gefälschten Reisepass, auf dem ich seit zwanzig Minuten sitze. Die Daten kann ich mittlerweile. Und drei Spieler von Barcelona. Ich habe aber trotzdem kein gutes Gefühl bei der Sache.

»Wie ist denn jetzt der Plan?«, frage ich, wahrscheinlich viel zu spät.

Matte dreht sich zu mir um. »Wir fahren in Richtung Flughafen und tun so, als ob wir nach Valencia fliegen. Und wenn bis da alles cool ist, fahren wir weiter nach Hause. Eigentlich ganz easy. Sollte ja um die Zeit keiner irgendwas kontrollieren.«

Ich nicke, bin aber wenig überzeugt.

»Leute!« Delta brüllt. »Wir haben ein scheiß Problem!«

Als Matte aus meinem Blickfeld verschwindet, sehe auch ich das scheiß Problem. »Oh Shit.«

Ein schwarzer Mercedes mit Blaulicht blockiert die Straße.

»Fuck!« Matte schlägt auf die Armatur vor sich. »Okay. Wir haben nichts gemacht, kapiert? Alles ist cool. Wir müssen uns nur ruhig verhalten.« Er klingt während dieser Aussage alles andere als ruhig. »Wir sind Fans von Barcelona. Alles gut.«

Ich atme hektisch ein und aus. »Wir haben das ganze verdammte Auto voller Drogen und alles soll gut sein?«

Es ist ein Gefühl von unendlicher Anspannung. Sämtliche Haare meines Körpers stehen kerzengerade, fühlen sich so an, als drückten sie das Messi-Trikot sowie den Pullover mit vereinten Kräften um einige Millimeter von meinem Körper weg.

»Das wird alles. L-l-lass mal bei Schuppi klingeln. Dann weiß er Bescheid.« Delta stottert.

Im Rückspiegel sehe ich die Panik in Blau und Weiß in seinen Augen mit jedem Farbwechsel des zivilen Einsatzwagens wachsen. Langsam rollt der Audi aus.

Matte zittert. »Es läuft alles nach Plan.« Er scrollt durch die Kontakte in seinem Handy. »Wie war das? Dreimal klingeln lassen?«

Delta greift nach dem Telefon, reißt es seinem Freund aus der Hand. »Gib den Scheiß her, ich mach es selbst.«

Wir stehen. Vor uns steigen zwei Zivilpolizisten aus dem Wagen, zögern, greifen zur Hintertür.

»Fuck«, keuchen wir alle drei zeitgleich. Noch einmal: »Fuck.«

Aus dem Inneren springt ein Schäferhund, schüttelt sich und steht majestätisch im Lichtkegel des Audi.

»Ruhig bleiben.« Delta schnauft. »Alles gut.«

Mir ist nicht ganz klar, was an einem Drogenspürhund in Kombination mit einem Drogenauto wirklich gut sein soll.

Die Polizisten streichen über den Hundekopf. Das Tier schaut sich um, bewegt sich grazil. Dann gibt einer von ihnen ein Zeichen und alle drei setzen sich in Bewegung.

Deltas Blick wechselt zwischen den näher kommenden Polizisten und dem Telefon hin und her. »Alles cool. Bleibt einfach ruhig. Wir sind ganz normale holländische Fußballfans. Easy.«

Die Taschenlampe leuchtet aufs Nummernschild. Dann in unsere Gesichter. Ich habe Mühe etwas zu erkennen, kneife die Augen zusammen. Sie sind fast da. Das Auffälligste ist der Größenunterschied. Einer sieht aus wie ein Muskelproll, den man samstags gegen 20:00 Uhr bei McFit trifft, wo er sich für den Besuch der Assidisko ordentlich aufpumpt. Der andere wie ein Typ, der besser hätte Schlagersänger werden sollen. Die Polizistenversion von Willi Herren.

»Komm schon«, murmelt Delta vor sich hin. »Wie hast du ihn denn abgespeichert?«

Matte zuckt mit den Schultern, als der Lichtstrahl einer Taschenlampe auf sein Gesicht trifft. Pfeifend zieht er die Luft ein. Langsam treten die zwei an die Scheibe. Direkt unter dem Fenster hält Delta sein Handy, wischt mit dem Finger über den Bildschirm, dessen Helligkeit bis hoch auf seinen Oberarm strahlt. Dann klopft es und durch das Auto geht ein Ruck, alle schrecken zeitgleich zusammen. Wie Schuljungen, deren perfider Spicker-Plan kurz vor der Enthüllung steht. Mein Fenster fährt runter, dann das richtige. Ein milder Windstoß.

»Guten Abend. Allgemeine Verkehrskontrolle. Ausweise und Fahrzeugpapiere bitte.«

Willi Herren spricht mit einem kölschen Dialekt, während sein Prollkollege den Hund zum Citroën von Stefan und Fenna führt.

»Ja hallo. Guten Morgen.« Deltas holländischer Akzent. Ich finde ihn unrealistisch und peinlich. Der Situation unangemessen. »Einen Moment eben.« Er zeigt auf das Handschuhfach und Matte öffnet die Luke. Dann zückt er sein Portemonnaie.

»Sie haben aber viel Geld dabei.« Der Polizist deutet auf die vielen Fünfziger.

Delta versucht zu grinsen. »Ja. Wir sind auf dem Weg nach Spanien. Unser Team spielt morgen gegen Villarreal.«

Das ist der falsche Gegner. Das habe ich mir gemerkt. Ich könnte wetten, dass Delta bis auf Messi nicht einen Spieler von Barcelona beim Namen nennen kann. Keiner von uns kann das.

Der Beamte leuchtet mit seiner Taschenlampe auf das Logo meines Trikots und ich strecke ihm den erhobenen Daumen entgegen, der einen Schatten auf mein Gesicht wirft. Innerlich schlage ich mir die flache Hand gegen die Stirn. Und dann sehe ich zwischen dem Müll und dem Sagrotan in der Mittelkonsole eine Kugel mit Alufolie. Kokain. Fuck. Wieso ist mir das denn nicht vorher aufgefallen?

»Ah. Barcelona, was?« Delta nickt und hält ihm den Pass hin, versucht zu lächeln. »Bestes Team der Welt. Wer ist denn Ihr Lieblingsspieler?«

Matte kramt in den unzähligen Unterlagen im Handschuhfach. Ich glaube, er kennt keinen »Äh. Also Mesi natürlich!«, sagt er komplett akzentfrei, wobei er den Namen der Nummer zehn völlig falsch ausspricht. Ich zucke zusammen, mein Blick klebt an dem Koks. Willi Herren merkt nichts. Ich reiche meinen Ausweis nach vorn.

»Herr de Jong, was?«

Ich nicke, als der Lichtschein vom Reisepass zurück auf mein Gesicht fällt und dabei die Alukugel streift. Matte übergibt mit leicht zitternder Hand die Fahrzeugpapiere und den für ihn gefälschten Pass.

»Sehr gut. Ich bin dann kurz beim Wagen. Dauert nur eine Sekunde.« Willi dreht uns den Rücken zu und bewegt sich zu seinem Auto.

Ich stoße Luft aus, greife nach vorn und werfe die Kugel unter den Sitz.

»Ich glaub, die Nummernschilder passen nicht«, murmelt Delta.

Mattes Stimme überschlägt sich. »Was?«

Delta schaut auf sein Handy. »Die Unterlagen. Das Nummernschild ist ein komplett anderes. Das merkt er doch. Ich hab sie glaub ich vertauscht.«

Im Rückspiegel sehe ich Deltas nervösen Blick. Vor uns öffnet der Schlagerpolizist die Beifahrertür seines Dienstwagens. Dann kommt der Muskelbulle von Stefans Wagen zurück und an unserem Fenster vorbei. Ich bin mir unsicher, wie viel er von dem Gespräch mitbekommen hat. Der Hund schaut mir in die Augen. Ich weiche aus und blicke nach hinten. Im Citroën ist es dunkel. Ich kann weder Stefan noch Fenna erkennen.

»Wo kam der denn her?« Delta dreht sich zu mir. »Hat er was gehört? Was sagst du denn nichts?«

Ich hebe die Schultern. »Nicht gesehen.«

Deltas Augenrollen im Rückspiegel. Ich schweige. Der Schlägerpolizist und der Schlagerpolizist sprechen kurz miteinander, während der Hund seine Pfoten leckt. Ich wundere mich, dass er noch nicht angeschlagen hat.

»Der hat doch was gehört!« Delta schlägt gegen das Lenkrad. »Fuck. Mann. Was dauert das denn überhaupt so lang?« Es hupt kurz auf. So ein Idiot.

Dann kommt Willi mit steifem Gang wie der Terminator wieder an unser Fenster. »Das dauert hier jetzt einen kleinen Moment länger. Ich weiß, dass Sie es eilig haben. Aber solche Überprüfungen gehen nicht so schnell. Hupen bringt da nichts«, erklärt er mit so übertriebener Freundlichkeit, dass mit Sicherheit etwas im Busch ist. »Sie können sich auch kurz die Beine vertreten, wenn Sie möchten.«

Delta lehnt dankend ab und ich wäre am liebsten aufgesprungen und so tief es geht in den Wald gerannt. Aber ich bleibe sitzen. Fahre mir mit der Hand über die Stoppeln auf dem Kopf. Noch immer ungewohnt.

Die Zeit vergeht schleichend.

Ein erneuter Blick aufs Handy, und Delta verdreht die Augen. »Das dauert jetzt schon fast zehn Minuten.«

Die Luft steht.

Blaulicht am Horizont. Bevor wir auch nur irgendwie reagieren können, taucht von hinten ein weiterer Wagen auf, hält mit quietschenden Reifen direkt neben uns auf der Gegenfahrbahn. Mein Herz rutscht eine Etage tiefer und drückt gegen die Blase. Die holländische Polizei, schätze ich. Der Wagen ist durchgängig weiß, die Beleuchtung habe ich so in Deutschland noch nie gesehen. Die Tür öffnet sich und ein Polizist von noch breiterer Statur als sein deutscher Kollege grinst mich aus einem Pitbullgesicht an. Es fehlt ein oberer Eckzahn. Mir wird schlecht. Aus der Fahrertür steigt der vierte Gesetzeshüter. Ein knochiger Typ, der die Mütze mit beiden Händen richtet und so sein Gesicht in tiefe Schatten hüllt. Das Blaulicht blitzt auf, reißt seine Gesichtszüge aus der Dunkelheit, und mir wird alles klar. Für den Bruchteil einer Sekunde erkenne ich die lederne Haut: Es ist Schuppi, der in orangefarbener Uniform die Tür zuschlägt und auf seine deutschen »Kollegen« zugeht. Sehen holländische Uniformen wirklich so aus? Wie klischeehaft.

Gebannt rücke ich auf dem Sitz nach vorn. Schuppis Kollege öffnet die hintere Autotür und zieht einen bockigen Hund an der Leine heraus, der aussieht wie er selbst. An den Zähnen hängen Reste der Ledergarnitur und des Anschnallgurtes.

Delta reibt erleichtert seine Handflächen gegeneinander, schaut in den Himmel, als würde er für eine Sekunde an Gott glauben. »Endlich.«

Ich weiß ja nicht.

Sie tauschen sich aus. Schuppi lacht übertrieben, während er Willi auf die Schulter klopft. Und auch die zwei anderen scheinen sich gut zu verstehen, diskutieren wahrscheinlich über die neusten Fitnesstrends und wie man es schafft, dass der Bizeps noch definierter wird.

Die zwei Hunde beschnuppern sich und ich frage mich, ob die Polizei in Holland ernsthaft Pitbulls mit sich herumführt.

»Was reden die denn so lange?« Delta schnallt sich ab, löst seinen Körper aus den Fesseln.

»Mach jetzt keinen Scheiß.« Matte legt den Arm auf seine Schulter.

Delta wischt ihn weg. »Wir dürfen doch raus. Hat er doch gesagt. Ich mach nichts.«

Er greift nach dem Hebel und ich ziehe meine Knie bis hoch an den Brustkorb. Der kurze, frische Luftzug pfeift durch den Innenraum, verstärkt meine zunehmende Gänsehaut. Das Zuknallen der Autotür lässt mich zusammenzucken, obwohl ich darauf vorbereitet war.

Halb auf der Motorhaube sitzend, beobachtet Delta die diskutierenden Polizisten. Von hinten höre ich Stefans Stimme nach vorne brüllen. Delta lacht und winkt dem vorgeblich fremden Familienvater zu. Dann endlich kommt Schuppi mit den abgegebenen Ausweisen auf seinen Bruder zu, zwinkert im Laufen in unsere Richtung. Ich hasse ihn, auch wenn sein Gesichtsausdruck einen positiven Ausgang verheißt.

Delta beugt sich vor und greift zur Fahrertür. Ich sehe, wie der Polizist auf der anderen Seite die Dienstwaffe aus dem Holster zieht.

»Fuck!« Delta hat es auch gesehen. Seine Hand noch am Griff der geöffneten Fahrertür, erkenne ich Panik in seinen Augen. Er kauert sich hinter die Tür.

»Was machen wir jetzt?!« Ich stoße an Mattes Schulter, die nachgibt, als wäre sie aus Schaumstoff.

Schuppi bleibt in der Rolle, dreht sich um, spricht ruhig, aber laut und deutlich zu den deutschen Beamten. »Was gibt's für ein Problem?«

Der Gesichtsausdruck seines kantigen Pittbullfreundes lässt nichts Gutes erahnen. Er sieht, obwohl ich ihm diese Emotion kaum zugetraut habe, ängstlich aus.

»Was passiert da?« Deltas Hand erscheint im Fahrzeuginneren, ertastet die Polster des Fahrersitzes, als würde er etwas suchen, das offensichtlich nicht an seinem Platz ist. »Was seht ihr?«

Wir beobachten in Lauerstellung übers Armaturenbrett hinweg, wie sich Deltas Bruder wieder zu den Beamten bewegt.

»Ich glaub, Schuppi kriegt das hin. Sie reden gerade.« Matte hat den Satz kaum ausgesprochen, da holt der Pitbullpolizist aus und schlägt dem Schlägerpolizisten ohne Vorwarnung mit der Faust so heftig gegen die Schläfe, dass ich meine, das Knacken der aufeinandertreffenden Knochen bis in den Wagen hinein hören zu können. Mein Mund steht offen, als der Körper leblos wie ein Crashtest-Dummy zu Boden sinkt und mit dem Gesicht frontal auf einem weißen Mittelstreifen aufschlägt.

»Alter.« Matte hält sich die Hand vor dem Mund.

Sofort richtet Willi seine Pistole auf den Angreifer. Dann zieht Schuppi eine Waffe und zielt damit auf Willi. Delta hockt neben dem Auto hinter der offenen Fahrertür, als würde er Deckung suchen, und lugt durch das Fenster. Von hinten höre ich Frauenschreie, sehe durch die Rückscheibe, wie Stefan versucht, Fenna festzuhalten, die aus dem Auto steigen will. Sie reißt sich los, fällt beim Aussteigen hin, knickt mit ihren hohen Schuhen um, streift sie ab und humpelt über die Grasfläche in den dunklen Wald. Stefan flucht. Ich sehe, wie sich seine Lippen bewegen und er mit den Fäusten aufs Lenkrad schlägt.

Der Polizist hat die Waffe nun auf Schuppi gerichtet, während der Pitbull mit erhobenen Händen und langsamen Schritten bis zum Fahrbahnrand zurückweicht. Die Hundeleine baumelt in der Armbeuge. Mitten auf der Straße richten sie die Pistolenläufe gegenseitig auf ihre Köpfe. Ich beiße mir in die Knie, hocke in der Dunkelheit des Rücksitzes und starre nach vorn. Wie konnte das denn in so kurzer Zeit derartig eskalieren?

Delta steht auf, kommt aus seiner Deckung hervor. »Mach keinen Scheiß, Junge!«, ruft er Schuppi zu, hebt die Arme, tritt vor die

Autotür. »Ich nehm alles auf meine Kappe. Du hast damit nichts zu tun!«

Schuppis Hände zittern am Lauf. Ich höre seine markante Stimme bis hierher brüllen. »Nein! Keiner von uns geht ins Gefängnis! Nicht noch mal. Mir alles scheißegal. Ich hab das hinter mir. Eher sterbe ich hier auf der Straße!«

Willi steht schutzlos vor seinem Wagen. Die Beine brechen die wechselnde Beleuchtung der Lichtanlage in einem langen Schatten, der mit Farbverlauf kurz vor Schuppis Füßen endet.

Matte keucht. »Das ist alles zu krass.« Er greift nach einer Wasserflasche und schraubt am Deckel, ohne hinzusehen. Dann nimmt er mit verzerrter Miene mehrere große Schlucke.

Ich merke, wie trocken mein Mund ist, wie sehr meine Hände zittern. Will sie mit irgendetwas beschäftigen. »Gib mir die Flasche«, flüstere ich, strecke meinen Arm aus, ohne das Geschehen vor mir aus den Augen zu lassen. Matte reagiert nicht, kauert auf seinem Sitz, die Flasche fest in seiner Hand.

»Das ist Bullshit!«, schreit Delta, brüllt Schuppi an, der den Polizisten nur eine Sekunde aus den Augen lässt und den Kopf in Richtung seines Bruders dreht. Dann knallt es. Einmal. Zweimal. Zwei Körper sacken zu Boden. Und wie im Film entstehen langsam rote Flecken auf den Hemden.

»Neiiin!« Deltas Stimme schallt bis tief in den Wald hinein.

Würggeräusche vor mir. Matte entleert seinen Magen in den Fußraum. Ich höre, wie seine Finger nach dem Türgriff tasten, dann springt die Wagentür auf und er rutscht seitlich aus seinem Sitz, erbricht sich weiter auf die Straße.

Mir kommt es ebenfalls hoch. Es brodelt. Ich pumpe so viel Luft, wie es geht, in meine Lunge, die sich anfühlt, als würde sie von zwei kräftigen Händen gewürgt.

Der Schäferhund leckt übers Gesicht des ausgeknockten Schlägerpolizisten. Die Hundezunge verformt die Wange, sodass es kurz scheint, als würde er grinsen. Dann reißt der Pitbull sich los. Der kantige Freund von Schuppi versucht, die Leine zu greifen, schafft es aber nicht. Die Hunde umkreisen sich, fletschen die Zähne, springen. Ihr Tanz wirkt eigenartig harmlos, als würden sie einfach miteinander spielen, tollen.

Delta erreicht seinen Bruder, kniet sich zu ihm. Ein Schuss in die Brust hat gereicht. Ich sehe, wie Schuppis Augen angsterfüllt im Scheinwerferlicht flackern. Aus seinem Mund quillt Blut auf die Uniform und von dort auf die Straße. Zitternd liegt er in Deltas Armen.

Der Sitz vor mir klappt plötzlich nach vorne. Es dauert einen Moment, bis ich Stefan erkenne, der sich zu mir in den Wagen beugt, und noch ein bisschen länger, bis ich verstehe, was er sagt. »Der Freund von Schuppi ist in den Wald getürmt. Die Frau auch.«

Ich zucke mit den Schultern. Das ist mir egal. Mir war sogar noch nie etwas egaler als die Frau und der Pitbullmann in diesem Moment.

»Wir müssen hier weg!« Mit diesen Worten, die in meinem Gehörgang nachhallen, bewegt sich Stefans Körper am Auto entlang auf Delta zu. Wie auf einem billigen Fernseher sehe ich jede seiner noch so kleinen Bewegungen doppelt. Er zieht Schlieren. Meine Hand ist ebenfalls verschwommen. Ich brauche mehrere Versuche, bis meine Finger die Kopfstütze des vorderen Sitzes zu fassen bekommen, ich über die Polsterung steige und einen zittrigen Fuß auf den Asphalt stelle.

Entlang der Straße blicke ich ins Nichts. Wir haben Glück, dass hier zu dieser Zeit kaum Leute die Grenze passieren. Rechts von mir sitzt Delta, mit dem Kopf seines Bruders in beiden Händen. Er redet auf ihn ein. Schuppi sieht eigentlich ganz gut aus. Bis auf die klaffende, im Durchmesser tennisballgroße Wunde in seiner Brust, die die Uniform fast vollständig rot färbt. Seine Lippen vibrieren. Ich taumle auf sie zu.

»Er muss ins Krankenhaus.« Stefan hockt jetzt vor ihnen, beißt in eine Bifi Roll. »Das ist ein zu großer Blutverlust.« Er schmatzt und mir kommt es fast wieder hoch. Wie kann er in dieser Situation nur essen?

Delta schaut zu uns auf, das Gesicht in kürzester Zeit um Jahre gealtert. Faltig, verquollen. »Das geht nicht. Die ficken uns.«

Schuppi hustet. Blut spritzt aus seinem Mund auf den Oberarm seines Bruders. Ich schließe die Augen, stelle mir vor, es wäre alles nur ein furchtbar realistischer Albtraum. Ich wache auf, trinke einen Kaffee im Bett, dusche und gehe wie jeden Tag zur Arbeit, nur um abends nach ein paar Bier selig zurückzukehren.

Stefan greift nach den Fußgelenken, während der letzte Rest Wurst im Teigmantel unter Kauen seinen Rachen runterrutscht. »Wir müssen ihn zu einem Arzt bringen.«

»Auf keinen Fall«, widerspricht Delta, packt Schuppi bei den Achseln und zusammen tragen sie ihn unter großer Anstrengung zum Citroën. Jeder Schritt hinterlässt eine Spur aus Blut. Ich öffne die hintere Tür und lege meine Hände an den Rücken des Verletzten. Feucht, warm, zittrig. Ich helfe dabei, ihn auf die Rückbank zu hieven. In der Dunkelheit höre ich Matte noch ein letztes Mal husten, dann tritt er wieder ins Scheinwerferlicht, sieht elend aus, wischt sich Schaum vom Mund.

»Wer fährt denn nun wie? Und wohin?« Ich stehe vor dem Citroën, in dem Delta neben seinem Bruder Platz nimmt.

»Wir fahren vor. Erst mal weg.« Stefan beißt auf seinen Hornhautdaumen. »Der Matte fährt mit uns und du nimmst den Audi.«

Ich keuche, spüre mein Herz mit jedem Schritt. »Was ist, wenn wir uns verlieren?«

Matte schlurft an mir vorbei und klettert auf den Beifahrersitz des Citroën.

Stefan zuckt mit den Schultern. »Wir telefonieren.«

Ich taste meine Hosentasche ab, und ohne dass ich etwas sagen muss, wirft Stefan mir sein Handy zu. »Nimm meins. Du immer und deine Telefone.«

Im trüben Licht verschätze ich mich mit der Flugkurve. Meine Hände gleiten vorbei und das iPhone rutscht zwischen meinen Beinen hindurch. Als ich es aufheben will, entdecke ich ein Portemonnaie ein Stück weiter auf dem weißen Mittelstrich. Das Display des Telefons hat einen Sprung. Ich verschweige das, gehe weiter zur Geldbörse. Sie gehört Delta. Ich stecke sie in die Hintertasche. Dann sehe ich es blitzen. Ich fühle mich wie Hänsel und Gretel. Statt Brotkrumen oder Steinen ist meine nächste Errungenschaft die Pistole, mit der Schuppi vor wenigen Minuten einen Polizisten erschossen hat. Ich halte sie hoch. Sie ist leichter, als ich dachte. Die erste echte Knarre, die ich in meinen Händen halte. Ohne mich umzudrehen, rufe ich nach hinten: »Hier ist noch die Waffe.«

Hinter mir startet der Motor des Citroëns. »Nimm mit!«, ruft Stefan.

Ich stutze. »Ich will die nicht.«

Stefan lacht. Unpassend. »Sie hat jetzt eh deine Fingerabdrücke.«

Ich resigniere, stecke sie ein. Der Wagen hält neben mir. Matte lässt seine Fensterscheibe runter, hängt ziemlich schlapp in seinem Gurt.

»Wir müssen nach Hamburg«, erklärt er knapp und gibt mir den Schlüssel des Audi. »Ich kenn da nen Arzt.« Er macht eine kurze Pause, muss aufstoßen. Zum Glück scheint er nichts mehr im Magen zu haben, das er von sich geben könnte. »Wir bringen die Sache zu Ende, okay? Scheiße ey.« Er dreht sich zu Schuppi, der keuchend seine Hand gegen die Brust drückt. »Ich hoffe, er schafft's. Ich kann echt kein Blut sehen.«

Dann brausen sie los und ich trotte zurück zum Audi. Wenn Schuppi stirbt und das alles hier rauskommt, sind wir geliefert. Kurz denke ich darüber nach, einfach abzuhauen, aber ich stecke eh schon viel zu tief drin. In einem idealen Szenario können wir irgendwann einfach wieder scheißnormale Videos machen, aber mir fehlt gerade die Fantasie, um mir ein solches auszumalen.

Als ich mich auf den Fahrersitz fallen lasse, weiß ich, warum Matte nicht bei mir mitfahren wollte. Der Kotzgeruch aus dem Fußraum zieht sofort in meine Nase. Ich muss erneut würgen, ziehe das Trikot bis über die Nase, öffne das Handschuhfach, werfe die Pistole und Deltas Portemonnaie hinein, schlage die Klappe zu und stecke den Schlüssel ins Zündschloss.

Bloß weg.

Wir sind kurz vor Hamburg. Die vier Stunden hinter dem Citroën bis zum Elbtunnel haben meiner Erschöpfung nicht gerade gutgetan. Die klassische Radiomusik wird von Nachrichten unterbrochen. Ich schlage gegen die Armaturen und der Sprecher verstummt. Ich will davon nichts wissen. Gar nichts. Versuche, an schöne Sachen zu denken. An früher, als Drogen und Verbrechen noch nicht Teil meines Lebens waren. Ich habe trotz Anspannung Probleme, die Augen offen zu halten. Unter dem Sitz liegen circa fünf Gramm Kokain in ihrer Alufolie. Deltas letzte Reserve. Ich will es ohne Aufputschmittel nach Hamburg und überhaupt für immer ohne irgendwas schaffen. Höchstens noch ungefähr eine halbe Stunde Fahrt. Entweder meine Nase hat sich daran gewöhnt, oder der Geruch von der Beifahrerseite ist etwas abgeklungen. Immerhin. Ich versuche noch einmal, Delta oder Matte zu erreichen. Besetzt. Im Rückspiegel sehe ich, wie sie telefonieren und wild gestikulieren.

Wir nehmen die zweite Ausfahrt. Mattes Cousin ist Arzt. Vor der Redaktion wird er mit Petrischale und geschärftem Skalpell auf uns warten, haben sie mir erklärt, als ich endlich zu ihnen durchgekommen bin. Ich lege nicht mal einen Apfel ohne Unterlage auf meinen Schreibtisch und sie wollen dort eine Operation durchführen?

Kurz vor der Redaktion. Ich halte an der Ampel vor der Araltankstelle, während der Citroën erst sehr langsam wird und dann mit Vollgas bei Rot über die Kreuzung schießt. Ich halte an. Noch eine

Kurve, dann haben wir die erste Etappe überstanden. Kurz hinlegen. Vielleicht ganz schnell nach Hause. Pennen. Einfach weg.

Hinter mir hupt es, reißt mich mit einem akustischen Vorschlaghammer aus dem Sekundenschlaf. Ohne auf die Ampel zu schauen, trete ich aufs Gaspedal. Grün. Ich reiße das Lenkrad nach rechts, berühre den Bordstein, der am Reifen entlangschabt, schlage mir mit der flachen Hand gegen die Wange. Zusammenreißen. Gleich geschafft. Von Weitem sehe ich jede Menge Leute. Absperrband so weit das Auge reicht. Wie im Fernsehen. Delta, Matte und Stefan mit gespreizten Beinen, die Hände auf der Motorhaube, vor ihrem Citroën. Vier Männer hinter ihnen, weitere auf dem Gelände. Drei dunkle Wagen im Halbkreis, ein vierter in Weiß, wie hinter der Grenze. Herzrasen. Ich reiße am Steuer, mache einen Schlenker und schaffe es gerade noch, die Spur zu halten und auf der Straße zu bleiben. Im Bruchteil einer Sekunde trifft mein Blick den eines jungen Beamten. Er lächelt.

Ich kann mein Bein nicht kontrollieren, trete unbeholfen aufs Gas, kollidiere beinahe mit einem geparkten Golf. Zusammenreißen, langsam werden. Ich blinke und biege auf die Einfahrt vor unserem Büro ein. Bremse, vergesse die Kupplung und würge den Wagen ab. Rückwärtsgang. Ich drehe in viel zu vielen Zügen auf dem riesigen Parkplatz, als ein Polizist zu Fuß die Einfahrt erreicht und mich heranwinkt.

Fuck.

Adrenalin schießt durch meine Adern. Die Müdigkeit ist wie weggefegt. Ich trete wieder aufs Gas, ignoriere seine Rufe, biege ohne zu schauen nach links auf die Straße. Im Rückspiegel die erstaunten Blicke meiner Kollegen, der Polizei. Ich bin auf der Flucht. Scheiße noch mal, ich bin auf der Flucht. Ganz allein.

»Sie hören die schönste Musik, den ganzen Tag. Antenne Brandenburg. Einfach für alle.«

Adele fängt an zu singen. Die hat sich auch gemacht. Früher war die ja eher dick und hässlich.

Ich sitze an einem der Tische im hinteren Bereich des ausgestorben wirkenden Gasthauses Reuters. Hier verirrt sich wohl selten jemand hin. Vor mir steht ein halb volles Glas Bier, das längst schal geworden ist. Die Wirtin der Schenke sieht aus wie eine Mischung aus Iris Berben und Daniela Katzenberger. Damals, als ihre Augenbrauen noch viel zu hoch auf die Stirn tätowiert waren. Vor der Hochzeit mit dem Sohn von Costa Cordalis.

Den Bildern nach zu urteilen, die neben der Tür an der Stelle verstauben, wo die alte DDR-Tapete ein wenig von der Wand hängt, hat sie die Autobahngaststätte von ihrer Mutter übernommen. Jedenfalls steht eine deutlich kleinere, jüngere Wirtin (mit echten Augenbrauen) Hand in Hand mit einer älteren Frau vor der Schenke, die sich seitdem optisch kaum verändert hat. Als hätte hier jemand die Uhr in den Siebzigern angehalten und jede geplante Veränderung am Gebäude aus Geldmangel abgeschmettert.

Die Vorhänge sind vergilbt. Die fettigen Schlieren auf den Fenstern verleihen dem Ausblick auf die A24 einen analogen Instagramfilter. Ich bin gerast, wann immer es ging, habe mir immer, wenn ich zu müde wurde, bei voller Fahrt was von dem letzten Kokain reingepfiffen. War dann auch egal.

Die Wirtin bringt einen Whisky, weil ich anscheinend aussehe, als bräuchte ich den jetzt.

»Aufs Haus.«

Ihre Stimme ist halb quietschig, halb rauchig-tief. Sie rückt den Stuhl vom Tisch weg, setzt sich zu mir, schüttet sich selbst ein Schnapsglas voll. Ihre dicken Tränensäcke spiegeln ein angestrengtes Leben hinterm Tresen wider. Sie trägt einen Pullover, den sonst nur Beate von »Schwiegertochter gesucht« mit so viel Stolz präsentieren würde. Schwarze Wolle mit einer großen grauen Perserkatze. Iris Berben, Daniela Katzenberger, Beate. Das passt erstaunlich gut.

Wir stoßen die Gläser zusammen und ich blicke in müde, traurige Augen, in denen vor einiger Zeit wohl noch Leben zu finden war. Jetzt sind sie leer. Mit einem Satz landet der Whisky im Rachen. Warm zieht er den Hals hinunter und hinterlässt eine wohlige Spur. Der pelzige Geschmack legt sich auf meine Zunge und breitet sich im Mundraum aus.

»Willst du drüber reden?«, fragt sie.

Ich kratze mir die Stirn und bin mir nicht sicher, ob ich will. Ob unbedingt mit ihr.

»Ich nehm noch einen davon. Noch ein Bier. Und das Schnitzel«, sage ich, obwohl das Kokain den Hunger längst gekillt hat.

Ich schiebe ihr das Glas rüber und muss etwas grinsen, weil mir alles so surreal erscheint. Diese Szenerie, aber auch der ganze Scheiß davor: das Praktikum, Mo, der Videopreis, Holland, die Polizei, einfach alles.

Irisdanielabeate hebt die Flasche. »Das musst du aber bezahlen.«

Ich zucke mit den Schultern. »Egal.«

Sie greift nach meiner Hand und umfasst sie mitsamt dem Glas. Ihre ledrige Haut auf meiner fühlt sich seltsam an. Und obwohl sie alt und – Gott bewahre – niemals mein Typ sein wird, ist der Kontakt behutsam schön. Er hat etwas Herzliches, etwas so Ehrliches, wie ich es lange nicht mehr gespürt habe.

Sie setzt die Flasche an und gibt sich dabei deutlich Mühe, das Glas zu treffen. Dann ist es voll und ein kurzer Schwall fließt in den kleinen Spalt zwischen unseren Fingern. Sie lockert ihren Griff und hinterlässt eine merkwürdige Kälte auf meiner Hand. Wir stoßen an. Ich mit Glas, sie mit Flasche, aus der sie einen tiefen Zug nimmt.

»Ist alles Scheiße«, raunt sie und steht auf, nimmt die Gläser und den Schnaps wieder mit zurück an die Theke.

Ich nicke, fahre mir mit der Hand über die stoppelige Kopfhaut, rieche dabei meinen eigenen Schweiß. Hier ist das egal. Trotzdem würde ich gern mal wieder duschen, was anderes anziehen.

Irisdanielabeate zündet sich hinter dem Tresen eine Zigarette an, geht kurz in die Küche und kommt dann mit zwei großen Biergläsern zurück an meinen Tisch. »Das musst du auch bezahlen. Schnitzel ist in der Fritteuse.«

Ich nicke, spiele gern die Rolle des geheimnisvollen Fremden in einer Welt voller Probleme.

»Hörbar gute Laune mit der schönsten Musik. Antenne Brandenburg.«

Während der ersten Töne von Roy Orbisons »I drove all night« stehe ich auf und folge den Pfeilen zur Toilette. Sie führen hinter dem letzten Tisch nach links, einen langen Flur entlang. Ein Poster an der Wand wirbt für den DVD-Release vom One-Take-Film »Victoria« am 20.11.2015. Je näher ich den Kabinen komme, desto mehr klebt der Boden. Es riecht nach einer Mischung aus Urin und Frühlingsraumspray. Eine Auslage wirbt für das Hurricane Festival 2013. Headliner Rammstein. Auch schon lange vorbei.

Postkarten von »Edgar Freecards« liegen unsortiert in einem Ständer: »Jetzt gibt's was auf die Löffel«, die Zunge von den Rolling Stones, »Klug war's nicht. Aber geil«, »Du bist einzigartig«. Ich nehme mir eine Karte mit der Aufschrift »Und am Ende ist sowieso alles scheiße«, stecke sie in die Hosentasche und drücke mit der Handfläche gegen die Tür der Toilette.

Es ist dunkel, der Lichtschalter feucht. Ich hoffe, dass es sich dabei um Wasser vom Händewaschen handelt, öffne auf dem Weg zum Becken den Reißverschluss meiner Jeans und mache mir nicht die Mühe, den Knopf zu lösen. Dann ziehe ich die Vorhaut zurück und versuche, einen sicheren Strahl zu erzeugen, um die aufgeklebte Fliege im Becken besser zu treffen. Die rechte Hand stützt den breitbeinigen Stand an den Fliesen. Ich zieh meine Nase hoch und ein dicker Pfropfen Schleim landet im Mund. Ich umspiele ihn mit der Zunge, drücke den salzigen Kloß zusammen und spucke ihn an meinem Penis vorbei durch den Strahl ins Pissoir.

»Antenne Brandenburg. Die Nachrichten.«

Die letzten Tropfen landen auf dem Rand der Schüssel und auf dem Boden. Egal. Ich drücke den Abzug und das Becken füllt sich mit schaumigem Wasser. Die Fliege ertrinkt und wird erst wieder sichtbar, als das Wasser mit einem gluckernden Geräusch bis auf die Höhe der zwei gelben Toilettensteine auf dem vergilbten Sieb abgeflossen ist. Ich rülpse lautlos.

»Der Bau des Flughafens BER wird noch einmal teurer. Schätzungen der Statiker zufolge um mehrere Millionen Euro.«

Im Spiegel blicke ich in traurige, blutunterlaufene Augen. Dir würde ich auch Whisky ausgeben, denke ich. Kaltes Wasser fließt über meine Finger. Die Seife aus dem Spender riecht nach Feige. Es ist eindeutig die von Aldi, die Kristin auch immer gekauft hat. Ich reibe mir die Stirn, den Nasenrücken und atme den Duft ein. Mein Kinn ist rau.

»Der junge Mann trägt – wie seine beiden in Arrest befindlichen Komplizen – eventuell ein Trikot vom FC Barcelona mit der Nummer zehn.«

Ich huste. Eine Mischung aus Speichel und Wasser klebt an meinem Shirt. Fuck.

»Er ist gefährlich.«

Stumm stehe ich vorm Spiegel, taste mit den Händen über meine Kleidung, über das Logo auf dem Trikot, den Sponsorenaufdruck, wische mir die Schweißtropfen von der Stirn.

Ich habe mir das eingebildet. Der Nachrichtensprecher erzählt von einem versuchten Terroranschlag, von der gerade eröffneten Landesgartenschau und schließlich vom Wetter. Nichts von mir. Nichts von irgendwas.

Noch einmal befeuchte ich mein Gesicht, huste. Ziehe mir hektisch das Trikot über den Kopf. Nummer zehn. Messi. Bloß weg damit.

Mit der linken Hand hole ich einen ganzen Berg Papierhandtücher aus dem Spender und wickle das Shirt darin ein. Das darauf fließende

Wasser pappt alles zu einer großen Kugel. Ich wühle im Mülleimer und werfe sie auf den Boden, begrabe sie unter weiteren Papierknäueln. Ich atme schwer, kriege kaum Luft. Ich kann mein Herz am Hals klopfen sehen. Eine dicke rote Ader pulsiert unter meinem Ohr. Mit der flachen Hand schlage ich mir auf die Wange. Erst die rechte, dann die linke Seite. Es klatscht. Ich reiße die Augen auf und kneife sie zusammen, räuspere mich, fasse in meine rechte Hosentasche, hole die Alufolie mit dem weißen Pulver hervor und schütte die letzten Reste auf den Sims unter dem Spiegel. Mit dem Finger versuche ich eine Linie zu formen, setze die Nase an und ziehe es hustend ins linke Loch. Mit den Fingerspitzen drücke ich die Nasenflügel zusammen, schüttle den Kopf und blicke noch mal in den Spiegel. Die Augen scheinen klarer, wacher als zuvor. Vielleicht Einbildung.

Ich wasche mir die Hände und trockne sie mit einem der Papiertücher, werfe es in den Eimer. Dann öffne ich die Tür nach draußen, kehre an meinen Platz zurück.

Hier sitze ich nun und weiß nicht wohin. Ich trinke einen Schluck von dem frischen Bier, das Irisdanielabeate mir hingestellt hat, während ich auf der Toilette war. Dann noch einen. Was würde passieren, wenn ich jetzt einfach abhaue? Wohin würde ich gehen? Ich habe nichts mehr. Keine Freundin, keinen Hund, keine Kohle. Dafür jede Menge Schulden und eine leere Wohnung, die dem Sohn eines Hochstaplers gehört. Nach Köln? Zu Ella? Und dann? Dann sucht mich irgendein Drogenbaron und bringt uns beide um. Ich reibe mir über die kratzige Glatze. Was ist, wenn ich mich stelle? Dann werde ich irgendwann entlassen und der Typ macht immer noch Jagd auf mich. Ich habe also keine Wahl. Ich muss die Scheiße abliefern und dann bin ich raus. Aus allem. Ich kann nicht mehr. Wenn noch letzte Kraft in meinem Körper wäre, die Tränendrüsen würden sich spätestens jetzt melden. Aber meine Augen bleiben trocken. Ich trinke.

Irisdanielabeate steht hinter dem Tresen. Es riecht nach ranzigem Frittierfett. Ich bin gespannt, ob es wirklich die besten Schnitzel

Brandenburgs sind. Bezweifle es stark. Als sie mich sieht, zuckt sie zusammen, lässt das Handtuch in die Spüle fallen.

»Ich bring das Essen, ja?«, fragt sie.

Ich nicke.

Das Schnitzel, das sie mir kurz darauf hinstellt, ist lieblos mit einem kleinen Salat angerichtet. Die Pommes in einer extra Schale sehen labbrig aus. Die Öffnungen der Ketchup- und Majoflaschen sind verkrustet. Alte Soße klebt in einer dunkleren Farbe daran, erinnert an längst vergessene Zeiten. Das stumpfe Messer durchtrennt geräuschlos die leicht angebrannte Panade. Wenn das Teil vor mir wirklich das beste Schnitzel der Gegend ist, dann gute Nacht.

Die Wirtin schaut zu mir rüber und ich zu ihr. Sie sieht verändert aus, angespannt, tippt mit dem Finger auf den Tresen. Immer fester, lauter.

»Schmeckt's?« Sie redet schneller als vorher. Ich bilde mir ein, Schweißtropfen auf ihrer Stirn zu sehen. Ich nicke und sie nimmt einen tiefen Schluck aus der Whiskyflasche. Ihre Zunge taucht in den Hals, befeuchtet ihre Lippen, als diese den Rand verlassen. Sie beobachtet mich im Augenwinkel. Ich kann ihre Gedanken fast hören.

Wo bleibt denn der Streifenwagen? Wenn er jetzt geht, steh ich wie eine Idiotin da und der Verbrecher läuft in meinem Dorf frei rum, belästigt Kinder auf dem Spielplatz. Oder Schlimmeres! Ich will mir gar nicht ausmalen, was der alles anstellen würde, wenn er ungestraft davonkommt. Widerlicher Kerl! Mich ekelt's schon, wenn ich nur daran denke, dass er aus meinen Gläsern trinkt. Wegschmeißen werd ich die, wenn ich hier heil rauskomme. Und das Trikot, das er irgendwo auf der Toilette ausgezogen hat, das werd ich auch finden und direkt der Polizei übergeben. Wie viele Spermaspuren und verschiedene DNA seiner Opfer darauf sein müssen! Mindestens drei. Aber es sieht nicht so aus, als würde er eine Waffe tragen. Vielleicht ein Messer irgendwo am Unterschenkel. Wie im Münsteraner »Tatort«. Und zack, hab ich einen offenen Bauch und das Blut strömt heraus. Nee, nee. Nicht mit mir! Unauffällig verhalten!

»Aufgegessen?« Ihre Stimme zittert ein wenig. Auf keinen Fall möchte ich länger bleiben. Das ist mir klar. Ich muss unauffällig verschwinden. Schnell. Aber ich darf keinen Verdacht erregen.

»Ja, danke. War sehr lecker«, lüge ich. »Ich nehm noch ein Bier.«

Vielleicht ist er es ja auch gar nicht. Vielleicht gibt es nur ein Fußballspiel hier auf dem Platz um die Ecke und er ist ein Spieler und einfach früh dran. Das würde peinlich werden. Aber die Beschreibung von Antenne Brandenburg passt haargenau. Das Trikot, die Glatze, Alter, Größe. Alles stimmt. Und man muss auf Nummer sicher gehen. Gerade in der heutigen Zeit mit den ganzen Flüchtlingen und der andauernden Terrorgefahr. Einmal nicht aufgepasst und plötzlich geht neben dir die Bombe hoch.

Sie spült ein Glas unter kaltem Wasser. Es hatte schon ein wenig Staub angesetzt. Das Fassbier ist bestimmt auch schon seit zwei Wochen angeschlossen. Nicht mal halb leer. Komisch, dass es sonst heißt, dass halb voll positiv und halb leer negativ ist. Für eine Wirtin ist es umgekehrt.

Sie hält das Gefäß schräg unter den Hahn und zieht den Hebel. Die perfekte Mischung aus Schaum und Flüssigkeit fließt durch den Schlauch ins Glas, bildet eine Schaumkrone, die leicht über den Rand lugt. Das Bier knapp über dem Füllstrich von 0,3. Mit einem Lappen umschließt sie den Zapfhahn und wischt ihn trocken. Früher hat das bestimmt Klaus gemacht, ihr Mann. Oder Herbert. Aber der ist abgehauen oder gestorben.

Sie klemmt das Tuch in ihre Schürze und nimmt eine kleine Schüssel mit Studentenfutter. Mit der anderen Hand greift sie nach dem Bier, atmet noch einmal tief ein, versucht, irgendwie ein Lächeln auf ihr Gesicht zu zaubern. Ein letzter Blick durch die Tür auf die Autobahn. Keine Polizei. Dann geht sie los. Langsam. Je näher sie mir kommt, desto wackliger scheint ihr Gang zu werden.

Ich könnte versuchen, ihm das Glas über den Schädel zu schlagen, so wie im Krimi. Auch wenn mich die viel zu sehr aufregen. So ganz allein. Lieber den Film im ZDF oder eine Tierdokumentation von ARTE.

Unsere Blicke treffen sich und sie zuckt zusammen, versucht, ihre freundliche Maske zu wahren, lächelt. Vielleicht etwas zu übertrieben. Während der letzten zwei Schritte fangen ihre Hände an zu zittern. Drei Nüsse landen zusammen mit einem Schluck Bier auf dem Dielenboden.

»Ist alles in Ordnung?«, frage ich.

Sie stockt, verschluckt sich fast. »Ja.« Stellt das Bier und die Schale auf dem Tisch ab. Hustet in ihre Hand. Will Zeit gewinnen, irgendwie. »Alles in Ordnung. Ich hab Parkinson.«

Ich runzle die Stirn, sie hustet ein weiteres Mal, nimmt ihr Tuch aus der Schürze und kniet sich hin, um den Fleck zu entfernen und die Nüsse aufzuheben.

Wie der Rücken schmerzt! Wenn die Celina doch noch da wäre! Aber die ist ja zusammen mit fünfhundert Euro aus der Kasse verschwunden. Ach, ach, ach. Wann soll ich denn auch zum Arzt gehen? Zeit ist Geld! Wenn ich hier überhaupt heil rauskomme!

Ich stehe auf. Stelle mich neben sie. Ihre Hände halten inne, als sich der Schatten unter ihr vergrößert.

Das war's! Jetzt bringt er mich um!

Ich greife nach ihrem Arm. Meine Hand umklammert druckvoll ihren Trizeps. Sie schließt die Augen, fängt leise an zu wimmern.

»Kommen Sie«, sage ich so freundlich wie möglich. »Ich helfe Ihnen auf.«

Ihre Augen werden groß, als sie realisiert, was ich soeben gesagt habe.

In dem Moment höre ich die Sirenen. Meine Finger drücken sich in ihr Fleisch. Ich spüre das Pumpen im Oberarm.

»Kommen Sie.« Meine Stimme wird forscher, die Martinshörner lauter.

Langsam stellt sie einen Fuß auf. Vorsichtig den zweiten. Dann ziehe ich sie hoch, schaue zum Eingang. Auch sie beobachtet, ob die Polizeiwagen vor ihrer Schenke halten. Mindestens drei Autos. Laut

Geräusch müssten sie jeden Augenblick ankommen. Dann sehe ich Blut. Einen Tropfen vor mir auf dem Boden. Dann einen zweiten. Ich fasse mir mit der freien Hand an die Nase, betrachte meine Finger. Rot.

»Ich geh noch mal auf die Toilette.«

Ich lasse sie los, laufe schnellen Schrittes. Den Blick der Wirtin spüre ich am Hinterkopf. Vorbei an den alten Postern und an dem Ständer mit den lustigen Postkarten. Dann stehe ich vor dem Waschbecken, betrachte meine blutende Nase. Wische mit einem Papiertuch darüber, reibe ein weiteres unter fließendem Wasser zusammen. Reiße Stücke ab und stopfe sie in die Löcher. Kalt. Ich fühle fast, wie sich das Tuch mit Blut füllt, fasse mir über die Glatze. Vielleicht ist das auch eine Chance. Ich öffne das kleine Fenster oberhalb der Becken und steige auf das Pissoir. Die Keramik macht knirschende Geräusche. Ich höre es klopfen.

»Alles in Ordnung?«

Fuck. Ich stoße mich ab, als das Becken nachgibt, ziehe mich mit den Armen am Sims hoch, stoße die Klorollen um. Das Becken hängt lose herunter. Ich höre das Wasser aus der Wand schießen. Scheiße. Es klopft wieder. Ich höre die Polizei, das Wasser. Die Mauer drückt scharf in meinen Bauch. Meine Beine fliegen im Raum. Mit den Ellbogen drücke ich mich ab. Dann höre ich sie hinter mir.

»Was ist denn hier los?«, brüllt sie.

Mit einem Ruck zieht sie an meinem linken Fuß, fällt zurück. Mein Schuh hat sich gelöst. Mal wieder. Mit den Händen suche ich nach Halt an der Mauer. Ich strample, treffe die Wirtin an einer harten Stelle. Ich schlucke, blicke zurück. Über ihrer linken Braue ist eine Platzwunde, die Blut über das Gesicht verteilt. Angelehnt an der Heizung wimmert sie. Scheiße.

Dann bin ich draußen, lasse mich fallen. Ich federe den Sturz mit den Händen ab. Dennoch landet mein Kinn unsanft im Gras. Innen höre ich die tiefen Stimmen der Polizisten. Ich richte mich auf, stolpere mehr, als dass ich gehe, und lasse mich wenige Meter weiter in die angrenzende, hüfthohe Wiese fallen. Am liebsten würde ich einfach liegen bleiben. Für immer. Ich spüre die weichen Halme in meinem Rücken, die frische Luft durch meine Lunge ziehen. Kleine weiße Federwolken schweben auf blauem Grund zwischen den Gräsern, die in der leichten Brise sanft wanken. Es ist nur eine Frage der Zeit, bis die Polizisten aus dem Wirtshaus stürmen und das Gelände nach dem Übeltäter durchsuchen.

Die Halme peitschen mir gegen die Beine, während ich mich an der Hausecke vorbei zum Ende des Feldes durchschlage. Vor mir liegt die Gaststätte. Auf dem Parkplatz ist alles ruhig. Da steht der Audi. Unberührt. Im Restaurant ist es dunkel, durch die bunten Glasbausteine ist nichts zu erkennen. Aber eh egal. Ich muss es wagen, schlage die letzten Gräser zur Seite, laufe gebückt über die Pflastersteine. Rollsplitt drückt sich schmerzhaft in meinen linken Fußballen. Ich muss mir dringend abgewöhnen, mit nur einem Schuh zu flüchten.

Keine Polizeiautos in Sicht. Das Plastik der herumstehenden Mülltonnen, hinter denen ich in Deckung gehe, ist heiß. Auf Knien bewege ich mich vor, spähe zum Eingang hinüber. Neben der wild wuchernden Hecke wartet ein voller Standaschenbecher auf seine Entleerung.

Ich reibe mit der Hand über mein Gesicht, bilde mir ein, die tiefen Augenringe mit den Fingerkuppen ertasten zu können. Wie Schützengräben zerfurchen sie die müde Haut. Die Lücke bis zu meinem Auto schätze ich auf drei Meter. Also los.

Ich stoße mich ab, um noch mehr Schwung zu bekommen. Dann sehe ich im Augenwinkel, wie die Tür zum Restaurant aufschwingt. Beine. Zwei oder mehr? Schwer zu sagen.

Ich springe ab und lande auf meinen Handflächen, rolle über den harten Boden und bleibe auf dem Rücken zwischen den Reifen liegen. Ich möchte schreien, streife die kleinen Steine ab, die in der

Innenseite meiner Hand hängen geblieben sind. Durch die aufgeschürfte Haut strömt Blut, winzige dunkelrote Pilze wachsen aus den Rissen. Ich drehe mich auf den Bauch und spähe unter dem Wagen hindurch zum Restaurant. Meine Arme pulsieren im Takt des Herzens. Niemand. Ich halte die Luft an, ziehe alle Gliedmaßen an den Torso. Bleibe starr. Da war was. Ganz sicher.

Ich versuche, langsam und bedacht eine Liegeposition parallel zum Auto einzunehmen. Winkle die Knie an und ziehe mich bundeswehrmäßig vorwärts. Das muss total dämlich aussehen. Ich hole neben einigen Gräsern den Autoschlüssel aus meiner Tasche. Wo sind die verdammten Streifenwagen?

Egal. Ich muss los. Bevor Verstärkung eintrudelt. Reiße die Tür auf, der Kotzgeruch schießt mir in die Nase. Schlüssel rein. Drehen. Handbremse lösen. Erster Gang. Kupplung kommen lassen und aufs Gas.

Mit quietschenden Reifen und viel zu laut rast der Audi am Eingang vorbei. Die Fahrertür fliegt von allein zu. Ich ziehe den Gurt mit der rechten Hand schräg über meine Brust. Das Wirtshaus wird unscharf und das Schild zeigt mir die Richtung an: Berlin 122 km. Im Rückspiegel sehe ich keine Polizei. Ich muss im Schutz des stärker werdenden Verkehrs Unterschlupf finden, mit ihm verschmelzen.

Auf dem Beschleunigungsstreifen gebe ich Vollgas, ziehe ohne Mühe an einem Porsche Cayenne vorbei. A22. Nur eins im Kopf: heil nach Berlin und die Scheiße irgendwie zu Ende bringen.

Stockender Verkehr. So kurz vorm Ziel. Kann mich kaum konzentrieren. Vorhin hatte ich überlegt, mich aus der Reisetasche zu bedienen. Das würde wohl kaum auffallen. Aber ich will auch kein Risiko eingehen. Die Polizei, die mir vor einer halben Stunde mit Martinshorn und Blaulicht entgegenkam, hat einfach gar nichts gerafft. Vollidioten.

Das gelbe Ortsschild von Berlin habe ich seit einer Klassenfahrt in der Neunten nicht mehr gesehen. Mein Herz klopft. Im Handschuhfach suche ich die Adresse auf dem Post-it, während ich das Lenkrad gerade halte. Dann leuchtet es einmal kurz im Augenwinkel auf. Ich wurde geblitzt.

»Fuck. Kann vielleicht mal was klappen?« Ich denke laut. Kein gutes Zeichen. Resignierend ziehe ich die Hand aus der Klappe. Ein kleiner Zettel klebt daran. Ich muss schmunzeln. Endlich mal wieder.

Es klingelt und ich brauche ein bisschen, bis ich verstehe, was hier diesen ohrenbetäubenden Lärm macht. Die Vibration in meiner Tasche lässt ein Handy vermuten. Fuck. Das ist Stefans!

Ich gehe ein wenig vom Gas und fummle das Telefon aus meiner Hose. Auf dem Display sieht man ein Foto von Matte, wie er leicht bekifft in die Kamera schielt. Ich stoße Luft aus. Die komplette. Meine Lunge leert sich, bis das Gefühl entsteht, dass sie sich zusammenzieht und kleine Risse entstehen. Matte blickt mich an, ich schaue zur Straße. Dann wischt mein rechter Daumen übers Display.

»Hallo?«

Ich stelle auf Lautsprecher, klemme das Telefon zwischen Hals und Kapuzenpullover. Es ist heiß im Wagen.

»Hey. Alles klar?« Mattes Stimme klingt für die Situation erstaunlich ruhig.

»Was ist passiert? Wo seid ihr?« Meine Stimme klingt für die Situation angemessen panisch.

Ich setze den Blinker, in zwanzig Minuten bin ich da.

»Du musst mir jetzt zuhören, okay? Vertraust du mir?«

Ich muss stark abbremsen. Die Geschwindigkeit des Sattelschleppers auf dem Verzögerungsstreifen hatte ich langsamer eingeschätzt.

»Klar«, quetsche ich aus mir heraus.

»Gut.« Er macht eine Pause. »Die Polizei hat alles durchsucht. Sie sind jetzt wieder weg.«

Ich nicke, obwohl es niemand sieht, lausche seiner Stimme.

»Du musst das Handy zerstören. Die wollen dich orten.«

»Okay.« Ich schlucke, blinke rechts und schaue nach möglichem Verkehr. Langsam steuere ich den Audi auf die Bundesstraße 96a.

»Das geht folgendermaßen: Du nimmst die Simkarte raus, während das Handy läuft. Delta meinte, in der Mittelkonsole muss irgendwo eine Büroklammer liegen.«

Ich lenke den Wagen unter eine S-Bahn-Brücke, den Bordstein hoch und komme vor einem zwei Meter hohen Busch zum Stehen.

»Dann pisst du auf die Simkarte. Das zerstört die Kontakte.«

Ich drehe den Zündschlüssel. Bis auf die Stimme meines Kollegen ist es still. Bei ihm im Hintergrund rauscht es. Matte scheint ebenfalls in einem Auto zu sitzen.

»Dann musst du warten. Das Handy merkt sich noch, welche Simkarte als Letztes eingesteckt war. Das kriegen wir aber hin. Gib uns ne halbe Stunde, um alles in die Wege zu leiten, dann wirfst du das ganze Teil irgendwo ins Wasser.«

Ich mache ein stöhnendes Geräusch.

»Sorry. Für alles.«

In der Leitung höre ich Gemurmel, ignoriere die Stimmen.

»Du machst das schon.«

Meine Schultern zucken wie von selbst nach oben. »Ja. Ich versuch's.«

Dann ist er weg. Ohne ein Wort der Verabschiedung.

Ich sitze auf der Motorhaube, deren Wärme meine Oberschenkel durchzieht, entferne den Deckel der fast leeren Wasserflasche, die im Seitenfach der Tür schon seit Stunden in jeder Kurve geklackert hat. Ich nehme den letzten Schluck und pruste alles sofort wieder raus. Schmecke Salzwasser. Nicht ein wenig Salz. Es ist, als hätte Matte seine Flasche im toten Meer aufgefüllt. Kein Wunder, dass er kotzen musste.

Ich lasse die Flasche fallen, fummle mit einem Zahnstocher am Schacht für die Simkarte. Eine Büroklammer habe ich nicht gefunden. Jedes vorbeifahrende Auto lässt mich kurz aufschrecken. Die Karte kommt zum Vorschein. Ich stoße mich mit der Hand vom Audi ab, wanke ein wenig, als ich das Plastikstück vor einem Busch auf den Boden lege. Die Beine zittrig, lasse ich das Handy in die Hosentasche wandern. Dann öffne ich den Reißverschluss.

Es dauert ein wenig, bis die ersten Tropfen auf den Boden fallen. Und noch etwas, bevor auch die Simkarte getroffen wird. Gerade so mit dem letzten Schub. Sie macht kein Geräusch und ich frage mich, ob das wohl wirklich irgendwas bringt.

Fertig. Der Wind zieht im Nacken und ich schaue auf einen der Brückenpfeiler, wie er majestätisch und hart auf ewig dort stehen wird. Mit hässlichem Graffiti verschandelt vom rechten Ortsverband. Ich schließe den Gürtel, blicke auf die Uhr. Dreißig Minuten also. Der Boden sieht nicht so aus, als würde ich hier in der Nähe eine Pfütze finden. Ich drücke auf die Fernbedienung und die Lichter des Audi leuchten kurz auf.

»Uiek-uiek.«

Die Türen verriegeln. Dann schlage ich mich durch den Busch.

Es dröhnt in meinen Ohren, als ein Zug hupend an mir vorbeirauscht. Ich stehe auf den Gleisen daneben und halte meinen Mittelfinger nach oben. Es ist unfassbar laut. Das hat der doch mit Absicht gemacht. Schemenhaft sehe ich vereinzelte Gesichter wie eine verdammt schnelle Diashow an mir vorbeiziehen. Dann sind sie so plötzlich, wie sie erschienen sind, wieder verschwunden. Ich stolpere. Die scharfen Kanten der dicken Steine bohren sich durch meine linke Socke in die Hornhaut. Über die nächsten Schienen und hinauf zur anderen Seite. Noch zwölf Minuten. Ich gehe die Gleise entlang. Den Blick auf den Boden gerichtet, auf der Suche nach Wasser. Weg, Schutt, Weg, Kies, Schutt, Weg. Als ich kurz aufblicke, merke ich, dass ich mitten auf einer Baustelle stehe. Arbeiter mit gelben Helmen gestikulieren. Was sie sagen, weiß ich nicht, gehe weiter, die Wiese nach unten und merke erst, als meine Füße nass werden, dass ich in einem Fluss stehe. Wahrscheinlich ein Ausläufer von dem, der durch Berlin fließt. Der Name fällt mir nicht ein. Ich gehe zwei Schritte zurück und lasse mich auf den Hügel fallen. Kleine Steine bohren sich in meine Hose. Neun Minuten.

Ich werfe, so weit wie ich kann, flussaufwärts. Das Handy macht kein Geräusch und kaum Wellen. Nur ein leichtes Gefühl der Sicherheit. Ich muss zurück, weiter, stelle mir vor, wie die Polizei das Auto umstellt hat, mit gezückten Pistolen auf mich wartet. Und da ist sie wieder: die Angst. Pünktlich.

Ich erreiche den letzten Busch, wundere mich, dass ich den Weg sofort gefunden habe, spähe hindurch. Niemand ist da. Ich steige ein.

Auf der Buckower Straße biege ich in eine Gasse mit Pflastersteinen. Unzählige Schilder weisen auf verschiedene Firmen hin. Auf dem Zettel erkenne ich in krakeliger Schrift: »Narkotiki Golova«. Der Name steht auf einem mit schwarzem Edding bemalten Blechschild. Das Wageninnere vibriert aufgrund der unbefestigten Klinker. Im Rückspiegel zittert die Welt. Vorbei an riesigen Lagerflächen, Bauzäunen und Bürokomplexen steuere ich den weißen Audi immer tiefer ins Industriegebiet. Dann sehe ich den gleichen dubiosen Schriftzug an einem mit Kabelbindern befestigten, eingeschweißten DIN-A4-Zettel, oben in drei Meter Höhe. Der riesige schwarze Metallzaun sieht abschreckend aus. Gerollter NATO-Stacheldraht oben, unten das obligatorische Schild vom bissigen Hund. Das Gelände ist von hier dank der massiven Metallstreben kaum einsehbar. Der Kasten neben mir erinnert mich an die Sprechanlage von McDrive-Schaltern. Es gibt einen kleinen roten Sprechknopf sowie einen Nummernblock. Wahrscheinlich für eine Zahlenkombination. Wofür auch sonst? Ich fahre das Fenster herunter, sehe, wie eine Kamera hinter einer schwarz getönten Kuppel auf mein Gesicht dreht. Sie schauen zu. Ich drücke.

»Ja?«

Selbst in dem einen Wort erkenne ich den russischen Akzent. Und ohne es zu wollen, schüchtert mich das ein. Ich halte den Finger auf dem Knopf. »Ich hab die Lieferung.« Meine Stimme zittert.

»Das ist keine Funkgerät. Hören mit der Klingelei auf!«

Ich lasse augenblicklich den Knopf los. »Oh. Entschuldigung.«

Er klingt wie Delta, wenn er versucht mit einem osteuropäischen Akzent zu reden. Ich höre, wie im Hintergrund mehrere Stimmen irgendwelche russischen Worte sagen. Vielleicht ist es auch nur die Sprachmelodie, aber es klingt alles scheiße aggressiv.

»Was für Lieferung?«

Ich lecke mir über die Lippen. Die Kamera macht ein Geräusch, erinnert mich daran, selbstsicher auszusehen.

»Aus Holland.«

Als nach dreißig Sekunden keine Antwort kommt, schiebe ich nach, flüstere: »Das ...« Ich stocke, schaue mich um. »Das Kokain.«

Es summt. Ohne dass eine Stimme erklingt, fährt das Metalltor unter Quietschen zur linken Seite. Ich umklammere mit beiden Händen das Lenkrad, spitze die Lippen und stoße Luft aus. Alles ist cool.

Der Wagen rollt auf das Gelände, das doch größer ist, als ich es von außen vermutet hatte. Drei riesige Hallen mit Rolltoren. Auf dem Parkplatz stehen sechs Vans mit getönten Scheiben neben einem Abfallcontainer voll Schrott, einigen sichtlich kaputten Baufahrzeugen und einem Bürocontainer. Ich halte in der Mitte der Fläche, sehe keine Menschenseele. Dann öffnet sich die Tür des Containers und ein dicker Typ im Anzug läuft auf mein Auto zu. Er erinnert mich an einen jungen Bud Spencer mit blonden Haaren. Der Kopf wackelt nicht. Durch den festen, geraden Gang sieht es aus, als würde er auf einem Rollband stehen. Sein Blick ist finster, starr auf mich gerichtet. Ich schlucke, drücke langsam auf den Knopf, der die Türen verriegelt. Die Pins schießen nach unten. Dann erscheint der Kopf direkt vorm Fenster. Die dicken Fingerknochen klopfen mit Wucht gegen die Scheibe. Ich bilde mir ein, die Erschütterung bis in meinen Sitz zu spüren.

»Aufmachen! Ausweis!«

Er könnte wahrscheinlich mit nur einem Schlag die Scheibe zum Platzen bringen. Ich öffne das Fenster einen zentimeterbreiten Spalt, hole den Pass aus der Hosentasche und schiebe ihn durch die Lücke.

Aus dem Inneren seines Jacketts kramt er eine winzige Lesebrille hervor, setzt sie auf die dafür viel zu große Nase und studiert das Dokument.

»Ist gefälscht«, konstatiert er schließlich und schiebt den Pass zurück durch den Spalt.

Ich greife mir an den Kopf. Erst jetzt fällt mir auf, dass ich ihm den holländischen Reisepass hingehalten habe.

»Oh. Sekunde.« Ich zücke mein Portemonnaie und suche zwischen den Karten meinen Perso. Visitenkarte, Bankkarte, Krankenkasse, Subwaykarte, Paybackkarte, Visakarte.

»Los. Aufmachen!« Er scharrt mit den Füßen.

Ich tue so, als hätte ich seine Aufforderung nicht gehört, fächere durch die verschiedenen Karten, obwohl es offensichtlich ist, dass der viel größere Personalausweis nicht darunter ist.

»Aufmachen!« Dieses Mal ist es die flache Hand, die an das Fenster schlägt und jetzt wirklich durch die Polster zu spüren ist.

»Ja. Ich hab's gleich.« Dann ziehe ich aus der Hintertasche endlich den richtigen Wisch, lasse alles andere in den Fußraum fallen. »Hier ist er.«

Ich will ihn durch den Spalt schieben, als das Gesicht des blonden Bud Spencers so hart, brutal und plötzlich vor mir auftaucht, dass ich erst zusammenzucke und dann zitternd in meinem Sitz hänge.

»Du machst jetzt auf, hab ich gesagt!«

Ich überlege, so schnell es geht zu verschwinden, sehe dann aber, wie das Tor hinter mir zufährt. Ich bin gefangen. Mein Zittern geht in ein Nicken über und ich habe Mühe, die Hand an den Griff der Tür zu führen. Dann ziehe ich den Hebel und die Knöpfe schießen am oberen Rand aus dem Plastik. Sofort packt er zu, reißt fast die Scharniere mit aus dem Auto.

»Junge! Was ist das denn?« Bud Spencer zieht sich sein Hemd über die Nase, während die andere Hand mich aus dem Auto zerren will. »Willst du mich umbringen?«

»Sorry.« Ich schüttle den Kopf, deute auf die Kotze im Fußraum. Er brummt und zerrt an meinem Arm.

Der Sicherheitsgurt rastet ein, als er mich an den Gelenken schon halb aus dem Fahrzeug gezogen hat. Mit einem Ruck bleiben wir hängen.

»Abschnallen!«

Meine rechte Hand sucht hinter dem Rücken nach dem Gurtschloss. Es löst sich und ich lande vor ihm auf dem dreckigen Boden.

»Ich hab hier den Ausweis. Aber der ist abgelaufen.« Ich halte ihm den Personalausweis hin.

Bud Spencer schüttelt den Kopf und schlägt mir den Perso in einer flüssigen Bewegung aus den Fingern. »Egal jetzt«, brummt er. »Hände an den Hinterkopf.«

Ich knie vor ihm und nehme die Favoritenpose eines Erschießungskommandos ein. Er tastet mich ab. Erst am Bauch, dann den Rücken. »Taschen nach außen.«

Ich greife in meine Hose und ziehe den Inhalt heraus. Ein paar lose Kaugummis, ein Kondom, eine Rechnung aus Holland, das Post-it mit der Adresse und das Tankrückgeld von 13,74 Euro.

»Nach außen stülpen!«

Ich ziehe an den weißen Laschen, die wie Ohren eines jungen Elefanten von der Hüfte abstehen. Ich höre ein Surren und sehe, wie eine Überwachungskamera an der mittleren Halle ihre Linse in unsere Richtung dreht. Seine Finger greifen mir auf die fettige Glatze, überdecken sie fast komplett.

»Okay. Aufstehen. Warum hast du nur einen Schuh an?«

Ich kralle mich in seine Hand, die meinen Kopf ohne Mühe in die Höhe reißt. Meine Knie zittern, als sie zum ersten Mal seit einer gefühlten Ewigkeit wieder versuchen, die Last eines festen Standes zu tragen. »Es gab Komplikationen.«

Er brummt. »Was für Komplikationen. Polizei?«

Shit. »Nein«, lüge ich.

»Dann zeig mal, was du dem Chef mitgebracht hast.«

Er schiebt meinen Kopf zum Kofferraum. Ohne eine erneute Aufforderung zu brauchen, drücke ich den Knopf und die Klappe fährt automatisch nach oben. Die zwei roten Koffer liegen unschuldig nebeneinander.

»Aufmachen.«

Ich ziehe einen heraus und bin von dem Gewicht so überrascht, dass er mir aus der Hand und auf den Boden fällt. Kniend lege ich meine Daumen auf die Scharniere.

»Wartet!« Ein kleiner, dicklicher Mann im Anzug und mit Sonnenbrille kommt mit zwei Bodyguards schnellen Schrittes auf uns zu. »Ich will es sehen.« Er wirbelt jede Menge Staub auf, der vom Wind über den Parkplatz getragen wird. Er trägt lange schwarze Haare, nach hinten zu einem Zopf gebunden, der mit jeder Bewegung abwechselnd an beiden Seiten seines Kopfes hervorlugt. Er sieht aus wie eine Kreuzung aus einer jungen Karl-Lagerfeld-Version und Danny DeVito.

»Ich hab dich schon erwartet. Hat etwas gedauert, was?« Er klatscht in die Hände. Wieder dieser fast schon klischeehafte russische Akzent.

Fünf Meter von unserer Position entfernt kommen die drei zum Stehen.

»Na dann mal los.« Er betrachtet seinen Handrücken, auf dem eine dicke Warze wächst, nimmt sie wie einen Schnuller in den Mund, spitzt die Lippen und es sieht aus, als würde er daran saugen. Sehr bizarr.

Bevor mir erneut schlecht wird, wende ich mich wieder dem Koffer zu. Meine Daumen noch immer an den Knöpfen. Ich drücke und die Scharniere schießen wie bei einem Aktenkoffer nach oben. Ich ziehe den Reißverschluss mit beiden Händen in einem großen Kreis um die Hartschalen. Dann hebe ich den Deckel an und sehe im Augenwinkel, wie Danny DeVito leicht auf die Zehenspitzen geht, um einen besseren Blick zu haben. Plötzlich verändert sich sein Gesichtsausdruck.

»Was ist das?«, ruft er von hinten.

Vor uns breitet sich eine Mischung aus alter Schmutzwäsche und Dingen aus, die aus einem der Zimmer des Hotels in Eindhoven stammen. Ein dicker Ordner mit Erlebnistipps im niederländischen Land, Flyer, sogar die TV-Fernbedienung.

Der Chef löst sich von seinen Beschützern, peitscht auf mich zu. Dann höre ich, wie er Nasenschleim in den Mundraum zieht, und bevor ich versuchen kann, mich zu erklären, läuft dicklicher Rotz an meiner Stirn und der Nase herunter. Ich will sofort nach dem anderen Koffer greifen, aber bekomme von hinten einen Schubs, der mich aus dem Gleichgewicht bringt.

»Nichts da, Bübchen!« Bud Spencer drückt seinen Arm in meine Seite, während der Chef den zweiten Koffer öffnet.

»Nur Scheiße drin!«, flucht er, nachdem sich auch dieser Inhalt als enttäuschend erwiesen hat.

Er holt aus und schlägt mir mit der flachen Hand ins Gesicht. Nicht sehr stark, dennoch halte ich mir die Stelle und tu so, als hätte der Treffer Wirkung gezeigt.

»Jetzt bist du richtig am Arsch!« Unter seinem Anzug zieht er einen Teleskopstab hervor und fährt ihn mit einem Ruck aus.

Ich weiche zurück, bewege mich rückwärts im Staub. »Ich hab noch eine Tasche im Auto!«, rufe ich panisch.

Danny DeVito stampft auf. »Wenn da nicht pures Gold drin ist, bist du tot! Ich lass mich nicht noch mal von euch verarschen.«

Ich nicke, krabble auf allen vieren weiter, öffne die Fahrertür des Audi, klappe den Sitz um und klettere komplett hinein, schließe die Augen und ziehe in einer Bewegung den Reißverschluss der Reisetasche auf. Bitte! Bitte! Lass zumindest irgendwas Wertvolles drin sein. Ich bete. Und als ich hinsehe, sehe ich nichts. Wieder nur Klamotten. Fuck! Ich schaue nach hinten und tue so, als müsste ich den Gurt lösen. Vorsichtig bewege ich meinen Körper über die Mittelkonsole zum Beifahrersitz.

Dann ertönt ein Schrei.

»Was machst du da?!«

Ich werde hektisch, stoße mich mit den Füßen ab und lande auf dem Bauch zwischen den Lehnen, krabble bis auf den Vordersitz, greife zum Handschuhfach, strecke mich, soweit es geht. An den Beinen spüre ich einen festen Druck. Bud Spencer.

»Was du da machst?!«

Er brüllt und ich trete, greife nach vorn und schaffe es, den Griff vom Handschuhfach zu ziehen. Die Klappe fällt runter und die Pistole liegt vor mir in der Kotze. Dann öffnet sich die Beifahrertür und ich greife zu, drehe mich auf die Seite. Ich schließe die Augen und drücke ab. Es macht ein klackendes Geräusch. Wenig Widerstand. Ich öffne die Augen und sehe, wie Danny DeVito hasserfüllt vor mir steht.

»Na. Keine Munition?«

Ich drücke noch mal. Und wieder. Klack, klack. Dann lasse ich die Pistole vom Finger rutschen und die Muskeln in meinem Körper verlieren jegliche Anspannung. Ich gebe auf.

»Ich nehme an, es war kein Gold in der Tasche?« Er grinst. »Dann wollen wir das mal beenden, was?«

Er winkt seinem Securitymann zu, der seine Jacke auszieht und sie ihm überreicht. Ich bekomme das Kleidungsstück über den Kopf gezogen und alles wird dunkel. Es riecht nach Schweiß und billigem Herrenparfum.

»Geh!« Ich werde die Straße entlanggetrieben, höre, wie sich eine Metalltür öffnet, dann spüre ich einen Stoß und lande mit den Knien auf einem Kissen. Immerhin.

»Die Hände hinter den Rücken!«

Danny DeVito gibt kurze, präzise Anweisungen. Ein raues Seil wickelt sich stramm um meine Handgelenke. Schweiß läuft meine Stirn herunter. Ich spüre das Pumpen meines Herzens bis hoch in den Hals. Mein Mund ist trocken.

»Ansetzen!«

Ich kann schwaches Licht und Bewegungen am unteren Rand des Anzugs erkennen. Dann höre ich das typische Nachladegeräusch eines Gewehrs. Wie im Film. Mein Körper zittert, alle Haare stellen sich auf. Man sagt, das ganze Leben würde sich noch einmal vor dem inneren Auge abspielen, wenn man dem Tod nahekommt. Ich sehe nichts. Es ist einfach nur schwarz und heiß und schlimm. Ich schaffe es noch nicht mal, einen schönen Gedanken zum Abschluss zu greifen, zu bewahren, ihn als letzte Erfahrung mit ins Grab zu nehmen. Kurz denke ich an Ella und dann wieder an nichts, verharre in dieser Position irgendwo in Berlin, wo mich niemand jemals finden wird.

»Abschuss!«

Ich halte die Luft an. Das war's. Meine Zähne bohren sich von beiden Seiten in die Unterlippe, die Fingernägel in die Handflächen. Ich kneife die Augen zu, so fest es mir möglich ist. Macht einfach. Es ist, als liefe die Zeit langsamer und jedes Gefühl würde um ein Vielfaches intensiver. Ich atme noch einmal, halte die Luft wieder an, drücke mein Kinn auf die Brust. Warte auf das letzte Geräusch, den letzten Herzschlag, den letzten Hauch Leben.

Dann spüre ich etwas am Kopf und denke erst, dass es das vielleicht war, dass mein Adrenalin und die Anspannung den Schmerz verdrängen. Aber ich bin nicht tot. Meine Kopfbedeckung wurde entfernt und ich knie mit geschlossenen Augen auf dem Kissen und möchte das Gewehr und den Schützen nicht sehen. Ich atme wieder.

Alles ist still. Meine Augen brennen, Tränen laufen mir die Wangen hinunter.

»Jetzt macht halt!«, schreie ich, reiße die Augen auf. Kein Gewehr. Ich sehe sie. Alle. Sie sind da, verwischen, als ich wie von selbst nach vorne auf den PVC-Boden kippe. Doch sie waren da. Sie sind da. Es ist kein Traum. Delta, Matte, Stefan, Schuppi und sogar Flo, Sunil, Jesse Pinkman, das Hühnchen, einige der Rentner und der tote Polizist stehen aufgereiht in der Lagerhalle. Nur einer fehlt: Obelix. Die Anwesenden schauen auf mich herab, während ein Beamer neben einer großen Flagge von Bifi Roll Szenen aus meinem Alltag an die Wand wirft. Es fehlt nur noch, dass sie alle Partyhütchen tragen.

Meine Fesseln werden durchgeschnitten und ich bleibe liegen, die Augen geschlossen. Dann spüre ich, wie jeweils zwei Hände unter meine Achseln greifen und mich aufrichten. Ich schwebe, den Kopf auf der Brust. Eine weitere Person drückt mir gegen die Stirn und ich merke, wie frisches Wasser über meinen Mund und auf meinen Pullover fließt. Es fällt mir schwer, die Lippen auseinanderzubekommen. Als würden sie mit einem starken Kleber zusammengehalten. Dann endlich schaffe ich es, spüre die kalte Flüssigkeit und benetze meine Zunge, trinke so viel ich kann. Ich drücke die Flasche zur Seite, öffne die Augen. Es sind tatsächlich Matte und Delta, die mich stützen. Ungläubig blicke ich sie immer wieder nacheinander an.

»Was ist das denn alles?«, stammle ich.

Matte legt die Hand auf meine Stirn. Sie ist kalt. »Die beste Webserie ever«, grinst er. »Du kannst echt stolz sein. Der Grimmepreis wartet!«

Aus meinem Mund läuft Spucke und fällt auf den Boden. Ich verfolge den Weg mit den Augen. Dann schaue ich wieder nach oben. Der Camcorder von Stefan ist auf mich gerichtet. Er isst eine Bifi. Die Linse schaut mich an. Das rote Licht brennt wie Feuer auf meiner Netzhaut. Ich zeige mit dem Finger, reiße mich los, taumle, stolpere auf ihn zu, reiße ihm das Gerät aus den Händen und schleudere es mit aller Kraft an die Wand. Es zerschellt in unzählige Teile. Er lässt es geschehen. Und ich schaue auf den Film, sehe mich beim Bewerbungsgespräch, im Hostel, in Holland, im Bus, bei der Preisverleihung. Ich verstehe. Es ist die scheiß Truman-Show! Sie haben alles gefilmt! Ich sehe Szenen aus meinem Schlafzimmer, von Partys, stille Momente, in denen ich dachte, allein zu sein. Es piept und ich sehe, wie sich Deltas Lippen bewegen, er etwas sagt, und alle beginnen zu klatschen. Ich höre nichts, will schreien.

»Ihr verdammten Wichser!«

Kein Laut. Piepen. Alles war gelogen. Alles: die Freundschaften, die Schulden, die Wohnung, alles. Sie haben alles zerstört. Ich schaue in ihre Gesichter und habe den Eindruck, dass sie gar nicht wissen, was sie mir angetan haben. Ich werfe eine weitere Kamera, die auf einem Stativ in der Ecke steht, zu Boden. Es bricht ein Stück ab. Von hinten greift Delta nach meinem Pullover. Ich rieche sein stinkendes Deo, schaue in seine scheiß Fresse.

»Warte mal. Wir können das erklä...«

Ich schlage zu. Meine Faust trifft auf seine Nase. Es knackt und ich merke, wie der Knochen mit einem Ruck nachgibt. Sofort geht er blutend zu Boden. Ich trete gegen eine weitere Kamera, die über den Boden vor die Füße der anderen rutscht. Dann werfe ich mich gegen die Tür mit dem Notausgangsschild, vorbei an einem Laptop, an dem Mo sitzt und mich angrinst. Ich fege alles vom Tisch. Keine Geräusche. Taumle eine Tür weiter.

Die pralle Sonne schießt mir in die Augen. Der Audi steht ein paar Meter entfernt. Meine Beine fühlen sich an, als würden sie aus Pudding bestehen. Die Fahrertür steht offen. Ich taumle und sitze im Audi, atme durch. Sehe mich um, suche nach einer Kamera, reiße an der Lüftung. Und dann schaue ich in eine Linse. Fuck. Da kommen sie heraus. Alle. Matte zieht an der Beifahrertür. Geschlossen. Ich ignoriere ihn, reiße die Elektronik heraus, werfe sie gegens Fenster. Dann steht er an der Motorhaube, rechts die anderen. Ich habe ihnen vertraut. Ich drehe den Schlüssel, drücke aufs Gas und Matte rollt über die Motorhaube an der Seite vorbei.

Ich schaue nicht zurück, suche einen vernünftigen Gedanken. Und dann kommt er. Klar und deutlich, und ich frage mich, warum er nicht schon früher da war, als die Welt noch in Ordnung schien. Der Gedanke an den letzten Moment, als ich wirklich glücklich war.

Ich bekomme Gänsehaut, denke an sie, an die Nacht und an Köln. Ich muss sie finden, hoffen, dass sie nichts damit zu tun hat, von alldem nichts wusste, genug Figuren geschnitzt hat, am Kölner Bahnhof auf mich wartet. Es wird ein langer Weg. Das Fenster auf meiner Seite fährt runter. Mit der Faust schlage auf einen Knopf und das Tor weist mir den Weg in die Freiheit.

Heute ist Mittsommer.

DANKE

Das war's. Wer hätte gedacht, dass die Geschichte so ausgeht? Ich nicht. Mehr gibt's nicht zu lesen. Naja, bis auf den Kram jetzt hier. Aber gleich ist es wirklich vorbei. Ich freu mich jedenfalls sehr, dass du tatsächlich bis zur letzten Seite durchgehalten hast. Außer du bist meine Mutter. Dann finde ich es eher unangenehm und hoffe, dass du mich niemals drauf ansprechen wirst. Da waren ja nun auch einige ekelhafte Stellen und allerhand Körperflüssigkeiten dabei. Bah. Und darauf werde ich jetzt bis zu meinem Tod reduziert. »Wer? Gunnar? Das ist doch der mit dem bekloppten Kotzroman!« Hm.

Jetzt kommt die Stelle, an der man wohl noch mal kurz »Danke« sagt. Und am wichtigsten bist wohl DU! Danke, dass du das Buch gelesen oder zumindest überflogen hast. Ob nun geschenkt bekommen, gekauft oder irgendwo im Müll gefunden. Danke!

Und auch noch viel mehr Leute haben mich auf dem Weg begleitet. Diesen Personen (natürlich in rein zufälliger Reihenfolge) darf man wohl auch noch mal schnell ein paar nette Worte hinterlassen.

Danke an: Muttern, Vattern, Thilo, Holger, Mirka U., Hendrik H., P. Philine T., Jonas B., Ben K., Lennart S., Sandra L., Niklas H., Tim G., das gesamte „Rocket Beans TV"-Team, NDR und voll cool STRG_F.

Nur der HSV!

Wenn ihr Kritik oder sowas unbedingt loswerden müsst, schreibt mich bei Twitter (@Gunnsen) oder per Mail (mail@gunnarkrupp.de) an. Ich lese es ganz bestimmt und wenn es kein Verriss ist, antworte ich auch vielleicht.

Also. Danke noch mal. Vielmals.

»Dieses Buch hat mein Leben verändert. Ich bin jetzt laktoseintolerant. Danke für nichts, Gunnar Krupp!«
Etienne Gardé

»Was kann dieser Tausendsassa Gunnar eigentlich nicht? Fesselnde Romane schreiben.«
Andreas

»Clever, humorvoll und hochspannend bis zur ersten Seite. Ganz klar das beste Buch, das ich nie gelesen habe!«
Colin Gäbel

»Teile dieses Buches werden die Bevölkerung verunsichern.«
Florian Harten

»Wäre ich ein Buch, würde ich »Absacker« heiraten.«
Hannes Kersting

»Ein Must Read für alle Fans von Pietro und Sarah Lombardi!«
Jonas Bohlken

»Die Sache mit dem Hund tut mir leid.«
Dennis Richtarski

»Chapeau! Jede einzelne Seite dieses packenden Debüt-Romans ist kleiner als DIN-A4!«
Lars Eric Paulsen

»Dieses Buch liest sich wie die innere Ansichtskarte dieser blutrünstigen und underfucked Generation, aus der der Autor selbst stammt. Nun werden wir endlich eingesogen in Gunnar Krupps von Zuckerwatte und Glückskonfetti getünchte Welt der Magie. Dieses Werk ist wie der Karamellkern einer perfekten Eiskreation, umhüllt von sahnigem Unterhaltungsschmelz, gekrönt von fruchtig-kühlem Weltschmerz mit leichter Schmusenote. Lesen Sie es. Ich werde es auch tun.«
Anja Räßler